MW00416712

TRILOGÍA FUEGO

CIUDADES DE CENIZAS

JOANA MARCÚS

TRILOGÍA FUEGO

CIUDADES DE CENIZAS

Obra editada en colaboración con Editorial Planeta – España

© Texto: Joana Marcús

© 2022, Ilustraciones de portada y de interior: Ana Santos

© 2022, Editorial Planeta, S. A. – Barcelona, España

Derechos reservados

© 2022, Editorial Planeta Mexicana, S.A. de C.V.
Bajo el sello editorial CROSSBOOKS M.R.
Avenida Presidente Masarik núm. 111,
Piso 2, Polanco V Sección, Miguel Hidalgo
C.P. 11560, Ciudad de México
www.planetadelibros.com.mx

Primera edición impresa en España: mayo de 2022
ISBN: 978-84-08-25384-6

Primera edición impresa en México: mayo de 2022
ISBN: 978-607-07-8711-9

No se permite la reproducción total o parcial de este libro ni su incorporación a un
sistema informático, ni su transmisión en cualquier forma o por cualquier medio,
sea este electrónico, mecánico, por fotocopia, por grabación u otros métodos, sin el
permiso previo y por escrito de los titulares del *copyright*.

La infracción de los derechos mencionados puede ser constitutiva de delito
contra la propiedad intelectual (Arts. 229 y siguientes de la Ley Federal de
Derechos de Autor y Arts. 424 y siguientes del Código Penal).

Si necesita fotocopiar o escanear algún fragmento de esta obra diríjase al
CeMPro (Centro Mexicano de Protección y Fomento de los Derechos de Autor,
http://www.cempro.org.mx).

Impreso en los talleres de Litográfica Ingramex, S.A. de C.V.
Centeno núm. 162-1, colonia Granjas Esmeralda, Ciudad de México
Impreso en México –*Printed in Mexico*

A mis tías Antonia y Catalina,
por ser las mejores lectoras que cualquiera podría pedir

1
LA CHICA QUE YA NO
SABÍA QUIÉN ERA

Unas horas atrás, solo era una chica asustada por el ataque a su ciudad.

Unos días atrás, solo era una alumna cuya mayor preocupación era cruzar un circuito con cuerdas.

Unos meses atrás, solo era una recién llegada en la que nadie parecía confiar del todo.

Unos años atrás, solo era una androide sin nombre.

Y, en ese momento... Alice ya no estaba segura de quién era. Lo único que tenía claro era lo aterrada que estaba.

Tras desvelar su número y su identidad, los guardias la habían encerrado en la sala de actos. La habían esposado y sentado a la mesa de los guardianes. Alice había pensado que avisarían a Deane y en cuestión de minutos ya la estarían juzgando, pero eso no sucedió. De hecho, los minutos se convirtieron en horas, y estas empezaron a volverse insoportables.

En su cabeza, solo para entretenerse, ideó unos cuantos planes de fuga. El primero era encontrar una palanca con la que poder abrir cualquiera de las ventanas. También había sopesado esperar tras la puerta principal y, en cuanto apareciera un guardia, lanzarse sobre él y robarle el arma. Otra opción era buscar una posible salida trasera, quizá por la zona donde solían reunirse los guardianes antes de los juicios.

El problema era que, para llevar a fruición todos esos planes, necesitaba librarse de las esposas. Y no encontraba la manera de hacerlo.

Casi pudo visualizar a Rhett y a Tina hablando con Deane, tratando de convencerla de que no le hiciera daño. Quizá Tom y Shana estarían al lado de esta, recalcando lo peligrosa que era Alice, incluso Kenneth parecía una buena opción para ocupar ese puesto. Al otro lado de la ciudad, Trisha se sentiría traicionada por no haber descubierto la condición de Alice hasta ese momento. Al menos Jake se habría puesto a salvo y se habría deshecho del cuchillo con el que había intentado herir a sus atacantes para ganar tiempo.

Volvió la cabeza al detectar movimiento al otro lado de las ventanas. Uno de los alumnos de Deane vigilaba el edificio, tranquilo, dando vueltas alrededor de este. Alice ya había presenciado tres relevos y, teniendo en cuenta que los turnos solían ser de dos horas, suponía que habrían pasado unas seis desde que la habían encerrado. No era un gran consuelo.

Ya se le habían cerrado los ojos tres veces cuando apoyó la mejilla en la mesa de madera. No quería quedarse dormida, la idea de que alguien entrara sin ser ella consciente hacía que su cuerpo se tensara de terror. Respiró hondo, acomodando la cabeza sobre la dura superficie, y volvió a bajar los párpados sin darse cuenta.

—Deberías mantener los ojos abiertos, Alice.

Los abrió lentamente, confusa, y le pareció ver a alguien sentado junto a ella. Esa persona apoyó los codos en la mesa, y la bata blanca e inmaculada que llevaba contrastaba con el aspecto pardo y descuidado de la estancia. Alice alzó la mirada, resiguió su cuello hasta llegar al pelo castaño echado hacia atrás con gracia, la barba corta del mismo color y un par de ojos cálidos clavados en ella.

—¿Padre? —preguntó con voz arrastrada, fatigada—. ¿Qué hace aquí?

—Creo que lo que deberíamos preguntarnos es qué haces tú aquí, Alice. Te dije que te mantuvieras alejada de los rebeldes.

—Me dijo que me dirigiese al este y eso he hecho —se justificó ella con un hilo de voz—. Más allá no hay nada, padre. Solo agua.

Él no ofreció ninguna explicación. De hecho, ni siquiera mostró arrepentimiento. Se limitó a negar lentamente con la cabeza.

—No deberías estar aquí. Ahora que conocen tu secreto, te encuentras en peligro.

—No puedo escapar. ¿Es que no lo ve? Me han esposado.

—Unas esposas no deberían ser un enemigo invencible.

—Y ¿qué hará? ¿Salvarme usted?

Su padre se limitó a sonreír.

—Rhett me ayudará, al igual que Tina. —Alice no supo si estaba tratando de convencerse a sí misma o a su padre, pero continuó hablando—. Son mi nueva familia.

—¿Ah, sí? —dijo el hombre con voz dolida—. Pensé que yo era tu familia.

Alice fue incapaz de responder. No sabía en qué momento había dejado de incluir a su padre en su concepto de familia, pero acababa de darse cuenta de ello.

—¿Por eso permitiste que me ejecutaran? —siguió él en voz baja. Su expresión se había vuelto desolada—. ¿Necesitabas encontrar una nueva familia?

—No..., yo no...

—¿Es que no te hacía feliz?

—¡No, padre, no es...!

De pronto, un golpe seco hizo que Alice se incorporara de un brinco. Miró a su alrededor, alarmada, en busca del origen del sonido. Sin embargo, lo primero que vio fue que su padre no estaba con ella en la sala. Se había quedado dormida sobre la mesa. Con la respiración agitada, continuó con su búsqueda hasta dar con el guardia que acababa de entrar. Transportaba una pequeña cantimplora en la mano que se balanceaba al compás de los pasos de este. La dejó en la mesa, delante de Alice.

—Bébetela despacio —le recomendó sin apenas mirarla—. Dudo que vayan a traerte otra.

Alice aguardó a que el guardia la dejara sola, entonces se abalanzó sobre la cantimplora y dio unos ávidos tragos. Aunque estaba sedienta, se obligó a parar. Si lo que había comentado el guardia era cierto, debía moderarse. Aun así, consumió casi un cuarto del contenido.

Apenas un rato más tarde, el cansancio pudo con ella y, finalmente, cedió al sueño con la mano sujeta a la cantimplora.

* * *

—*La odio... ¡la odio muchísimo!*

Gabe le dedicó una mirada de reojo, pero no comentó nada.

—*Se cree que puede darme órdenes —siguió ella, paseando por la habitación—. ¿Qué pasa? ¿Que soy su esclava? ¿Tengo que hacer todo lo que me pida?*

—*No es tan mala —murmuró el chico.*

—*¡Me obliga a volver a casa cuando ella quiere! Si confiara un poquito en mí, me dejaría regresar cuando me diera la gana.*

Como siempre que Alicia soltaba frases como aquella, Gabe empezó a liarse un cigarrillo y a fingir que no la escuchaba.

—Que viva en su casa y sea su hija no le da derecho a controlar mi vida —seguía ella, también como de costumbre—. Simplemente... ¡no me soporta! No sé por qué no lo admite de una vez. No me aguanta. Punto.

Se detuvo durante unos segundos para mirar por la ventana de la habitación de Gabe. Estaba lloviendo de nuevo, cosa que la puso de peor humor todavía; su madre le había escondido las llaves de la moto para que no saliera de casa y ahora tendría que volver andando bajo la lluvia.

—Si alguna vez tengo hijos, no seré como ella —añadió de mala gana—. Los querré mucho y dejaré que hagan lo que les apetezca, que sean quienes decidan ser. No seré... tan mala madre. Y no haré que mis hijos sientan lo que ella me hace sentir a mí, porque...

—Al, creo que deberías irte a casa.

La muchacha, que había planeado un monólogo bastante más largo que ese, se volvió hacia él con una ceja enarcada.

—¿Y eso a qué viene ahora?

—A que solo has venido a quejarte de tu madre, como de costumbre. ¿Te das cuenta de lo agotadora que puedes llegar a ser?

Alicia habría esperado esas palabras de cualquier persona menos de Gabe. Se quedó mirándolo con expresión perpleja y sin saber qué decir. La había pillado con la guardia baja.

Él, por su parte, soltó el cigarrillo a medio terminar sobre la mesita y se puso de pie.

—Estoy hablando en serio, deberías marcharte.

—Pero...

—Pero ¿qué? ¿Que no te estoy escuchando? ¿Cuándo fue la última vez que tú me escuchaste a mí, Al? Porque yo ni siquiera la recuerdo.

Con un suspiro, se detuvo delante de la puerta de su habitación y la abrió para ella, que seguía clavada en su lugar.

—¡Está lloviendo! —protestó.

—Me da igual.

—¿Es que no puedes comportarte como un buen novio por una vez en tu vid...?

—¡Ya basta, Al! —De repente, Gabe pareció decidir que no estaba dispuesto a aguantar más aquella actitud. Soltó la maneta de la puerta y se acercó a Alicia, enfadado—. ¿No ves que lo único que sabes hacer es culpar a los demás de tus problemas? Si sucede algo en tu casa, es culpa de tu madre. Si pasa algo en el instituto, es culpa de Charlotte. Si ocurre algo en nuestra relación, es culpa mía. ¡Y así con todo!

—¡No es culpa mía que...!

—¡Sí, sí que hay cosas que son culpa tuya! ¿Por qué es tan difícil asumirlo? Deja de echar balones fuera intentando cargar a los demás con la responsabilidad de tu desastre de vida, porque, aunque te resulte imposible creerlo, tú eres la principal culpable.

En esa ocasión no se detuvo para esperarla, sino que abrió la puerta de su cuarto e hizo un gesto impaciente, que Alicia obedeció sin darse cuenta. Ya en el pasillo, intentó darse la vuelta para añadir algo más, pero Gabe le cerró la puerta y le negó la oportunidad.

* * *

Alice abrió los ojos lentamente. Alguien acababa de entrar en el edificio. ¿Sería el mismo guardia? No tardó en percatarse de que no era él. Había tres personas acercándose entre los asientos del público. Y quien lideraba el grupo hizo que Alice soltara un suspiro de alivio.

—Rhett —murmuró mientras se erguía. Por fin una buena noticia.

Cuando estuvo junto a ella, Alice tiró de las esposas para recordarle que seguía inmovilizada. No obstante, él, por su expresión seria, parecía ser muy consciente de ello. Observó sus muñecas atadas, pero no dijo nada. Alice terminó perdiendo la paciencia.

—¿Qué habéis decidido? ¿Cuándo será el juicio?

Rhett no respondió. De hecho, se limitó a sacar una pequeña llave del bolsillo y abrir las esposas. Alice se acarició las muñecas doloridas y aceptó su ayuda para ponerse de pie. Poder estirar por fin las piernas fue muy satisfactorio.

Mientras Alice seguía masajeándose la piel enrojecida, Rhett aceptó un pequeño objeto que le tendió uno de los guardias. Sin decir una palabra, lo levantó y ella pudo ver que era una jeringuilla llena de un extraño líquido azul. Sacó unas gotitas, le dio un golpecito con un dedo y acto seguido se volvió de nuevo hacia Alice.

Ella retrocedió, dubitativa.

—¿Qué es eso?

—No te muevas —le advirtió.

—No. Dime qué es.

Rhett analizó la situación antes de hacer un gesto a los guardias, que se acercaron rápidamente a Alice. Ella apenas pudo reaccionar antes de que la sujetaran. Trató de forcejear, sorprendida, pero entonces sintió el pinchazo en el cuello. Al poco, una rara sensación de mareo hizo que sus rodillas se doblaran y que apoyara, sin querer, la mayor parte de su cuerpo en los dos guardias. Lo último que vio antes de cerrar los ojos fue a Rhett dejando la jeringuilla vacía sobre la mesa.

* * *

Con el rostro medio oculto tras la puerta de la taquilla, Alicia observó a Gabe desde la distancia. Hablaba con un reducido grupo de amigos con el que solía juntarse esos días. Parecía estar pasándoselo bien. Se preguntó si los preferiría a ella. Una agria sensación se instaló en su estómago al comprender que lo más probable era que sí.

Sin poder aguantar ni un segundo más, cerró la taquilla con fuerza y se acercó a pasos agigantados al grupo. Estaban despidiéndose. Alicia fue directa hacia Gabe, que pareció percibirla incluso antes de que estuviera cerca de él. Por la expresión que puso, dejó bastante claro que no se alegraba de verla.

—No empieces —le advirtió en voz baja.

—Hola a ti también, ¿eh? ¿O ahora ni siquiera nos saludamos?

El chico echó una ojeada a su alrededor, tenso. Ella había subido la voz y sus compañeros los observaban con curiosidad.

—No es el momento, ni tampoco el lugar —dijo finalmente—. Ya nos veremos, Al.

Pero ella no estaba dispuesta a dejarlo marchar tan deprisa. Lo retuvo por el codo, obligándolo a mirarla. Gabe empezó a perder la paciencia.

—No puedes dejar de hablarme como si nada —espetó ella enfadada—. ¡Soy tu novia!

—Al, déjame tranquilo, en serio. Esto ya no...

—¿Cómo te sentirías si fuera al revés? ¿No te jodería?

—¿Que me ignoraras? Si te soy sincero, lo agradecería bastante.

Alicia perdió un poco de valentía cuando escuchó las risitas de sus compañeros. Especialmente porque sabía que una de ellas pertenecería a Charlotte, la chica que le había hecho la vida imposible desde que tenía memoria. Prefirió no volverse y centrarse únicamente en Gabe.

—¿Podemos hablar un momento? —preguntó, tratando de sonar más conciliadora.

—No, Alicia. No nos queda nada más que decir.

—¿Cómo puedes decir eso? ¡Ni siquiera me has dejado explicar nada!

—¿Para qué? ¿Para que vuelvas a hacerte la víctima y a echar-

me la culpa a mí de todos y cada uno de nuestros problemas? —Gabe se soltó de su agarre, provocando más risitas. A esas alturas, él no parecía estar escuchándolas—. *¿Cómo tengo que decirte que me dejes en paz para que entiendas que no quiero saber nada más de ti?*

Alicia dio un paso atrás, perpleja, cuando Gabe la esquivó para escabullirse. Se abrió paso entre los compañeros que se habían detenido a escucharlos, pero ella solo pudo mantener la mirada clavada en el suelo.

* * *

—¿Cuánto nos darán por ella?

Alice quiso abrir los ojos, asustada, pero una venda se lo impidió. Tras el primer momento de pánico, se dio cuenta de que también tenía una mordaza y las manos inmovilizadas por delante de su cuerpo. Intentó tocar las ataduras con los dedos y se percató de que volvían a ser las esposas que habían usado en la sala de actos. Probó suerte con las piernas y, menos mal, comprobó que estaban libres.

Una parte de ella quiso ponerse a gritar a pesar de llevar la mordaza, presa del terror. Pero no era momento de entrar en pánico. Primero tenía que descubrir dónde estaba. Respiró hondo, tratando de calmarse, y, dado que no podía ver, se centró en el resto de los sentidos.

Por el ruido y las sacudidas, dedujo que estaba en un coche. Muy cuidadosamente, movió uno de los pies hacia delante para descubrir si estaba en la parte trasera o delantera del vehículo. Al chocar con el freno de mano, supo que estaba en el asiento central trasero. Eso explicaría el hecho de tener una persona a cada lado de su cuerpo. Probablemente eran guardias, custodiándola.

—¿Y bien? —insistió la voz que la había despertado. Su

dueño estaba sentado a su izquierda—. ¿Cuánto nos darán por ella?

—No lo sé. —Ese era Rhett. Estaba sentado a su derecha. Sonaba mucho más distante que de costumbre.

—¿Cómo no vas a saberlo? ¿Nunca has vendido androides?

—Pues no, no es mi pasatiempo favorito.

—A mí me parece un plan perfecto, es para lo único que valen.

Entonces, Alice por fin reconoció al dueño de aquella voz. Era Kenneth. Sin darse cuenta, su cuerpo se movió hacia la derecha para intentar alejarse de él y acercarse a Rhett. Pero este último la empujó de vuelta a su lugar casi al instante.

No entendía nada. ¿Por qué estaban Rhett y Kenneth en el mismo coche? ¿Qué le habían inyectado en el cuello? La había dejado inconsciente, pero en su zona habían repetido decenas de veces que no existía ningún tipo de sedante que funcionara en androides.

—¿Y por qué no la llevamos a Ciudad Capital nosotros mismos? —insistió Kenneth—. Sería más fácil. Así no tendríamos que depender de que los demás cumplan su parte.

—Porque no. —En esa ocasión, Alice reconoció la voz de Deane al instante. Probablemente fuera quien conducía—. Deja de cuestionar mis órdenes y céntrate.

La mordaza le dificultaba mucho respirar, y el calor que hacía en el coche lo empeoraba todavía más. Alice trataba de inspirar por la nariz, pero sentía que no era capaz de hacer funcionar sus pulmones. Además, una desagradable presión se había instalado en su pecho y le impedía pensar con claridad. Intentó hablar, pedir ayuda, pero resultó inútil. Nadie pareció percatarse de su angustia.

El coche se detuvo lentamente y las puertas empezaron a abrirse.

—Ya hemos llegado —escuchó que decía Rhett.

Volvió la cabeza en su dirección. Según lo que había percibido, se habían quedado solos. Si había un momento en el que pudiera confesarle que estaba de su lado, o al menos tocarla para darle una señal de que seguía apoyándola, era aquel. Alice trató de acercarse en busca de esa pequeña demostración de confianza, pero lo único que consiguió fue que la agarrara del brazo y la hiciera salir del vehículo.

Y, entonces, la posibilidad que había estado descartando hasta ese momento, la de que Rhett estuviera abandonándola de verdad, empezó a ganar peso. Intentó convencerse a sí misma de que era imposible, de que él jamás le haría daño, de que no era como los demás... Pero ¿no la ayudaría en caso de que estuviera de su parte? ¿No intentaría hacerle saber que podía contar con él para que no tuviera miedo?

Decidió darle una última oportunidad solo por mantener la esperanza. Permitió que la guiara del brazo con el resto del grupo sin protestar.

Escuchó otras puertas de coche cerrarse. Rhett la detuvo cerca del ruido y la mantuvo a su lado.

—Ahí vienen —dijo Deane. Sonaba un poco tensa.

Efectivamente, varias personas se acercaron a ellos de forma muy poco discreta. Iban charlando y riendo. El grupo de Alice, en cambio, estaba sumido en un rígido silencio. Ella se acercó un poco más a Rhett, asustada, y él no la apartó.

Alguien, probablemente el líder del otro grupo, se acercó. Alice percibió que se había detenido justo delante de ella.

—Buenos días, Deane —saludó, y Alice reconoció a Charles al instante. De hecho, levantó la cabeza de golpe para buscar el origen de su voz. Él empezó a reírse—. Vaya, parece que alguien se acuerda de mí.

—Aquí está la androide —dijo Deane—. En perfectas condiciones.

La mano de Rhett tiró de ella hacia delante hasta que fue

sustituida por otra menos conocida, pero más cálida. Alice trastabilló. Charles la sujetó más fuerte.

—¿Perfectas condiciones? —repitió este—. ¿Lo de amordazarla y atarla era necesario? Es una androide, Deane, no una asesina a sueldo.

—Es para no tener que preocuparnos de que escape.

—¿Y no te importa que se ahogue? Rebajaría bastante su precio.

Alice, que hasta ese momento había sentido que no le llegaba suficiente aire a los pulmones, pudo volver a respirar de nuevo cuando Charles la soltó para retirar la mordaza. Tomó una profunda bocanada de aire, intentando aliviar la presión en el pecho, y poco a poco fue recuperando el aliento otra vez.

—Quiero mi recompensa —Deane rompió el silencio que se había formado.

—¿Tu recompensa? Quien la va a llevar a la capital seré yo, no tú.

—Pero yo te la he entregado.

Charles, que había vuelto a sujetarla del brazo, repiqueteó un dedo sobre este como si lo estuviera considerando.

—Aunque quisiera dártela, querida Deane, no la tendré hasta que entregue a la chica.

—No es una chica —puntualizó Kenneth.

—¿Ah, no? —La voz de Charles sonó socarrona—. Y ¿qué es?

—Es... una máquina.

—Y tú no eres un genio, eso está claro.

—Silencio —le siseó Deane a su alumno antes de volver a centrarse en Charles—. Es su primera salida. —Fue toda su justificación.

—Menudo equipo tienes. Un novato, Caracortada y tú, que ni siquiera necesitas apodo para ser un chiste.

—¿Tenemos un trato o no? —interrumpió ella claramente molesta.

—Supongo que sí.

—Esperaré noticias tuyas.

Alice no fue del todo consciente de la situación hasta que Charles la metió en su coche y cerró la puerta. Hasta ese momento, había estado esperando que Rhett hiciera algo para salvarla, lo que fuera, pero al parecer se había marchado con los demás.

Ni siquiera estaba segura de cómo debía sentirse cuando Charles, que acababa de sentarse a su lado, soltó un suspiro y empezó a retirarle la venda de los ojos.

—Vamos —le dijo al conductor mientras tanto—. Solo quiero llegar a casita y tirarme sobre la cama para no hacer absolutamente nada de provecho en lo que queda de día.

Quienes fueran que iban en los asientos delanteros empezaron a reírse, pero obedecieron la orden y encendieron el motor del coche. Ya en movimiento, Charles por fin le quitó a Alice la venda de los ojos.

—Mejor, ¿eh?

Ella miró a su alrededor. Todavía estaba mareada por el líquido azul.

—¿Dónde...?

—Pronto llegaremos al campamento de caravanas.

Esa no era la respuesta que buscaba, y ambos lo sabían. Alice supuso que no iba a darle otra, así que se limitó a observar a las dos personas que iban delante. La que conducía era una chica no mucho mayor que ella con el pelo oscuro y rapado por los lados. El copiloto era un tipo de unos treinta años que canturreaba una canción que sonaba por los altavoces.

Y luego estaba Charles, que la miraba con una expresión despreocupada. Seguía teniendo esa belleza extraña y mag-

21

nética característica de los androides. Cabello castaño por los hombros, no demasiado peinado, mandíbula marcada y cubierta por una barba de unos pocos días, ojos claros, de un tono castaño rozando el dorado, y una media sonrisa encantadora. Vestía la misma gabardina marrón que llevaba en su último encuentro.

—¿Todavía estás mareada por el líquido azul? —preguntó.

Alice tuvo que carraspear antes de poder hablar. Notaba la garganta muy seca.

—¿Sabes lo que es? —consiguió pronunciar.

—Si lo que quieres es una explicación técnica, has llamado a la puerta equivocada. Lo único que sé es que lo llaman sedante azul y que es lo único capaz de dormir a un androide. No sé de dónde ha salido, pero empezó a circular hace unos meses. Me pregunto cómo habrá llegado a manos de Deane.

Le guiñó un ojo, divertido, como si estuviera insinuando algo más. Pero Alice no estaba por la labor de ponerse a analizar nada.

—¿Vas a llevarme a la capital?

—Cuando lleguemos, puedes preguntarme lo que quieras. —Él sacó algo del bolsillo de la gabardina. Un cigarrillo hecho a mano, como en su sueño. Lo encendió con una cerilla y le dio una larga calada—. Mientras tanto, disfruta del paisaje.

Lo cierto es que lo intentó, pero el mareo perduraba e hizo que cabeceara durante todo el trayecto. Para cuando llegaron al campamento, no estaba muy segura de si se había quedado realmente dormida en algún momento. Él la ayudó a bajar del coche y, tirando de ella por las esposas, recorrió el lugar. Era una pequeña explanada con cinco caravanas colocadas en círculo, de modo que formaban una especie de escudo para todos aquellos que había junto a la hoguera que estaban preparando en su centro. Los compañeros de Charles vestían ropa de todo tipo y color, reían de manera escandalosa y la mayoría también fumaba. Lo que más llamaba la atención eran sus peinados. Algunos iban rapados a medias, otros tenían mechones de colores llamativos y otros, recogidos extraños. Alice los observó con cierta fascinación mientras se acercaba.

Charles no se detuvo hasta llegar a una de las caravanas que formaban el círculo. A diferencia de las demás, el blanco original había sido sustituido por una demencial capa de distintos colores que no seguían ningún tipo de patrón. Parecía que, simplemente, alguien hubiera decidido lanzar varios cubos de pintura de manera totalmente aleatoria.

—¿Te gusta? —preguntó él al notar que Alice examinaba la caravana.

Ella torció un poco el gesto, lo que le provocó al chico una risotada.

—Si se te ocurre alguna idea de decoración, soy todo oídos.

Sin añadir más, abrió la puertecita de la caravana e hizo un gesto en su dirección. Alice, tras dudar un instante, decidió obedecer y entrar.

Quizá por fuera no pareciera gran cosa, pero por dentro era bastante amplia. El suelo era rojizo, las paredes y el techo abovedado, blancos. En la parte delantera estaban los mandos de conducción; tras esa zona, un sofá y una mesa castaños y una diminuta cocina con lo que parecía un pequeño televisor.

—¿Te gustan las antigüedades? —preguntó ella, señalándolo.

Charles, que acababa de entrar, hizo una mueca.

—No. Nos lo dieron en un intercambio y me lo quedé. Nadie más lo quería.

Alice continuó con su inspección y, aparte de una puerta que conduciría al cuarto de baño y dos ventanucos no mucho más grandes que su mano, solo había una cama doble con viejas sábanas a rayas moradas y amarillas. No cabía duda de que a Charles le gustaba rodearse de colores muy vivos.

—Ah, sí. —El chico rebuscó en su bolsillo antes de sacar una pequeña llave plateada—. Supongo que prefieres que las quite, ¿no?

Alice asintió al instante y le ofreció las muñecas. Volvía a tener las mismas marcas rojas que antes. Se las acarició apretando los labios.

Charles, mientras tanto, había lanzado las esposas a la cama y se había quitado la gabardina para dejarla sobre el respaldo del sofá. Debajo solo llevaba una camiseta azul fina y ajustada cuyas mangas le llegaban hasta los codos y le marcaban unos hombros y brazos torneados. Abrió la nevera, canturreó una melodía y, tras unos segundos, sacó lo que parecía un dulce.

Como ella no se había movido, tras el primer mordisco le ofreció el resto.

—¿Tienes hambre?

—Si como algo, lo vomitaré.

—Ah. ¿Y vas a quedarte ahí de pie toda la noche? Se te va a hacer eterna. Mejor ponte cómoda. Como si estuvieras en tu casa.

—No quiero ponerme cómoda. —La lucidez empezaba a regresar a la mente de Alice, que se pasó ambas manos por la cara—. Quiero saber qué está pasando.

Charles la miró unos instantes, como si la respuesta fuera más que obvia.

—Te han vendido, querida.

Alice hablaba más de veinticinco idiomas, y podía defenderse bastante bien en todos ellos. Ni siquiera ella conocía el número de palabras que era capaz de pronunciar. Y, sin embargo, tras esa afirmación, lo único que encontró dentro de su extenso catálogo fue un simple:

—¿Eh?

—Ciudad Capital les dio varias oportunidades de entregarte y negaron saber nada de ti, así que si te vendieran directamente ellos, los mandamases creerían que te habían estado encubriendo hasta ahora. Por eso me han elegido como intermediario. Te llevo yo sin levantar sospechas y acto seguido me reparto la recompensa con los de tu antigua ciudad. ¡Y todos contentos!

Prácticamente estaba diciendo que su sentencia de muerte era un hecho, pero no parecía muy preocupado.

—Y ¿piensas hacerlo? —preguntó ella—. ¿Me entregarás?

—¿Se te ocurre una idea mejor?

—Podrías dejarme marchar.

—¿Para enemistarme con todo el mundo y, además, quedarme sin recompensa? Vas a tener que endulzar esa oferta, querida.

Alice no pudo evitar sentirse traicionada.

—¡Ellos fueron quienes invadieron nuestra zona, Charles!

—Esa no es mi zona.

—Eres 49. Eres un androide. Es tu zona, te guste o no.

Como Charles no ofreció ningún tipo de respuesta, volvió a mirarse a sí misma. No estaba atada y Charles no se había molestado en cerrar la puerta de la caravana.

—¿No te preocupa que salga corriendo? ¿O que haya visto dónde vives?

—Ya te he dicho que mañana te entregaré. Probablemente este sea el último sitio donde duermas en tu vida.

—No has contestado a la primera pregunta.

—No, no me preocupa. Seamos honestos..., ¿adónde irías?

Alice se dejó caer sobre el sofá sin darse cuenta. Apoyó las manos en las rodillas, tratando de pensar, pero no se le ocurría ninguna respuesta. En su ciudad no era bienvenida, su antigua zona estaba devastada y, si huía, tarde o temprano moriría o la atraparían.

—Podría hacerlo —insistió, más para sí misma que para él—. Podría sobrevivir por mi cuenta durante un tiempo, hasta que las cosas se calmasen un poco. Y luego volver a casa...

—¿A casa? ¿Con tus amigos? ¿Con el de la cicatriz?

Alice tensó los hombros sin ser consciente.

—No hables de Rhett.

—Mira..., siento ser yo quien te lo diga, pero te ha entregado. Lo mejor es que te olvides de él. Los humanos no desarrollan sentimientos muy fuertes por los de nuestra especie, eso es un hecho.

—¡Tú qué sabes! Él no es...

—No es como los demás, ¿verdad? —Charles suspiró—. Sí, yo solía pensar como tú. Hasta que pasé un tiempo con humanos y me percaté de que, en cierta forma, todos son iguales.

—Tú no sabes nada.

Charles volvió a abrir la nevera, aunque en esa ocasión sacó una botella a la que habían arrancado la etiqueta y que contenía un líquido anaranjado. Dejó dos vasos pequeños en el centro de la mesa y los rellenó.

—Toma. Es tu última noche, pero nadie ha dicho que tenga que ser aburrida.

—¿Qué es eso? ¿Un psicotrópico?

Charles tuvo que parpadear varias veces al escuchar esa última palabra.

—Un... ¿qué?

—Droga. Alcohol. Ya me dijeron que los de las caravanas tomáis sustancias de este tipo.

—Eso te dijeron, ¿eh? —La idea pareció divertirlo—. Sí, es alcohol. Tú eliges si quieres probarlo o no. —Charles se bebió su copa sin siquiera parpadear y siguió hablando—. Como decía, no te lo tomes como algo personal. Si te han abandonado, es porque está en su naturaleza. Es normal que les resulte complicado confiar en algo que apenas conocen.

—Quizá Rhett no supiera lo que hacía.

—Oh, lo sabía de sobra. No es el primer androide que me entrega.

Por algún motivo, eso le dolió más que el resto de la conversación. No podía imaginarse a Rhett vendiendo a uno de los suyos. Con ella siempre había sido tan... abierto de mente. Tan comprensivo. ¿Esa misma persona había vendido androides a sabiendas de lo que les hacían cuando llegaban a la capital? Imposible.

Sin embargo, la había entregado. Por mucho que intentara buscar excusas, justificaciones o posibles significados ocultos, lo había hecho. Y, por si fuera poco, había tenido varias oportunidades de hacerle saber que estaba de su parte, pero no las había aprovechado.

A medida que iba asumiendo la realidad, los sentimientos de tristeza y humillación iban haciéndose cada vez más fuertes. Pero, por encima de todos ellos, pese a que había creído que predominaría la rabia, solo había decepción. De alguna forma, había confiado en él. Y también en los demás. ¿Tina también habría estado de acuerdo con entregarla? ¿Y Jake y Trisha? Recordaba haberse burlado unas cuantas veces del concepto «romper el corazón». Lo había visto en varias de las películas de Rhett. En ese momento, pensó que por fin podía hacerse una idea de por qué lo describían de esa forma.

—Ojalá me hubieran matado esa noche —deseó en voz baja.

Charles la miró, sorprendido, pero ella no añadió nada.

Si no hubiera escapado, tanto ella como 42 habrían permanecido en la habitación junto con las demás. Habrían muerto, sí, pero su compañera no habría sufrido tanto. Alice nunca habría ido a Ciudad Central, los de la capital no la habrían atacado y todos los que habían fallecido en el asalto seguirían vivos. Si se hubiese quedado en la cama aquella noche, si no hubiera tenido problemas para dormir y no hubiese oído nada... Cerró los ojos con fuerza, deseando poder regresar al pasado y cambiar todas y cada una de sus decisiones, pero era imposible.

—Lamento tener que ser yo quien te abra los ojos —se disculpó Charles—. Después de todo, no me caes mal.

—Apenas sabes nada de mí —dijo ella en voz baja.

—Los dos somos androides lo suficientemente idiotas como para relacionarnos con humanos. Yo diría que ya tenemos bastante en común.

Alice alcanzó el vasito que le había ofrecido y, tras dudarlo un instante, se lo acercó a los labios. Despedía un aroma muy particular y fuerte, era bastante desagradable. Con una mueca de desagrado, lo dejó otra vez en la mesa.

—¿Puedo salir de aquí? —preguntó directamente.

Lo cierto era que esperaba un no rotundo, pero Charles la acompañó al exterior sin mediar palabra. Había anochecido y la hoguera que antes había visto que encendían ahora iluminaba toda la circunferencia que formaban las caravanas. La gente iba de un lado para otro tranquilamente, transportando platos de comida y botellas de algo que no parecía agua, sino más bien el alcohol que Charles le había ofrecido. Un pequeño grupo, en esos momentos, arrastraba un tronco grueso para colocarlo junto a la hoguera y sentarse en él. Ya había otros dos allí.

—¿Quieres unirte a ellos? —preguntó Charles.

—¿No les extrañará la compañía de una prisionera?

—Aquí no somos tan remilgados como en las ciudades —le aseguró divertido, adelantándose—. Vamos.

En cuanto vieron aparecer a Charles, sus compañeros se apartaron para dejarles sitio a ambos. No parecieron extrañados de verla. La chica que estaba repartiendo la comida le echó una ojeada mientras ofrecía un plato a Charles. Tenía la piel oscura, el pelo rapado por un lado de la cabeza y las puntas de varios mechones de color rosa. Pero lo que más llamó la atención de Alice y le provocó un cosquilleo en el estómago, sin embargo, fue que llevara unos mitones negros casi idénticos a los que usaba Rhett.

—¿Te gustan los huevos revueltos? —le preguntó la chica con voz monótona, como si estuviera aburrida.

Alice, pese a que no sabía muy bien qué eran, asintió con la cabeza. Sabía qué era un huevo y también una gallina, pero no recordaba haber consumido ninguna de las dos cosas en su vida. En cuanto le dieron tenedor y plato, comprobó que se trataba de una masa amarillenta y cremosa acompañada de lo que parecía carne seca y un trozo de pan duro. Mientras Alice lo analizaba todo meticulosamente, Charles, a su lado, comía como si no lo hubiera hecho en años.

—Entonces... —comenzó a hablar el chico que estaba sentado a su otro lado, un muchacho quizá un poco más joven que ella y sumamente delgado—. ¿Eres un androide de esos?

—Un *androide de esos*. —Charles se echó a reír.

—Sí —se limitó a decir Alice, dándole un pequeño mordisco al pan duro.

No se había dado cuenta hasta ese momento, pero lo cierto era que estaba hambrienta.

—¿Por qué nos avisaron de que tuviéramos cuidado con ella? —preguntó la chica, que seguía repartiendo comida. Soltó un resoplido despectivo—. Solo es una niña flacucha.

Eso ofendió un poco más de lo debido a Alice. ¡No era una niña!

—¿En serio? —Charles agitó el tenedor—. De eso nada. Tú no la has visto disparar.

—¿Y tú sí?

La verdad es que Alice también acababa de preguntarse eso. ¿Cómo sabía Charles que disparaba bien si no la había visto nunca?

—Claro que no, pero los rumores se extienden como la pólvora. La ascendieron de novatos a avanzados. ¿Cuánta gente puede decir eso?

Aquello sí pareció impresionarlos; al mirarla, ahora sus ojos mostraban respeto. Ella siguió comiendo en silencio. Los huevos revueltos resultaron ser deliciosos.

—Los de las ciudades son unos blandos —opinó un chico sentado en otro de los troncos—. No puedes fiarte de su criterio.

Varias personas estuvieron de acuerdo. ¿Blandos? Por el contexto, Alice lo atribuyó a debilidad, y enseguida le vino la imagen de los científicos: ¿cómo los calificarían a ellos?

—Sí —estuvo de acuerdo la chica de los mechones rosas. Fijó la vista en Alice y añadió—: A mí me sigue pareciendo poca cosa.

No pudo determinar si era porque parecía estar burlándose de ella, porque ya le quedaba poco que perder o porque, simplemente, necesitaba descargar su rabia contra alguien, pero Alice no pudo callarse.

—¿Cómo te llamas? —le preguntó.

—Yin. ¿Y tú? ¿Cuál es tu numerito?

—Mi nombre es Alice. —No le permitió seguir hablando antes de proseguir—. ¿Se te dan bien las armas, Yin?

—Soy la mejor de aquí. Si no te lo crees, pregúntale a cualquiera.

Charles, como si se hubiera sentido identificado con ese término, asintió para darle la razón.

—Pues yo era de las mejores de mi ciudad.

—¿Qué quieres decir con eso? ¿Me estás retando?

Quienes las rodeaban empezaron a aplaudir, lo que hizo que Alice perdiese algo de fuerza de voluntad. Yin, en cambio, esbozó una gran sonrisa y empezó a animarlos.

—¡El robotito quiere apostar conmigo!

—¿Apostar el qué? —preguntó Alice un poco perdida.

—Cuando retas a alguien, ambos tenéis que poner algo en juego —le explicó el chico flacucho—. Quien gana se lleva ambas cosas.

—Supongo que mi apuesta no puede ser mi libertad, ¿no?

Charles empezó a reírse.

—Ya te gustaría...

Yin se dio la vuelta en ese momento y examinó a Alice de arriba abajo hasta detenerse en sus pies. Pareció considerarlo unos instantes antes de decidirse.

—Quiero tus botas —declaró.

—¿No puedo elegir yo lo que me juego?

—No. Tú escoges lo que apuesto yo, robotito.

Miró sus botas, dubitativa. Eran buenas. Y habían sido de las primeras cosas que había recibido en la ciudad, casi como un símbolo del inicio de su nueva vida. No quería separarse de ellas. Pero, a la vez, no iba a echarse atrás y ser el motivo de burla del campamento. Ni aunque fuera a permanecer allí solamente unas pocas horas.

—Vale —aceptó Alice finalmente, señalándola—. Yo quiero tus guantes.

Yin pareció algo contrariada. Levantó su mano, enseñándolos, y la gente pareció tan extrañada como ella.

—¿Unos mitones? —preguntó Charles—. Puedes elegir lo que quieras. Incluso su arma.

—Quiero esos guantes.

—Como prefieras. —Yin no le dio más vueltas—. Vayamos directas a lo interesante, ¿no?

Apartaron uno de los troncos para colocar varias cajas y barriles de madera, con botellas de cristal vacías sobre ellos. Algunas estaban en posiciones elevadas, otras prácticamente en el suelo y unas pocas tumbadas de forma que fuera más difícil acertar. La gente había hecho un corrillo para despejar la zona. Alice y Yin se colocaron, alineadas, a unos metros del obstáculo. A ambas se les entregó un revólver con cinco balas, así que esos eran los intentos de los que dispondrían. Quien alcanzara más botellas, ganaba. No era muy complicado.

—Todavía estás a tiempo de echarte atrás y conservar esas preciosas botas —le recordó Yin mientras colocaba los pies sobre la línea.

Alice no respondió. Estaba muy ocupada canalizando todas sus frustraciones en aquellas botellas. Eso la ayudaría a afinar su puntería.

—¿Preparadas, señoritas? —preguntó Charles tras ellas.

—Da ya la orden —rugió Yin impaciente.

—Madre mía, qué carácter. —Sin más preámbulos, Charles levantó una mano y volvió a bajarla a toda velocidad—. ¡Cuando queráis!

Alice no reaccionó a tiempo y Yin disparó a la primera botella, la que estaba más cerca. El sonido hizo que diera un brinco y, entonces, su cuerpo empezó a funcionar de forma automática. Sujetó bien el arma, buscó con la mirada, y apretó el gatillo. Una botella relativamente fácil estalló con la bala.

—¡Uno a uno! —gritó alguien.

Lo cierto era que Alice no recordaba que tenían público. Estaba muy concentrada, y solo miraba fijamente las botellas, deseando vaciar el cargador en ellas. Las manos le temblaban con una rabia que parecía guiarla.

Descerrajó otro tiro. No se detuvo para comprobar si había acertado; buscó otro objetivo. Y otro. Y otro. Y otro más. Volvió a apretar el gatillo, pero un ligero clic le indicó que se había quedado sin balas. Lo intentó dos veces más, furiosa, hasta que se dio cuenta de que todo el mundo se había quedado en silencio. Parpadeó, volviendo a la realidad, y por fin fue consciente de lo que había pasado.

Había disparado a las cinco botellas sin detenerse. Yin, sorprendida, había sido incapaz de agotar sus balas.

—¡Ha ganado el robotito! —gritó alguien entonces.

Alice trató de darse la vuelta, pero solo pudo soltar un grito cuando otra persona se acercó y la agarró de las rodillas para levantarla en el aire. Lejos de compartir sus risas y sus vítores, empezó a chillar para que la bajaran. Sin embargo, los habitantes de las caravanas se la pasaban de brazos en brazos, sentándola en varios hombros y lanzándola al aire. Llegó a creer que les vomitaría encima, pero por suerte consiguió, de algún modo, aterrizar en el suelo de nuevo. En el cómodo y seguro suelo.

Y, en medio del caos, Yin se le acercó con los dientes apretados y le lanzó los mitones a la cara. Alice esbozó una gran sonrisa, que se ensanchó incluso más cuando se los hubo puesto.

La apuesta fue la casilla de salida de los duelos esa noche, y Alice empezó también a celebrar las victorias de los siguientes participantes. Incluso se animó a levantarlos por los aires, aunque no tuviera mucha fuerza. Sin percatarse, terminó olvidándose de Rhett, de su antigua ciudad y de lo que le sucedería al día siguiente. No. Esa noche no se sentía como una prisionera, sino como un miembro más de aquella extraña familia.

Ya habían pasado varias horas cuando Alice entró en la caravana de Charles, que se había retirado antes. Lo encontró leyendo unos papeles. Pareció divertido cuando ella se tumbó en el suelo y se quedó allí, abrazada a una botella de alcohol.

—¿Al final lo has probado? —preguntó.

—Sí, pero ni siquiera recuerdo cuándo. Ni cómo... —Soltó una risita floja—. Creo que nunca me lo había pasado tan bien.

—Ya te dije que si algún día me visitabas te divertirías.

Ella empezó a reírse con ganas, dejando la botella a un lado y estirando los brazos y las piernas. Parecía una estrella de mar.

—Deberías dormir —sugirió Charles entonces—. Mañana es tu gran día.

—¿Mi gran día? No tienes ni idea de lo que les hacen a los androides defectuosos como nosotros, ¿verdad?

Charles la miró, curioso.

—¿Lo sabes tú?

—A ti solo te expulsaron de la zona. Te cortaron la mano, sí, pero eso no es nada.

—¿Ah, no? Vaya, y ¿qué le van a hacer a una pobre androide como tú que sea peor que perder una mano?

—En el mejor de los casos, me dispararán en el estómago y todo terminará rápido. Sin dolor y sin sufrimiento. En el peor... me desconectarán para ver qué errores ha tenido mi núcleo. Y me lo arrebatarán todo. Mis recuerdos, mis habilidades, mis emociones, mis... sentimientos. Todo.

—¿Y eso te parece peor que quedarte manco?

Alice volvió lentamente la cabeza hacia él, ofendida.

—Sí, mucho peor.

—¿Por qué?

—Porque ¿qué te queda si te lo arrebatan todo?

—La vida.

—¿Y de qué sirve vivir sin emociones, sin recuerdos y sin sentimientos? ¿Realmente estás viviendo o solo eres un recipiente vacío?

—Vaya, ¿quieres que nos pongamos filosóficos? Porque para continuar con esta conversación voy a necesitar emborracharme.

Alice, para su propia sorpresa, soltó una risa totalmente sincera y clavó la mirada otra vez en el techo.

—Eso que te he dicho... es lo que solía repetir mi padre. Que lo que diferencia a los humanos de los androides es que ellos tienen sentimientos, recuerdos y emociones, y nosotros no. Pero ahora me aterra perder mi identidad, y se supone que un androide no debería sentir miedo... Cada vez estoy menos segura de cuál es la diferencia entre ellos y nosotros.

Dejó pasar unos segundos de silencio en los que el alcohol siguió haciéndole efecto. Se preguntó cómo se sentiría al día siguiente, si es que se iba a sentir de alguna forma. Esa noche, tirada en el suelo, riendo, borracha, podía ser quien quisiera; pero por la mañana, cuando saliera por aquella puerta, volvería a tener que enfrentarse a la realidad.

—No dormiré —resolvió entonces—. Quiero disfrutar de mis recuerdos durante unas horas más.

—Haz lo que te plazca, pero no te alejes de las caravanas. Te aseguro que no quieres cruzarte con los salvajes tú sola.

—No te preocupes. —Alice sonrió amargamente—. No tengo ningún lugar al que ir.

Ni tampoco nada que perder.

2
EL BESO DE DESPEDIDA

Alicia no sabía cuánto tiempo llevaba deambulando por la ciudad. Caminaba sin ser consciente de ello. Solo se movía sin rumbo fijo, desesperada por encontrar cualquier distracción, cualquier cosa que le diera un propósito, aunque fuera momentáneo.

Gabe no la quería, su madre no le dejaba entrar en casa y su padre..., bueno, ¿quién sabía dónde estaba su padre?

Tampoco tenía amigos ni familiares cercanos. Ni siquiera tenía conocidos a los que acudir en caso de emergencia.

No tenía nada.

Nada.

Se agarró a la primera barandilla que encontró y se llevó una mano a la frente. Le temblaban los dedos. Hacía tanto tiempo que lloraba que le dolía la cabeza. Ahora ya no caían lágrimas, pero de su garganta seguían escapando pequeños hipidos. No podía evitarlo. Solo quería despertar de una vez de esa pesadilla.

Apoyó ambas manos en la barandilla y agachó la cabeza. ¿Qué iba a hacer?

Tras recibir las notas y comprobar que había suspendido ocho asignaturas, su madre se había puesto furiosa. La discusión había escalado hasta tal punto que habían terminado gritándose. Y todo había terminado cuando Alicia había empujado a su madre con tanta fuerza que la había tirado al suelo.

Mientras se daba la vuelta, pálida de horror, la chica había tenido la certeza de que había traspasado el límite.

La había echado de casa, por supuesto. No podía culparla. ¿Acaso ella no habría hecho exactamente lo mismo? Ni siquiera había intentado llamarla. Sabía que no valdría la pena. No había nada que decir. Nada haría que su madre la perdonara.

Había probado suerte con Gabe. Se había presentado en su casa esa misma noche, desesperada y en busca de un lugar donde dormir. Habían cortado unas semanas atrás, pero tenía la esperanza de que la ayudara. No fue así. De hecho, Alicia escuchó sus pasos acercándose a la puerta y, acto seguido, alejándose de nuevo. También vio luz en su habitación. No quería saber nada de ella.

Habían pasado ya dos días desde aquello. Dos noches en las que había tenido que dormir en la calle.

Así que, efectivamente..., estaba sola.

Sola. Era una palabra horrible. La peor del vocabulario. Incluso su significado era vacío. Y dejaba un regusto amargo en los labios al pronunciarla.

Otro hipido escapó de su garganta al apoyar la frente en la barandilla. Gabe tenía razón: solo sabía pensar en sí misma. Por eso todos la habían abandonado. En el fondo, se lo merecía. Incluso Charlotte, a la que tanto había odiado, llevaba razón.

Al alzar la cabeza, Alicia se percató de que estaba en un puente. Se quedó mirando el agua, recordando la discusión con su madre. Ni siquiera era capaz de determinar qué le había dicho para provocarle el instinto de empujarla. ¡En realidad no había querido hacerlo! Si tan solo pudiera decírselo y que la creyera...

De manera algo automática, lentamente, pasó por encima de la barandilla hasta que estuvo sentada en ella, con los pies colgando en el vacío. No había mucha altura, pero había llovido y el agua corría a una velocidad de vértigo. Además, la corriente desembocaba en una pequeña cascada rocosa.

En caso de caer..., ¿se desmayaría antes de hacerse daño?

Si se soltara, todo terminaría rápido. Dejaría de ser un estorbo. Quizá su madre suspiraría de alivio. Tal vez Gabe ni siquiera se daría cuenta de su ausencia.

Respiró hondo y, con los dedos enguantados, se agarró con fuerza a la barandilla. Inclinó un poco el cuerpo hacia delante. Cerró los ojos. El aire gélido le arañaba la piel. No sentía los labios. Ni las mejillas. Ni siquiera las orejas.

Y, pese a todo, por primera vez desde hacía días sintió algo distinto a la tristeza. Sintió... adrenalina.

Ver sus pies colgando sobre la nada hizo que su corazón se acelerara y su cuerpo se activara por primera vez en lo que parecía una eternidad. Sus manos aflojaron ligeramente el agarre y resbaló unos pocos centímetros hacia abajo, sin miedo.

Su corazón palpitó rápido mientras miraba por última vez a su alrededor. Había vivido allí toda su vida y seguía sintiendo que no encajaba. Era una desconocida en esas calles, entre esas personas. Nadie la recordaría.

Se inclinó hacia delante y sus dedos, su único soporte, resbalaron lentamente. Alicia cerró los ojos, en calma.

Y finalmente abrió las manos.

No obstante, en el último milisegundo, se agarró de nuevo y, con un fuerte impulso, hizo que su cuerpo cayera al otro lado de la barandilla. El choque contra el asfalto fue duro y la dejó sin aliento. Alicia levantó la cabeza, sorprendida, y vio que, junto a su mano, unas pocas piedrecitas empezaban a temblar como si el suelo se estuviera moviendo.

¿Qué estaba pasando?

Retiró la mano, aterrada, cuando la barandilla en la que se había apoyado unos segundos atrás también empezaba a temblar furiosamente. Giró sobre sí misma para tumbarse boca arriba y por *fin lo vio. Un punto brillante caía del cielo en la lejanía. Emitía un silbido extraño y suave que no se detuvo hasta que la luz desapareció entre los edificios de la ciudad.*

Supo que ese objeto había tocado tierra en cuanto el silbido se convirtió en un rugido que hizo que el suelo empezara a calentarse bajo sus manos y sus oídos comenzaran a zumbar. Entonces oyó los gritos de la gente.

Varias macetas cayeron de un balcón y se estrellaron contra el suelo. Alicia ni siquiera pudo escuchar el sonido del golpe, porque el zumbido en sus oídos se había intensificado. Se cubrió las orejas con las manos, desesperada. Una nube de humo negro empezó a alzarse en la lontananza, justo donde el objeto brillante había impactado. Poco después, la nube llegaba al cielo. Y no dejaba de expandirse.

Alicia no reaccionó a tiempo.

De pronto, el humo se volvió una bola de fuego que estalló creando una circunferencia gigante. Los árboles y los edificios se tambalearon y Alicia salió disparada varios metros hacia atrás.

Su cabeza chocó con un coche. Se desmayó de inmediato.

* * *

Alice abrió los ojos; respiraba agitadamente. Se puso de pie y se llevó las manos a la cabeza, el estómago, los brazos... Necesitaba comprobar que estaba bien. Le zumbaban los oídos y le dolía la cabeza. Retrocedió varios pasos antes de darse cuenta de que no seguía en el suelo. De que nada temblaba. De que la gente no gritaba. Se encontraba en la caravana de Charles. Y ya había amanecido.

—A eso lo llamo yo una buena pesadilla.

Charles estaba tumbado en la cama de la que Alice se había levantado. Tenía un cigarrillo encendido en los labios y las manos entrelazadas tras la nuca.

Al principio, dormir en la misma cama le había parecido una locura. Pero después, teniendo en cuenta que sería su última noche, prefirió pasarla en un sitio cómodo. Sus ganas de mantenerse despierta habían durado poco. El agotamiento terminó siendo más fuerte que la voluntad.

Charles no la había molestado demasiado. Había hecho una broma con las esposas, pero al ver que Alice le daba la espalda, se limitó a pasarle un dedo por encima de los hombros y por la columna vertebral, haciendo que su cuerpo se relajara inconscientemente hasta quedarse dormida. Al abrir los ojos, incluso después de la pesadilla, fue consciente de que había amanecido cubierta por una manta, que él le debía de haber puesto encima mientras dormía.

Alice no entendía a ese chico. En absoluto. Pero, por algún motivo, le caía bien. No comprendía cómo podía agradarle alguien que, supuestamente, iba a venderla a unos asesinos.

—¿Te apetece desayunar? —preguntó Charles, incorporándose perezosamente—. Creo que me queda *whisky* de anoche.

—¿*Whisky*... para desayunar?

—Si no te lo tomas ahora, después te arrepentirás.

Lo rechazó igualmente.

Charles la dejó sola de nuevo y Alice decidió darse una ducha. Al terminar, se miró en el espejo. Se sintió una completa desconocida.

Una chica de brazos delgados pero musculosos, el pelo oscuro sujetado tras las orejas y grandes ojos azules le devolvía la mirada. Lo único que podría considerar una «imperfección» eran los pocos lunares de su mandíbula y su cuello —uno en concreto bajo su ojo izquierdo— y las pocas cicatrices que había acumulado durante esos meses. Una estaba en la ceja y la otra en el brazo que tenía vendado. Esta última le provocó un pequeño latigazo de dolor, como si quisiera recordarle que seguía ahí.

Bajó la mirada a su abdomen desnudo y la marca del 43. Ese estúpido número sería su perdición. Y lo peor era que, para ella, no significaba nada.

Tras vestirse y salir del cuarto de baño, Charles la esperaba con unas cuantas manzanas sobre la mesa.

—Quería hacer huevos revueltos, pero anoche se me adelantaron. Otra opción era un entrecot, pero mejor lo descartamos. Nos faltan recursos.

—¿Un... entrecot?

—¿No sabes lo que es?

—No.

—Pues búscate un diccionario.

Alice alcanzó una de las manzanas y le dio un buen mordisco. Era deliciosa. Charles debió de darse cuenta de que le estaba gustando, porque sonrió con aire triunfal.

—¿De dónde sacáis la comida? —preguntó ella con curiosidad, sentándose delante de él.

—La fruta solemos intercambiarla. Igual que la mayoría de los suministros. Los huevos son lo único que es realmente nuestro. Criamos a las gallinas nosotros mismos. Tenemos que vigilarlas bien porque, si las soltáramos, lo más probable es que los salvajes las despellejaran en dos días. En fin..., ¿seguro que no quieres *whisky*?

—No, gracias.

—Mejor. Tooooodo para mí. —Le sonrió felizmente—. Así que no has intentado escaparte, ¿eh? Sinceramente, tenía la esperanza de que lo hicieras. Habría sido divertido buscarte por el bosque.

—No tengo motivos para huir —murmuró ella con voz monótona.

41

—¿Y lo de anoche? ¿No te lo pasaste bien? Si te escaparas, podrías vivir más aventuras así.

—Me da igual.

Era mentira, pero... ¿qué importaba a esas alturas?

Nada más salir de la caravana, el sol la obligó a entrecerrar los ojos. Había cuatro coches estacionados en el exterior del campamento y supo enseguida que serían los que la acompañarían.

Permaneció de pie mientras preparaban el viaje. Ni siquiera tenía ganas de hablar. La gente de las caravanas parecía muy pacífica. Tranquila. Y feliz. Algunos la reconocían de la noche anterior y la saludaban o volvían a felicitarla. Alice se preguntó si toda esa alegría se debería a las drogas que consumían.

—Buena suerte, robotito —comentó Yin al pasar por delante de ella. Incluso le guiñó un ojo. Alice le sonrió ligeramente mientras la otra se alejaba—. O quizá debería deseársela a cualquiera que se cruce en tu camino.

Al finalizar los preparativos, Charles la acompañó a uno de los coches y le indicó el asiento del copiloto. Cuando se colocó a su lado y encendió el motor, le dedicó una última mirada.

—¿Preparada, querida?

Alice no respondió.

El viaje no fue demasiado largo. Se entretuvo observando el bosque y el prado que se extendían ante ella formando un bello paisaje de tonos verdes y castaños que brillaban bajo la luz del sol. Contemplo los caminos que se cruzaban, los pocos pájaros que se veían volando en la lejanía, las ramas que se enredaban una sobre otra, el río que desaparecía tras las copas de los árboles... Todos y cada uno de esos detalles parecían dignos de atesorar, así que ella trató de memorizarlos. Si llegaban a desconectarla, quería un último recuerdo bonito.

Con los brazos apoyados en la ventanilla y la cabeza sobre ellos, siguió observando la senda. Sintió en la nuca los ojos de Charles.

—¿No vas a decir nada? —Parecía contrariado, como si su actitud le resultara extraña.

—No se me ocurre nada —murmuró ella.

—Di algo. Lo que sea.

—Fumas demasiado.

Charles rio entre dientes.

—Vale, casi prefería el silencio.

—Lo digo en serio, Charles. Desde que llegué ayer no has parado. ¿No te parece un hábito muy poco sano?

—¿Qué más da? No me va a matar. Ni siquiera se me pueden pudrir los pulmones o los dientes. —Tras decir eso, permaneció casi un minuto entero en silencio antes de romperlo—. No me puedo creer que no vayas a preguntar nada acerca del sitio al que vamos.

—No tengo nada que decir.

Con la mirada, Alice delineó lo que parecía la silueta de una ciudad muerta al otro lado del bosque. Parecía tan triste y vacía... exactamente igual que se sentía ella.

—¿Qué harías tú? —le preguntó en voz baja—. Si fuera tu último día.

Él lo consideró.

—Emborracharme, montar una fiesta, echar un polvo... —la miró—, ya sabes, sexo. Hay muchas opciones. Incluso podría combinar las tres. La cosa es pasarlo bien.

—¿Por qué todo el mundo está tan obsesionado con el sexo?

—La pregunta es: ¿por qué tú no?

—¿No querrías intentar vengarte de los que te trajeron aquí? —preguntó Alice, retomando el tema.

—Yo creo en la justicia cósmica.

—¿Qué es eso?

—Ya sabes. Haz cosas buenas y te pasarán cosas buenas. Haz cosas malas y te pasarán cosas malas. Todo lo que das, la vida te lo devuelve.

Alice esbozó una pequeña sonrisa irónica.

—Si eso fuera real, yo no estaría aquí contigo.

—Quizá has sido peor de lo que crees.

—¿Puedo preguntarte algo?

—Por supuesto, querida.

—¿Realmente tengo una marca de androide en la muñeca o te lo inventaste?

Charles sonrió y soltó una de las manos del volante, la extendió hacia ella, buscando la suya. Alice la acercó, observándolo con curiosidad, y notó cómo pasaba el pulgar por la sensible piel de la cara interna de su muñeca derecha.

—Aquí está. Fíjate bien.

Alice se acercó la mano a la cara. No había visto nada las últimas veces, pero en esa ocasión, percibió una pequeña marca blanca. Diminuta. Se acercó un poco más, entrecerrando los ojos, y por fin distinguió dos letras.

—JY —leyó en voz alta—. John Yadir. Las iniciales de mi padre.

—De tu creador, dirás.

—Para mí era como un padre.

—Lo que tú digas.

Alice prefirió no entrar en esa discusión, solo lo miró de reojo.

—¿Dónde tienes tú la tuya?

Charles parecía haber estado esperando la pregunta, porque su sonrisita se ensanchó.

—No creo que quieras verla.

—¿Por qué no?

—Porque, para enseñártela, tendría que bajarme los pantalones.

—Vale, tienes razón. No quiero verla.

—¿Segura? —preguntó, riendo.

A Alice, por algún motivo, se le contagió la risa.

—Segurísima —le confirmó.

—Por cierto, no me has dicho qué harías tú en tu último día.

—Lo que hice anoche, lamentarme y emborracharme con desconocidos.

—No es un mal plan.

—Pues no. —La risa de Alice adquirió un tono triste, casi como si estuviera a punto de echarse a llorar y no supiera cómo ocultarlo—. No es un mal plan.

Apenas había terminado de decirlo cuando, de pronto, el coche se detuvo. Ella se sujetó al asiento y se volvió hacia Charles, sorprendida. Se pasó una mano por la cara y soltó un resoplido.

—Joder... —murmuró.

—¿Estás bien?

En ese momento, él alcanzó el aparato de radiocomunicación que había encima del cambio de marchas. Se lo acercó a la boca y, apretando un botón, espetó un corto:

—Seguid sin mí, ahora os alcanzo.

Volvió a dejar el aparato en su lugar y se volvió hacia Alice, que no entendía lo que estaba sucediendo.

—A la mierda —masculló Charles, inclinándose sobre ella para abrirle la puerta—. Vete de aquí, vamos. Lárgate.

Ella, todavía sin ser capaz de procesar lo que estaba pasando, siguió sin moverse.

—¿Qué...?

—Vete de una vez —insistió Charles impaciente—. ¿O prefieres que lleguemos a nuestro destino y que te maten?

—No, pero...

—No hay peros. Diré que te has escapado. Corre antes de que me arrepienta.

El corazón de Alice se había acelerado de la emoción, y se desbocó cuando entendió que realmente la dejaba ir. Se dio la vuelta para mirarlo por última vez.

—Muchas grac...

—Bah, no me des las gracias y lárgate de una vez. Como nos pillen, no solo tú te meterás en problemas. Sigue recto hasta llegar al río, y después ya encontrarás el camino. No tiene pérdida.

Ella sabía que tenía razón, lo más sensato era salir corriendo y no mirar atrás. Pero aun así quiso agradecerle el gesto de alguna forma. Clavó una rodilla en el asiento, apoyó una mano en el hombro de Charles y le dio un beso en la mejilla que se extendió unos pocos segundos.

—Deja de besuquearme y sal de aquí —insistió él, aunque esa vez de un modo menos brusco.

Alice asintió, sonriendo, y finalmente echó a correr.

Huir a través del bosque no fue fácil. Las ramas, raíces, arbustos y rocas se entrometían en su camino cada vez que desviaba la mirada del suelo para intentar situarse. Respirando con dificultad, intentó escuchar el sonido del río. Tenía que encontrarlo rápido. Si la encontraban, podía ser desastroso.

Al menos, los mitones de Yin sirvieron para evitar unos cuantos rasguños. Se agachó para pasar por debajo de una rama caída y siguió corriendo. Una parte de ella temía que Charles fuera a cambiar de opinión y volviera, pero la otra sabía que no lo haría.

Y por fin llegó al río.

Se detuvo junto a la orilla, apoyando las manos en las rodillas y respirando agitada. Estuvo tentada a dejarse caer al suelo y descansar, pero no se atrevía a detenerse aún. Debía seguir moviéndose y...

—¡Alice!

Esa voz... Se volvió, confusa, y más aún se quedó cuando un adolescente de pelo rizado y castaño, una capa de pecas sobre la nariz y una gran sonrisa la estrujó con sus dos brazos rechonchos. Ella, tiesa, dejó que la abrazara.

—¡No me lo creo! ¡Ha funcionado! —exclamó Jake, separándose. Estaba entusiasmado—. ¡Por un momento pensé que no lo conseguiríamos!

—¿Q-qué...?

—Sí, admito que yo también me he asustado —comentó otra voz conocida. Tina. Se estaba acercando a ellos con una sonrisa de alivio—. ¿Estás bien, Alice? Te has quedado lívida.

—¡Oye! ¡No empecéis la fiesta sin mí!

Por algún motivo, fue la voz de Trisha lo que hizo que reaccionara. Alice se dio la vuelta, entusiasmada, y se lanzó sobre ella sin siquiera pensarlo. Le dio un abrazo muy parecido al que había recibido de Jake unos segundos antes. La chica quiso zafarse, dio un brinco e intentó empujarla para quitársela de encima.

—Pero ¿se puede saber qué haces? ¡Me estás asfixiando!

—¡Es que me alegro mucho de verte!

Tina se acercó a ambas. Tirando ligeramente del hombro de Alice, consiguió liberar a Trisha.

—¿Estás bien? —le preguntó a la primera—. ¿Te han hecho daño?

—Estoy perfectamente —le aseguró Alice, que todavía no podía creerse nada de lo que estaba sucediendo—. ¿Qué hacéis aquí? ¿Qué está pasando?

—Hicimos un trato con Charles —explicó Jake—. Tuvimos que robar un montón de armas de la ciudad para poder sobornarlo, pero al final accedió a que regresaras con nosotros. De hecho, pareció gustarle la idea.

—Así no tendría que compartir la recompensa con nadie —añadió Trisha.

47

¿Charles sabía que ellos estarían allí? Entonces, lo del coche había sido un paripé. Lo había sabido todo el tiempo, solo había disimulado delante de los demás. Alice no estuvo muy segura de si debía estar enfadada, pero solo pudo sonreír y negar con la cabeza. Si alguna vez volvían a verse, iba a cobrarse su venganza. Aunque consistiera únicamente en esconderle el tabaco.

—¿Habéis robado... por mí? —preguntó sin poder creérselo.

—Hemos escapado de la ciudad por ti —corrigió Tina—. Y también para huir de Deane.

—Ambos factores han influido —asintió Trisha.

—Y ¿qué os pasará ahora? ¡Deane se pondrá furiosa!

—¿A quién le importa cómo se ponga esa zumbada? —preguntó la rubia, divertida. Se ganó una mirada de reproche de Tina, así que carraspeó y se apresuró a añadir—. Es decir, está claro que supone un peligro, pero no podíamos dejarte tirada. Tú habrías hecho lo mismo por nosotros.

Alice no sabía qué decir. Se aclaró la garganta y trató de serenarse.

—¿Qué tenéis pensado hacer?

—Tina tiene un contacto en otra ciudad. —Jake sonrió ampliamente—. Nos dirigiremos allí.

—Entonces...

—Sí, estás a salvo. Al menos, de Ciudad Capital. Si ahora sale un tigre de entre los arbustos, no lo estarás tanto, claro, je, je...

Alice, que en cualquier otra ocasión habría negado con la cabeza ante esa ocurrencia, sintió que era lo más gracioso que había escuchado en la vida. Soltó una risotada histérica y se acercó para abrazar a su amigo con fuerza.

—Ay, Jake, te he echado de menos. No sabes cuánto.

—Solo han pasado dos días —recalcó Trisha.

—Cállate. —Él le puso mala cara y miró a Alice—. Tú te sacrificaste por mí. Yo me sacrifico por ti.

—No podía dejar que te encerraran.

—Ni yo podía que te mataran a ti. —Apartó la mirada, incómodo, y la clavó en Tina—. Bueno, finalizada la bienvenida... He oído que empaquetabas unas cuantas cajas de comida, ¿y si abrimos alguna?

3
EL RÍO DE LAS RECONCILIACIONES

Alice estaba sentada al margen del pequeño grupo. Estaba limpiando el arma que le habían prestado. Solo habían pasado veinticuatro horas y ya se sentía como nueva, como si volviera a estar en casa. Le daba igual estar en medio del bosque. O dormir en el suelo. O tener poca comida. Nada importaba.

Y, sin embargo, cuando limpió el interior de la pistola con un trapo viejo, no pudo evitar acordarse de las clases de Rhett. Él le había enseñado a hacerlo. Al igual que todo lo que sabía sobre armas.

Y aun así...

No, él ya no importaba. Quienes contaban eran los que seguían con ella. Rhett era historia. Tenía que desaparecer de su cabeza. Ya había demasiadas cosas malas allí dentro como para añadirlo a él. No se merecía ese privilegio.

Justo cuando empezaba a montar la pistola de nuevo y trataba de ignorar las pequeñas punzadas de dolor de su brazo, Tina se acercó a ella con cierta cautela.

—Creo que deberías dejar que te viera la espalda y el brazo.

—Estoy bien —la tranquilizó Alice.

—De todos modos, me gustaría echarles un vistazo. Solo por si acaso.

Ese día, Alice había encabezado la marcha y la vegetación punzante del bosque no había tenido piedad con ella. Pero no le había importado.

Al final cedió y se volvió para darle la espalda. Tina se agachó detrás de ella y le pidió que se quitara la camiseta, que, además de vieja, estaba destrozada y sucia. Por su forma de suspirar, supo que no le gustaba lo que estaba viendo.

—Esto va a doler —advirtió.

Alice notó cómo le limpiaba los arañazos y las heridas. No escocía tanto como había anticipado, pero escocía. Se agarró con fuerza a la tela de sus pantalones y trató de no moverse ni protestar mientras Tina la curaba.

—Me alegra ver que Charles no te hizo daño.

La verdad es que Charles se había portado bien con ella.

—Me bebí unas cuantas botellas de su alcohol —confesó avergonzada.

—Bueno, estoy segura de que podrá superarlo.

Tras finalizar la cura, Tina le ofreció su chaqueta (debajo llevaba una camiseta de manga corta) y la ayudó a ponérsela.

—¿No tendrás frío? —preguntó Alice.

—Más frío tendrás tú si te quedas así. Venga, póntela y no protestes.

Alice obedeció. Seguía algo caliente y le quedaba un poco pequeña, ya que Tina era más bajita que ella, pero no importó. Agradeció sentir la calidez envolviéndola; por las noches la temperatura bajaba en picado.

—¿Cómo tienes la herida del brazo? —preguntó Tina.

—Bien —mintió—. Podría estar mejor, pero... bien.

—Esperemos que no empeore. O que, al menos, lo haga en la ciudad a la que vamos. Así podré ayudarte.

La mujer hizo una pausa y extendió la mano para tomar la de Alice. Pareció que los mitones negros le resultaban graciosos.

—¿De dónde has sacado esto?

—No creo que la respuesta vaya a gustarte mucho.

Tina no insistió, solo se quedó mirándolos con gesto ausente.

Pese a que Alice no sabía su edad, calculaba que andaba entre los treinta y cinco y los cuarenta. Aunque no lo parecía. Era bajita, algo regordeta y tenía la piel de un ligero tono bronceado. En su rostro había apenas unas pocas arrugas, concentradas en sus ojos y en las comisuras de sus labios, aunque solo aparecían cuando sonreía.

En ese momento Tina levantó la cabeza para dedicarle, precisamente, una sonrisa.

—Deberíamos volver con esos dos antes de que terminen matándose entre sí.

Efectivamente, Jake y Trisha estaban discutiendo. Al parecer, no se ponían de acuerdo sobre quién debería hacer la primera guardia de la noche. El argumento de Jake era que él seguía siendo el más responsable del grupo, mientras que el de Trisha se basaba en recalcar que Jake sería incapaz de hacerle daño ni a una mosca.

—Hoy la haré yo —interrumpió Alice.

Ambos la miraron a la vez, poco convencidos.

—¿Estás segura? —preguntó Jake.

—Totalmente.

—Oye, no quiero morir porque a ti te haya dado un ataque de confianza —replicó Trisha—. Mejor duérmete un rato.

—Estoy perfectamente bien —insistió ella—. Además, vosotros habéis pasado varios días recorriendo el bosque, pero yo dormí ayer en una cama. Creo que soy la que más ha descansado y la que menos probabilidades tiene de quedarse dormida.

—Yo la apoyo —opinó Tina.

Y, por lo tanto, Alice fue la encargada de la primera guardia.

Después de cenar, mientras los demás preparaban la lumbre y el lugar donde descansar, Alice se metió la pistola en la cinturilla de los pantalones y dio una vuelta al campamento para comprobar que todo estuviera en orden. Eso le sirvió también como excusa para estar un rato a solas. Sentía que no lo había estado en mucho tiempo. Ni siquiera en la sala de actos.

Al volver, Tina y Jake ya se habían acurrucado en sus respectivos lugares y dormían. Trisha seguía intentando hacer su hueco confortable. Era muy habilidosa en lucha y defensa, pero no tenía tanta maña para el resto de las cosas.

—¿Todo bien? —preguntó Alice divertida.

—Deja de sonreír, anda —dijo la otra, volviendo a estirar la manta en el suelo.

Cuando Trisha se hubo acomodado, Alice preguntó:

—¿Es seguro dejar la hoguera encendida?

—¿Por qué no iba a serlo?

—Charles mencionó a unos salvajes. Podrían vernos.

—Esos viven en las ciudades muertas —explicó Trisha—. No sé por qué, pero nunca se adentran en el bosque. Estamos fuera de peligro.

Alice se sentó a su lado. No era muy cómodo, pero era mejor que dormir directamente en el suelo.

—¿Quiénes son, exactamente? —preguntó—. ¿Humanos que no viven en las ciudades? ¿Por eso los llamáis salvajes?

—No. Lo cierto es que nadie sabe de dónde salieron; cuando se fundaron las ciudades ya rondaban por aquí. Solían vivir en una zona apartada del bosque, pero en cuanto vieron que algunos asentamientos acababan abandonados, empezaron a trasladarse a ellos.

—¿Y por qué todo el mundo les tiene tanto miedo? ¿Son muchos?

—No se sabe. Creo que por eso les tienen tanto respeto. Podrían ser cientos, miles... Ni siquiera hablan nuestro idioma. Yo solo he visto uno, y andaba desgreñado y sucio.

—¿Nadie ha intentado hablar con ellos?

—Son peligrosos, Alice. Todos los que han conseguido acercarse a ellos... Bueno, ya sabes.

Hizo un gesto como de cortarse el cuello a modo de explicación, sacando la lengua para simular que había muerto.

—¿Todos? —repitió Alice perpleja—. ¿Nadie ha sobrevivido?

—Solo uno. Rhett.

Alice se quedó mirándola, totalmente perpleja.

—¿En serio?

—Era el jefe de exploradores. El día de su última salida se encontraron con los salvajes. Él y su grupo desaparecieron durante semanas. Max se volvió loco, y Tina también. No dejaron de buscarlos, pero el único que volvió fue Rhett.

—Con las cicatrices —dedujo Alice en voz baja.

Trisha asintió.

—¿Hay alguna forma de evitarlos?

—Ni siquiera podrías detectarlos —aseguró ella.

Dicho esto, se tumbó sobre su cama improvisada y se acomodó de espaldas al fuego y a sus compañeros. Alice permaneció junto a la lumbre unos instantes más, después se puso en pie para empezar la guardia.

En realidad, el turno de vigilancia era bastante aburrido. Se trataba de asegurarse de que no corrían peligro, pero en un bosque deshabitado como aquel era difícil que pasara nada. Alice dio unas cuantas vueltas al campamento, se acercó al río e intentó divisar algún pez y luego regresó con sus compañeros, que seguían profundamente dormidos. Seguramente estuviesen agotados.

Llevaba ya casi una hora vigilando cuando le pareció escuchar un ruido no muy lejano. Se volvió, extrañada, y escudriñó la oscuridad para comprobar si notaba algún movimiento. No percibió nada, pero de todas formas no bajó la guardia. De hecho, de manera instintiva, había sacado la pistola de su cinturilla.

Casi se había tranquilizado de nuevo cuando el sonido se repitió, y en esa ocasión no hubo duda posible. Eran pasos. Alguien se acercaba a ellos. Alice se tensó de pies a cabeza y pensó en despertar a los demás, pero en vez de eso avanzó, pistola en alto y con la mirada fija hacia el origen del sonido.

Disparar no era aconsejable. El ruido atraería a quienes los buscaran, que probablemente no fueran pocos. Pero si estaban en peligro de verdad, Alice no pensaba dudar en hacerlo. Así que siguió avanzando con ambas manos en la pistola. Muy lenta y sigilosamente, le quitó el seguro.

Había avanzado con cautela sobre las ramas rotas, pero un pequeño crujido la delató. Quien fuera que se escondía en la oscuridad, también se detuvo de golpe. La había escuchado.

Debería haberse escondido o, al menos, debería haber avisado a sus compañeros. Pero siguió avanzando, nerviosa, hasta que se detuvo junto al grueso árbol del que parecía haber provenido el sonido. Sabía que la otra persona estaba justo al otro lado, probablemente tan tensa como ella. Y que ambas estaban esperando a que la otra diera el primer paso para poder apretar el gatillo.

Fue Alice quien se arriesgó. De un salto, se colocó al otro lado del árbol y aferró el arma entre sus manos. Su dedo estaba a punto de apretar el gatillo cuando se encontró, a unos pocos centímetros de su cara, otra pistola apuntándola.

Se quedó mirando el arma un momento antes de darse cuenta de que conocía esos guantes negros. Y esa cicatriz blanca del antebrazo. Se puso furiosa incluso antes de verle la cara a Rhett.

Ambos se estaban apuntando en la misma postura, y él parecía tan sorprendido como ella. Llevaba el mono negro de Ciudad Central y una mochila grande. Parecía cansado, lo que le indicaba que probablemente los había estado buscando durante bastante tiempo. Y ya los había encontrado.

¿Cuál sería su plan? ¿Meterlos a todos en un coche y llevarlos de vuelta con Deane? ¿Venderla directamente y luego ocuparse de los demás? Fuera cual fuese, no estaba dispuesta a quedarse esperando a que ocurriera.

—Suelta el arma —ordenó, presionando ligeramente el dedo sobre el gatillo.

Le estaba apuntando directamente a la frente. Y él a ella.

Rhett, sin embargo, no le dijo nada. Solo siguió mirándola con una expresión extraña, casi como si no supiera cómo reaccionar.

—¡Suelta el arma! —insistió Alice furiosa.

—Yo no...

No dejó que terminara. Su voz, de alguna manera, le recordó a cuando la había abandonado con Charles. Una oleada de rabia la embargó.

Sin tener en cuenta el riesgo o las posibles consecuencias, Alice sujetó el arma con una sola mano y le dio un codazo en la muñeca a Rhett. Lo pilló tan desprevenido que su pistola cayó al suelo. Y, aprovechando que ya no iba armado, Alice lo golpeó con la suya en la cara.

La verdad es que el ángulo era malo y ella estaba tan alterada que no hizo mucha fuerza, pero aun así lo escuchó soltar un gruñido de dolor. Mientras Rhett retrocedía, se agachó y recogió el arma del suelo. Al incorporarse, tenía una en cada mano y ambas apuntaban al intruso.

Rhett, que se sujetaba la nariz, la miró con el ceño fruncido.

—Pero ¿qué estás...?

—¡Ponte de rodillas! —ordenó Alice.

Sus gritos, por supuesto, habían terminado alertando al campamento. La primera en llegar fue Trisha, que se detuvo de golpe e intercambió una mirada con ambos.

—¿Interrumpo?

—¡Alice! —Tina se acercó prácticamente corriendo—. ¡Por el amor de Dios, baja eso ahora mismo! ¡Imagínate que disparas sin querer!

—¡No será sin querer!

—Y no va a disparar —aseguró Rhett, todavía sujetándose la nariz.

—¡TÚ CÁLLATE!

—Eso, sigue gritando —murmuró Trisha—. Seguro que los que nos buscan te lo agradecerán un montón.

Jake empezó a reírse, pero se calló de golpe cuando Tina le dedicó una mirada de reproche.

—Esta situación no es graciosa en absoluto —aclaró, señalando a Alice—. ¡Baja el arma ahora mismo!

—¡No!

—¿Le has dado un puñetazo? —Tina apoyó las manos en las caderas.

—¡Se lo merecía!

—Y ya le dije que algún día me sacudiría —añadió Rhett.

—¿Se puede saber qué haces aquí? —preguntó ella, ignorándolo—. ¿Qué te hizo pensar que serías bienvenido?

—Unas cuantas cosas, la verdad. Aunque ahora empiezo a cuestionármelas.

—¿Te crees que esto es una broma? ¡Tengo dos pistolas apuntándote a la cara!

—Y ¿qué piensas hacer? ¿Disparar?

—¡Como te muevas, lo haré! ¡Te lo aseguro!

—Chicos... —empezó Jake, tratando de calmar la situación.

—Chis. —Trisha le hizo un gesto para que se callara—. No te metas o la discusión te salpicará.

Alice seguía con la atención puesta en Rhett, que se había quitado la mano de la nariz. No sangraba, pero estaba enrojecida.

—¡No eres bienvenido! —exclamó—. ¡Vete o... apretaré el gatillo! ¡Los dos!

—Y ¿por qué no soy bienvenido?

Alice apretó los dientes, furiosa. ¿Cómo podía tener tan poca vergüenza? Después de haberla abandonado, de haberla entregado a alguien que sabía que la vendería... ¡se atrevía a formularle esa pregunta!

—¿Quieres otro golpe? ¿Es eso?

—Puestos a elegir, me gustan más las patadas.

Hizo un ademán de volver a darle con una de las armas, pero Trisha consiguió detenerla justo a tiempo. La rodeó con ambos brazos y, pese a que Alice dio unas cuantas patadas al aire, intentando liberarse, no tardó en darse cuenta de que sería inútil. Dejó de forcejear, pero lo que más furiosa la ponía era que Rhett ni siquiera se había molestado en moverse. Tina incluso le examinaba la nariz.

Pero ¡¿por qué todo el mundo la ignoraba?!

—No es grave —comentó Tina—, pero te ha acertado bien. ¿Te duele?

—No mucho —aseguró él, mirando a Alice—. ¿Voy a tener que enseñarte a golpear otra vez?

—¿Puedes dejar de provocarla? —sugirió Trisha cuando tuvo que apretar el agarre para que Alice no escapara.

—¡Es un traidor, Tina! —le gritó esta. Ya estaba jadeando por el esfuerzo—. ¡Me entregó a Charles! ¡Y me inyectó... algo que me dejó inconsciente!

—Alice... —empezó Tina.

—¡No! ¡Lo vi! ¡Lo oí! ¡Estaba en el coche! ¡Me vendió a un... a un...! ¡Sabía lo que me harían y aun así me abandonó allí!

—Pues claro que lo hice, ¿qué querías? ¿Que les pidiera permiso para dejarte escapar? Seguro que Deane habría estado encantada.

—¡Cállate!

—No, cállate tú y escúchame. Teníamos que sacarte de la ciudad sin que nadie sospechara nada, y Deane no dejó de vigilarme desde que te encerramos en la sala de actos. Era misión imposible.

Eso sí que hizo que dejara de patalear. Lo miró, extrañada. Rhett estaba dejando la mochila en el suelo y moviendo los hombros doloridos.

—Gracias por la confianza ciega, por cierto. —Rhett enarcó una ceja.

—¿Confianza ciega? —Alice se sacudió, consiguiendo por fin que Trisha la soltara—. ¡¿Cómo se te ocurre no decirme nada?!

—¿Y cuándo querías que te lo explicase? ¡Tuve que planearlo en dos horas! Si te hubiera hecho cualquier señal, la que fuera, para que supieras que estaba de tu parte, ¡Deane me habría pillado al instante! ¡Tenía que fingir!

—¡Pues fingiste muy bien, porque pensé que me habías traicionado!

—¿Cómo pudiste creer eso?

—¡¿Y qué otra cosa podía pensar si estabas vendiéndome a Charles con Kenneth y Deane?!

—Bueno, creo que no se van a intentar matar —comentó Trisha—. ¿Puedo volver a acostarme?

No esperó respuesta, se marchó directamente. Rhett aprovechó para recoger su mochila y seguirla. Parecía agotado. Alice no pudo evitar preguntarse cuántas horas habría caminado para poder encontrarlos a tiempo.

Cuando levantó la mirada, la pilló observándolo y exhaló un suspiro cansado.

—Has sido muy injusta, Alice.

Ella tardó unos segundos en responder.

—¿Lo de mandarme con Charles fue idea tuya? —preguntó directamente.

—Pues sí. Había unas cuantas opciones, pero estaba claro que él era la más sobornable. Y aunque no me cae del todo bien, siempre me ha parecido inofensivo.

Alice mantuvo los brazos cruzados y la mirada fija sobre él. Seguía teniendo tantas preguntas que no sabía ni por cuál empezar.

—¿Cómo has conseguido escaparte de Deane?

—Le dije que iba a buscarte y a entregarte a Ciudad Capital.

—¿Y se lo creyó?

—Sí. Hasta que se dio cuenta de que habían robado parte de la comida. —Se encogió de hombros—. Pero para entonces ya era difícil encontrarme. Y más para esos niñatos a los que llama alumnos y no saben ni dónde está su mano derecha. —Rhett carraspeó—. ¿Y tú estás... bien?

—No creo que nadie esté muy bien en estos momentos.

—Me refiero a si Charles te hizo daño.

—Ah, no, claro que no. Es un encanto.

Hubo un momento de silencio incómodo. Rhett se cruzó de brazos y pareció querer decir algo, pero se contuvo.

Al final, no pudo resistirse.

—¿Un encanto? —repitió.

—Sí. Eso he dicho.

—Ah.

—Incluso me dejó dormir en su cama.

Rhett se quedó estupefacto, sin reaccionar, hasta que sus labios se separaron un poco y la miró con la misma cara que habría puesto de haber recibido una bofetada.

—¿Q-qué...?

—Solo dormí en su cama, no es para tanto.

—P-pero... ¿con él?

—Sí.

—¿En su cama?

—Sí.

—¿Los dos?

—Sí.

—¿Juntos? ¿En su cama?

—¡Que sí!

—Pero ¿es que no había más camas? ¿Por qué...?

—¿En serio esa es tu mayor preocupación ahora mismo?

—¡Bueno, no la mayor, pero sí una bastante grande!

—No pasó nada, si eso es lo que estás pensando —Alice enarcó una ceja—. Solo me emborraché un poco con sus amigos.

No entendía por qué, pero con cada explicación que daba él parecía más y más confuso.

—Me lo pasé genial —añadió ella, intentando tranquilizarlo—. Gané un reto y conseguí estos guantes. Y luego los demás también participaron y lanzamos por los aires a los ganadores. Y el alcohol al principio sabía fatal, pero luego empezó a gustarme. Casi no me acuerdo de cuándo me fui a dormir, pero no fue una mala noche.

—Toma, Romeo. —Trisha se había acercado para ofrecerle una de las latas de comida a Rhett—. Tina dice que debes de estar hambriento.

Efectivamente, él agarró la lata y se puso a comer a toda velocidad, casi sin respirar. Cualquier preocupación que hubiera tenido entonces quedó inmediatamente enterrada por el hambre.

* * *

Alicia siguió la hilera de gente con la cabeza gacha. Su mirada no se despegó del suelo en ningún momento. Sabía lo que pasaría si la levantaba. Y, en caso de que se le olvidara, tenía un ojo morado que le servía de recordatorio.

Nadie la estaba mirando, nadie se percataba de su existencia. A su alrededor había muchas personas, pero ninguna parecía estar del todo presente. Se sentía más sola que nunca. Y sabía que toda aquella gente se sentía exactamente igual que ella.

Los obligaban a caminar, y caminar, y a servir a los que daban las órdenes y les exigían que se alinearan, que enderezaran la espalda... Las pocas personas que habían desobedecido ya no estaban allí para volver a hacerlo. Ellos decían que eran ejemplos de lo que sucedía cuando se cuestionaban órdenes y, honestamente, habían funcionado de maravilla. Nadie más las había puesto en duda.

Alicia había descubierto quiénes mandaban y quiénes no el primer día, tras la bomba que habían lanzado. Un grupo que parecía del ejército había aparecido alrededor de las ruinas en busca de supervivientes. A ella la habían llevado al hospital para examinarle las heridas de la explosión, que había llenado la mitad de su cuerpo de dolorosas quemaduras. Incluso una parte de su rostro había quedado afectada y, aunque ya apenas dolía, seguía notando la piel tirante. Y la cosa no había mejorado al salir del hospital. Ese extraño ejército, lejos de ser respetuoso, los trataba como si fueran animales de corral que se habían escapado y tuviesen que ser reagrupados.

Durante los siguientes días habían lanzado tres bombas más, o eso había oído decir a los guardias. Comentaban que había sido en otros dos continentes, y que habían resultado mucho más devastadoras que la primera. Hablaban de muertos. Muchos muertos. Y de zonas abandonadas por la radiación. Incluso de una posible quinta bomba.

A Alicia le entraban escalofríos solo de pensarlo. ¿Qué más pretendían destruir? ¿Habían mirado a su alrededor? Ya no quedaba nada.

De hecho, un día no pudo aguantar más. Le había tocado descansar junto con un grupo de niñas preadolescentes. Todas intentaban contenerse, pero lloraban con la cara enterrada en las rodillas o en las manos mientras uno de los guardias, no muy lejos del grupo, no dejaba de hablar sobre las bombas.

—Perdone —le dijo Alicia con tanta suavidad como pudo—, ¿podría cambiar de tema, por favor? Las está asustando.

En ese momento se había ganado el ojo morado.

Desde entonces, no decía nada. Pero sí escuchaba. Si se mantenía en silencio, los guardias no se fijaban en ella y seguían conversando. Muchas veces mencionaban protestas ciudadanas pacíficas que habían terminado en tiroteos policiales.

Dos meses después de la bomba, los obligaron a detenerse en mitad de la marcha. Los pusieron a todos en fila, de rodillas, y dispararon a los que quisieron, que fueron todos los hombres. Alicia se dio cuenta enseguida de que era la mayor. Las demás solo eran niñas aterradas.

Les vendaron los ojos y los hicieron continuar. Se guiaban gracias a la mano que ponían en el hombro de la compañera que tenían delante. Las obligaron a cruzar lo que a Alicia le pareció una pasarela por el modo en que se mecía bajo sus pies, y también las obligaron a sentarse y a abrocharse un cinturón. Alicia no tardó en deducir que estaban en un avión. ¿Dónde las llevaban? Estaba tan agotada que ni siquiera siguió planteándoselo.

Le entraron ganas de llorar, pero se contuvo. Si lloraba, los guardias se enfadarían con ella y volverían a golpearla. Había visto a chicas morir así. No quería compartir su mismo destino. No. Se obligó a tragar saliva para librarse del molesto nudo en su garganta y a respirar hondo mientras el asiento vibraba por la fuerza del motor.

4

LA CASA ABANDONADA

—¿Falta mucho?

Nadie respondió a Jake, que era el que iba más atrasado del grupo. El pobre caminaba agitando los brazos, pues sudaba mucho.

—¿Holaaa? ¿Alguien puede hacerme caso? —protestó—. Estoy harto de andar.

—Igual que todos, Jake —le aseguró Alice.

—De lo que estamos hartos es de oírte —masculló Rhett.

—Pero hace mucho calooor...

Estuvo casi un minuto entero sin decir nada, hasta que volvió a suspirar dramáticamente.

—¿Falta mucho?

—Como no cierres el pico, a ti te faltará poco —espetó Trisha.

Eso pareció ser incentivo suficiente, porque Jake no volvió a protestar.

Pese a que durante las noches hacía mucho frío, era cierto que de día el calor era insoportable. Alice nunca había tenido que caminar tanto tiempo bajo el sol y también empezaba a estar agotada. Ya habían hecho alguna que otra parada a la sombra, pero no había sido suficiente. El sol hacía que su piel ardiera y su cabeza se nublara.

Y el agua... nunca había necesitado tanta. Ni tampoco había sudado de esa manera jamás. Había mucha humedad. Ni siquiera abanicarse con las manos servía de nada de lo caliente que estaba el aire.

Alice aguantó todo lo posible, pero cuando la herida del brazo le empezó a palpitar, el cuerpo a temblar y sintió un mareo... decidió que debía descansar.

—Necesito parar —murmuró agotada.

Como iba la última y Rhett era el único que se había rezagado para esperarla, solo él la escuchó.

—¿Estás bien? —preguntó, acercándose rápidamente.

Ella negó con la cabeza y apoyó las manos en las rodillas. Estaba exhausta. Escuchó a Rhett llamar a los demás y, apenas un segundo más tarde, Tina los alcanzó y le puso una mano en la frente.

—Estás ardiendo. Es normal. Los cuerpos de androides no están hechos para aguantar estas temperaturas.

Eso explicaba por qué Alice se sentía peor que los demás, incluso que Jake.

—¿Cómo sabes eso? —preguntó el chico, frunciendo el ceño.

—En su zona el clima es templado —explicó Tina—. Están hechos para soportar temperaturas bajísimas, pero dudo que alguien pensara en la posibilidad de hacerlos resistentes al calor.

—Claro, ¿quién iba a pensar que la pequeña androide escaparía y se iría a vivir con humanos malvados? —bromeó Trisha, apoyando una mano en la cadera—. Oye, no vas a morirte ni nada, ¿no?

—Intentaré no hacerlo —aseguró Alice, todavía jadeando.

—Pues parece un buen momento para tomarse un descanso —propuso Jake, y se apresuró a dejar la mochila a la sombra de un árbol antes de que nadie pudiera negarse.

Alice se acercó al río arrastrando los pies. Lo estaban siguiendo para no perderse. Nada más llegar a la orilla, se dejó caer de rodillas, hundió las manos en el agua y se refrescó la cara. El alivio fue inmediato. Para cuando Trisha se plantó a su lado, estaba bebiendo con las manos.

—Con esto te irá mejor —sugirió su amiga, ofreciéndole una cantimplora.

—Ah, gracias.

Trisha se sentó junto a ella y apoyó distraídamente los antebrazos en las rodillas. También estaba ligeramente roja, sudaba un poco y se le pegaba la camiseta sin mangas al cuerpo. Era mucho más esbelta que la mayoría de las chicas a las que Alice había conocido; no tenía muchas curvas, era más bien alta y ligeramente musculosa. Y el pelo, que se había rapado unos meses antes, le había crecido bastante.

—¿Por qué te rapas el pelo? —preguntó Alice de repente.

—Cuando entré en los avanzados de lucha me di cuenta de que la mayoría de las chicas perdían porque sus rivales usaban su cabello en su contra. Puedes tirar de él para inmovilizar a tu contrincante. Intenté atármelo durante una temporada, pero al final decidí ser práctica —respondió la otra, encogiéndose de hombros.

—Entonces, si preveo peligro..., ¿debería hacerme una coleta?

—No es mala idea. —Trisha le sonrió ligeramente—. Hay personas que también llevan pendientes. Tú no, pero si algún día decides hacerlo, no olvides quitártelos para pelear. No quieres que te rajen el lóbulo, créeme.

Alice hizo una mueca al imaginarlo. El agua fría consiguió que su temperatura corporal descendiera al fin y sus mejillas volviesen a su color pálido natural.

—Así que una androide, ¿eh? —murmuró Trisha de repente—. Le he dado bastantes vueltas durante estos días.

Alice no la miró, se acababa de poner un poco nerviosa. Tenía la sensación de que, si no usaba las palabras adecuadas, Trisha podía enfadarse, tal como había sucedido con Shana y Tom en su momento.

—Siento no habértelo contado antes —dijo finalmente.

—¿Por qué no lo hiciste?

—No lo sé. Supongo que la perspectiva de que pudieras odiarme me asustaba.

Trisha la observó durante unos segundos, pensativa.

—La verdad es que nunca he entendido a qué viene tanto terror hacia los androides —murmuró—. La gente debe de tener miedo de que terminéis siendo mejores que nosotros. Y, bueno, en cierto modo lo sois. Pero eso no justifica el odio.

De la última persona de la que esperaba oír eso era de Trisha.

—Además, no sois tan distintos a nosotros. De hecho, diría que sois igual de insoportables. Como todos los seres vivos. Bueno, menos los perros.

—¿Y los gatos?

—Esos no son de fiar.

—Nunca he visto un perro. Ni un gato.

—Dudo que mucha gente pueda permitirse tener animales de compañía en los tiempos que corren —bromeó Trisha, incorporándose—. Quédate la cantimplora todo el rato que quieras. Ya me la devolverás.

Alice permaneció junto al río durante unos minutos más, mirando el agua correr con aire pensativo. Calmada le era más fácil pensar con claridad. Y lo primero que pensó fue que debería haberle confiado su secreto a Trisha mucho antes. Incluso se arrepentía de no habérselo contado a Dean y Saud. Saber que habían muerto sin conocer su verdadera identidad la ponía triste.

Estaba tan centrada recordándolos que no se dio cuenta de que Tina se había detenido a su lado.

—¿Cómo tienes la herida del brazo? —le preguntó.

Alice la miró con extrañeza.

—¿Qué?

—He visto cómo te la frotabas. ¿Me dejas echarle un vistazo?

Tina era muy observadora. Alice se levantó la manga de la camiseta. La mujer retiró las vendas improvisadas que llevaba desde la noche del asalto e inspeccionó la herida. Un olor extraño y desagradable flotó entre ambas y Alice arrugó la nariz. Miró a Tina, que había empalidecido.

—¿Qué pasa? —preguntó Alice asustada.

La otra no respondió. Se limitó a hacerle un gesto impaciente a Rhett, que se acercó de inmediato.

—¿Qué sucede? —preguntó.

Tina, centrada en la herida, retiró la venda por completo. Cuando el sol tocó la sensible piel que acababa de dejar expuesta, Alice se removió de angustia. Apenas sentía esa parte del brazo, aunque había sufrido calambres en los dedos a lo largo del día.

—Está infectado —anunció Tina en voz baja.

—¿Infectado? —repitió Rhett, moviéndose para mirar.

Alice se percató de que Rhett había tenido que hacer un verdadero esfuerzo para reprimir una expresión horrorizada.

Si él ponía cara de espanto era hora de salir corriendo.

Alice bajó la mirada. La herida irregular de la bala seguía ahí, pero ya no estaba roja como los otros días. Había ido adquiriendo un tono entre el azul, el morado y el castaño oscuro, que además se mezclaba con la suciedad y el sudor.

—Tenemos que hacer algo —susurró Rhett, que seguía inmóvil y con los ojos fijos en la herida. Se volvió hacia Tina—. ¿Qué te traigo? ¿Qué necesitas?

—Nada que podamos encontrar por aquí.

—Dime lo que hace falta.

—Rhett, con agua y un paño no es suficiente. Y no pude coger nada del hospital que pueda...

—Hay que curarla —insistió él—. Pídeme lo que sea, yo te lo traeré.

Por su forma de hablar, Alice estaba segura de que estaban farfullando sobre algo más que la herida de su brazo, pero no entendía el qué.

Tina dirigió una dura mirada a Rhett antes de volverse hacia Alice y empezar a hacer todo lo que podía con el poco material del que disponía. Después, se alejó unos pasos de ella. Rhett la siguió. Cuchichearon. Alice aprovechó para intentar abrir y cerrar los dedos.

Y para escuchar. Porque no se alejaron lo suficiente como para que no pudiese oír sus voces. Alice se acercó un poco, disimuladamente, fingió rebuscar en las mochilas. Rhett le daba la espalda y Tina no le prestaba atención. Era perfecto.

—... más remedio —estaba diciendo la mujer en voz baja.

—Tiene que haber otro.

—No lo hay.

—¿Y si entramos en otra ciudad? Podría robar...

—Necesita un hospital, atención médica —respondió Tina en voz baja; parecía enfadada—. Se le está gangrenando la herida. ¿Te crees que te estaría diciendo esto si no fuera serio?

Hubo un momento de silencio. Alice recordó la definición de ese término. Era la muerte del tejido corporal por una infección en una herida. Si no recordaba mal, había leído sobre ello en un libro de temática bélica; al personaje habían tenido que amputarle una pierna para salvarlo. ¿Era lo que iba a pasarle a ella? ¿Iban a... cortarle un brazo?

—No hay otra salida —insistió Tina en voz baja.

—No he pisado esa ciudad desde hace años. Ni siquiera sé si nos querrán aceptar.

—Pero vale la pena intentarlo. No sé cuánto durará sin...

Y ahí dejó de poder escucharlos, porque Tina se volvió y tuvo que fingir que no les prestaba atención.

Retomaron la marcha y, aunque Alice siguió frotándose el brazo, ninguno de los dos volvió a mencionar el tema. No obstante, por la noche, mientras estaban los cinco reunidos alrededor de la hoguera, Tina se aclaró la garganta para atraer la atención de todos.

—Ha habido un pequeño cambio de planes —anunció—. Antes de ir a la ciudad de mi amigo, debemos hacer una pequeña parada en otra más cercana.

Jake y Trisha, extrañados, intercambiaron una mirada.

—¿En cuál? —preguntó esta última.

—En una que conoce Rhett.

Él, no obstante, no dijo nada. Y ahí acabó la conversación.

Al día siguiente, Rhett estuvo muy silencioso. Y, por supuesto, no se despegaba de Alice. Cada vez que ella torcía un poco el gesto, inmediatamente le preguntaba si se encontraba bien. Y no dejaba de ofrecerse a cargar el peso de su mochila o a hacer sus tareas, ya fueran ir a por los troncos de la hoguera o rellenar las cantimploras.

Alice, al principio, se lo tomó con buen humor. Pero dos días después, empezó a hacérsele insoportable. Estaba bien que quisiera ayudarla, pero ¡la hacía sentir desvalida! Sí, el brazo volvía a dolerle y los calambres cada vez eran más frecuentes, pero si estuviera tan mal como para no ser capaz de sujetar una mochila, ya se lo diría. No obstante, intentaba mostrarse agradecida y no herir sus sentimientos.

En uno de los descansos, se sentó junto a las mochilas, al lado de Rhett. Tina se dirigió a la orilla del río para vigilar a

Trisha y a Jake, quienes jugaban a salpicarse en el agua, entre risas, y lo pasaban en grande.

A Alice le habría gustado ir con ellos, pero no sabía nadar y tampoco se veía capaz de unirse al juego con el brazo en ese estado. Se puso de pie torpemente.

—Ahora vuelvo —murmuró.

—¿Dónde vas? —la interrogó Rhett.

—Tengo que hacer pis. Y creo que para esto sí que podré arreglármelas sin tu ayuda, no te preocupes.

Las orejas de Rhett enrojecieron un poco y desvió la mirada.

Alice se metió entre dos arbustos y se alejó unos metros de la zona del campamento para buscar algo de intimidad. Los pantalones, al igual que casi toda la ropa, le quedaban gigantes. Estaba adelgazando a una velocidad preocupante, igual que todos los demás. Al menos, para los pantalones Rhett había encontrado una solución: le había colocado una cuerdecita a modo de cinturón y se la había atado con un lazo.

El problema era que tenía que deshacerlo cada vez que quisiera bajárselos, claro. Alice sintió que el brazo empezaba a dolerle otra vez mientras lo intentaba, pero se negó a pedir ayuda. Al final, lo consiguió.

El problema fue que no sirvió de nada, porque apenas se hubo agachado, oyó un inconfundible sonido de motor cerca de ella.

¿Un coche? Si eran los de las caravanas, no había peligro. Pero si no...

Alice se asomó con cautela, pero volvió a ocultarse antes de poder ver nada. Había escuchado tres puertas abrirse y cerrarse; unos pasos se acercaban. No se atrevió a moverse. De hecho, apenas se atrevía a respirar. Tenía que avisar a los demás, pero no había forma de hacerlo sin que los intrusos la descubrieran.

Transcurridos unos instantes en los que no oyó nada, osó darse la vuelta y, de forma muy lenta, se asomó por encima del arbusto. Solo tenía que ver qué clase de coche era.

—¿No dijiste que aquí había un río?

Alice tuvo que cubrirse la boca para que el susto no le arrancara ningún sonido. El chico que había hablado estaba justo al otro lado del arbusto. Le daba la espalda, pero miraba a su alrededor con recelo. Aquello no podía ser una buena señal.

—Eso creía.

Y el dueño de esa desagradable voz, por supuesto, resultó ser Kenneth.

Alice se asomó un poco más y vio a tres chicos ataviados con los monos de la ciudad y las armas reglamentarias. Por la forma de moverse de Kenneth y por cómo lo miraban sus dos compañeros, supuso que él era el guía.

—Pues creías mal —dijo uno de ellos.

—Cállate.

Eran tan jóvenes... De edad similar a la de Alice o quizá algo menores. Lo que estaba claro era que no pertenecían a la categoría de avanzados. ¿Tan mal de personal estaba Deane que tenía que mandar a ese tipo de misiones a un grupo de novatos? Alice no quería ni imaginarse qué sucedería si en algún momento se cruzaban con salvajes.

—Pero ¿no tendríamos que seguir buscándolos? —insistió uno de los chicos.

—Deane no se enterará si nos tomamos un pequeño descanso —aseguró Kenneth—. Una androide y tres inútiles no pueden ir muy rápido.

—Eso seguro —murmuró el que estaba cerca de Alice divertido.

Kenneth se detuvo para señalar el lado opuesto al río.

—El río debe de estar por ahí. Buscadlo.

Por una vez, la torpeza del chico resultó ser muy útil. Alice aprovechó el segundo en el que los tres le dieron la espalda para sujetarse los pantalones con una mano y escabullirse a toda velocidad. Echó varias miradas por encima del hombro, asegurándose de que no la seguían, hasta que por fin volvió a escuchar las risas de Trisha y Jake.

Cuando llegó con los demás, no perdió ni un solo segundo antes de exclamar:

—¡Tenemos que irnos ahora mismo! —Se apresuró a meter en las mochilas todo lo que habían sacado—. He visto a Kenneth y a otros dos alumnos de Deane. ¡Vamos, rápido!

—¿Qué? —Rhett también se puso de pie a toda prisa—. ¿Dónde están?

—Ahí, justo detrás de esos arbustos. Nos están buscando, pero querían encontrar el río y...

—¡Ahí está, idiota!

La voz sonó tan cercana que todos se quedaron petrificados. Jake y Trisha, que en esos momentos estaban saliendo del agua, fueron los primeros en echar a correr para recoger sus cosas. Los demás, como si estuvieran coordinados, agarraron las tres mochilas restantes. Apenas tardaron unos segundos en buscar un lugar en el que esconderse. En el caso de Alice, fue detrás de un árbol cuyo tronco era lo suficientemente grande como para cubrirla. Cuando vio que Jake miraba a su alrededor, aterrado, lo agarró del brazo y lo pegó a ella bruscamente. Él pareció querer preguntar algo, así que le tapó la boca con una mano.

—¿Lo veis? Os dije que estaría por aquí —dijo Kenneth, deteniéndose en el claro que habían ocupado ellos unos segundos antes—. Siempre tengo razón.

—Pero si has señalado en dirección contraria...

—He señalado hacia aquí, pero no me habéis entendido.

—¿Por qué está todo esto empapado? —preguntó uno de los chicos, viendo la zona por la que Trisha y Jake habían salido del agua.

Alice volvió la cabeza y miró a Rhett, oculto tras una roca a unos metros de ellos dos. Intercambiaron una mirada de tensión antes de que él volviera a clavar los ojos en el trío. Ya tenía una mano sobre su pistola.

—No eres el único que tiene calor —explicó el otro—. Los animales también vienen a beber. Alguno se habrá caído al agua, lerdo.

—¿Lerdo? ¿De verdad me acabas de llamar eso?

—Pues sí. ¿Vas a ponerte a llorar?

—¿Tienes cinco años o qué?

—Tendré lo que quieras, pero tú eres un lerdo y yo no.

Entonces empezaron a pelearse entre ellos mientras Kenneth observaba su entorno con curiosidad.

—No sé vosotros —comentó—, pero yo no pienso seguir sudando como un cerdo solo porque a Deane no le apetezca buscar a esa panda ella misma.

Los otros dos no tardaron en dejar de pelearse; luego se quitaron la ropa para lanzarse al agua entre risas y gritos. Como siguieran haciendo tanto ruido, iban a terminar atrayendo a alguien más.

Jake apartó la mano de Alice de su boca y se asomó un poco para ver quiénes eran.

—Cómo no, tenía que ser justo el que me dio una paliza —masculló.

—Si se acerca, Trisha lo machacará.

Alice consideró la posibilidad de salir corriendo, pero por mucho que dos de ellos estuvieran ocupados, Kenneth seguía fuera del agua y podría verlos con facilidad. Era demasiado arriesgado. Y, aunque ellos los superaban en número, los de la ciudad estaban bien armados. Y lo más probable era que Deane supiera dónde estaban. Si desaparecían, no le costaría encontrarlos. Y de paso también a ellos.

No. Lo mejor era esperar y rogar que no los vieran.

Pareció que pasaba una eternidad hasta que por fin los dos chicos salieron del río y se vistieron. Alice suspiró, aliviada. Pero todo su alivio se esfumó cuando vio que, lejos de irse, se sentaban en el suelo con Kenneth y abrían unas cantimploras que uno de ellos había ido a buscar al coche.

—Si se duermen, me pido darle la primera patada a Kenneth —susurró Jake.

—Y yo la segunda.

—¿Crees que estarán vivos? —preguntó uno de los chicos a Kenneth.

—¿Los que se escaparon? Lo dudo mucho.

—Y ¿por qué seguimos buscándolos?

—Porque así podemos salir de esa maldita ciudad un rato.

Durante unos instantes, los tres se quedaron en silencio.

—¿Habéis oído eso de que la androide se escapó de la ciudad por la noche? —preguntó finalmente uno de ellos.

¿Escaparse? ¿Ella? ¿De qué hablaban?

Kenneth, pese a haber estado presente cuando habían entregado a Alice, no lo negó.

—Seguro que se escabulló gracias a esa panda de traidores —dijo—. Debieron de ayudarla cuando nosotros bajamos la guardia.

¿Por qué les estaba mintiendo? Alice no entendía nada hasta que se puso a analizarlo. Deane no era una persona muy querida en la ciudad. Incluso algunos de sus alumnos preferían a cualquier otro profesor antes que a ella. Si pretendía ser la guardiana suprema de Ciudad Central, empezar con un plan fallido no era la mejor opción del mundo. Quizá ni siquiera hubiese contado que había intentado venderla.

Puede que no tuviera intención de decirles nada hasta que tuviera la recompensa de Charles y, con la buena noticia, ganarse un poco de apoyo.

Pero claro, todo aquello no iba a suceder. Por eso la estaba buscando con tanta desesperación. Sin la recompensa, sin guardianes y sin apoyo... ¿qué futuro tenía como líder? Su única oportunidad era encontrar a Alice y venderla cuanto antes, pero cada vez era menos probable que lo consiguiera.

Adivinar los pensamientos de Deane resultó ser sorprendentemente fácil. Había habido una época en que la había considerado una persona astuta, malvada y a la que temer, pero a esas alturas le parecía una mujer solitaria y asustada aferrándose a lo que fuera para no perder su puesto.

Casi sintió lástima por ella. Casi.

—¿Os acordáis de cómo se puso Deane? Echaba humo —comentó uno de los chicos.

—Yo en realidad solo estoy aquí por la recompensa que prometió a quien encontrara a la androide —aseguró el otro—. ¿Tú no la conocías? —le preguntó a Kenneth.

—¿A la androide? No demasiado.

—Pensé que habías sido tú quien le había dicho a Max que era una androide.

—¿Quién te ha contado eso?

—Es lo que se comenta en la ciudad —aseguró el chico, riendo—. Se dice que, como no quiso nada contigo, empezaste a revelarle a todo el mundo que era una androide y dio la casualidad de que lo era de verdad.

—Eso es mentira. Fueron Shana y Tom quienes la delataron —farfulló, desvelando la envidia que sentía por que se le hubieran adelantado—. Y se lo contaron a Deane, no a Max. Por eso ahora son sus favoritos.

—Pues estaba bien hecha —comentó uno de los chicos—. Parecía humana.

—Ese era el objetivo —le dijo el otro.

Y los dos se echaron a reír bajo la mirada irritada de Kenneth. Alice vio que Rhett ponía mala cara desde su escondite.

—Lo que debería preocuparos es que convenciera a dos guardianes para ayudarla —espetó Kenneth—. A esos sí que deberíamos atraparlos.

—Son unos traidores.

—Sí, ojalá Deane los cuelgue del muro.

Alice miró a Tina, preocupada. Esperaba que no estuvieran consiguiendo asustarla. Desde luego, por su expresión serena, no lo parecía. Aunque también era cierto que esos tres no inspiraban precisamente terror.

—Lástima que probablemente la androide esté muerta y no podamos venderla —murmuró uno de ellos—. Aunque es mejor así. El mundo es más seguro sin esas cosas.

—Sí —asintió el otro.

Pero Kenneth negó con la cabeza.

—No está muerta.

—¿Y tú qué sabes?

—Lo sé. La vi luchar. No es de las que se dejan matar con facilidad.

A Alice la sorprendió que dijese algo bueno de ella.

—Sí. —Uno de los chicos se echó a reír—. Te dio una paliz...

Se calló de golpe cuando Kenneth lo fulminó con la mirada.

—Es hora de volver —ordenó—. Ahora.

Los otros dos intercambiaron una mirada aterrada antes de asentir y apresurarse a seguir a su superior. Ninguno de los que estaban escondidos se movió hasta que escucharon que el motor del coche se alejaba de ellos.

Alice soltó a Jake, aliviada.

—Por los pelos —murmuró él.

* * *

—Genial, se ha terminado la comida —protestó Jake, rebuscando en vano en su mochila—. ¿Qué vamos a hacer?

Estaba anocheciendo y habían pasado el día en ayunas, por lo que el chico estaba empezando a ponerse nervioso.

Se habían detenido de nuevo por Alice, que descansaba a la sombra de un árbol. El dolor del brazo se estaba volviendo insoportable, pero nunca lo admitiría en voz alta, y menos cuando tenían que seguir avanzando para ponerse a salvo.

—Dentro de poco llegaremos a una ciudad muerta —comentó Tina—. Lo mejor es salir de ella lo antes posible, pero quizá en alguna de las casas haya comida.

—¿Y hasta entonces?

—Iré a ver si encuentro algo —se ofreció Rhett, incorporándose.

—Voy contigo —saltó Alice enseguida.

Pero, por la mirada que su antiguo instructor le echó, supo que esa no era una opción que fuera a considerar.

—Será mejor que vaya yo. —Trisha se puso de pie y le dio una palmadita en el hombro—. Tú mejor descansa un poco, ¿eh? Ya me encargo yo de que tu novio vuelva sano y salvo.

Rhett y Trisha no tardaron demasiado en regresar y, aunque solo encontraron un puñado de bayas y de setas, sirvió para no irse a dormir con el estómago vacío. Alice no se ofreció para montar guardia esa noche, estaba mareada y agotada. De hecho, mientras los demás seguían hablando ella ya se había tumbado en su cama improvisada.

—¿Dónde vamos, exactamente? —preguntó Trisha.

—A otra ciudad —contestó Jake, con la boca llena de comida.

—Ya, pero ¿a cuál?

El chico se encogió de hombros.

—¿Por qué hablas si no tienes ni idea? —Trisha lo miró con mala cara.

—¡Bueno, a una ciudad sí que vamos!

Alice suspiró, se incorporó un poco y se dirigió a Rhett.

—¿A qué ciudad nos dirigimos? —quiso saber.

—A una militar.

No sabía que existían ciudades militares. Lo meditó unos instantes, dubitativa.

—¿Por qué?

—Porque conozco al guardián supremo.

Por el tono, dedujo que había algo más que añadir.

—¿Yo también lo conozco?

—Has oído hablar de él.

—¿Quién es?

Rhett hizo una pausa, apartando la mirada.

—Mi padre.

La incomodidad que produjo esa frase hizo que rápidamente se cambiara de tema. Rhett no comentó nada más en toda la noche.

A la mañana siguiente, levantaron el campamento y continuaron su marcha. Durante el trayecto, Alice se dio cuenta de que el bosque empezaba a clarear y de que se estaban alejando del río. Pese a que vieron la silueta de la ciudad muerta unas horas antes de que anocheciera, para cuando llegaron ya se estaba poniendo el sol.

Tal como recordaba Alice de su única exploración, se trataba un vado sin hierba ni vegetación de ningún tipo. Tan solo había árboles quemados y edificios medio derrumbados. De alguna manera, lo que más le llamaba la atención era la falta de color. En Ciudad Central, cada casa era del tono que elegían sus dueños y, juntas, formaban un paisaje bastante pintoresco. En esa clase de ciudades, en cambio, solo había negro y gris. Ver una ciudad entera reducida a cenizas era un espectáculo muy triste.

Cuando cruzaron la frontera de la ciudad, Rhett ya estaba liderando el grupo. Miraba a su alrededor con desconfianza y, a diferencia de cuando estaban en el bosque, no escondía su pistola. Alice se dio cuenta enseguida de que no estaba intentando cruzar la zona, sino buscar un lugar seguro para pasar la noche. Curiosamente, fue Trisha quien lo encontró. En una de las calles, señaló una casa que todavía conservaba gran parte de su estructura e incluso la puerta de entrada. Lo que más les gustó a Alice fue que tuviera chimenea. Durante su travesía, Rhett les había prohibido hacer fuego porque podía atraer visitas desagradables, pero en la ciudad, esa noche sin apenas estrellas y poblada de nubes de contaminación, el humo sería difícil de detectar. Al menos, pasarían la noche a cubierto y calientes.

Jake se avanzó para entrar, pero Tina lo detuvo. Debían obrar con cautela. Pistola en mano, Rhett cruzó el umbral de la puerta, del que salió inmediatamente para animarles a pasar.

La casa estaba deshabitada. La mayoría de los muebles se habían roto o quemado. Tendrían que dormir en el suelo, pero al menos lo harían bajo techo.

—Deberíamos echar una ojeada por ahí —sugirió Trisha tras dejar su mochila junto a la chimenea—. Seguro que hay algo de provecho, aunque solo sean sábanas.

—¡Yo te ayudo! —se ofreció Jake enseguida.

—Encenderé el fuego —murmuró Tina.

—Yo iré a por la leña —añadió Rhett.

Y, de ese modo, habían vuelto a dejar a Alice al margen de las tareas.

Ella entendía que lo hacían por su bien, que su brazo cada día estaba peor y que se mareaba de inmediato si hacía esfuerzos, pero detestaba tener que permanecer sentada mientras los demás hacían todo el trabajo sucio. ¿Cómo pretendían que no se sintiera como una completa aprovechada?

Se puso de pie sin decir nada y, aunque notó que Tina la miraba de reojo, al menos no dijo nada. Salió de la casa y vio a Rhett en la otra acera. Estaba recogiendo las ramas de un árbol caído. Las sujetaba con una mano y las partía con la bota. Alice calculó qué posibilidades tendría de ayudarle sin desmayarse de dolor, y supo que ninguna.

Rhett no pareció muy sorprendido de verla. Siguió con su trabajo, amontonando las ramas rotas en un montón junto a los pies de Alice.

—¿Te echo una mano? —preguntó ella.

Rhett se incorporó un momento y suspiró, considerándolo.

—Es mejor que no —concluyó—. Podrías hacerte más daño.

Ella no insistió, pero tampoco se marchó. Mientras Rhett seguía cortando la madera, se agachó y colocó mejor el montoncito solo para sentirse útil.

—¿Cuánto tiempo crees que tardaremos en atravesar la ciudad?

Rhett se detuvo una milésima de segundo apenas perceptible.

—¿Por qué no preguntas directamente lo que quieres saber?

—Porque no sé si te hará sentir incómodo.

Él volvió a suspirar mientras lanzaba otra rama al montón.

—No, no me apetece verlo —respondió a su pregunta no formulada—. Si pudiera evitarlo, lo haría.

—¿Por qué?

—Porque llevamos siete años sin vernos.

Alice abrió mucho los ojos, perpleja. ¿Siete años? ¡Eso era una barbaridad de tiempo!

—¿Y no lo has echado de menos ni una sola vez?

—No. —Él partió la siguiente rama de manera brusca.

—Quizá él a ti sí.

—No lo creo, Alice. Siempre ha sido testarudo, y he tenido la mala suerte de heredar ese rasgo. Es una muy mala combinación.

—Yo no creo que seas tan testarudo. —Lo pensó mejor—. Bueno...

—¿Cómo que «bueno»? —Rhett empezó a reírse.

—¡Solo un poquito!

—Ah, vaya. Gracias.

—A mí no me importa que lo seas.

—Pues mi padre lo detestaba. Siempre quiso que me metiera en el ejército, como había hecho él. Me crio con la misma disciplina con la que lo habían tratado. Creo que tenía la esperanza que, de esa forma, saliera sumiso. Y consiguió todo lo contrario. Le decepcionó que no siguiese la carrera militar. Y, bueno, ya ves cómo hemos acabado. Prácticamente vivimos como soldados. Ironías de la vida.

Al ver que sus ánimos decaían un poco, Alice decidió cambiar de tema.

—Pero tu madre no era así.

—No, ella era genial —aseguró el chico en voz baja—. Los dos éramos mejores personas cuando ella estaba presente. De hecho, todos los buenos recuerdos que tengo de él están relacionados con mi madre, de una forma u otra. Ahora que ella no está...

No terminó la frase, pero Alice entendió a qué se refería. Se quedaron callados un rato.

—Me has hablado muchas veces de tus padres pero nunca me dijiste que él estaba tan cerca de Ciudad Central.

—Albergaba la esperanza de no tener que hablarte nunca más de él.

—Ya veo —murmuró—. Bueno, después de tantos años,

quizá los dos hayáis reflexionado y podáis empezar de nuevo, ¿no?

—No lo sé. —Rhett lanzó otra rama al montón—. Supongo que pronto lo descubriremos.

Por su forma de decirlo, estaba claro que daba la conversación por zanjada. Alice no quiso insistir.

—Al final no me has respondido —le recordó—. ¿Cuánto tardaremos en atravesar la ciudad?

—Ah, unos dos días. Como mucho.

—¿Y ya habremos llegado?

—No. Cuenta un día más de bosque y otro de ciudad. ¿Crees que podrás aguantarlo?

—Sí, claro. Soy más dura de lo que crees.

Él sonrió y se sacudió las manos, apartándose del árbol.

—No te subestimo tanto como piensas.

—Más te vale. —Alice agitó los puños débilmente—. Ya has probado el sabor de mi furia.

—Sí, y no recuerdo ninguna disculpa.

—¡Tú tampoco te disculpabas cuando me lanzabas por los aires en los entrenamientos!

—Te estaba enseñando —recalcó él.

—Y yo a ti. Te enseñaba a encajar un golpe.

Eso hizo que él se riera. Cruzó el montón de ramas por encima y se detuvo a su lado.

—Todavía voy a tener que darte las gracias —dijo Rhett, con una ceja enarcada, aunque parecía divertirse con la conversación.

—Y yo a ti por lanzarme por los aires. —Alice hizo una pausa y, de pronto, habló sin pensar—. Te he echado de menos.

En las películas que él siempre le ponía, tras esa clase de frases los protagonistas hacían un curioso intercambio de cursilerías. Pero Rhett no era así. De hecho, se limitó a resoplar con expresión burlona.

—Solo hemos estado separados dos días.

—Y sé que tú también me has echado de menos —añadió ella—. Aunque no vayas a admitirlo.

Él no dijo nada. Se limitó a sonreír con los labios apretados. No, definitivamente no iba a sacarle ninguna frase como las de las películas.

—Estaba más tranquilo sin tus preguntas molestas —bromeó finalmente.

—No finjas que no te gustan.

—Tú no me gustas.

—Dale las gracias a Jake por haberme enseñado lo que es una broma, porque, si no, ahora mismo tendríamos un problema.

Rhett volvió a echarse a reír y, sin decir nada más, le rodeó la cintura con un brazo para atraerla hacia él. A Alice le pareció que hacía años que no se besaban. Al sentir sus labios tibios sobre los suyos, su cuerpo reaccionó antes que ella y subió la mano hasta alcanzar su nuca. El calor corporal de Rhett formaba un suave y agradable contraste con el frío que hacía, y el brazo firme sujeto a su cintura hacía que se sintiera a salvo. Cerró los ojos y se puso de puntillas, intentando acercarse todavía más.

Pero justo en aquel momento, Trisha abrió la puerta de la casa y puso los brazos en jarras.

—¿Tenéis pensado enrollaros un rato más o hacemos ya la hoguera? ¡Porque yo me estoy congelando el culo!

Rhett y Alice se separaron. Ella intentó disimular y se agachó a recoger una rama, pero él se le adelantó y la añadió al montón, que cargó de inmediato.

5

LA CHOCOLATINA
DE LA PAZ

Había estado tantas horas con la venda puesta, sumida en la oscuridad, que, al quitársela, tuvo que parpadear varias veces para que sus ojos se adaptaran a la luz.

Se enderezó de forma inconsciente al ver a un guardia acercarse. Ya la habían advertido varias veces y aunque no habían vuelto a golpearla, prefería no tentar a la suerte. Junto a ella, en hilera, se encontraban el resto de las niñas. La mayoría de ellas tenían la mirada perdida en un punto fijo. Hacía ya un tiempo que ninguna lloraba.

Un grupo de gente vestida con extraños uniformes verdes las rodeaba. Uno de ellos, el único que llevaba sombrero, acompañaba a un hombre alto, gordo y con el pelo y la barba bastante abundantes. Ambos paseaban frente a las niñas y se detenían ante cada una de ellas. El del sombrero comentaba algo en voz baja al barbudo y, según lo que este indicara, la niña en cuestión se quedaba donde estaba o los guardias se la llevaban. Aunque no entendía qué estaban haciendo, a Alicia le pareció repugnante, las trataban como ganado.

La pareja se detuvo más tiempo del necesario delante de dos niñas que no parecían tener nada que ver entre sí. Una era rubia y con la tez pálida, la otra era rellenita y llevaba el pelo oscuro atado en una cola baja. Alicia las observó detenidamente, tratando de establecer un patrón, y cuando se dio cuenta de cuál era apartó la mirada. Eran las más pequeñas del grupo. No pasarían de los doce años.

Desde donde se encontraba, no podía ver cómo el barbudo las analizaba, pero tras unos instantes, ambos hombres siguieron su recorrido, dejándolas en la fila. Las niñas intercambiaron una breve mirada de alivio. Tres chicas más se quedaron en su sitio y dos fueron escoltadas.

Cuando llegó su turno, Alicia intentó permanecer en calma. El barbudo se acarició los bigotes mientras el del sombrero hablaba y gesticulaba mirándola. Fuera lo que fuese lo que le estaba diciendo, el primero no parecía demasiado contento. La observó detenidamente, escudriñándola, y sus ojos se detuvieron en la quemadura que había sufrido la noche de las bombas.

Dijo algo al del sombrero en un idioma desconocido para Alicia. Tenía la voz grave. Ella se puso rígida en cuanto el hombre la agarró de la nuca y le volvió la cara para que el barbudo pudiera ver mejor sus cicatrices. Alicia cerró los ojos.

Finalmente, la soltó. Cuando volvió a abrir los ojos, pensó que se había librado, pero el del bigote se acercó a ella con interés. Aguantó inmóvil que le tocara la cara, pero cuando resiguió la cicatriz fue incapaz de contenerse. Se apartó, echándose hacia atrás, y el hombre frunció el ceño antes de decir algo que no sonaba muy bien.

Alicia supo que debía haberse controlado tan pronto como dos guardias la sujetaron por los codos y la llevaron en volandas hasta un viejo coche con cristales tintados. Intentó darse la vuelta y pedir ayuda, pero ya nadie le prestaba atención: el barbudo se encontraba examinando a la siguiente. Y eso fue lo último que vio, porque en ese momento volvieron a cubrirle los ojos.

Cuando por fin le quitaron la venda, estaba en una habitación desconocida. Había mujeres vestidas con atuendos peculiares. Sus faldas eran largas y pomposas; sus camisas, coloridas, y se cubrían el pelo con un sencillo pañuelo blanco. Parecían de otra época. Alicia permitió que le quitaran la ropa y que la lavaran lanzándole un cubo de agua helada. Después, una de ellas, que llevaba una vara de madera, se acercó para supervisarla de cerca.

Mientras la inspeccionaba, otra mujer, armada con unas tijeras, se acercó a ella por detrás y cogió un mechón de su pelo. Alicia trató de zafarse, alarmada, pero la mujer de la vara fue mucho más rápida. Nada más moverse, el golpe seco que recibió en el estómago la detuvo.

Alicia volvió a sentarse de golpe, asustada, y no dijo nada cuando los mechones rubios empezaron a deslizarse lentamente hacia el suelo ante sus ojos.

Aprendió la lección muy deprisa: lo mejor era obedecer y callar.

* * *

Al despertar, Alice descubrió que tenía las manos enredadas en su propio cabello. Pero aquel no era rubio y pálido, sino de un tono castaño tan oscuro que podía confundirse con el negro. Se incorporó lentamente, agotada, y se dijo a sí misma que solo era una pesadilla. No podía dejarse llevar.

Mientras se desperezaba, descubrió que los demás ya prácticamente estaban listos para reemprender el camino. Solo faltaba Jake, como cada día. Despertarlo era toda una odisea.

Cuando Trisha por fin lo trajo a rastras, echaron agua sobre los restos de la hoguera de la noche anterior y salieron de la casa con el sol todavía apareciendo por el horizonte. Rhett encabezó la marcha, como de costumbre, y Alice se apresuró a colocarse a su lado, ignorando el latigazo de dolor que le recorrió el brazo al ajustarse la mochila sobre los hombros.

—¿Qué tal la herida? —preguntó él.

—Perfecta.

Rhett la miró con extrañeza, como si no se lo creyera, pero no dijo nada. Solo aceleró el paso, para desgracia de Jake, que seguía sudando en la retaguardia.

Al mediodía ya habían recorrido una pequeña parte de la ciudad y, al encontrar un pozo en buen estado, decidieron detenerse y comer allí. Tina estaba haciendo inventario de las provisiones que habían encontrado; mientras, Jake se dedicaba a quejarse —para variar—, Trisha ayudaba a Rhett a decidir con qué armas podían contar y Alice se dedicaba a rellenar las botellas de agua. Estaba muy orgullosa de tener por fin una tarea que realizar sin que le preguntasen todo el rato si se encontraba bien.

—¿No podemos pasar el resto del día descansando? —protestó Jake.

Quizá los demás se lo habrían tomado mejor si no hubiera sido porque ya lo había repetido varias veces.

—Jake —soltó Rhett, cuya paciencia se había agotado—, estoy harto de escucharte.

—¡Es que tengo calor! ¡Y hambre!

—¿Quieres que te cuente un secreto? —Soltó la bolsa el otro para mirarlo, irritado—. ¡TODOS tenemos calor y hambre!

—¡Pues hagamos algo al respecto!

—No matarte por ser un pesado ya es muchísimo, créeme.

—¡Trisha no dejaría que me mataras!

—Claro que sí —intervino la aludida tan tranquila.

—¿Por qué no vamos a dar una vuelta? —sugirió Alice al ver que la tensión disminuía—. Podemos buscar más comida.

—No sé si es buena idea —comentó Tina al instante—. Seguimos en zona salvaje.

Alice cogió una pistola cargada y se la metió en la cinturilla de los pantalones.

—Tengo buena puntería. —Señaló a Rhett—. Pregúntale a él.

Eso pareció tranquilizar algo a Tina, que les dio permiso, aunque les pidió que no se alejaran demasiado. Alice asintió y se puso en marcha. Jake la siguió, enfurruñado.

—No sé cómo aguantas a Rhett —masculló, pateando una piedra.

—Está nervioso —lo defendió Alice, acercándose a una casa vecina—. Como todos.

—Bueno, pero a ti no te grita.

—Claro que sí, pero yo le grito más fuerte.

Jake suspiró cuando Alice entró en la casa, apuntando al frente con la pistola y asegurándose de que no hubiese nadie. Entonces, le hizo una seña a Jake.

—Busca en la cocina.

Pero no hubo suerte. Recorrieron tres casas más y consiguieron unas botas que estaban en muy buen estado y un tarro de pepinillos en conserva. A Alice el olor avinagrado le pareció repugnante, pero Jake estaba encantado con el hallazgo.

Entraron en otra casa.

—¿Qué es eso? —preguntó Alice con curiosidad.

Había pintura blanca en el suelo, justo delante de la entrada.

—Ah, son marcas de exploradores. En todas las ciudades se usan las mismas. Cada trazo y cada color significan una cosa distinta. La blanca es para indicar caminos.

—Y ¿dónde llevan?

—Esta al bosque. —Señaló con un pepinillo. Después, se lo metió entero en la boca y cerró el bote para mirar a Alice—. Si algún día Rhett se vuelve loco y quiere matarnos a todos, tenemos que huir por aquí.

Alice sonrió, divertida, y se asomó en dirección a las indicaciones. La línea blanca se borraba en cuanto el asfalto terminaba y empezaba la tierra, aunque vio que algunos árboles también tenían pequeñas señales que seguían indicando la ruta.

—Seguramente lleven a otra ciudad —explicó Jake.

—¿Cuántas hay?

—Que yo sepa, solo siete. Hace unos años, antes de que empezaran a quemarlas, había casi veinte.

—Y ¿todas son como la nuestra?

—No lo sé. Nunca he salido de Ciudad Central. Bueno, hasta ahora. Sé que Max se reunía con los demás líderes para tratar asuntos graves. Para llegar a una decisión conjunta y todo eso.

—Así que los guardianes supremos forman una especie de consejo —dedujo ella.

—Bueno, creo que quien manda de verdad es Ciudad Capital. —Jake se metió otro pepinillo en la boca—. Pero no sé. Una vez Max me habló del tema, pero me pareció tan aburrido que no presté atención.

—Muy útil, Jake.

El chico continuó el camino y Alice lo siguió, pensativa. ¿Cómo serían las otras ciudades? Le gustaría visitarlas, pero no sabía a qué distancia estaban. Y, por supuesto, no querría ir sola. Quizá algún día podría proponérselo a Rhett y a Trisha. Parecían los más aventureros.

De no haber estado tan ensimismada en sus pensamientos, probablemente se habría dado cuenta de la sombra que los seguía. De hecho, si no se hubiese vuelto ligeramente para revisar su brazo, no habría advertido el rápido movimiento con el que alguien se escondía tras uno de los coches quemados.

Jake, ajeno a eso, seguía andando tranquilamente. Alice

sacó la pistola. Sin despegar la mirada del vehículo, tanteó con la otra mano hacia delante en busca de su amigo.

—No te muevas —susurró.

—¿Eh?

—Creo que...

Cuando la sombra volvió a moverse para ocultarse tras un coche más cercano, ambos pudieron verla perfectamente.

—Ay, vaya. —Jake se atragantó del susto. Mientras tosía, cerró el bote de los pepinillos a toda velocidad—. Deberíamos irnos.

Alice no pudo estar más de acuerdo.

Dio un paso hacia atrás, agarró a su amigo de la mano y salió corriendo hacia las casas de la acera de enfrente. ¿Y si eran los salvajes? ¿Y si intentaban hacerles daño? Quiso correr en dirección al campamento, pero si los seguían podrían matarlos a todos.

No podía pensar. Estaba demasiado nerviosa. Miró por encima del hombro y rápidamente arrastró a Jake hacia la parte trasera de una de las viviendas. Estaba segura de que la sombra los seguía, siempre oculta tras los coches. Creía que solo era una persona, pero... ¿y si había más?

—¿Alice? —preguntó Jake en voz baja.

Esta le puso una mano encima de la boca para que se callara, y se asomó con cautela. No había rastro de la sombra.

Quizá hubieran conseguido despistarla.

Soltó a Jake, aliviada, pero no guardó la pistola.

—Tenemos que volver. Ahor...

Se calló de golpe cuando entendió que Jake, unos instantes atrás, solo había intentado avisarla. La sombra no estaba agazapada entre los coches, sino justo detrás de ellos.

Pero... no era una sombra. Era solo un niño.

Estaba en cuclillas y los observaba con la cabeza ligeramente ladeada. Casi parecía un animalito curioso. Alice estaba casi segura de que el tono oscuro de su piel era debido a la suciedad. Iba vestido con unas bermudas viejas, desgastadas y llenas de agujeros. Nada más. Su pelo oscuro y enmarañado le llegaba por los hombros, y los estaba mirando con unos ojos grandes, claros e interrogantes.

—¿Alice? —susurró Jake—. ¿Qué hacemos ahora?

—No te muevas —masculló ella.

—Pero...

—Jake —soltó su amiga más bruscamente de lo que pretendía—, cállate. Por favor.

Él cerró la boca, pero no soltó el brazo de Alice.

El niño se incorporó lentamente mientras ellos retrocedían, quedando atrapados entre la casa y el pequeño. Al verlo de pie, Alice se dio cuenta de que no era tan joven como había pensado. Quizá incluso fuese mayor que Jake. Estaba muy delgado, pero tenía los brazos fuertes. No debían bajar la guardia.

Además, era un salvaje. Estaba segura. Con ese aspecto, no podría encajar en otra descripción. Si no recordaba mal, estos hablaban en un idioma desconocido. No podía pedirle que los dejara tranquilos.

Alice seguía sujetando la pistola, ni siquiera se había percatado de haberla levantado para apuntarlo. Le temblaba el brazo. Era el que tenía herido.

Entonces, como si no hubiera un arma apuntándolo, el salvaje se acercó más a ellos y se quedó mirándolos. Jake contuvo la respiración cuando el desconocido dio un paso más. Alice no podía creer lo que veían sus ojos: el chaval olisqueaba el pelo de Jake, quien parecía que iba a desmayarse en cualquier momento.

—¿A-Alice...?

—No te muevas —siseó ella.

Seguía sin fiarse. Aun así, no se atrevía a apretar el gatillo. No parecía que fuera a hacerles daño y, además, si hacía ruido y el salvaje no estaba solo, los encontrarían enseguida.

La mejor opción era intentar alejarlo sin disparar.

Justo en ese momento, el desconocido sonrió ampliamente a Jake y volvió a acuclillarse, haciéndole un gesto para que lo imitara.

—¿Qué hace? —preguntó Jake con voz aguda.

—Quiere que lo sigas, creo.

—Entonces... ¿no nos quiere matar?

Ella lo dudaba. Podría haberlos atacado, en cambio, había sonreído. De todos modos, prefirió no arriesgarse. No se movieron.

El salvaje, muy triste, apartó la mirada, les dio la espalda y salió corriendo a una velocidad sorprendente hacia una de las casas. Alice entendió que debían aprovechar ese momento para volver con los demás.

—¿Qué haces? —preguntó Jake, resistiéndose—. ¡Creo que ha ido a buscar algo!

—¡Sí, a sus compañeros! Vamos, tenemos que volv...

Alice calló de golpe cuando el chico apareció de nuevo, ofreciéndoles una sonrisa de oreja a oreja. Llevaba una caja de zapatos en las manos.

Ella dio un paso atrás cuando el extraño se puso en cuclillas y le enseñó el recipiente a Jake.

—Ni se te ocurra abrirla —masculló Alice.

—Pero... es un regalo. ¡No lo puedo rechazar! ¡Es de mala educación!

—¡Jake, no la abras!

Él la ignoró y destapó la caja.

Al ver la cara de estupefacción de su amigo, Alice se puso en guardia.

—Son... ¡chocolatinas! —exclamó Jake, quien soltó un pequeño chillido de emoción—. ¡Mira! ¡Acabo de encontrar un nuevo mejor amigo!

—Jake, no sé...

Pero este ya había cogido una y se la llevaba a la boca. El salvaje gruñó entusiasmado.

—¿Podemos quedárnoslo? —preguntó Jake con la boca llena de chocolate.

—No es una mascota, es una persona.

—Pero ¡el pobre está solito!

—¡Eso no lo sabemos!

El desconocido empezó a asentir con la cabeza frenéticamente y se señaló el brazo. Llevaba una venda vieja y sucia. Luego señaló la de Alice.

—¡Él también está herido! —explicó Jake, haciéndole de intérprete—. Seguro que está solo y se ha acercado a nosotros porque ha visto que tú también estás lesionada.

—Jake, no...

—Lo han abandonado —insistió—. ¿Es que no lo ves?

—¿El qué?

—Los salvajes abandonan continuamente a su gente cuando se hacen daño. Ya no son útiles.

Eso sí le pareció salvaje a Alice. Hizo una mueca, intentando reprimir la empatía que empezaba a sentir por el muchacho. No podían llevárselo con ellos.

—Jake... No sabemos nada de él...

—¡Seguro que intentará contarnos su historia!

—Parece que sí nos entiende —comentó Alice, mirando al extraño con recelo.

—Supongo. —Jake carraspeó antes de empezar a gritar—. ¿SABES HABLAR? ¿HOLA? ¿SABES?

—Jake, es salvaje, no sordo.

El chico los miraba expectante. Se alegraba de haber encontrado a alguien.

—Creo que no habla —concluyó Jake—. Pero ¡no podemos dejarlo solo, Alice! Nos ha ayudado.

—Solo nos ha dado chocolatinas.

—Ya, claro, como nos sobra la comida... ¡Es un regalo importante!

—Jake, si los demás...

—¡Me niego a abandonarlo!

Alice supo que tenía la batalla perdida, así que terminó aceptando que volviera con ellos.

Uf..., Rhett iba a matarla.

El salvaje no dejaba de mirarla y ofrecerle su sonrisa. Al menos, alguien estaba contento. Bueno, Jake también. Seguía comiendo chocolate sin preocuparse de tener restos en las comisuras de los labios. Alice intentó calmarse, pero estaba demasiado nerviosa.

Su estado empeoró cuando llegaron al pozo. Tina, Rhett y Trisha estaban sentados a la sombra. Esta última fue la primera en verlos llegar.

—¿Qué narices...? —soltó estupefacta.

Tanto Tina como Rhett se dieron la vuelta al instante. El desconocido esbozó una enorme sonrisa, como si supiera que era el momento de desplegar sus encantos. Tina se quedó muda y Rhett, lívido.

—¡Hemos hecho un amigo! —exclamó Jake.

—¿Un... amigo? —preguntó Tina lentamente.

—Sí, nos ha dado chocolate. ¿Queréis?

—¡Es un salvaje! —exclamó Trisha poniéndose en pie alarmada.

—¡No, no, es bueno! —se apresuró a asegurar Jake—. Creo que lo han abandonado porque tiene una herida en el brazo y...

—¡Me da igual! ¡Podría matarnos a todos sin parpadear! —Trisha miró a Alice, irritada—. ¿Es que te has vuelto loca?

¿Cómo se te ocurre traer esto aquí? Tina, por favor, diles algo.

—Pues... —empezó esta, pero fue incapaz de formar una frase.

Alice miró a Rhett, que parecía indispuesto. Entonces recordó su conversación con Trisha. Él había estado con los salvajes, estos habían matado a su grupo. No podía culparlo por ponerse tan tenso. Alice se preguntó cuán enfadado estaría con ellos.

Pero, aun así, ¡el pobre muchacho no tenía la culpa! De hecho, quizá incluso él también odiara a los salvajes. Al fin y al cabo, lo habían abandonado solo por estar herido.

—Si quisiera hacernos daño, ya lo habría hecho —argumentó Alice, tratando de tranquilizarlos.

—Eso es cierto —murmuró Tina—, pero... —dudó—. Aunque no vaya a hacernos daño, no podemos cargar con él. Sería otra persona a la que alimentar y proteger. Lo siento, chicos.

El salvaje, como si supiera que hablaban de él, se escondió detrás de Alice.

—No se quedará con nosotros —añadió Trisha, poniéndole mala cara al nuevo—. Míralo. Seguro que ni siquiera sabe hablar.

—Esto es un grupo —protestó Jake—. Decidimos todos, no solo tú.

—Muy bien. —La chica se cruzó de brazos—. Yo voto que se largue.

—¡Si lo dejamos solo, podría morir!

—No es mi problema.

—Vale. Pues yo voto que se quede.

Alice sintió que revivía el momento cuando había llegado a la ciudad y los guardianes juzgaban si podía permanecer allí o no. Y, de pronto, se vio a sí misma reflejada en ese pequeño salvaje.

—Yo también quiero que se quede —murmuró.

Trisha negó con la cabeza.

—Dos contra uno, pero todavía quedan dos votos.

—No. —Rhett habló por primera vez desde que habían llegado. Evitó mirar al intruso—. Yo no quiero que nos acompañe.

—Menos mal que alguien tiene un poco de cabeza —masculló Trisha.

—Es demasiado joven para abandonarlo a su suerte —insistió Alice apenada.

—Es un salvaje —replicó él.

—¡Sigue sin poder valerse! —Miró a la última votante con súplica en los ojos—. Tina, vamos, tú lo entiendes, ¿no?

—Yo... —La mujer hizo un gesto de impotencia que dejaba claro que no la iba a apoyar.

—Cuando llegué a la ciudad, estaba en la misma situación que él —lo defendió—. Si me hubierais echado, no sé qué habría sido de mí.

Alice miró a Rhett, que no parecía tener intención de cambiar de opinión. Tina tampoco. Y Trisha menos.

Debía encontrar el modo de convencerlos.

Y, de pronto, se le ocurrió.

—¡Él conoce esta zona mucho mejor que nosotros! —exclamó—. ¿Sabes cuál es la forma más rápida de salir de aquí?

El salvaje asintió al instante.

—Y ¿podrías llevarnos?

Volvió a asentir, muy contento.

—¿Lo ves, Tina? —Jake lo señaló—. ¡Es listo!

—Y seguro que se defiende mejor que este. —Alice miró a su amigo—. No te ofendas.

—Nah, si es verdad.

Tina levantó la cabeza y los miró, resignada.

—Está bien —suspiró—. Que se quede. Pero si da problemas, lo echaremos.

—¡Estupendo! —Jake sonrió ampliamente.

El nuevo debió de entenderlo, porque se puso de pie y abrazó a Alice con fuerza. Ella le dio una palmadita en la espalda, sorprendida.

—Qué bonito, te has echado novio. Otro más —murmuró Trisha—. Unas tanto y otras tan poco...

Volvieron a emprender el camino. El salvaje se quedó rezagado. Creyeron que se marchaba, pero los seguía saltando por edificios, coches y calles, se presentaba de improviso ante ellos para indicarles el camino y volvía a desaparecer.

Además, a veces entraba en las casas y aparecía con objetos útiles que les ofrecía. No dejaba de corretear. Pero a una seña de Jake, siempre volvía.

Rhett se mantenía tan alejado de él como podía y Trisha, pese a que al principio se puso de morros por tener que seguir las indicaciones del desconocido, acabó acatándolas sin cuestionarlas.

Anduvieron hasta que se hizo de noche y volvieron a ocupar una casa abandonada muy parecida a la anterior, solo que en esta no había muebles. Tras encender la chimenea, todos a excepción del salvaje, que había vuelto a desaparecer, se sentaron junto al fuego, dispuestos a cenar. Alice arrugó la nariz al descubrir que volverían a comer carne seca. La odiaba. Estaba durísima y hacía que le dolieran los dientes. Además, no sabía a nada.

Quiso bromear sobre ello con Rhett, pero él no le había dirigido la palabra desde la votación. Lo mejor era darle espacio e intentar hablar con él cuando se calmara.

Cuando apareció el chico salvaje se hizo un hueco de modo brusco entre Alice y Rhett. Se sentó muy pegado a ella, y eso hizo que se ganara una agria mirada del instructor.

—Oye, ¿ya habéis descubierto cómo se llama o puedo bautizarlo yo? —Trisha señaló al adolescente con su trozo de carne seca.

—No, tú no —intervino Jake enseguida—. Seguro que le pones un nombre ridículo.

—¿Cuánto tiempo va a quedarse con nosotros? —preguntó Rhett, observando con mala cara cómo el salvaje enredaba un mechón de pelo de Alice en su dedo.

—El necesario. Es mi amigo. —Jake frunció el ceño—. Lástima que no hable. Si no, podríamos preguntarle cómo se lla...

El otro chaval, en ese momento, se levantó y, con el dedo, escribió en polvo del suelo con torpeza.

Cuando acabó, Alice distinguió algunas letras.

—¿Kilian? —preguntó—. ¿Ese es tu nombre?

El chico asintió con la cabeza, muy contento.

—Genial, ya tiene nombre —murmuró Rhett de mala gana—, como los perros.

—Tú tienes nombre y no eres un perro. —Trisha pareció muy divertida.

—Y tú hablas mucho, pero eres idiota.

Empezaron a discutir. Tina, Alice y Jake optaron por terminarse la cena en silencio.

Como cada noche, Tina se ofreció a hacer la primera guardia. Le gustaba poder quitársela de encima para después dormir del tirón. Así que, mientras esta se sentaba junto a la puerta y hacía inventario de lo que les quedaba, el resto se acomodó en sus jergones. Alice era quien más cerca del fuego estaba, así que prácticamente no necesitaba taparse. El brazo volvía a dolerle una barbaridad. Se lo acarició con los dedos mientras observaba a los demás.

Trisha, como de costumbre, se había dormido enseguida. Pese a su apariencia dura, al dormir se abrazaba las rodillas y se le dulcificaba la cara. Jake, en cambio, solía estirarse como una estrella de mar y roncar con fuerza. Esa noche compartía lecho con Kilian, con quien se daba la espalda. Este no roncaba ni dormía en posturas raras.

Alice echó la cabeza hacia atrás para mirar a Rhett. Se había colocado justo enfrente de ella; el fuego, que los calentaba a ambos, los separaba. No parecía muy contento. Tenía la vista perdida en el techo y el ceño fruncido, y no dejaba de repiquetear con un dedo en su abdomen. El otro brazo lo tenía estirado por encima de su cabeza. Alice alargó el suyo para tocarle la mano.

—¿No puedes dormir? —le preguntó en un susurro.

—No.

Su escueta respuesta indicó que seguía furioso con ella. Cuando iba a indagar al respecto, él se adelantó.

—No entiendo por qué tenemos que dejar que venga con nosotros —murmuró—. No sabemos si podemos confiar en él.

—Todo el mundo es inocente hasta que se demuestre lo contrario.

—¿No te has parado a pensar...? —Hizo una pausa, como si no quisiera confesar lo que había estado a punto de escapársele, y se limitó a negar con la cabeza—. Déjalo —murmuró al final.

—No ha hecho nada, Rhett —susurró ella.

—Por ahora.

—Yo también soy diferente y, cuando te lo conté, no te importó.

—Es distinto.

—¿Por qué? ¿Porque me conocías?

—Porque sentía algo por ti.

Esas palabras hicieron estremecer a Alice.

—Si fuiste capaz de confiar en mí —siguió ella cuando se repuso—, no veo por qué no puedes darle una oportunidad a él.

Hubo un silencio. Al final, cuando Rhett habló, parecía más resignado que enfadado.

—Cuando demuestre que puedo fiarme de él... empezaré a hacerlo.

Rhett no dijo nada más. Se limitó a apartar la mano y a tumbarse de cara al fuego, dando por zanjada la conversación.

6

EL CHICO QUE SE PERDIÓ

—¡No me puedo creer que lo hayas perdido! ¡Tenías que vigilarlo! —Rhett miró a Jake, irritado.

—No es una piedra, no lo he perdido. Se ha ido él solito —respondió este.

—¡Se suponía que debías ocuparte de él!

—¡No soy su niñera!

—¡Estaba contigo! ¡Es nuestro compañero!

—Ese salvaje no es mi compañero.

Trisha, Jake y Alice habían buscado a Kilian gran parte de la mañana, sin suerte. Tina se había quedado en la casa por si volvía, pero al regresar el trío de la búsqueda ella seguía sola. Rhett, por su parte, se había dedicado a merodear por los alrededores, sin aportar mucho.

Al final, teniendo en cuenta que Kilian conocía la ciudad mucho mejor que ellos, llegaron a la conclusión que no quería que lo encontraran. Pero Jake era incapaz de asumirlo. Él prefería responsabilizar a Rhett.

—Es culpa tuya —afirmó.

—¿Y eso por qué? ¡Todos estábamos en la casa!

102

— Pero ¡tú estabas de guardia! —protestó Jake—. ¿Y si le ha pasado algo? ¿Y si lo han encontrado esos otros... salvajes?

—Él es un salvaje —le recordó Trisha—. Estará bien.

—¡Eso no lo sabes! Él no es como los demás.

Alice no se atrevió a intervenir. La relación con Rhett era tensa y, además, no estaba del todo de acuerdo con Jake. Si hablaba, ambos se pondrían en su contra. Mejor no decir nada.

Como el silencio, además de incómodo, se hizo un poquito demasiado largo, Rhett se puso a la defensiva.

—¡Venga ya, ni siquiera lo conoces!

—¡Pues ya me he encariñado de él! —Se enfurruñó Jake.

—¿Por qué? ¿Porque te dio golosinas?

—¡No eran golosinas, eran chocolatin...!

—Lo siento, Jake, pero no podemos permanecer aquí mucho tiempo más —lo interrumpió Tina con voz suave—. Recordad que seguimos en territorio salvaje. Si no vuelve antes del almuerzo, tendremos que irnos sin él.

Alice se mordisqueó el labio inferior, pensativa. Tina tenía razón. Debían partir. Hasta ese momento no se habían cruzado con ningún peligro, habían tenido suerte, pero no la tenían garantizada para siempre. Mejor no arriesgarse.

—Puede que esté cazando —sugirió Rhett en voz baja.

Jake levantó la cabeza, esperanzado.

—¡Claro! Me dijo que le gustaba cazar.

—¿Te habló? —Trisha lo miró con una mueca—. ¿Ya no es mudo?

—No habla, pero yo lo entiendo.

—¿Y también te comunicas con tus otros amiguitos invisibles? —intentó hacerse la graciosa Trisha.

—Si está cazando, volverá —intervino Alice, ignorándola.

Llegó la hora de comer. Decidieron hacerlo allí y, después, ponerse en marcha. Jake, que apenas probó bocado, miraba constantemente de reojo la entrada, deseando ver aparecer a Kilian. Rhett comía con la cabeza gacha, sin decir nada. Alice se sintió mal por él. Si el chico se había marchado, había sido por voluntad propia. Por mal que le cayera a Rhett, nunca lo habría echado.

Y justo cuando iba a expresar esos pensamientos en voz alta, este se puso repentinamente de pie.

—Ahora vuelvo —murmuró.

Alice estuvo a punto de seguirlo, pero Tina la detuvo. Quizá solo necesitara estar solo.

En un intento por distraer al grupo, Alice le preguntó a Tina si se encontraban muy lejos de la ciudad a la que se dirigían. Intentaron charlar un poco, pero no se hallaban con ánimo. Cuando los nervios empezaban a hacer mella en ellos, Rhett entró luciendo una sonrisa orgullosa y se hizo a un lado para dejar pasar a Kilian, que venía empapado. Aunque se había hecho una herida en la pierna, no parecía preocupado. Los miró con su habitual sonrisa y les enseñó un pez bastante grande que aún se retorcía en su mano.

—¡Lo has encontrado! —gritó Jake emocionado.

—¿Qué le ha pasado? —Tina se acercó para examinarle la herida al chico.

—Se tiró al río para intentar pescar ese pez y se quedó atrapado en las ramas de un árbol que se hundían en el agua.

—¿Y tú cómo adivinaste que estaría allí? —preguntó Trisha sorprendida.

—Anoche se puso a hacer dibujitos en el suelo cuando todos dormíais y ahora entiendo que lo que me intentaba decir era que quería prepararnos un banquete de agradecimiento.

Tina se encargó, con la ayuda de Jake, de curarle la herida. La venda blanca inmaculada contrastaba casi cómicamente con su piel sucia.

Tras la cura, recogieron el campamento rápidamente y abandonaron la casa. Tina y Trisha encabezaban la marcha. Kilian y Jake iban en medio. De este modo, si el salvaje ralentizaba la marcha, no se quedarían rezagados. Alice sintió alivio cuando por fin abandonaron la ciudad y entraron de nuevo en el bosque. Se sentía mucho más protegida. Además, allí había comida y agua; en las ciudades solo había cenizas. Como Rhett había socorrido a Kilian, ahora este se acercaba a cada rato a él, le sonreía y le ofrecía regalos. Rhett parecía de todo menos complacido.

—Pero ¿se puede saber por qué tienes que darme cosas a mí? —protestó este cuando, por enésima vez, el chico intentó darle un palo—. ¡Dáselo a Jake, que es quien decidió adoptarte!

Pero la actitud del instructor no sirvió de nada, el muchacho siguió pendiente de él durante todo el trayecto.

El sol estaba a punto de ponerse cuando empezó a llover. Al principio, ignoraron la lluvia y continuaron el camino. Pero con la venda empapada, Alice empezó a notar la herida. Se contuvo varias veces para no tocársela, pero la picazón empezó a volverse insoportable. Cada vez que daba un paso y movía el brazo, una punzada de dolor lo recorría.

Su pie se quedó enganchado en una raíz y, pese a que no cayó al suelo, su costado chocó contra el tronco del árbol. Alice soltó un grito ahogado por el repentino y agudo dolor que le recorrió el brazo. De manera instintiva, se lo sujetó, y la presión hizo que el sufrimiento se multiplicara.

Rhett se agachó a su lado, mirándola con los ojos muy abiertos.

—¿La herida? —preguntó directamente.

Ella asintió y retiró la mano. La venda había resbalado, dejando la herida al descubierto.

105

Rhett dijo algo, pero Alice no lo entendió hasta que le pasó los brazos por debajo de las rodillas y la espalda, levantándola del suelo y llevándola con urgencia hasta Tina.

En cuanto la mujer vio la herida, mandó a Trisha, Jake y Kilian a buscar urgentemente un sitio seguro donde acampar. Por suerte, lo encontraron rápido. Era un pequeño rincón junto al río donde las ramas de los árboles les proporcionaban un techo natural que los protegía casi completamente del aguacero.

Con cuidado, Rhett dejó a Alice en el suelo. La espalda de la chica quedó apoyada en el tronco de uno de los árboles.

Tina pasó una mano por la frente de Alice.

—Tiene fiebre —murmuró.

—¿Los androides pueden tener fiebre? —preguntó Rhett.

—Bueno, su temperatura corporal está mucho más alta de lo que debería.

Alice no escuchó más, pues se desvaneció momentáneamente.

—¡No te acerques a ella, mocoso! —La voz enfurecida de Rhett hizo que Alice se sobresaltara.

Al abrir los ojos, vio cómo este apartaba a Kilian, que intentaba acercarse a ella con algo entre las manos.

—¿Qué es? —preguntó Alice, mirándolo.

Kilian ignoró a Rhett y se agachó junto a ella. En una de sus manos llevaba lo que parecía un ungüento compuesto de barro y hojas; en la otra, una piedra. Hizo un gesto para explicarle que había molido la mezcla con ella.

En cuanto hizo ademán de acercar la pasta a la herida, Rhett lo detuvo bruscamente.

—¿Qué te crees que estás haciendo?

—Intenta ayudarla —intervino Jake, que se había acercado pero se tapaba los ojos para no ver la herida, pues era muy aprensivo.

—¿Con eso? No va a...

—Deja que lo haga —intervino Tina de repente.

Rhett se volvió hacia ella, perplejo.

—¿Te has vuelto loca?

—En absoluto. He visto cómo se lo ponía antes a sí mismo en la pierna. —Ella la señaló y Alice vio que, efectivamente, la herida estaba cubierta con ese ungüento extraño—. Es una mezcla curativa.

—Tina, es un crío, no sabe...

—Yo solo tengo vendas —replicó ella—. A estas alturas ya no sirven de nada. Sería como intentar tapar el sol con un dedo, Rhett. Al menos, él tiene una solución.

Eso no pareció convencerlo del todo, pero no se movió cuando Kilian volvió a inclinarse hacia Alice. Pasó la mezcla por la herida con suavidad. Ella cerró los ojos con fuerza, intentando contener las ganas de apartarse por el dolor.

Sin embargo, cuando el chico finalizó la cura y le sonrió, ella se dio cuenta de que el dolor había disminuido muchísimo.

—¿Estás bien? —preguntó Rhett preocupado.

Alice asintió y miró al salvaje.

—Muchas gracias, Kilian.

Él, tan silencioso como de costumbre, hizo un ligero gesto con la cabeza. Jake aprovechó para recordarles a todos que él había confiado en Kilian desde el principio.

Tina le vendó el brazo. Decía que, de ese modo, la mezcla permanecería en su lugar. Después, se acercó a Kilian, le vendó la pierna y le pidió que le enseñara cómo preparar el ungüento.

Alice se quedó unos minutos sola. Intentó mover el brazo para comprobar si le dolía. Alguien se acercó a ella; era Trisha, y tenía una mueca de diversión en la cara.

—¿Qué tal, lisiada? ¿El salvajito te ha envenenado o sigues conservándote bien?

—Yo diría que estoy bien. —Aceptó la mano que su amiga le ofrecía para ponerse de pie torpemente—. Por un momento, pensé que me desmayaba.

—Si lo hubieras hecho, don Amargado te habría cargado en brazos como un príncipe azul. —Trisha puso los ojos en blanco—. Sois de esa clase de parejas.

—¿Un príncipe azul? ¿Qué es eso?

—Un príncipe al que ahogas hasta que se pone azul.

Alice arrugó la nariz, confusa. Trisha rio, negó con la cabeza y señaló el río.

—Creo que hay una parte del río donde el agua está más calmada —dijo, cambiando de tema—, podría intentar conseguir algo para cenar hoy y para comer mañana. ¿Te apetece hacerme compañía mientras pesco?

—Yo te acompaño —intervino Jake, que se había acercado a ellas.

—Muy hábil, pero la oferta era para ella. Para que no se aburra aquí sola, sin nada que hacer.

Alice la acompañó, agradecida. Y aunque su trabajo consistió en quedarse sentada en la orilla tallando estacas de madera mientras Trisha pescaba, se sintió bien.

De repente, Trisha soltó una palabrota bastante fea.

—¿Se te ha escapado otro? —le preguntó ella divertida.

—¡Es que son escurridizos!

—Bueno, son peces, ¿qué esperabas? ¿Que saltaran a tus brazos?

—Pues un poquito de colaboración no estaría mal.

Alice se echó a reír y siguió afilando la estaca. Su método era sujetar el trozo de madera con las botas y trabajarlo con la mano buena. El otro brazo permanecía pegado a su costado. No se atrevía a forzarlo.

—Una vez, fui con el colegio de excursión al bosque —le contó la rubia mientras revisaba el agua con los ojos—. Nos

108

enseñaron a pescar, a encender hogueras, a elegir los sitios donde acampar...

—¿Eso era lo que se enseñaba a los humanos antes de la Gran Guerra? Vaya, os había subestimado. Parece que erais muy previsores.

Trisha se echó a reír.

—No, no éramos previsores. Era la típica excursión que se hacía una vez al año. Lo normal era quedarse en el aula.

Lo cierto era que a Alice le resultaba un poco complicado imaginarse los colegios de los que le hablaban. Diferían mucho de los métodos de enseñanza grecolatinos.

—¿Qué estudiabas? —preguntó con curiosidad.

—Un poco de todo. Solo tenía diez años, no podíamos elegir optativas ni nada voluntario.

—Ah. Y ¿tenías muchos amigos?

—No —le aseguró Trisha con una risita—. Por aquel entonces ya era más grande que la mayoría de las chicas de mi clase, y a la gente le gustaba burlarse de mí.

—Vaya, lo siento mucho.

—Yo no. Si no fuera diferente, en la ciudad no me habría ido tan bien.

—Ojalá pudiera pelear como tú —confesó Alice.

—Venga ya. Tú tienes una puntería que da miedo. ¿Sabes lo que daría yo por algo así? Cualquiera puede lanzar un puñetazo bien dado, pero no todo el mundo se maneja bien con las armas. —Dicho eso, clavó la estaca en el agua y sacó un pez del tamaño de su brazo. Enarcó las cejas, miró a su amiga y dijo—: Alice, te presento nuestra cena de hoy.

* * *

Esa noche, Trisha y Tina se ofrecieron para hacer la primera guardia, por lo que el resto decidió acostarse. Alice tardó el doble que los demás en preparar su espacio porque se había empeñado en hacerlo sola. Sin embargo, no fue hasta que se echó cuando se dio cuenta de un pequeño detalle que se le había olvidado: una manta. Podría haber pasado sin una almohada o sin nada debajo que hiciera el suelo más mullido, pero no sin algo para abrigarse. A la intemperie hacía demasiado frío.

Alice se levantó y trató de no hacer ruido mientras rebuscaba en una de las mochilas en busca de alguna tela con la que pudiera cubrirse. Cuando Rhett soltó un suspiro cansado, supuso que no había sido tan silenciosa como creía.

—¿Se puede saber qué haces? —preguntó medio dormido.

—Buscar una manta.

—¿No queda ninguna?

—Sí, pero creo que está en el fondo de la mochila.

—Entonces déjalo. Puedes usar la mía.

Alice entendió que le prestaba su manta, pero, al acercarse, vio que él se apartaba para dejarle sitio. Entonces comprendió lo que Rhett le estaba proponiendo en realidad. Algo sorprendida, recogió sus cosas y las dispuso junto a él. Después, se metió a su lado y trató de no demostrar lo agitada que estaba.

No pasaba nada por dormir con otra persona, ¿no? Es decir, ya lo habían hecho antes. Solo una vez, pero eso no importaba. No había sido para tanto. No tenía por qué ponerse nerviosa.

Agradeció que él no dijera nada, porque así pudo tumbarse sobre su brazo bueno sin que la situación se volviera todavía más incómoda. Respirando profundamente, cerró los ojos.

7

LA CICATRIZ DE AQUEL DÍA

Como cada mañana, se despertó con la sensación de que era ella la protagonista de sus pesadillas. Se pasó una mano por la cara, frustrada. En aquella ocasión, Alicia servía en la casa del hombre barbudo. Como no era lo suficientemente eficiente, los guardias la condujeron a donde estaba la mujer de la vara. Entonces, Alice había despertado. Y lo agradeció.

Se dio la vuelta despacio para comprobar que Rhett seguía dormido. No había cambiado de postura en toda la noche. Permanecía boca arriba, con una mano sobre el abdomen y la otra tras la nuca. Parecía tranquilo.

La única persona despierta era Tina. Se había acercado a la orilla del río e intentaba limpiar una camiseta sin muy buenos resultados.

—Buenos días —saludó Alice al acercarse a ella.

—Buenos días, cielo. ¿Qué tal está tu brazo?

—Bien, como siempre.

Era mentira y Tina lo sabía, pero tuvo la deferencia de no comentar nada.

Alice metió las manos en el agua y se lavó la cara. El frescor la despertó por completo.

—Si lo haces así, solo conseguirás romperla —dijo Alice.

—¿Qué?

—Tienes que frotar en círculos. Mira, así, ¿lo ves?

La mancha empezó a desaparecer al instante. Tina pareció muy sorprendida. Al final, Alice se encargó de terminar de lavar la camiseta mientras la mujer observaba.

—¿Dónde has aprendido eso?

Alice se encogió de hombros.

—No lo sé —admitió—. Pero funciona.

—Nunca había lavado en el río, así que gracias.

—Quizá en la ciudad a la que nos dirigimos encontremos algo más apropiado para limpiar la ropa.

—Quizá. —Tina desvió un segundo la mirada hacia los compañeros que aún dormían—. ¿Rhett te ha hablado de ello?

—¿De su padre?

—Sí.

—Un poco. ¿Por qué?

Tina pareció incómoda.

—Quizá deberías preguntarle a él. —Alice dejó de frotar y la miró inquisitivamente—. Su padre es... ¿cómo decirlo?

—¿Malo?

—No, pero su relación siempre ha sido complicada. Creo que deberías saberlo antes de llegar y...

—¿Tú lo conoces?

—Sí, ha venido alguna vez a Ciudad Central. Max y él tampoco se llevan demasiado bien, pero hemos tenido que mandarle soldados en alguna ocasión.

—Espera, espera. —Alice tenía tantas preguntas que no sabía por cuál empezar—. ¿Soldados? ¿Max? ¿Qué...?

—Lo entenderás mejor cuando lleguemos —le aseguró.

—Pero... Rhett me dijo que hacía mucho que no veía a su padre. ¿No estaba presente cuando se reunía con Max?

—Siempre que se enteraba de que iba a visitarnos, se marchaba o encontraba una excusa para no reunirse con él. Ambas queremos a Rhett, pero también lo conocemos lo suficiente como para saber cómo se pone cuando algo no es de su agrado.

No le faltaba razón. Alice dirigió una mirada de reojo al aludido, que seguía durmiendo.

—Si tan mal se lleva con él, ¿por qué vamos a su ciudad?

—Porque es la más cercana y tú necesitas que alguien examine ese brazo urgentemente. —Tina le dedicó una pequeña sonrisa—. Tuvimos que improvisar sobre la marcha.

—Por mi culpa —concluyó Alice con una mueca.

—No es culpa tuya que te dispararan. Y habrías hecho lo mismo por cualquiera de nosotros. No te tortures por eso.

Alice siguió frotando la prenda, pensativa, mientras Tina la observaba.

—¿Dónde íbamos a ir? —preguntó al final—. ¿Cuál era el primer plan?

—Bueno, hay unas cuantas ciudades a las que podríamos pedir ayuda.

—¿Para qué?

—Para rescatar a Max.

—No sabía que las otras ciudades estuviesen dispuestas a echarnos una mano.

—Y no sabemos si lo estarán. Le gente le tiene mucho miedo a Ciudad Capital, pero alguien tiene que dar el primer paso, ¿no? Ciudad Diamante, por ejemplo, es una muy buena opción. Allí nos dirigíamos. Los de Ciudad Jardín quizá también nos escucharían, al igual que los de las Islas Escudo. Pero los demás..., con ellos no sería tan fácil.

—¿Por qué se llama Diamante? —preguntó Alice—. ¿Es porque poseen piedras preciosas?

—No. —Tina sonrió—. Es por la forma de la ciudad.

—Y ¿cómo se llama a la que vamos ahora?

—Ciudad Gris. Tiene un nombre muy bonito, ¿eh? Es porque la rodea una montaña. Por el color de la roca.

—No es muy ingenioso.

—Si las ciudades tuvieran nombres complicados e ingeniosos, nadie se acordaría de ellos. Las cosas simples son más fáciles de recordar.

* * *

Durante ese día, Alice no se atrevió a preguntar nada a Rhett acerca de su padre. La conversación con Tina le había dado mucho que pensar. Tampoco el grupo habló demasiado. Se dedicaron a recorrer lo que quedaba de bosque, tras el que encontraron otra ciudad muerta mucho más pequeña que la anterior. Tenía muchísimos menos edificios, y se encontraban en peor estado. Kilian iba trotando feliz al frente de la marcha, seguido por Alice y Jake.

—¿Cómo sería esto antes de que lo quemaran? —preguntó Alice.

—Ruidoso, supongo.

—¿Dónde vivías tú antes?

—¿Yo? Bueno, mi familia era de Atlanta.

—Ah.

Jake sonrió, divertido.

—Era una ciudad.

—Ajá. —Alice imaginó que las ciudades de aquel entonces no eran como las actuales—. Y ahora ¿dónde estamos?

—Pues en una de las pocas partes no contaminadas del mundo. No quedan muchas. Si no me equivoco, creo que solo tres. No sé exactamente dónde están las otras dos. Creo que esta se encuentra entre Francia y Suiza..., por ahí. Ahora no tiene nombre. Lo llaman tierra buena, aunque nadie habla mucho del pasado. No quieren pensar en todo lo que se perdió.

—¿Rhett también es de At... lan...?

—No. —Jake sonrió—. Es de Bradford. Se nota por su acento.

—Ah... —Alice no tenía ni idea de qué hablaba—. ¿Y los demás?

—Todos tuvimos que huir, así que venimos de todas partes del mundo. Creo que Trisha es de Sudáfrica, y Tina, de España. —Jake se interrumpió, recordando—. Dean era de Texas, Saud, de Nairobi, y Max de..., bueno, la verdad es que no tengo ni idea.

—¿Qué hay de ti? —le preguntó—. ¿Siempre has vivido en Ciudad Central?

—Sí, igual que la mayoría de los alumnos a los que conociste. Muchas ciudades no quieren a niños ni a viejos, así que no los aceptan. Max es de los pocos que los acoge.

Alice se mordisqueó el labio inferior, curiosa.

—¿Puedo preguntarte algo?

—Claro.

—¿Por qué Rhett y Max se llevan tan mal?

Jake se puso un poco tenso.

—Bueno, si ellos no te han dicho nada...

—Y jamás lo harán. Ya los conoces, Jake.

—Está bien, pero de mi boca no lo has oído.

Qué fácil de convencer era el pobre. Alice casi se sintió culpable.

Pero no tanto como para no querer saberlo.

—Será nuestro secreto —aseguró.

Estaba ansiosa. Hacía muchísimo tiempo que sentía curiosidad, pero hasta entonces no se había atrevido a preguntárselo a nadie. Miró a Jake, que respiró hondo antes de empezar.

—Verás, hace tres o cuatro años, Rhett y Max tenían otros puestos. Este último daba clases de armas a los principiantes y los avanzados, y Rhett era el guardián de los exploradores. Era el responsable de todas las salidas, de los comerciantes... En aquel entonces se llevaban genial.

Kilian saltó delante de ellos y volvió a desaparecer, distrayendo por un momento a Jake.

—Emma, la hija de Max, que tendría unos quince años...

—¿La hija de Max?

—Sí.

—¿Está...?

—Déjame terminar. Sí, falleció, pero todavía no hemos llegado a esa parte. Se le daba muy bien el combate y esas cosas, pero también era muy impulsiva. Y, si te soy sincero, a mí no me caía demasiado bien. Era una creída. Nos trataba a todos como si, a su lado, fuéramos unos completos inútiles. Siempre le pedía a Rhett ir a todas las exploraciones, pero él se negaba por respeto a su padre.

—Pero si estaba en el grupo de avanzados...

—Max era muy protector con ella. Además, a esa chica las exploraciones le daban igual. Solo quería pasar tiempo con Rhett.

—Espera. —Alice se detuvo, preocupada—. ¿Ellos dos...?

—¿Qué? ¡No! —Jake negó con la cabeza, como si fuera absurdo—. Ella estaba coladita por él, pero Rhett nunca le hizo demasiado caso, la verdad. No era como contigo. De hecho, más de una vez tuvo que ser bastante desagradable con ella para que lo dejara en paz. Y, cuando eso pasaba, ella se metía con los principiantes, ¿sabes? Nos decía cosas feas, la muy...

—Jake —lo reprendió ella.

—Cuando Emma cumplió quince años, Rhett decidió llevarla a su primera exploración como regalo. Iba a ser algo sencillo, solo debían realizar un intercambio con los de las caravanas. Todo fue bien hasta que, a su regreso, cruzaron una de las ciudades muertas y se encontraron con los salvajes.

Alice podía suponer lo que había sucedido después: la fatídica historia que le había contado Trisha.

—Rhett nunca habla de ello. Pero una vez, insólitamente, se abrió: los salvajes mantuvieron a dos de los exploradores con vida. Querían usarlos como rehenes y conseguir un trueque con Ciudad Central que les fuera beneficioso. Esos dos «afortunados» fueron Rhett y Emma. Pero..., bueno, en nuestra ciudad tampoco es que haya gran cosa, ¿no? Ya lo has comprobado. Nadie sabía qué hacer. No podían ofrecerles a los salvajes lo que demandaban. Max intentó ir en su rescate una decena de veces, si no más, pero no consiguió nada. Estaba desesperado.

—¿Y qué pasó cuando regresaron a la ciudad? —preguntó ella.

—Alice..., solo volvió Rhett.

Los dos se quedaron en silencio durante unos instantes.

—Yo... —Jake lo pensó un momento—. Yo estaba allí la noche en que Rhett volvió. No sé cómo lo hizo. Lo encontraron tirado en el suelo a la entrada de la ciudad. Al principio, pensamos que estaba muerto. Con esas heridas... Eran horribles, Alice. Los salvajes son aterradores. Tienen muchas maneras de divertirse con la gente a la que consiguen atrapar. Por lo poco que escuché, creo que habían intentado ver cuánto podía sangrar Rhett antes de morir.

Ella tragó saliva, incómoda. Ni siquiera podía imaginarse la escena. O, más bien, no quería.

—Se llevan mal por eso, Alice —concluyó Jake—. Max lo culpa de la muerte de Emma.

Ella negó con la cabeza, triste.

—Los primeros meses fueron horribles —confesó el chico—. Max lo trataba fatal y nadie se atrevía a intervenir. Le quitó casi todo lo que se había ganado: el sitio en la mesa de instructores, su habitación privada, las exploraciones, y lo relegó a profesor de iniciados. Con el tiempo, Tina convenció a Max de que le devolviera algunos privilegios, como una habitación propia, pero dudo que jamás le permita volver a explorar.

—Culpar a Rhett no solucionará nada.

—Eso díselo a alguien que ha perdido a una hija.

—¿Y Rhett nunca se defendió?

—No. Jamás.

—¿Por qué?

—No lo sé. —Jake suspiró—. Quizá porque él también se siente culpable, de alguna forma.

Estuvieron en silencio durante el resto del camino. Alice miró de reojo hacia atrás, a Rhett, a su mano llena de antiguas heridas protegidas por un guante roto, y a su cara, cruzada por una gran cicatriz.

Solo de imaginarse lo que habría sido estar en su piel durante esos momentos hizo que se le revolviera el estómago. Al final, prefirió apartar la mirada.

El sol se ocultó antes de llegar a Ciudad Gris, así que, como de costumbre —aunque aquella sería la última vez—, escogieron una casa, encendieron un fuego y cada cual se apañó una cama improvisada alrededor de la chimenea.

Esa noche Tina volvió a ofrecerse para el primer turno de guardia. Alice, ya dentro de su cama, se subió la manta hasta la barbilla y trató de no pensar en todo lo que Jake le había contado. El dolor del brazo resultó ser una buena distracción. Y también observar cómo Tina empezaba a colocarse para empezar su guardia.

Alice se había fijado en lo que hacía cada uno durante su turno; ella limpiaba sus armas, Trisha solía aprovechar para practicar los ejercicios que les habían enseñado en clase, Tina hacía inventario, Jake comía o canturreaba y Rhett se limitaba a pasearse por la zona.

Justo cuando pensaba en ello, vio que este se estaba acercando. No entendió nada hasta que se dio cuenta de que él ni siquiera se había hecho una cama. Quería que durmieran juntos.

Alice no tenía ningún problema al respecto.

Se apartó un poco mientras Rhett se quitaba las botas con aire cansado, dejaba la chaqueta en el suelo y se metía en la cama improvisada a su lado. Pareció mucho más pequeña con dos personas dentro, pero también más calentita.

—¿Te he despertado? —murmuró él, colocándose mejor.

—No, está bien.

Como la noche anterior, ella se tumbó sobre su brazo bueno, dándole la espalda, y cerró los ojos. Pero entonces sintió que él, lejos de quedarse en su lugar, se acercaba y le pasaba un brazo por encima. Ni siquiera tiró de ella para acercarla, ni tampoco se pegó a su espalda. Simplemente, apoyó un brazo sobre su cintura. Alice sentía que el corazón le martilleaba las costillas.

—Buenas noches —murmuró él tan tranquilo.

Alice, por supuesto, no sonó tan calmada.

—B-buenas noches.

8

LA CIUDAD DE LOS COLMILLOS

Acostumbrada a caminar sin rumbo fijo, Alice casi suspiró de alivio cuando, a las cuatro horas de haberse despertado y haber empezado la marcha con los demás, vio que Rhett señalaba algo en la lejanía. Por encima de los árboles aparecían por fin las montañas que se suponía que cercaban gran parte de Ciudad Gris —o Colmillo Gris, como algunas personas la llamaban—. Trisha le había contado la historia de aquel particular nombre durante la mañana, mientras desayunaban. Al parecer, era una forma de burlarse de ellos por ser tan estrictos. Eso sí, nadie se lo decía a la cara. Era como un insulto. Así que Alice había tomado nota y optaría por no mencionarlo delante de sus habitantes.

—¿Es eso? —preguntó Jake esperanzado—. ¿Ya hemos llegado?

—Más o menos —murmuró Rhett, que no parecía ni la mitad de animado que él.

Tardaron veinte minutos en ver por fin los muros de piedra de la ciudad. Eran de la misma altura que los de Ciudad Central, aunque estos estaban coronados de alambres. Estaba claro que no tenían ninguna intención de permitir que nadie los cruzara.

Alice se encontró a sí misma buscando la forma de escalarlos mientras rodeaban la ciudad en dirección a una de las dos entradas. Estaban siguiendo la línea del muro. Quizá los ejercicios en el circuito de Deane sí hubiesen servido para algo, porque no tardó en ver pequeños huecos casi imperceptibles en los que podría impulsarse con un pie, luego agarrarse a la superficie del muro, conseguir sostenerse sobre la punta de las botas y saltar la alambrada con la esperanza de que, al otro lado, no hubiera mucha altura.

Era un plan, sí, pero no muy realista teniendo en cuenta que apenas podía mover el brazo. Se había pasado el día abriendo y cerrando los dedos. A cada hora que pasaba, se le entumecían más y más. Ya apenas podía sentirlos.

Rhett se tensó visiblemente cuando, al cabo de una hora, por fin consiguieron llegar a las enormes puertas de hierro de la ciudad. Estaban diseñadas para coches, y en la parte superior había una plataforma desde la cual dos guardias vestidos de verde oscuro los miraban con desconfianza.

Fue bastante evidente que los estaban esperando, por lo que Alice supuso que algún vigía los habría visto y los habría avisado.

Uno de los guardias los miró de arriba abajo, especialmente a Kilian, que se mantenía detrás de Jake y Trisha, y soltó un bufido despectivo.

—¿Es un salvaje? ¿Lo habéis adoptado?

—Necesitamos entrar —declaró Rhett, ignorándolos.

—Y yo necesito un día libre. —El guardia empezó a reírse con su compañero—. Perdeos, vagabundos. ¿Sois de las caravanas o qué? No tenemos drogas.

—Queremos entrar —repitió Rhett, ya irritado.

—No aceptamos a desconocidos. Y menos con esas pintas.

Pareció que iban a reírse de nuevo, pero se contuvieron cuando Rhett dio un paso al frente, claramente enfadado.

—Quiero hablar con Ben ahora mismo y lo voy a hacer de una forma u otra, así que os recomiendo abrir la puerta antes de que tenga que hacerlo yo.

Aunque los guardias estuvieran en lo alto de las puertas y armados, y Rhett prácticamente solo, porque se había adelantado a los demás, había algo en él que imponía. Alice no sabía si era el tono de voz, la expresión o la mirada, pero no querrías ponértelo en contra bajo ningún concepto.

—¿Ah, sí? —intervino uno de los guardias estupefacto—. ¿De qué conoces tú a Ben?

—Mira, novato... —empezó Rhett, perdiendo la paciencia.

El chico enrojeció al momento.

—¡No soy un...!

—Sé cómo funciona esta ciudad, sé que ese uniforme se lo dan a todos los guardias y que vas ganando insignias con el paso del tiempo y con los logros que vas alcanzando. Tú no llevas ni una. De hecho, ni siquiera tienes el traje sucio. ¿Has tenido que usarlo alguna vez? Lo dudo. Está claro que eres un novato, así que así te voy a llamar. Ahora, haz el favor de agarrar el comunicador que probablemente tienes en el cinturón, llamar a Ben y decirle que su hijo quiere hablar con él, o yo mismo me encargaré de ensuciarte ese atuendo tan nuevo y limpio que llevas. ¿Me has entendido ahora, novato?

Hubo un momento de silencio en el que ambos chicos, antes tan valientes, miraron a Rhett con los ojos muy abiertos.

Por fin, el guardia que no había hablado se apresuró a agarrar un comunicador, que, tal como había predicho Rhett, llevaba al cinturón, y a decir unas cuantas palabras. Esperó una respuesta, claramente nervioso, y entonces se apartó de la muralla con su compañero.

Apenas unos segundos más tarde, escucharon un mecanismo moviéndose y las puertas se abrieron lentamente. Rhett se volvió para mirar a sus compañeros.

—Es nuestra última oportunidad de huir —bromeó.

Alice no estaba muy segura de que fuera una broma.

—Vamos. Cuanto antes entremos, mejor —dijo Tina.

Rhett asintió sin mirar a nadie en particular y entró en la ciudad con todo el grupo tras él. Era un poco más pequeña que Ciudad Central, pero estaba mucho mejor conservada. Los edificios no eran nuevos, pero parecían más cuidados que cualquiera que hubiera visto hasta entonces. La gente no usaba ropa ancha y vieja, sino que todos llevaban monos de diferentes tonos de verde. Alice no tardó en darse cuenta de que los colores más claros eran para los novatos y los oscuros, para los veteranos. Y todos iban perfectamente arreglados.

Estaba claro que le daban mucha importancia a la apariencia.

Además, la ciudad en sí era bonita. Casi todos los edificios eran bajos y de tonos grises y verdes, a juego con los colores de las montañas que tenían al lado y que se cernían sobre ellos, provocando que parte de la ciudad quedase sumida en la sombra. De hecho, había una zona que ni siquiera tenía murallas, sino que estaba delimitada por la roca. Alice lo observó todo casi con fascinación.

—¿Vienen contigo? —preguntó el guardia, devolviéndola a la realidad.

Alice se dio cuenta de que se lo estaba preguntando a

Rhett, y de que estaba mirando a su curioso grupo con desconfianza.

—Sí —respondió él—. ¿Vas a hacernos esperar todo el día? ¿Dónde demonios está mi padre?

—P-perdón, señor. Ahora mismo los...

—Deja de hablar y guíanos de una vez.

El chico enrojeció y él y su compañero se apresuraron a ponerse en marcha, guiándolos a través de la ciudad. Alice se sostuvo el brazo dolorido inconscientemente mientras todas las personas con quienes se cruzaban les echaban miradas desconfiadas. Era normal; con su ropa vieja y hecha jirones, despeinados y sucios..., parecían de un mundo completamente distinto al suyo.

Alice se dio cuenta de que no había visto a ningún niño. Y tampoco a ningún anciano. Toda la gente que se cruzaba con ellos tenía entre dieciséis y sesenta años. O al menos eso parecía. Recordó las palabras de Jake. Max era de los pocos que aceptaban personas que no sirvieran para soldados.

Los guardias no se detuvieron hasta llegar al único edificio de tres plantas de Colmillo Gris. Tenía una bandera colgando de la fachada, entre las dos ventanas del segundo piso. Alice no la reconoció y tampoco le dio mucha importancia. Uno de los guardias llamó a la puerta y otro abrió, sustituyendo al primero para guiarlos escalera arriba. El interior era austero. Parecía un edificio administrativo, algo aburrido, soso, sin decoración... En fin, poco cálido y hogareño.

—El líder está reunido —los informó el guardia nuevo, cruzando el pasillo del primer piso e ignorando todas las puertas—. Es posible que os haga esperar.

—No lo creo —aseguró Rhett en voz baja.

Y Alice supuso que tenía razón. En realidad, llevaba esperando siete años.

Los dos guardias se detuvieron delante de la última puerta y uno de ellos llamó con los nudillos. En su interior, se oía el ruido amortiguado de una conversación que se detuvo casi al instante. Apenas unos segundos más tarde, la puerta se abrió y dos guardias más se apartaron para dejarlos pasar.

Rhett entró el primero, respirando hondo, y los demás lo siguieron. La estancia parecía un despacho. Solo había una mesa enorme en el centro, iluminada por un gran ventanal que daba a toda la ciudad. En la mesa había un mapa abierto con algunas notas escritas en él. Era de la zona de los rebeldes. Dos guardias que llevaban una medalla de plata en el pecho estaban apoyados en el borde de aquel mueble. Ambos escuchaban a un hombre de unos cincuenta años de pelo corto y canoso, pero con porte duro y fuerte. Alice supo sin ninguna duda que se trataba del guardián supremo.

Y, por lo tanto, el padre de Rhett.

Era el único que llevaba un mono de un verde tan oscuro que fácilmente podía confundirse con negro. De un lado del pecho le colgaban más de diez medallas de diferentes tamaños, formas y colores. Y, más allá de la indumentaria, había algo en él que la gente también solía notar en su hijo. Era de esas personas que habían nacido para dar órdenes, para estar al mando. Y sabían hacerlo.

Cuando el hombre levantó la cabeza para mirarlos, Alice pudo ver cierto parecido con Rhett. Tenían, sin duda, los mismos ojos verdosos y las mismas facciones marcadas. Solo que las de Rhett eran más jóvenes, vivaces y expresivas, y las de él solo parecían denotar cierta frialdad.

Alice vio que Rhett adoptaba una postura más defensiva cuando el hombre se separó de la mesa y se acercó a él a paso lento, juntando las manos en la parte baja de su espalda. Se movía como si estuviera a punto de inspeccionar una obra. Sus pasos se detuvieron justo delante de su hijo, pero mantuvo el mentón alto y una ceja enarcada. Incluso Alice pudo sentir la tensión.

Rhett era unos centímetros más alto que él, pero el otro hombre intimidaba más. Alice estaba segura de que, si hubiera sido ella la que estuviese en su lugar, probablemente habría querido salir corriendo.

—Hijo —dijo Ben lentamente, mirándolo. Su tono de voz no era cálido. No era el habitual en un padre que se reencuentra con su hijo después de varios años sin verse. De hecho, casi parecía contrariado. Rhett no respondió, simplemente se quedó mirándolo—. Hacía tiempo que no sabía nada de ti. Unos cuantos años, de hecho. ¿Cuántos...?

—¿Realmente te importa o solo intentas darme conversación?

Alice vio que los dos hombres distinguidos intercambiaron una mirada de sorpresa, pero Ben no parecía impresionado.

—Se me había olvidado lo insubordinado que puedes llegar a ser. Veo que Max no te ha inculcado ni un poco de disciplina.

—¿Por qué debería hacerlo? Perdería mi encanto natural.

Ben lo ignoró y echó una ojeada al grupo. Los revisó a todos, uno tras otro. Especialmente a Kilian. A él le hizo una pequeña mueca casi imperceptible.

—¿Un salvaje? ¿En serio?

—No es peligroso.

—¿Quiénes son los demás?

—Amigos. Vienen conmigo. ¿Algún problema?

—Unos cuantos, pero no creo que sea muy cortés comentarlos delante de ellos.

Volvió a revisarlos y Alice hizo un verdadero esfuerzo por no moverse cuando esos ojos claros pero fríos se clavaron en ella, especialmente en la herida de su brazo. Solo pudo volver a respirar cuando él se volvió hacia su hijo.

—¿Qué quieres?

—Presupones que quiero algo —soltó Rhett.

—Evidentemente, después de siete años sin saber nada de ti.

Rhett no dijo nada esta vez.

—¿Y bien? —insistió Ben—. No has venido solo de visita, ¿verdad?

—No. Necesito que la ayudes.

Curiosamente, no necesitó señalar a Alice para que supiera que hablaban de ella. Su padre ya había visto la herida y cómo las manchas oscuras de esta asomaban por los bordes de la venda.

—¿Por qué debería hacerlo?

—Porque te lo estoy pidiendo.

—Si no recuerdo mal, yo te pedí que volvieras a mi ciudad hace siete años.

—Si no estás dispuesto a ayudarnos, me iré.

Ben lo observó durante unos instantes, como si estuviera considerándolo, hasta que finalmente suspiró.

—Llevadla a la enfermería y después enseñadles la zona de invitados. La grande. Tengo que conversar un momento con mi hijo.

Ni siquiera les dirigió una última mirada antes de que los dos soldados que los habían escoltado hasta la puerta les hicieran un gesto para que los siguieran. Alice intercambió una mirada con Rhett, que asintió pese a que parecía querer estar en cualquier otra parte del mundo.

En cuanto llegaron a lo que ellos llamaban enfermería —que era casi el doble de grande que el hospital de Ciudad Central—, Tina apartó bruscamente a los médicos que intentaron acercarse a Alice y se apresuró a encargarse personalmente de la herida. Kilian y Trisha se mantuvieron al margen de la situación. No había mucho que pudieran hacer. Jake participó entregándole a Tina cada instrumento que precisaba.

—Menos mal que no he dejado que se acercaran —murmuró ella mientras retiraba la venda—. Habrían intentado sedarte y se habrían dado cuenta de ya sabes qué.

—¿Va todo bien? —preguntó Alice dubitativa. No se atrevía a mirar, pero Tina estaba tardando mucho en hacer la cura.

—Sí. La herida no está tan mal como creía. Lo que te dio Kilian ha sido muy útil. —Empezó a envolverle el brazo con una venda limpia—. Ya casi está.

En cuanto terminaron, las punzadas de dolor habían disminuido bastante. Las ignoró y siguió a los guardias hacia su hogar temporal. Al parecer, estaba ubicado justo al otro lado del lago que separaba el edificio de tres plantas del resto de la ciudad. Era una zona bastante verde, rodeada de otras casas parecidas y con un camino de piedra que la guiaba al resto de la ciudad.

Nada más entrar vieron que había una escalera que llevaba al piso superior y otra que conducía a una especie de sótano. El guardia que los había acompañado se detuvo junto a la primera.

—Vuestra casa está en el primer piso.

Casi automáticamente, todos se volvieron hacia la otra escalera.

—¿Qué hay ahí abajo? —preguntó Trisha.

—Si te soy sincero, no tengo ni idea. Pero no podéis ir.

—¿Por qué? —preguntó Jake.

—Si te interesa, pregúntaselo al guardián supremo.

—Creo que prefiero quedarme con la duda.

—Sabia decisión. —El guardia subió la escalera, abrió la puerta y lanzó tres llaves iguales a los recién llegados. Trisha las atrapó en el aire—. Bienvenidos. Si necesitáis alguna cosa, estaré patrullando por aquí fuera. Pero no me molestéis por tonterías.

Y se marchó sin siquiera despedirse.

—Qué simpáticos son todos aquí —murmuró Trisha.

La primera en acercarse y abrir la puerta del todo fue Tina, y los demás la siguieron.

—¡Qué pasada! —exclamó Jake nada más entrar.

La casa resultó ser... bastante agradable. La decoración era sencilla, pero limpia y ordenada, con cortinas en todas las ventanas, cosa que para Alice ya era todo un lujo. Cruzaron la pequeña entrada y se encontraron con un enorme salón con sofás, sillones y una mesita de café; había también una mesa redonda con seis sillas, perfecta para ellos. Tina se adelantó para asomarse a la cocina, que era también gigante y tenía una despensa con bastante comida. Alice se acordó de lo hambrienta que estaba.

—¿Cómo elegimos las habitaciones? —preguntó Trisha, haciendo que todos dejaran de curiosear.

Casi al instante, los tres chicos echaron a correr hacia el pasillo. Fueron abriendo rápidamente todas las puertas, encontrándose con un pequeño cuarto de baño, y tres dormitorios con dos camas.

—¡La más grande es para mí! —gritó Trisha, atrapando a Jake y retorciéndole el brazo.

—¡Yo me la merezco más que tú!

Alice sonrió, se agachó para pasar por debajo de sus brazos y salió corriendo hacia la habitación por la que discutían.

—¿Qué...? —Trisha dejó de estrujar a Jake y ambos la miraron—. ¡OYE!

Pero Alice ya había conseguido llegar a la última puerta del pasillo. Nada más rebotar sobre uno de los colchones, vio que Jake y Trisha la miraban con mala cara desde la puerta. Kilian estaba asomado detrás de ellos sin entender nada, pero muy feliz.

—¡Eso es jugar sucio! —gritó Jake irritado.

Ella se encogió de hombros.

—Eso es facilitarme la carrera.

—¡La lisiada se ha quedado con la habitación grande! —protestó Trisha enfadada—. No me lo puedo creer.

Y entonces, los dos echaron a correr hacia la segunda.

Más tarde, acordaron que Rhett y Tina ocuparan una, Jake y Kilian otra y, por consiguiente, Trisha y Alice la última. A ella le habría gustado que Rhett fuera su compañero, pero lo cierto era que Trisha también le parecía una muy buena opción.

—El guardia antipático nos ha traído esto —anunció la chica, dejando un saco encima de la alfombra—. Creo que es una indirecta para que nos quitemos la ropa sucia.

Dentro había algo de ropa normal, pero lo que más destacaba eran los dos uniformes de novatas de la ciudad. Alice sacó uno y lo sostuvo ante ella. Era de un tono verde claro. Se parecía al que llevaba el de la puerta.

Mientras doblaba el mono y lo dejaba a los pies de su cama, se fijó mejor en la habitación que les habían cedido. El suelo era blanco y las paredes grises, y la única ventana era pequeña y no podía abrirse. No había mucha decoración, solo la alfombra marrón, y ni siquiera las sábanas eran de colores. Todo tenía tonos bastante apagados, como el edificio principal.

Y aun así... ¡tenía una pequeña cómoda solo para ella! Nunca había dispuesto de algo similar sin tener que compartirlo con otras veinte personas. Era emocionante.

—¿Qué te ha parecido tu suegro? —preguntó Trisha dejándose caer en su cama.

—Es... ¿interesante?

—Interesante —repitió divertida—. A mí no me ha parecido para tanto.

—¿No?

—No. Siento que es de esas personas que van de duras pero en el fondo son tan blanditas como cualquiera.

Lo cierto era que Trisha siempre le había parecido bastante observadora, así que decidió fiarse de su opinión.

Una hora y una ducha más tarde, investigaba la estantería del salón.

Se había fijado en ella en cuanto habían entrado en la casa y, aunque se moría de ganas, todavía no se había podido acercar a ella. No contenía demasiados libros, solo unos seis o siete, pero hacía tanto tiempo que no leía que no pudo contener sus ganas de devorarlos. Recordó a Davy, su antiguo compañero de litera, que le había prestado más de un libro cuando no tenía a nadie con quien hablar. No pudo evitar preguntarse qué habría sido de él. Esperaba que estuviera a salvo.

El primer elegido había sido un libro con una niña pequeña en la portada. Estaba rodeada de un bosque bastante terrorífico, pero no parecía asustada, sino curiosa. Tenía casi quinientas páginas. A la hora de cenar, Alice ya se había leído doscientas.

—¿Estás leyendo? —preguntó Jake pasmado, al verla sentada en el sillón.

—¿Y ya llevas todo eso? —añadió Trisha.

—Es interesante. Va de una niña que se pierde en el bosque. Da muchos consejos sobre cómo sobrevivir, cómo encontrar agua y comida...

—Entonces, más te habría valido haberlo leído hace una semana.

—Leer es una pérdida de tiempo —opinó Jake.

—Pues a mí me parece bien —intervino Tina, que pululaba por la cocina—. Cada uno se entretiene como puede. —Alice le dedicó una sonrisa de agradecimiento—. Y ahora, ¿alguien piensa venir a ayudarme con la cena?

La comida que les habían dejado era modesta y parecía cultivada en la propia ciudad, pero estaban todos tan acostumbrados a comer poco y mal que les pareció una exquisitez. Pusieron la mesa y reservaron un lugar para Rhett. Él todavía no había vuelto, pero tenían la esperanza de que lo hiciera pronto.

Por desgracia, no fue así. Después de guardar su cena, lavar los cacharros y volver cada uno a su dormitorio, Rhett seguía sin aparecer. Alice intentó no preocuparse —seguro que estaría bien—, pero era incapaz de quedarse dormida. Permaneció tumbada en su cama durante lo que pareció una eternidad. Trisha, al otro lado de la habitación, estaba exactamente igual.

—Oye, ¿estás despierta? —preguntó la rubia.

—Sí. ¿No puedes dormirte?

—No. Aunque te parezca una tontería, cada vez que pruebo una cama nueva me resulta muy complicado dormir en ella.

—Pero ¡estos días no tenías problema!

—Lo sé. Me resulta más fácil dormirme en el suelo sobre una chaqueta que en una cama normal y corriente.

La verdad era que los colchones no eran nada incómodos. De hecho, Alice se sentía mejor que nunca. Pero Trisha tenía razón. Acostumbrarse a una cama nueva era complicado.

—Eres rarita, ¿eh? —la atacó divertida.

Casi al instante, una almohada le voló a la cabeza. Cuando chocó contra ella, Alice se volvió y se la lanzó de vuelta.

—¡Oye! —protestó Trisha.

—¡Has empezado tú!

—¡Y tú me has llamado rarita!

—¡Pues como haces tú siempre!

Volvieron a iniciar el combate, cada vez con mayor intensidad.

—¡Bueno, ya vale! —decretó Alice cuando vio que iba a volver a lanzarle la almohada—. Esto no sirve de nada.

—¿En serio? ¿No montaremos una fiestecita de pijamas?

—No sé qué es eso, pero no. ¡A dormir!

—Pero ¡si no puedes!

Alice suspiró. Eso era cierto. Mientras lo pensaba, un pinchazo de dolor le recorrió el brazo y ella se lo sujetó de forma inconsciente. Pese a que Tina la había tratado, de vez en cuando la herida le seguía mandando recuerdos para que no la olvidara.

—¿Todavía te duele? —preguntó Trisha en un tono más tranquilo.

—No tanto como antes.

—Menos mal.

—Pero seguro que me queda cicatriz.

—No es para tanto. Mira a tu novio, por ejemplo.

Alice se echó a reír. Después, se volvió hacia ella.

—¿Tú tienes alguna?

—Unas cuantas, pero ninguna es demasiado interesante. La mayoría son por tonterías.

—Venga ya, seguro que hay alguna especial.

Trisha pareció considerarlo unos segundos antes de, por fin, decidirse a hablar.

—Bueno, sí, pero no quiero que le cuentes su historia a nadie.

Si algo sabía hacer Alice era guardar secretos ajenos. Con los suyos no era tan buena, pero con los de los demás hacía el esfuerzo.

Trisha salió de su cama y atravesó la habitación de puntillas. Alice se hizo a un lado para dejarle sitio. Las dos iban vestidas con unos pantalones cortos sueltos y camisetas de manga corta. Nada más tumbarse a su lado, Trisha se levantó un poquito esa última prenda para enseñar su tonificado abdomen. Y, más específicamente, la pequeña marca blanca que había justo al lado del hueso de su cadera.

—¿Lo ves? —preguntó.

—Sí. —Alice tuvo que aguzar la mirada para darse cuenta de que no era tan pequeña como parecía—. Menuda cicatriz. ¿Cómo te la hiciste?

—Me clavaron un cuchillo.

—¡¿Qué?!

—Más bien lo intentaron.

Se quedó mirándola, sorprendida, mientras Trisha volvía a bajarse la camiseta y soltaba una carcajada. Curiosamente, tenía una risa muy dulce. Contrastaba mucho con el resto de su forma de ser.

—No fue para tanto —le aseguró como si nada—. Fue en medio de un juego, cuando yo todavía estaba con los avanzados. Quisimos intentar emborracharnos y jugar a lanzar cuchillos. La primera diana fue la que está pintada en la pared del campo de entrenamiento. Al darnos cuenta de lo aburrido que era, decidimos colocarnos nosotros mismos en el centro.

—Entonces, ¿fue sin querer?

—Sí. Apuntó a la diana, pero el cuchillo se le escapó y terminó contra mi cadera. Admito que me asusté bastante, y la bronca de Tina no fue precisamente corta, pero, al final, fue una gran noche. Si quitas la parte del apuñalamiento, incluso me divertí.

—¿En serio?

—Pues claro. La pasé con la persona de la que estaba enamorada.

Eso sí que no se lo esperaba. Alice se tumbó sobre el costado, intrigada, para mirarla mejor.

—¿Has estado enamorada?

—Solo una vez. ¿Tanto te sorprende?

—Es que, no sé... Como nunca lo habías mencionado...

—No comparto mi vida con cualquiera.

—Y ¿puedo saber cómo se llamaba?

—Nadia.

¿Ese no era un nombre de chica? Al ver la expresión significativa de Trisha, comprendió que, efectivamente, lo era.

—Es un nombre muy bonito —observó—. Seguro que era genial.

—Ay, Alice, ni te lo imaginas. Para mí, relacionarme con la gente es casi tan difícil como para ti entender el comportamiento humano.

—Madre mía, sí que es difícil.

—Lo sé —le sonrió—. Ella siempre tenía que hablarme primero, proponerme planes... Yo nunca colaboraba en nada. De hecho, le ponía las cosas incluso más difíciles. Pero ella siempre confió en mí. Es agradable que alguien apueste por ti de esa forma, ¿sabes?

—Pero si tanto te gustaba..., ¿por qué no te acercabas tú a ella?

—Por miedo. La perspectiva de encariñarme y después perderla me resultaba terrorífica. Y una parte de mí estaba segurísima de que, en cuanto le permitiera entrar en mi vida, me conocería tal como soy y dejaría de gustarle.

—Eso es imposible —la defendió de sí misma—. En tal caso, le habrías gustado más.

—Gracias. Ojalá yo pudiera verlo así. Algunas veces, me pregunto qué habría pasado si hubiera dejado el miedo de lado y me hubiera permitido sentir. Quizá ahora tendría más recuerdos suyos que una estúpida cicatriz de una noche de borrachera.

Esas últimas palabras habían sonado tan tristes que Alice no pudo evitar su expresión piadosa. Justo cuando vio que Trisha iba a protestar, murmuró:

—Nunca es tarde para volver a intentarlo. ¿En qué ciudad vive ahora?

—En ninguna.

—¿Eh?

—Murió hace dos años, Alice.

Ay, no... Trató de buscar una palabra de consuelo adecuada para esa situación, pero dedujo que Trisha no aceptaría ninguna.

—Era exploradora —explicó—. Se hizo una herida con un alambre de una valla. Una estupidez. Pero se empeñó en que no era nada y no necesitaba ayuda. Al final, se infectó. Tina no pudo hacer nada.

—Trisha... lo lam...

—No sigas. Odio ese tipo de frases. —La rubia se pasó una mano por la cara, cansada, antes de mirarla—. No te estoy contando todo esto para que sientas lástima de mí. Simplemente... No lo sé. Supongo que quería compartirlo con alguien. Apenas he hablado de Nadia desde que murió. Me gusta poder hacerlo al fin.

—Si alguna vez necesitas volver a recordarla, avísame.

—Lo haré. ¿Sabes qué es lo más irónico? Que con la única persona con la que realmente podría hablar de ella es la última con la que lo haría.

Alice barajó las posibilidades de quién podría ser esa persona. Al final, solo se le ocurrió una.

—¿Con Kenneth?

—Exacto.

—¿Y él qué tiene que ver?

—Tuvieron una relación. Lo dejaron poco después de que ella y yo..., ya sabes. Nos detestamos desde entonces. Especialmente desde que ella murió. Con Nadia se comportó como un idiota, pero no como una mala persona. Ahora..., bueno, ya sabes cómo es. Creo que le afectó más de lo que admitirá nunca. Es en lo único en lo que puedo simpatizar con él.

Alice observó su expresión. Trisha no era muy dada a mostrar sus sentimientos, pero la conocía lo suficiente como para notar que había apretado casi imperceptiblemente los labios, acababa de tragar saliva y sus ojos azules estaban perdidos en algún punto del techo, probablemente rememorando cada recuerdo compartido con aquella chica.

—Siempre me burlo de vosotros, pero la verdad es que tú y Rhett me recordáis a la relación que tenía con ella. Y sé que volver a vivir algo así no será fácil. Pero no pasa nada. Mejor vivirlo una vez que no haberlo vivido nunca, ¿no? Tú simplemente no hagas lo mismo que yo. Si alguien te gusta de verdad, aprovecha todos los momentos que tengas con esa persona. Algún día desearás haber tenido más.

Tras esa frase, se quedó unos instantes en silencio, pensativa, antes de desearle buenas noches a Alice y volver lentamente a su cama.

9

EL AMOR DE UNA MADRE

Rhett había regresado de su reunión bastante tarde, así que Alice no había tenido la oportunidad de verlo hasta aquella mañana, cuando se encaminaron hacia el lago. Le preguntó cómo se encontraba y si había ido todo bien, pero solo obtuvo respuestas escuetas. Quiso pensar que, si hubiera algo que contar, ya se lo habría dicho.

—¿Qué pasa con los ancianos que ya no sirven para luchar? —comentó Alice, volviendo a su presente.

—Van a Ciudad Jardín. Allí les asignan tareas de agricultura sencillas y se pasan sus últimos años en paz. No es un mal plan.

—¿Y qué hay de los niños?

—La mayoría viene con nosotros. En cuanto tienen la edad apropiada, empiezan a entrenar. Cuando son avanzados, nos planteamos intercambiarlos con alguna ciudad que ande buscando soldados. Esta suele ser la más común. Si tanto el alumno como el guardián supremo están de acuerdo, se empieza a tramitar el traslado. —Rhett se detuvo—. Tú eras una de las candidatas, Trisha.

—Pues claro, soy genial.

—Viva la modestia. —Rhett le puso mala cara.

—Ya me subestiman los demás, yo prefiero quererme.

Mientras seguían hablando, Alice se acercó a la orilla del lago. Vio que algunos soldados descansaban a su alrededor. Se sentaban en la hierba y comían o bebían algo. Algunos incluso se quitaban los zapatos y se estiraban para disfrutar un rato del aire libre. Aquel lago era precioso. Era obvio que se encargaban rigurosamente de mantenerlo limpio, y el reflejo de las montañas sobre sus aguas provocaba un efecto visual fascinante. Pese a lo gris que era la ciudad en sí, aquel rincón era maravilloso.

Jake, Kilian y Tina los habían acompañado, pero los habían adelantado hacía ya un rato y en esos momentos disfrutaban del día como el resto de los soldados. En cuanto Trisha se alejó para darles un poco de privacidad a Rhett y a Alice, esta sonrió un poco.

—Me gusta mucho este lago —comentó.

—Sí, a mí también.

Consideró durante un breve instante sus siguientes palabras.

—¿Por qué te fuiste de la ciudad? Parece un poco aburrida, pero no está tan mal.

—Ya te he dicho que no aceptan niños.

—Pero eres el hijo del guardián supremo.

—No hacen excepciones —se limitó a responder.

Ella asintió, sentándose en la hierba y estirando las piernas hasta casi rozar el agua con las botas. Mientras Rhett se acomodaba a su lado, bajó la mirada a la nueva venda de su brazo. Durante el viaje había pasado tanto tiempo al sol que su piel se había bronceado tanto que aquel trozo de tela blanca resaltaba muchísimo. Lo curioso era que siempre le habían dicho que los androides no podían cambiar su tono de piel. ¿Es que en eso también le habían mentido?

—¿Qué tal la herida? —preguntó Rhett.

—Bien. Anoche dolía un poco, pero hoy ya no.

—Me alegro. Se encargó Tina, ¿no?

—Sí, claro. ¿Y tú qué? Hablaste mucho tiempo con tu padre. ¿Fue todo bien?

Él suspiró, apoyando los codos en las rodillas. No debía de haber ido de maravilla, porque su expresión fue más bien de indiferencia. Aunque muy probablemente fuese fingida.

—Fue incómodo —dijo finalmente—. Tuve que contarle lo que ha pasado estos días.

—¿Y sabe que yo...?

—No. Eso jamás se lo contaría a nadie. Te hice una promesa. —Apartó la mirada—. Hablamos sobre todo de Max. Se ha ofrecido a ayudarnos.

Por su forma de decirlo, cualquiera habría pensado que se trataba de malas noticias.

—Eso es bueno, ¿no? —sugirió Alice.

—Sí, claro.

—Entonces, ¿no deberíamos alegrarnos? Ahora tenemos el apoyo de otro guardián supremo. Ya no estamos solos.

Rhett no dijo nada. De hecho, parecía incómodo. Ella decidió desviar un poco el tema para no aumentar ese malestar.

—Aparte del lago, la ciudad no me gusta mucho —confesó, mirando los edificios—. Es muy triste. Los colores grises, la gente seria...

—Estoy de acuerdo. Por eso no quise volver. A los quince años mi padre me mandó con Max y a los dieciocho me pidió que volviera, pero me negué. Y así ha seguido hasta ahora.

—Siete años —confirmó Alice en voz baja.

Pareció que Rhett iba a añadir algo más, pero cuando miró por encima de su hombro se contuvo. Un guardia de la ciudad, el mismo antipático que los había acompañado el día anterior, se acercaba a ellos. No parecía muy contento.

—No se puede arrancar el césped —bufó bastante molesto.

Alice y Rhett se dieron la vuelta. Tina se había tumbado con los ojos cerrados sobre la hierba, pero Jake, Trisha y Kilian se dedicaban a arrancar briznas y lanzárselas los unos a los otros. Alice contuvo una sonrisa divertida y Rhett se limitó a negar con la cabeza.

—¡Oye! —exclamó él bruscamente, atrayendo su atención—. Dedicaos a otra cosa.

Los tres parecieron ofendidos, pero al menos se detuvieron.

Mientras Rhett seguía hablando con ellos —porque estaban protestando, como de costumbre—, Alice no pudo evitar volverse y mirar al guardia, que mantuvo la vista clavada en sus amigos. Tenía la piel oscura, los labios gruesos y los ojos marrones. Y había algo en él, no supo muy bien si era la forma de su cara, su cuerpo o su actitud, que le llamó la atención.

Como si se hubiera dado cuenta, este se volvió hacia ella y la pilló contemplándolo. Su ceño se frunció al instante.

—¿Qué? —espetó.

Rhett también se volvió y les lanzó una mirada a ambos.

—¿Qué pasa? —preguntó.

—Nada —replicó ella avergonzada.

Hubo un momento de silencio entre los tres cuando Rhett miró fijamente al guardia, que carraspeó, se dio la vuelta y se apresuró a marcharse. No despegó la mirada de su nuca hasta que hubo desaparecido entre las casas del fondo. Entonces, volvió a centrarse en Alice.

—¿Te ha hecho algo?

—¡No! —aseguró enseguida—. Es... En serio, no es nada. No sé qué me ha pasado.

Rhett, pese a que no se lo creyó, decidió dejarlo pasar.

La curiosidad la estaba matando.

Esa tarde, Rhett, Tina y Trisha estaban ausentes. Tenían una reunión con los guardianes de la ciudad —Ben incluido— para empezar a formar un plan de rescate para Max. Tina había puesto mala cara antes de irse, como si no estuviera muy segura de si iba a funcionar.

Sin embargo, de lo que sí estaba convencida era de que Alice no podía acompañarlos.

—¿Por qué no? —había preguntado ella indignada—. ¡También formo parte de este grupo!

—Anoche sufriste tantos dolores que hubo que darte sedante azul. —Tina puso los brazos en jarras, cosa que hacía siempre que regañaba a alguien—. Es muy potente. Sus efectos durarán unas cuantas horas más.

—Pero...

—Te están buscando por todas partes por ser el androide que se fugó —añadió Trisha menos diplomática—. ¿En serio crees que la mejor idea del mundo es ir a hablar con los guardianes de una ciudad que ni siquiera sabemos si es de fiar?

Eso tenía cierta lógica, así que le tocó quedarse con Jake y Kilian.

Tina no se confundía acerca del sedante, porque se dejó caer en el sofá nada más se marcharon y se quedó dormida casi al instante. Tuvo que despertarla Jake dos horas más tarde, aunque los demás no habían vuelto todavía. Alice se frotó el brazo y se apartó la venda para ver la herida, que apenas sentía, cosa que era un verdadero alivio. Leyó un rato, comió un poco y luego se plantó frente a la puerta principal para pensar en lo que la estaba matando de curiosidad.

¿Qué demonios había en el sótano?

Todavía escuchaba a Jake y Kilian jugando, correteando y

riendo a carcajadas por la casa mientras ella se mantenía de pie delante de la puerta de entrada, abriendo y cerrando los puños. Estaba muy nerviosa y ni siquiera sabía explicar muy bien por qué. Solo era una puerta. ¡Y nada más echaría un vistazo, no robaría nada!

Sin embargo, su decepción fue bastante grande cuando la abrió y se encontró de frente con uno de los guardias. Seguro que lo había mandado Rhett para asegurarse de que estaban bien en su ausencia.

Se trataba del antipático que ya había hablado con ellos unas cuantas veces, y no pareció muy contento de verla.

—¿Puedo ayudarte?

—Eh... —¿Por qué no había pensado en ninguna excusa por si la pillaban?—. Quería salir a tomar el aire —mintió.

El guardia la analizó durante unos segundos, como si intentara determinar si estaba siendo sincera o no.

—Pues abre una ventana —concluyó.

—No es lo mismo.

—Me han pedido que os vigile y, si sales, no puedo cumplir con mi misión.

—Vale, voy a ser sincera... He salido para hablar contigo.

Él suspiró, como si eso fuera lo que menos le apetecía hacer.

—¿Qué quieres?

—Pues... —Alice carraspeó ruidosamente, cruzándose de brazos—. ¿Cómo te llamas?

—Anuar.

—Es un nombre... curioso. Nunca lo había oído.

—Y tú te llamas Alice. Ya nos conocemos. ¿Puedo seguir con mi trabajo?

—¡Espera! —Ella dudó un momento cuando consiguió que la mirara otra vez—. Yo..., eh..., necesito algo.

Eso debió de captar su atención, porque Anuar dejó de poner cara de aburrimiento y se centró en ella.

—¿Tengo que llamar al guardián supremo?

—¡No! No es nada de eso. Es... —Pensó a toda velocidad antes de acordarse, de repente, de lo único que podía usar de excusa—. Necesito... nuevas vendas para el brazo. Se me han terminado y debo hacerme la cura diaria.

Por la cara que se le quedó a Anuar, supuso que la excusa había sido muy acertada.

—¿Ahora?

—Ahora —insistió ella—. Y me has dicho que no puedo salir, así que supongo que tendrás que ir tú mismo.

—Pero...

—A no ser que quieras que le diga al hijo del guardián supremo que he tenido que esperar por tu culpa.

Anuar masculló un «No te muevas» y abandonó el edificio con los hombros tensos. Alice esperó unos segundos, por si acaso, antes de salir corriendo hacia la escalera del sótano. La bajó a toda velocidad, deteniéndose solo ante la última puerta.

Le habían dicho que no podía entrar. Estaba rompiendo las normas. Eso era grave.

No podía hacerlo.

Pero...

No, la habían acogido. No debía desobedecer.

Peeeeeeeeero...

Sería solo una ojeadita rápida.

Aunque no estuviera bien, sería cuestión de un momentito.

Miró a su alrededor y volvió a contemplar la puerta. Se sentía como si fuera a tomar la decisión más importante de su vida cuando, en realidad, era una tontería. ¡Solo era un sótano! ¿Qué era lo peor que podía haber allí abajo?

Al fin, se encontró a sí misma bajando la maneta. Para su sorpresa, se abrió al instante.

Lo primero que detectó fue un olor muy característico. No supo qué era. Pero no le pareció desagradable. Pasó una mano por la pared buscando el interruptor y lo encontró unos segundos después.

Se quedó contemplando la estancia que había ante ella. Era una especie de estudio cuadrado cuya única luz era la lámpara que colgaba del techo. No había ni un solo mueble. Podía escuchar el eco de sus pasos a medida que avanzaba mirando las paredes blancas. Lo único destacable eran los cuadros colgados de estas, hechos todos con la misma técnica y color, y con un patrón que...

Alice se detuvo al darse cuenta de que el común denominador de todos los cuadros era un niño pequeño de pelo oscuro y ojos verdosos. Primero sonreía, después se ponía serio, enfadado, alegre... Alice reconoció ese rostro tan pronto como lo vio. Y eso que, en la actualidad, una cicatriz le recorría la mitad de la cara.

Entonces, si Rhett era el protagonista..., ¿aquellas eran las pinturas de su madre?

El cuadro que más le llamó la atención fue el de mayor tamaño. Era casi igual de grande que ella. Estaba hecho con colores muy claros y reflejaba la mirada de un niño de unos diez años. Su expresión reflejaba algo de malicia mientras jugueteaba con un palo. Llevaba puesto un polo rojo que le sentaba de maravilla y resaltaba el verde de sus ojos.

Se quedó mirándolo, embobada, encontrando todas las características comunes con el Rhett actual. Le pareció increíblemente tierno, de hecho...

—¿Qué haces?

La pobre Alice dio tal brinco que temió haber roto algo a su alrededor. Se aseguró de que no fuera así —principalmente porque no había nada que romper— y se encontró directamente con la mirada del guardián supremo de la ciudad. Estaba apoyado en la pared con los brazos cruzados y tenía la mirada fija sobre ella.

Además, parecía llevar allí un rato.

—Eeeh... —No supo ni qué decir.

Necesitaba una excusa, rápido.

Él dio un paso en su dirección, claramente poco satisfecho.

—¿Qué?

Alice se quedó mirándolo. Era como ver otra versión de Rhett, una que descartaba todo lo bueno y se quedaba solo con lo intimidante.

—Eeeh... —repitió como una boba.

—¿Sabes qué? Mejor ahórrate las excusas.

Ella trató de aparentar algo de seguridad en sí misma, pero no era una tarea sencilla. No sabía mucho de aquel hombre. Y todo lo que sabía, que era lo que Rhett le había contado, no era precisamente bueno.

Ben se detuvo delante del cuadro que ella había estado mirando unos segundos antes y pareció quedarse inmerso en sus pensamientos. Alice, por su parte, intentó aprovechar el momento para calmarse un poco. No sirvió de mucho. Él se volvió de nuevo enseguida.

—Me llamo Ben, aunque supongo que ya lo sabías. Y asumo que tú eres la famosa Alice.

—¿Famosa?

—La de la herida en el brazo —agregó.

—Ah, sí... Esa soy yo.

—¿Ya estás mejor?

—Sí, mucho mejor. Gracias.

—Me alegro. Tenía muchas ganas de hablar contigo. Cuando le he preguntado a mi hijo por sus amigos, me ha hablado de todos menos de ti. —Se detuvo un momento para analizar su reacción—. En tu caso, se ha limitado a mencionar tu nombre y a exigir que volviéramos al tema de Max. La última vez que se fue por la tangente así tenía catorce años y me había robado dinero para comprar su primera cerveza con sus amigos.

Alice ni siquiera recordaba demasiado bien lo que era una cerveza, estaba demasiado tensa como para intentar activar esa área de su cerebro, pero se esforzó en que su expresión no cambiara.

—Bueno, tú no eres una cerveza, eso está claro. —Parecía una broma, aunque ella fue incapaz de devolverle la sonrisa—. Pero voy a suponer que no eres solo una compañera más. ¿Me equivoco?

No se atrevió a mentirle, así que no respondió. El hombre cambió su sonrisa por una expresión más segura.

—Lo suponía. Rhett no habría vuelto a la ciudad por cualquier persona. Entonces, ¿dices que tu herida ha mejorado?

—Sí, mucho —murmuró—. Eh..., gracias por dejarnos acceder al hospital. Y por permitir que nos quedemos.

Ben no dijo nada. No parecía muy acostumbrado a recibir agradecimientos. Alice casi prefería que se quedara en silencio. Quizá hubiese dado la conversación por terminada y podría volver a casa.

—Debería irme —añadió ella rápidamente, solo para confirmarlo.

—No parecías tener tanta prisa cuando abriste la puerta.

—Lamento mucho haber quebrantado las normas. Solo quería saber qué había aquí abajo y...

—Cálmate. Nadie te va a castigar por eso —replicó—. Sabes qué son, ¿no?

—Cuadros.

Ben enarcó una ceja.

—Eso está más que claro. Me refiero a si sabes quién los pintó.

—Pues... la madre de Rhett, ¿verdad?

—Así es —confirmó él, sin cambiar su expresión—. Ahora soy yo quien se encarga de ellos.

—Pero siguen siendo suyos —replicó Alice.

Ese pequeño momento de rebeldía pareció hacerle gracia al hombre, porque sonrió un poco más.

—Sí, supongo que siempre lo serán. Y de Rhett. Después de todo, él es el modelo. Carys intentó pintarme a mí unas cuantas veces, pero era incapaz de quedarme quieto durante todo el tiempo que necesita un artista. ¿A ti te gusta pintar, Alice?

—No lo sé, nunca lo he intentado.

Dudaba que estuviera en su programación. Pero la función de luchar y disparar tampoco estaba y no se le daban tan mal, así que quizá sí que podía pero todavía no lo sabía.

—¿Por qué no? —preguntó Ben.

—Nunca me han enseñado. Hoy en día, la gente solo valora que sepas disparar y luchar.

—En eso tienes razón —murmuró él.

—Además, en mi zo... —se cortó a sí misma bruscamente—. En mi ciudad nunca he visto a nadie pintando. Dudo que tuvieran pinceles.

Lo miró, aterrada, esperando que pasara por alto que había estado a punto de decir que era de una zona distinta. Él no pareció darse cuenta de su error.

—Y ¿cuál es tu especialidad?

—Armas.

—Como Rhett, entonces.

—En efecto, es mi instructor.

—Ya veo. —Algo brilló en su mirada. Curiosidad—. Así

os conocisteis, supongo. Espero que tengas paciencia, con mi hijo la necesitarás.

Alice no dijo nada, así que él continuó hablando:

—¿Se te dan bien las armas?

—Más o menos.

—Deberías hacerme una demostración. Quizá, después de todo esto, puedas quedarte aquí con Rhett.

Alice estaba empezando a preparar un rotundo no, pero se detuvo de golpe.

—¿Cómo dice?

—Ayer acordamos que, si todo salía bien, él se quedaría un año conmigo.

—¿Un año? Pero... eso es mucho tiempo.

—No tanto. Yo llevo muchos sin verlo. Seguro que en vuestra ciudad aguantan uno sin él.

No supo cómo sentirse. Sabía que Rhett solo lo hacía por su bien y que era lógico que un padre quisiera estar con su hijo, aun así...

—Si regresa a vuestra ciudad, no aceptará volver a verme —continuó, y por primera vez pareció un poco triste—. Alice, él y yo tenemos una relación un poco... complicada. He hecho lo que he podido para acercarme a él, pero nunca ha querido saber nada de mí.

—No creo que lo haga sin motivo —replicó ella a la defensiva.

—Por supuesto que no. Piensa que los abandoné a él y a su madre.

—¿Por qué?

Ben respiró hondo y clavó la mirada en el cuadro antes de empezar a hablar.

—He trabajado en el ejército la mayor parte de mi vida. Cuando cayeron las bombas, estaba en una misión. El impacto no alcanzó mi zona, pero sí mi casa.

Alice intentó simular que conocía la historia, aunque Rhett nunca había contado gran cosa de esa noche, si es que la había mencionado alguna vez.

—Todos quisimos volver en cuanto pudimos para asegurarnos de que nuestros seres queridos estaban a salvo. Tardamos un día entero en llegar a lo que eran ya las ruinas de nuestros hogares. De hecho, la ciudad entera estaba destrozada. Los afectados se amontonaban en los pocos hospitales que se sostenían en pie y que eran insuficientes para tantos heridos, y yo no sabía nada de mi familia.

»Tardé un día más en enterarme de que habían trasladado a los refugiados de esa zona al otro lado del condado. Cuando llegué al hospital, me dijeron que mi mujer estaba en muy mal estado y que mi hijo se encontraba con ella, sano y salvo. Lo hablé con ella y ambos lo tuvimos claro: no tardarían en mandar la otra tanda de bombas, y no podía pedir que trasladaran a una persona tan grave. Era evidente que ella no podría sobrevivir al vuelo. Era imposible. En fin, tuve que mentir a Rhett para que se metiera en el avión. No supo la verdad hasta que aterrizamos. Creía que su madre se encontraría aquí cuando llegásemos, pero tuve que confesarle que ella ya no iba a volver.

»Nuestra relación siempre había sido un poco conflictiva, tenemos personalidades demasiado fuertes y chocamos con facilidad, pero a partir de ese momento se volvió insostenible. Rhett no me dirigía la palabra. Me culpó de la muerte de su madre durante tanto tiempo que ni siquiera sé si llegó a dejar de hacerlo. Entonces supe que si quería que fuera feliz, quizá su sitio estuviese en otra parte, a salvo de la contaminación y de los salvajes, pero sin mí. Así que hablé con un viejo conocido, Max, que nunca ha tenido problema en acoger a los niños sin hogar para entrenarlos, y accedió. El día de la despedida ni siquiera me miró. Simplemente subió al coche y se marchó. Conseguí hablar con él algunas veces, cuando fui de visita a Ciudad Central, pero cuando cumplió dieciocho y fui a buscarlo para que volviera, se negó. Por eso nos hemos pasado siete años sin vernos. Hasta ayer.

Alice podía sentir su pena en cada palabra. Tragó saliva, confusa por sus sentimientos contradictorios.

—Sé que no he sido el mejor padre del mundo, Alice —añadió él—. Y sé que, probablemente, me odies por lo que Rhett te habrá contado de mí, o porque parece que quiero separaros, pero sabes cómo es nuestra vida. Prácticamente nos la jugamos cada día y si esta es mi última oportunidad de recuperar a mi hijo, tengo que aprovecharla.

Ella se quedó mirando el suelo unos segundos, analizando lo que acababa de escuchar.

—Lo entiendo —dijo finalmente.

Ben le dedicó una sonrisa.

—Me alegro. Si te sirve de consuelo, en esta ciudad siempre habrá un sitio para ti. Puedo adjudicaros una casa y encontrarte un trabajo. Estoy seguro de que él estará de acuerdo.

Tras unos segundos de silencio en los que pareció que ambos buscaban algo más que decir, el hombre carraspeó.

—Espero que esta visita haya satisfecho tu curiosidad.

—Más que eso —aseguró ella en voz baja antes de mirarlo—. ¿Por qué no estás en la reunión de los guardianes?

—Porque se me hacen eternas, aburridas e insoportables. Prefería dar una vuelta y volver cuando hayan empezado a llegar a alguna conclusión. Vengo mucho a ver estos cuadros. Lo que no esperaba era encontrar compañía.

Alice enrojeció un poco cuando el guardián supremo le dirigió una breve mirada de reproche, pero él retomó el hilo de la conversación enseguida.

—Ahora, yo tengo trabajo que hacer y tú deberías volver a tu casa. Pronto será hora de cenar.

Alice se despidió de él, algo incómoda, y subió la escalera. Justo cuando alcanzó la puerta, Anuar entró en el edificio con una bolsa en la mano. Se la tendió con cara de pocos amigos.

—Más te vale que te dure unos días —advirtió.

—Sí, sí. ¡Gracias!

10
EL PÁJARO QUE QUERÍA VOLAR

Alice nunca había experimentado la emoción de la noche antes de una misión, pero descubrió enseguida que no le gustaba. Todo el mundo parecía nervioso, tenso y se paseaba como si no supiera qué hacer. Ella quería pensar que no se estaba comportando así, pero lo más probable era que lo estuviese haciendo.

—Deberíamos establecer una palabra clave por si necesitamos ayuda —dijo Jake en la cocina—. Ya se la he propuesto a Rhett, pero se ha burlado de mí, el muy asqueroso.

—¿Y qué término has elegido? —preguntó Trisha, que también parecía estar burlándose.

—¡Pájaro volador! ¿A que es genial?

Las carcajadas que se escucharon justo después y las protestas de Jake indicaron que se lo habían tomado tan en serio como Rhett.

Al día siguiente, él y Trisha irían a buscar a Max con algunas de las tropas de Ben. A Alice le había asignado un cargo a su lado en la sala de control, de forma que pudiera comunicarse con ambos en todo momento. Tina, Jake y Kilian, sin embargo, permanecerían en su hogar temporal.

El que parecía más tranquilo era Rhett. Cuando Alice se asomó a su habitación aquella noche, lo encontró ordenando sus cosas como si nada malo fuera a suceder.

—¿Qué tal estás? —preguntó de todas formas.

Él le dirigió una breve mirada por encima del hombro antes de preparar su uniforme del día siguiente. Iba a llevar un mono similar al que utilizaba su padre.

—Bien —murmuró—. Estaba pensando.

—¿En mañana?

—No. En lo que pasará después. Si conseguimos que Max vuelva con nosotros, todavía nos quedará el problema de Deane.

—Max es mucho más listo que ella —observó Alice—. No creo que recuperar la ciudad le cueste mucho trabajo.

—No es solo eso. Mi padre ha intentado que nos devuelvan a Max de forma pacífica y se han negado. Si lo recuperamos por la fuerza, no se van a quedar de brazos cruzados. Van a querer cobrarse su venganza. —Hizo una pausa, dejó lo que estaba haciendo y se volvió hacia Alice—. Pero quizá deberíamos pensar en ello cuando sea el momento, no ahora. Preocuparnos por adelantado no servirá de nada.

—La verdad es que no.

—¿Qué hay de ti? Cuéntame algo. ¿Qué has hecho estos días?

Había compartido confidencias con Trisha, había hablado con su padre, se había colado en el sótano prohibido, había engañado al guardia de la puerta...

—Nada interesante —concluyó.

Rhett, sin embargo, no se lo creyó del todo. Se sentó en su cama y la miró con cierta suspicacia.

—Para serte sincero, me has sorprendido.

—¿En serio?

—Creí que lo primero que harías sería ir a ver el sótano en el que nos prohibieron entrar.

Alice se llevó una mano al corazón, como si tal acusación la ofendiera.

—¿Cómo puedes pensar eso de mí?

—Es decir, que ya has ido.

—No.

—Alice...

—Bueno...

—Y ¿qué hay ahí abajo? —se interesó él.

Por un momento, consideró la posibilidad de mentirle. No sabía si iba a reaccionar del todo bien ante la noticia de que los cuadros de su madre llevaban allí todo ese tiempo. Pero no fue capaz. No le gustaba ocultarle la verdad.

Avanzó lentamente hacia él para sentarse en la cama, justo a su lado. Solo con ver su expresión Rhett ya se había tensado un poco.

—¿Qué? —preguntó.

—Bajé ayer, mientras vosotros estabais en la reunión. Me encontré con tu padre.

Lo había dicho con tanta suavidad como había podido. Rhett pareció algo contrariado, pero al menos no pareció molestarse.

—¿Y qué hacía?

—Estaba... viendo los cuadros que tiene ahí.

—¿Cómo dices?

—Los que pintó tu madre, Rhett.

Como este no dijo absolutamente nada, Alice continuó hablando.

—Me ha contado que pasarás aquí un año. Y también me ha ofrecido la posibilidad de quedarme contigo.

De nuevo, silencio. Rhett le echó una mirada difícil de entender, pero no dijo nada.

—¿Estás enfadado? —preguntó ella directamente.

—No.

Sin embargo, tardó unos segundos de más en emitir otra palabra.

—Te ha contado lo de las bombas, ¿verdad?

Alice asintió. Si no había mentido al principio, no iba a empezar a hacerlo en medio de la conversación.

—Yo nunca te había hablado de esa noche —recalcó.

—No pasa nada. Recordarlo tiene que ser difícil.

—Ni te lo imaginas.

Y, para su sorpresa, Rhett esbozó una pequeña sonrisa.

—¿Tanto miedo te daba decírmelo?

Era más que obvio que quería cambiar de tema y olvidarse del anterior, pero Alice fingió no darse cuenta.

—¡No sabía cómo ibas a reaccionar! Además, en general, sueles dar miedo.

—¿A ti también?

—Claro que no.

—Al principio sí, asúmelo.

—En realidad, lo que sentía era curiosidad.

Aquello pareció llamar su atención.

—¿Ah, sí?

—Por la cicatriz. Por tu actitud. Estaba acostumbrada a que las figuras de autoridad fueran hombres bastante mayores, muy serios, siempre perfectos..., y tú eras todo lo contrario.

—No sé si sentirme halagado o insultado.

—Además, cuando te miraba no sentía lo mismo que con ellos. Tú me llamabas la atención.

Alice casi estaba esperando una réplica ingeniosa y burlona, pero Rhett se limitó a contemplarla perplejo.

—¿Me estás diciendo que te gustaba? ¡Si me mirabas como un cervatillo asustado!

—¡Bueno, no sabía lo que era que alguien te gustara! Solo sentía curiosidad, cada vez que me despistaba te estaba mirando... Cosas de ese estilo. —Enrojeció sin saber muy bien por qué.

Rhett, por su parte, parecía encantado.

—Así que te gusté desde el principio, ¿eh?

—Vale, déjalo.

—Es bueno saberlo.

—Era mentira. No me gustaste en ningún momento.

—Si te consuela, tú también me llamaste la atención desde el principio. Y eso que parecías tan perdida como un pingüino en un garaje.

Ella sonrió ligeramente.

—Pero en tu caso no cuenta.

—¿Ah, no? ¿Y eso por qué?

¿Cómo explicárselo para que lo entendiera? Charles lo había hecho muy bien, pero Alice no tenía su labia. De hecho, a ella se le daba mejor explicar conceptos que tratar de endulzarlos.

—Los androides no somos atractivos por casualidad, Rhett. Nos crearon así a propósito, con base en los estándares de belleza humanos, para que fuera más fácil que nos aceptaseis entre vosotros. Claro que te gusté a primera vista, lo raro habría sido lo contrario.

No se atrevió a levantar la mirada hacia él, pero, de alguna forma, supo que estaba perplejo.

—No lo decía por eso —dijo finalmente.

—Sí, ya...

—Escúchame —insistió, colocándole una mano en la rodilla y haciendo que ella diera un respingo—. Eso no es lo único que me gusta de ti, Alice. O sea, es un buen añadido, pero no lo es todo. Si solo me gustara de ti tu físico, no habría arriesgado mi puesto en la ciudad por estar contigo, no me habría escapado para salvarte y mucho menos habría venido a esta mierda de ciudad para curarte el brazo. —Entonces, Rhett se puso de pie con un suspiro—. Debería terminar de arreglar todo esto e irme a dormir. Mañana será un día muy largo.

—Sí, será lo mejor.

Ella también se incorporó y, sin decir nada, se acercó a la puerta para dejarlo a solas. Sin embargo, se dio la vuelta justo antes de salir. Rhett acababa de aclararse la garganta.

—¿Te han gustado los cuadros? —preguntó en voz baja.

Alice esbozó una pequeña sonrisa.

—Eran preciosos. Dibujaba muy bien.

—Lo sé.

—Aunque pintase tu cara fea.

Él soltó una corta carcajada.

—Lo sé.

Rhett dudó durante lo que pareció una eternidad antes de seguir hablando:

—Te hablaré de ella. No hoy, pero sí algún día.

—Está bien —le sonrió—. Que descanses, Rhett.

* * *

—Están dentro —anunció Ben.

Alice se ajustó los auriculares. Le temblaban las manos. Sentado justo a su lado, el guardián supremo también observaba las pequeñas pantallas que tenían delante. Servían para localizar a los soldados que habían enviado a Ciudad Central. El puntito verde que Alice no dejaba de mirar era el de Rhett.

—¿Va todo bien? —preguntó en voz baja.

—Sí —aseguró Rhett a través del intercomunicador, y ella casi pudo adivinar que estaba sonriendo.

—Cálmate, Alice —añadió Trisha—. Yo vigilo a tu Romeo, no te preocupes.

Sin embargo, no podía estar tranquila. Desde el momento en el que habían salido de la ciudad se sentía como si no pudiera respirar con normalidad. No dejaba de repiquetear los dedos sobre la mesa, impaciente. Además, ni siquiera podía estar con sus amigos, que se habían quedado en casa. Su única compañía en aquella diminuta sala con pantallas y micrófonos era la de Ben y dos de sus soldados. Uno de ellos, por cierto, era Anuar, el antipático que solía vigilar su casa.

—Informe —solicitó bruscamente Ben a través de su comunicador.

Alice no tenía contacto con las mismas personas que él. Ella era la encargada de los que permanecerían fuera de la ciudad, liderados por Rhett y Trisha. Ben se ocupaba de los que estaban dentro.

—¿Cómo van los demás? —preguntó Rhett—. ¿Ya están dentro?

—Sí —informó Alice—. Van a empezar a registrar el sótano del edificio principal.

—Si descubren algo sobre Max, avísanos.

—Esa es mi misión. —Ella sonrió, nerviosa.

—Oye, Alice —intervino Trisha—, ¿y si ahora me fugo con tu novio?

—No creo que sea el mejor momento para preguntar eso, la verdad.

—Era broma, mujer. —Se echó a reír—. Además, no es mi tipo.

—Si yo no soy tu tipo, es que tienes mal gusto —refunfuñó Rhett.

—No es nada personal —aseguró ella—. Es que me gustan más bajas, con menos músculo y más tetas.

—Entonces, debes de estar enamorada de mí —sonrió Alice.

—Bueno, disfruté bastante en nuestras peleas: podía tocarte donde quisiera.

—No sabía que te pegaras tanto a mí por eso, Trisha.

—Y por otras cosas que mejor no digo delante de Romeo.

—No me gusta el rumbo de esta conversación —protestó Rhett.

—Eres demasiado inocente para mí, Alice. —Estaba segura de que Trisha sonreía—. Tranquilo, tipo duro, no te la pienso robar.

—Lo dices como si te tuviera miedo.

—Oye, si quisiera lo haría. Justo después de patearte el culo.

—¿Tú sola? No me hagas reír.

—¿Alice? —La chica escuchó la voz de Ben, así que se quitó un auricular—. ¿Va todo bien?

—Sí. Todavía no han visto a nadie.

—Bien. —Ben respiró hondo—. Entonces, el plan marcha. Si no hay nadie en el sótano, tendrán que buscar en el primer piso. Eso será más peligroso.

—¿Qué pasará si los de la ciudad los pillan?

—En el mejor de los casos, los nuestros se defenderán. En el peor, primero los atraparán, luego los torturarán para sacarles información, los matarán y finalmente vendrán a por nosotros.

Alice soltó algo parecido a una risita nerviosa.

—No es un gran consuelo.

—Pues no. Pero es la realidad.

Por una oreja, Alice escuchaba a Trisha y Rhett discutir sobre a cuál de los dos se le daba mejor luchar. Por la otra, recibía las órdenes de Ben. Ninguna de las dos opciones parecía muy agradable. Necesitaba cambiar de tema urgentemente. Hablar de algo que la ayudara a tranquilizarse.

—Ben —dijo cuando vio que él seguía esperando informes—. ¿Puedo preguntarte algo?

Él asintió con la cabeza, todavía tenía la mirada clavada en la pantalla.

—En caso de que acepte venir con Rhett, ¿qué puesto ocuparía? ¿Alumna?

—No, aquí no hay alumnos. Solo novatos. —Ben hizo una pausa, pensativo—. Supongo que podríamos asignarte alguna guardia. Suele ser lo que hacen los novatos para empezar a familiarizarse con la ciudad.

—Ah, entiendo...

—A partir de entonces, irías ganando medallas conforme fueses adquiriendo experiencia.

Alice dirigió una breve mirada a Anuar, que estaba detrás de ella. Su uniforme no llevaba ninguna medalla.

—Entonces, ¿tú acabas de llegar?

Él se encogió brevemente de hombros, restándole importancia.

Sin embargo, algo cambió en el ambiente tras esa pregunta. Ben se había quitado el auricular y ahora miraba al guardia con mala cara, como si algo no encajara.

Alice dudó un momento.

—¿Enviaste a un novato a que vigilase nuestra casa?

Eso hizo que Ben frunciese profundamente el ceño.

—Yo nunca he asignado a nadie la misión de vigilar vuestra casa, Alice.

La frase flotó entre ellos durante unos instantes, que la chica aprovechó para volverse lentamente hacia Anuar. Él ya no parecía tan serio. De hecho, media sonrisa curvaba una de las comisuras de sus labios. Y fue por eso, por ese gesto, por lo que de pronto se dio cuenta de por qué le había llamado la atención desde el principio.

Era el francotirador. El que le había disparado al borde del precipicio cuando había salido de la ciudad por primera vez. Y no se le había olvidado que acompañaba a Giulia.

—¡Ben! —gritó Alice, intentando ponerse de pie—. ¡Es una tramp...!

No pudo terminar la frase. Al instante, Anuar giró la pistola y disparó en el pecho al otro guardia, que retrocedió con una mano en la herida. Antes de que ninguno pudiera reaccionar, ya se había movido a toda velocidad hacia la izquierda, estampando la cabeza de Ben contra el teclado y clavándole la punta de la pistola en la nuca.

—Si te mueves —advirtió lentamente—, aprieto el gatillo.

Alice, que se había estirado para alcanzar la pistola que había sobre el teclado, se quedó clavada en su lugar. Ben tenía los labios apretados en una dura línea, pero no se movía. No podía dejar que lo mataran. Rhett jamás se lo perdonaría —aunque fingiera que su padre no le importaba— y ella misma tampoco. Volvió a sentarse lentamente, temblando de pies a cabeza.

—Eso es —asintió Anuar con la media sonrisa aflorando de nuevo—. Buena chica.

Todavía paralizada por el miedo, Alice escuchó que Rhett empezaba a preguntarle qué pasaba a través del auricular. Su falta de respuesta lo estaba poniendo cada vez más nervioso. Ella solo fue capaz de pronunciar dos palabras en voz baja.

—Pájaro volador.

Rhett se quedó en silencio al instante. Uno de esos silencios tensos, casi asfixiantes, que preceden a los momentos de desesperación.

Pero Alice no pudo decirle nada más, porque Anuar pulsó tranquilamente un botón y el comunicador se desconectó.

—No creo que necesites volver a hablar con ellos —bufó con cierta sorna.

Alice apretó los puños cuando la puerta se abrió, dando

paso a dos guardias vestidos de gris ceniza. Los soldados de Ciudad Capital. No había plan. No había forma de escapar. Aun así, su cerebro intentó maquinar un modo de eludirlos. El que fuera.

Cuando el primer guardia se acercó, Alice consiguió asestarle un puñetazo en el abdomen y pasar por su lado, dispuesta a salir corriendo. El otro la detuvo bruscamente y, casi al instante, la lanzó al suelo. Alice se quedó en blanco al ver que era una mujer de pelo oscuro recogido en una coleta, con una pequeña arruga entre las cejas y las facciones duras, muy marcadas. Giulia.

—No te haces una idea de lo que me alegra volver a verte, 43.

Alice se retorció, desesperada, pero se le cayó el mundo encima cuando la inmovilizaron con unas esposas. Tiró tanto de ellas que empezó a arderle la piel. Tenía que escaparse. ¿Dónde estaban Jake y Kilian? ¿Y Tina? ¿Y si ahora que la tenían les hacían daño? Una oleada de pánico la inundó y empezó a retorcerse otra vez, logrando encajar una patada en la mandíbula del otro guardia gris, que retrocedió bruscamente.

—¡Serás...! —bramó furioso.

Giulia lo detuvo antes de que pudiera hacer nada y le ató las piernas a Alice, que no dejaba de removerse. Incluso intentó morderle una mano cuando le puso la mordaza, pero fue inútil. Al tumbarla boca arriba, Alice aprovechó para volverse hacia Anuar. Estaba tan furiosa que le hervía la sangre. Especialmente cuando vio que él no parecía arrepentido en absoluto, sino bastante divertido.

—Habéis llegado justo a tiempo —comentó.

Giulia le dedicó una fugaz sonrisa.

—Buen trabajo.

—Ha sido entretenido.

—Vale, pero no lo mates a no ser que sea imprescindible.

—Giulia señaló a Ben con la cabeza—. No podemos permitirnos perder otro guardián supremo. Al líder no le gustará.

—Y ¿qué quieres que haga? ¿Lo llevo de paseo?

—Sabes lo que tienes que hacer.

Alice subió la mirada hacia Ben, que se la devolvió justo antes de que Anuar le diera un fuerte golpe en el cráneo con la culata de la pistola. Se quedó inconsciente al momento, pero al menos seguía vivo.

—Eso es —murmuró Giulia, todavía sujetando a Alice, y se volvió hacia la puerta—. ¡Habitación despejada!

Casi al instante, alguien entró en la habitación despacio, mirando a su alrededor.

—Había pedido un trabajo limpio —se quejó el nuevo integrante al ver el cadáver del guardia—. Aun así, bien hecho.

Alice se quedó helada.

Esa voz...

Se dio la vuelta lentamente hacia la puerta, por donde un hombre vestido con una bata blanca, de cabello oscuro echado hacia atrás, barba rala y ojos cálidos la miraba fijamente. Por su expresión, cualquiera habría dicho que acababa de recuperar un tesoro perdido.

—Hola, Alice —la saludó, avanzando para mirarla más de cerca—. Ha pasado tiempo desde la última vez que nos vimos, ¿no crees?

—Deberíamos irnos, líder —dijo Giulia, mirando las pantallas—. Sus amigos están volviendo a por ella a toda velocidad.

—No te preocupes. Solo celebraba el momento. Hay que apreciar las pequeñas victorias de la vida, ¿no crees, Alice?

Esta parpadeó, deseando que fuera una pesadilla o una broma de mal gusto. No era real. Él no podía ser el líder de esa gente. No era capaz de creer que la persona de quien escapaba fuera su padre.

11
LOS COMPAÑEROS DE CELDA

Alice pateó, golpeó, mordió, se retorció e hizo lo imposible y más para que la dejaran en paz, pero no fue capaz de librarse de los guardias. Terminaron prácticamente arrastrándola por los pasillos y la escalera hasta la planta baja, y de ahí al exterior del edificio. Fue entonces cuando agotó la paciencia de Giulia y esta le propinó un golpe seco en el costado, dejándola quieta el tiempo suficiente como para que le ataran con fuerza los tobillos, pues la cuerda se había soltado por la cantidad de patadas que había lanzado.

Alice vio que su padre se había quedado mirándola al margen del grupo, sin decir nada. Finalmente, se acercó y la observó con una pequeña mueca contrariada.

—No la golpeéis si no es absolutamente necesario —indicó—. Con lo que he tardado en encontrarla, lo que menos me apetece es que dañéis su sistema.

Alice intentó hablar, pero solo se escuchó un murmullo detrás de la tela que le cubría la boca. Además, su padre ya se estaba alejando de ella y se subía a uno de los coches.

—Quieta —le advirtió Giulia, tomando algo de la mano de Anuar y clavándoselo a Alice en el cuello.

Sus ojos se cerraron mientras la subían al vehículo.

* * *

Cuando los abrió de nuevo, apenas podía moverse. Estaba siendo transportada por un camino de piedra que no había visto en su vida. Levantó un poco la cabeza; Giulia iba delante. Detrás estaban dos guardias que no le prestaron atención. Cuando echó una mirada a su alrededor, no reconoció nada, pero supo enseguida dónde estaba.

Ciudad Capital.

Lo veía todo borroso, así que no tuvo la oportunidad de contemplar ningún otro detalle. Cuando entraron en lo que pareció un edificio, vio que cruzaban un pasillo blanco muy iluminado y que se detenían delante de una de sus múltiples puertas. Giulia la abrió sin demasiado cuidado.

Alice notó el golpe seco cuando la soltaron bruscamente. Se quedó sin respiración unos segundos, mirando el suelo blanco. Luego, se permitió observar la estancia. Estaba en una celda, no había duda, pero los lujos eran abundantes: dos camas individuales, dos mesillas auxiliares con lámparas encendidas, un cuadro pequeño encima de la entrada y otra puerta que, al parecer, conducía a un cuarto de baño.

—¿Qué tenemos que hacer? —preguntó Anuar, que la había transportado hasta ese momento.

Giulia no respondió. Se limitó a agacharse con un cuchillo y a rasgar las cuerdas que rodeaban los tobillos de Alice. Ella habría deseado huir, pero no tenía fuerzas ni para ponerse de pie. ¿Qué demonios le habían dado? ¿Otra vez la jeringuilla azul?

—Levántate —ordenó Giulia cuando le hubo quitado todas las ataduras y la mordaza de la boca. Le retiró las esposas casi a la misma velocidad.

Pero Alice se quedó en el suelo, negando con la cabeza. No podía moverse. Le dolía todo el cuerpo.

—Ponte de pie o te moveré yo —advirtió ella.

Alice, de nuevo, no fue capaz de obedecer.

Cuando Giulia la agarró del brazo y empezó a arrastrarla por la celda, Alice trató de sujetarse a ella. La estaba llevando al cuarto de baño. Al soltarla, tuvo que apoyarse sobre sus manos en el suelo para no volver a magullarse.

—Quítate la ropa.

Alice miró a Giulia, incrédula. Los otros tres hombres no las habían seguido. Anuar no parecía interesado en lo que sucediese allí dentro, y los otros dos vigilaban la puerta, dándole la espalda. Aun así, no se atrevió a moverse.

—No te lo volveré a pedir —insistió Giulia lentamente.

Alice movió un brazo, pero estuvo a punto de caerse al suelo. Giulia, irritada, se acercó y le quitó la ropa de mala manera, dejándola completamente desnuda. Después, la sentó en la bañera. Alice se abrazó las rodillas y ella le enchufó un chorro de agua fría sobre la cabeza. Sus sentidos ya empezaban a despertarse cuando Giulia le lanzó una pastilla de jabón.

—Lávate de una vez —espetó—. No querrás presentarte mañana con esas pintas que llevabas.

—¿Qué? —preguntó Alice lentamente.

Giulia señaló el jabón y ella empezó a frotarse sin ganas, dándose cuenta de la cantidad de suciedad que tenía encima. Cuando terminó, Giulia volvió a rociarla con agua fría y la obligó a ponerse de pie envuelta en una toalla suave. La sentó en la tapa del retrete y Alice frunció el ceño cuando vio que sacaba un cuchillo.

—Tengo anestesia, pero no creo que la necesites, ¿no?

Alice apenas era consciente de nada, pero se tensó cuando notó que la agarraba de la cabeza con una mano y con la otra apuntaba con el cuchillo a su sien.

—Supongo que ya podemos quitarte esto.

Alice intentó decir algo, pero las palabras se quedaron ahogadas por un jadeo cuando la punta del cuchillo se introdujo en su piel, removiendo hasta que consiguió sacar una pequeña placa de metal redonda y blanca. Soltó algo parecido a un grito ahogado cuando notó las gotas de sangre resbalándole por la cara, manchando su hombro y la toalla blanca.

—Eres más dura de lo que pensaba —comentó Giulia, metiendo la placa en una bolsa de plástico pequeña y guardándola en su bolsillo—. Me esperaba gritos. Los otros chillaron.

Agarró un paño, lo empapó con un líquido que le dio Anuar y lo estampó sobre la herida que acababa de hacerle. La mezcla de dolor, escozor y nervios hizo que se mareara un poco. Quería vomitar, pero no tenía nada en el estómago.

—Podrías haber hecho una herida más limpia —la criticó Anuar.

—También podría haberla sedado. Pero así era más divertido.

—Esto no es un juego. Si dañamos a su favorita, estamos fuera.

—Todavía estamos dentro, ¿no? —Giulia miró a Alice con una sonrisa engreída—. La ropa está en la cama. Te recomiendo que te vistas antes de que vuelva.

Dicho eso, se marcharon y dejaron a Alice sola y mareada.

* * *

No sabía cómo, pero había conseguido ponerse la camiseta y los pantalones blancos de algodón que le habían dejado encima de una de las camas. También había conseguido detener la hemorragia ella sola cuando se había despabilado del todo, pero tenía una marca azulada justo donde le habían clavado el cuchillo. Además, le dolía el cuerpo entero, como si hubiera estado corriendo durante mucho tiempo y se hubiera detenido de golpe. El maldito suero azul era horrible.

Estaba ya tumbada en su cama cuando escuchó que la puerta se abría de nuevo. Se asomó por encima de su brazo, deseando que fuera alguien con comida, pero era un guardia que empujó bruscamente a un hombre al interior de la celda. Este hizo un ademán de dirigirse a la otra cama de forma casi automática, pero se detuvo en seco al darse cuenta de su presencia.

Alice se quedó mirándolo, paralizada de la impresión.

—¿Max?

Él abrió la boca y la volvió a cerrar, sin palabras.

—¿Qué haces tú aquí? —preguntó finalmente anonadado.

Alice lo miró de arriba abajo. Llevaba el mismo atuendo que ella. Era extraño ver a Max tan impoluto. De hecho, era extraño verlo, en general.

—Así que estabas vivo —murmuró ella, sonriendo sin ganas—. Después de todo, nuestros esfuerzos no fueron en vano.

—¿Qué esfuerzos?

—Intentamos salvarte, pero nos atacaron antes de que pudiéramos conseguirlo. No sé qué habrá sido de los demás.

Max permaneció en silencio unos segundos, después se dirigió hacia la otra cama y se sentó lentamente. Alice lo miró de reojo. Se sentía avergonzada y humillada por el fracaso de la misión, aunque ver a Max había hecho que su ánimo mejorara.

—¿Qué te han hecho durante este tiempo? —le preguntó, sin poder evitarlo.

—Nada doloroso —aseguró él, frunciendo el ceño—. Preguntas sobre la ciudad.

—Ya veo...

—¿Y los demás?

—Rhett y Trisha intentaron entrar en la ciudad. Jake, Tina y un amigo se quedaron en Ciudad Gris. El padre de Rhett estaba conmigo, pero no sirvió de nada.

Max la miró durante unos segundos sin decir nada. Parecía más apagado que la última vez que lo había visto. Incluso había adelgazado. Seguía siendo intimidante, pero de una forma distinta, más cercana. Ya no era el misterioso guardián supremo, sino su compañero de celda.

—Viste a tu padre, ¿no? —murmuró él de repente.

Pensar en el padre John hacía que a ella le volviera el dolor de cabeza. No entendía nada y no sabía si quería entenderlo. Era todo tan confuso... Había intentado no pensar en ello, pero era inútil. Era obvio que tendría que hacerlo en algún momento.

—¿Cómo sabes que es mi padre?

—Digamos que me ha revelado vuestra relación.

—¿Te ha revelado algo más?

—El tal Anuar te lleva vigilando de cerca desde hace tiempo y le ha ido informando de tus movimientos. —Max negó con la cabeza—. Ha sabido adónde os dirigíais desde que llegasteis a la primera ciudad muerta.

—Pero... —Alice se frotó los ojos—. Mi padre... Él no...

—No es como lo recordabas —terminó Max por ella.

—Menudo eufemismo. Creí que estaba muerto. Vi cómo le disparaban. Estaba muerto. No...

—A mí me ha parecido bastante vivo, la verdad.

—¿Cómo es posible?

—No lo sé, Alice.

—Y... ¿por qué me hace esto? ¿Qué pretende?

—¿Hablas en serio?

Ella levantó la cabeza. Max la miraba, perplejo.

—Alice, no tienes ni idea de quién es tu padre, ¿verdad?

No pudo evitar fijarse en el tono despectivo que impregnaba la palabra «padre».

—¿Qué quieres decir?

—Él vive aquí. Es el líder de Ciudad Capital. De todos los rebeldes, en realidad. Es el que maneja el cotarro.

—Eso es imposible. Él vivía conmigo en mi antigua zona. Durante años.

—Tengo entendido que tus recuerdos de esa zona son implantados.

—Sí, pero solo los de mi infancia —replicó ella, a la defensiva—. Llevo en funcionamiento cuatro años.

—Si te han implantado recuerdos falsos, ¿qué te hace pensar que los de tu padre son reales?

—¿Qué?

—Solo llevas en funcionamiento un año, Alice.

Esa frase la dejó paralizada. Se quedó mirándolo fijamente durante unos segundos, negando con la cabeza sin darse cuenta.

—No —murmuró con un hilo de voz—. Me crearon hace cuatro años... y... mi padre no es el líder de los rebeldes. Es imposible. Él crea androides. Crea vida. No la destruye. Además..., ¡lo mataron!

—Alice...

Ella se pasó las manos por el pelo, desesperada.

—No pienses en ello ahora —le aconsejó Max—. Solo hará que te sientas peor.

—¿Y en qué quieres que piense, Max?

—En algo más positivo.

Ella dejó de frotarse la cara por un momento y, para sorpresa de ambos, esbozó media sonrisa divertida.

—Nunca creí que serías tú el que me dijera eso.

—Bueno, la vida da muchas vueltas.

—¿Y qué es lo positivo de esta situación?

Max lo pensó un momento, mirando a su alrededor.

—A ver —comentó—, estamos vivos, ¿no? Algo es algo.

Alice, tras unos segundos, esbozó una pequeña sonrisa que no le llegó a los ojos.

—Me alegra que estés vivo.

Max la miró un momento, asintió una vez y luego dejó vagar la mirada.

* * *

Ninguno había hablado demasiado durante el primer día. De hecho, Alice había pasado la mayor parte del tiempo tumbada en su cama, mirando el techo y pensando. Odiaba imaginar qué estaría pasando fuera de esa habitación, pero no podía evitarlo. Además, Max tenía un pequeño libro que iba leyendo en silencio, así que era como estar sola de nuevo. Se contentó investigando la habitación, en la que no encontró gran cosa, aparte del pequeño conducto de ventilación que había en la parte superior de una de las paredes. Estuvo tentada a escalar y meterse en él, pero era tan diminuto que ni siquiera ella podría caber.

Max debió de adivinar sus intenciones, porque soltó un suspirito significativo y pasó la página.

—Al menos yo busco una forma de escapar —bufó ella molesta.

No obtuvo respuesta.

Ya habían pasado unas pocas horas más cuando por fin abrieron la puerta. Dos guardias se acercaron a Alice directamente, agitando unas esposas. A ella no le quedó más remedio que aceptar que se las pusieran. Miró a Max, que asintió casi imperceptiblemente con la cabeza, antes de dejarse guiar fuera de la celda.

Cruzaron los mismos pasillos que el día anterior, aunque esta vez se detuvieron en una zona que ella no había pisado. Era un corredor más ancho, con gente vestida con batas blancas y camillas de metal vacías. Las paredes eran blancas y los suelos, grises. Las puertas, en cambio, eran de madera. Se detuvieron delante de una de las del fondo y uno de los guardias la abrió sin mediar palabra.

La dejaron sola en el interior de una sala y ella, sin saber qué hacer, miró a su alrededor. Una de las paredes tenía un ventanal gigante, pero enseguida se dio cuenta de que no había forma de abrirlo y, además, el cristal era demasiado grueso como para plantearse romperlo. Por lo demás, había un enorme foco de luz que iluminaba la habitación entera, además de una camilla y un montón de aparatos y máquinas que no reconoció.

La hicieron esperar tanto tiempo que no le quedó más remedio que sentarse, agotada, aunque se negó a hacerlo en la camilla. Prefirió optar por el frío suelo. Cuando por fin abrieron la puerta, se levantó tan de golpe que se mareó un poco, pero el vahído desapareció cuando vio quiénes eran los dos hombres que ahora la miraban, hablando entre ellos.

El padre Tristan y el padre John.

La última vez que había visto al primero había sido levantando la mano para ordenar la masacre de su antigua zona. Una de las víctimas había sido su padre, al menos eso había creído ella. Alice no conservaba ningún buen recuerdo de Tristan. Todo lo que albergaba por él era desconfianza. No le gustaba su pelo cano y corto, ni sus ojos azules acuosos, ni esa sonrisita inocente que ella sabía que escondía de todo menos inocencia. Y tampoco le gustaba recordar lo que le había hecho a 47, el androide al que le había cortado la mano como castigo. Lo detestaba. Y, al volver a verlo, ese sentimiento de rechazo se incrementó.

Los dos la miraron, aunque no de la forma con la que contemplas a alguien con quien acabas de cruzarte, sino más bien como si fuera el objeto de una exposición. Ni siquiera se molestaron en decirle nada, simplemente siguieron charlando entre ellos.

—... pueden ser por eso —señalaba Tristan, marcando algo en su cuaderno.

—Ya veo —se limitó a decir su padre.

Por primera vez, ambos la miraron a la cara. El padre Tristan le dedicó su estúpida sonrisita inocente y el padre John se limitó a fruncir el ceño.

—¿Por qué sigue llevando esa ropa? —preguntó en un tono de voz mucho más autoritario del que recordaba—. ¿Dónde está la otra?

Uno de los guardias se apresuró a agarrar una bolsa y lanzársela a Alice, que todavía tenía las manos esposadas. La agarraron del brazo y la llevaron a una habitación contigua y diminuta en la que había solo una mesa de metal y un espejo.

La mesa le recordó a su antigua habitación, la que compartía con el resto de los androides de su generación. En una como aquella, cada mañana aparecía su ropa diaria. Todavía recordaba lo mucho que la había intrigado saber cómo la ponían ahí sin que nadie se enterara. Ahora, le parecía algo absurdo, sin importancia.

Cuando abrió la bolsa, su mundo entero se detuvo.

—No —susurró.

—Póntelo. —El guardia, que ahora se había dado cuenta de que era Anuar, la empujó contra la mesa de nuevo.

—No... No puedo.

Él suspiró pesadamente, pasándose una mano por la cara.

—¿Quieres que venga Giulia a obligarte? ¿Es eso?

Ella negó con la cabeza.

—Entonces, póntelo de una vez.

Miró la bolsa de nuevo. Era esa ropa. Esa maldita ropa. La que había usado en su antigua zona. El jersey, la falda, las botas, incluso la goma del pelo. Y todo perfectamente blanco. El atuendo de androide.

Cogió el jersey y cerró los ojos un momento. Respiró hondo mientras se quitaba una a una las prendas que llevaba puestas, excepto la ropa interior, y se ajustó el jersey de cuello alto, sin mangas. Se subió ella misma la cremallera de la falda, escondiendo el pliegue del jersey en ella, y se miró en el pequeño espejo. Odiaba esa ropa. Odiaba todo lo que le recordara a esa zona.

—Zapatos —espetó Anuar detrás de ella.

Ella se los puso casi sin pensar y luego se miró al espejo. Sabía lo que venía ahora. Agarró la goma del pelo y se lo ató en una coleta perfecta, sin un solo mechón suelto. Al mirarse en el espejo, le entraron ganas de vomitar.

Estaba vestida como 43, pero ya no era esa chica. Ya no quedaba nada de esa androide asustada que había huido de su zona. En aquel momento era Alice. Y Alice tenía que ser fuerte si quería salir de esa, aunque fuera difícil. Tenía que salvarse y también a Max. Debían volver a casa y recuperar su ciudad.

Y si eso significaba que tenía que ponerse esa estúpida ropa..., entonces lo haría.

Se lamió el labio inferior y se volvió hacia Anuar, dubitativa. Él tenía una pistola en la mano, así que supuso que molestarlo no era la mejor de las ideas. Aun así, lo intentó.

—¿Sabes qué quieren hacer conmigo?

Anuar la observó unos segundos antes de agarrarla bruscamente del codo y tirar de ella para sacarla de la sala.

En la estancia en la que esperaban su padre y Tristan había ahora dos científicos más, cada uno con una máquina diferente. Su padre estaba sentado en una silla que acababan de traer, mirando la camilla vacía. Cuando percibió que ella se acercaba, la miró de arriba abajo, la analizó como para comprobar que todo estaba en orden y finalmente asintió con la cabeza.

—¿Por qué habéis tardado tanto?

Alice se tensó, pensando que Anuar le echaría la culpa, pero él simplemente se encogió de hombros.

—Sigue medio sedada. Ha hecho lo que ha podido.

Ella tragó saliva con fuerza y miró a su padre. Casi soltó un suspiro de alivio cuando vio que se lo creía.

—Tumbadla en la camilla.

—Vamos —le dijo Anuar en voz baja.

—Padre John, ¿qué...? —empezó ella.

—No me llames así.—El hombre puso los ojos en blanco, cosa que la confundió aún más—. Por Dios, ¿todavía no has entendido nada?

Alice no supo qué decir, así que él se limitó a señalar con un gesto vago el otro lado de la sala.

—Tumbadla en la camilla.

Esa vez se dejó llevar. Anuar la tumbó sin atarla. Vio que el padre Tristan bajaba una máquina pequeña hasta situarla veinte centímetros por encima de su cabeza y los demás científicos hacían lo mismo en sus piernas y brazos. El mayor artilugio estaba encima de su estómago, apuntando directamente a su número. En todas las pantallas empezaron a salir dibujos incomprensibles y confusos.

—¿Qué hacéis? —preguntó asustada.

—Silencio —ordenó el padre Tristan.

—Pero...

—Te han pedido silencio —replicó su padre, poniéndose de pie y mirando las máquinas con el ceño fruncido.

Alice ya no pudo aguantar más.

—¿Que me han pedido silencio? —repitió—. ¡No quiero estar en silencio! ¡Quiero que alguien me explique qué demonios está pasando aquí!

Todos se volvieron para mirarla.

—Padre, yo... necesito... —Hizo una pausa. Seguía confiando en él. O, al menos en la pequeña parte de él que había conocido en su antigua zona. No podía haberse transformado tanto en tan poco tiempo. Pero él permanecía impasible—. Necesito entender todo esto. Por favor.

El hombre se quedó mirándola unos segundos que le parecieron eternos, impasible, sin que una sola facción de su cara cambiara o le indicara que se estaba apiadando de ella.

De pronto, hizo un gesto con la mano y, automáticamente, todos retiraron sus aparatos. Alice respiró hondo, aliviada, cuando su padre se sentó en el borde de la camilla. Le dedicó una sonrisa calmada que le recordó a su creador, al que ella conocía, y no a ese hombre frío que la tenía encerrada en una habitación.

—No hay nada que explicar, Alice —dijo él lentamente.

—¿Cómo? ¡Creía que estabas muerto!

—No dejaría que me mataran de una forma tan estúpida.

—Pero... Vi cómo... cómo...

—¿Cómo me disparaban?

—Sí. Te vi... en el suelo...

—¿Te parece que estoy muerto?

—No, pero...

—Alice, me dispararon en la cabeza y sobreviví. —Sonrió un poco, colocando una mano encima de la de ella—. A estas alturas ya sabrás qué significa eso.

Alice parpadeó, pasmada, con la verdad formándose paulatinamente dentro de su mente. No obstante, él siguió hablando antes de que ella pudiera decir nada.

—Mi conocimiento sobre androides viene de la experiencia. —Le pasó un dedo por la palma de la mano de manera cariñosa—. Desde el principio supe que, si había alguna mente en el mundo que quisiera conservar de forma segura, era la mía. Y después empecé a plantearme hacerlo con otras personas.

Alice notó que se le formaba un nudo en la garganta.

—¿Eres... un androide?

—Obviamente.

Se quedó sin palabras.

—Me hiciste creer que estabas muerto. Que eras humano —replicó en voz baja.

—Nunca te dije tal cosa.

—Pero ¡tampoco que fueras un androide!

—Tú asumiste que no lo era. Y sí, fingí haber muerto, pero no fue nada personal. Solo... parte del experimento.

—¿Qué?

—Hablaremos de todo esto más adelante.

Ella negó con la cabeza, mirándolo.

—¿Quién eres?

—John Yadir, tu creador. —Él enarcó una ceja, como si no entendiera qué sentido tenía aquella pregunta.

—No, me refiero a quién eres aquí.

—Ay, Alice... —Sonrió como si le hubiera contado un chiste—. Soy el líder de las ciudades rebeldes. El guardián supremo de Ciudad Capital. Pero creo que eso ya lo has deducido tú solita.

No tenía sentido. Era imposible.

—No... No eres...

—Sí, lo soy —afirmó él—. Lo he sido siempre, solo que

me tomé un tiempo para dedicarme más a fondo a crear androides de nueva generación, como tú. Pero de eso también hablaremos otro día.

—Entonces... —Ella estaba empezando a atar cabos—. ¿Por qué haces que las ciudades rebeldes te manden a los androides fugados?

—Es una forma de controlarlos. Y si piensan que voy a deshacerme de ellos, te aseguro que son mucho más obedientes. Así, mantengo su respeto y recupero mis androides. Todos ganamos.

—¿Tú comandabas a la gente que masacró nuestra zona? Mataste a cientos de los nuestros...

—¿Matar? —Su padre negó con la cabeza—. No se puede matar lo que no está vivo.

Alice retiró su mano de golpe, alejándola de la suya. Él no pareció muy afectado; de hecho, no borró la sonrisa que había mantenido hasta ese momento.

—Has pasado demasiado tiempo con humanos y ya no recuerdas quién eres.

—Sé quién soy. Mejor que nunca.

—No me digas.

—Y sé que estoy viva.

—Ay, Alice. —Le dio un ligero apretón en la pierna, junto al tobillo, casi como un padre consolando a su hija. Todos los demás científicos observaban la escena con interés, pero en completo silencio—. Ya me temía que algo así fuera a suceder. Vamos, tú sabes que no eres humana.

—Pero estoy viva.

—No, Alice, solo eres un instrumento. Muy desarrollado, sí, pero no dejas de ser un dispositivo que puedo encender y apagar a mi antojo.

—Soy más que eso. Y tú también —insistió ella. Le temblaba la voz.

—Yo te creé, no pienses que sabes más de ti misma que yo. Incluso te dejé mi marca.

Hizo un ademán de señalarla, pero cuando Alice retiró la mano de golpe, él supo que ya la había visto. Esbozó media sonrisa.

—¿Lo ves? —continuó—. Siento que te hayan hecho creer esa cruel mentira, pero sabes que no te estoy engañando. Toda tu existencia es un programa diseñado minuciosamente. ¿Crees que lo que sientes es real? Tus sentimientos son solo reflejos de la conciencia que se te ha implantado. No puedes tener emociones porque no eres humana.

—¡Puedo sentir perfectamente!

—¿Por qué crees eso? ¿Te lo ha dicho algún humano?

—No —zanjó rápidamente.

—Los humanos se dejan llevar fácilmente por sus instintos, no deberías tener sus opiniones muy en cuenta.

Ella apretó los puños, cada vez más furiosa.

—Tú no sabes nada.

—Sé unas cuantas cosas. Como lo que has hecho durante estos meses, por ejemplo. —Hizo una pausa—. Te dije que te marcharas sola, pero arrastraste al androide 42 en tu huida.

—¿Dónde está 42? —preguntó ella sin pensar—. ¿Se la llevaron los tuyos? ¿Qué has hecho con ella?

—Está en observación para ver en qué falló su núcleo.

—¿En observación? —repitió Alice, incorporándose, furiosa—. ¡Es decir, que la tienes encerrada!

—Efectivamente. Está en la sala acorazada. Quizá te la enseñe algún día.

Anuar se había acercado al ver que Alice se levantaba. Tenía una jeringuilla azul en la mano, pero a ella no le importó. De hecho, fingió que no existía.

—¡No puedes hacerle eso!

—¿Y a quién le importa? —murmuró su padre—. No es

humana. Ni siquiera es un prototipo avanzado. Solo la mantengo en funcionamiento porque no consigo dar con el fallo.

—Eres un... —No sabía qué palabra usar. Todas las que se le ocurrían eran horribles y ni siquiera en una situación como aquella se atrevía a decirlas en voz alta.

—Bueno, me gustaría seguir con esta agradable conversación, pero tenemos que continuar con el análisis. Parece que estás defectuosa. Puede que haya algún problema en la programación...

—No tengo ningún problema —replicó ella bruscamente—. No pienso moverme. Y menos por ti.

Su padre borró la sonrisa de su cara.

—Túmbate en la camilla.

—No lo haré.

—43 —dijo lentamente—. No me fuerces a obligarte.

—¡Ese no es mi nombre!

—Se acabó. Que alguien la sede.

Su pecho subía y bajaba a toda velocidad. Sus puños estaban apretados. De pronto, necesitaba moverse, reaccionar, atacar a alguien. Hacer cualquier cosa. No podía seguir de brazos cruzados permitiendo que su pad... No, ese no era su padre. Que ese hombre siguiera ahí sentado tan tranquilo. Lo detestaba. Y necesitaba borrarle esa estúpida sonrisa.

Sin pensarlo dos veces, saltó de la camilla y se abalanzó sobre él. Apenas había conseguido rozarlo cuando el cuerpo de Anuar chocó contra el suyo. Seguramente su intención fuera desequilibrarla y lanzarla al suelo, pero Alice se agarró a su brazo y consiguió mantener el equilibrio. Quiso patearlo para que perdiera la estabilidad, pero con esa estúpida falda era imposible.

Cuando vio que dirigía la jeringuilla azul a su cuello, ella se sacudió inconscientemente y la apartó. Volvió a intentarlo y, en aquella ocasión, Alice le dio un manotazo que la hizo volar hacia la cabeza de uno de los científicos, el cual se frotó la frente con una mueca de perplejidad.

Ella soltó un gruñido, frustrada, cuando trató de lanzarse otra vez sobre su padre y Anuar la rodeó con los brazos, pegando la espalda de Alice a su pecho e inmovilizándola. Ella pataleó, furiosa, tratando de liberarse, pero no sirvió de nada. Era como si la abrazara una estatua de hierro.

—¿Quieres estarte quieta? —escuchó que le gruñía Anuar junto a la oreja—. ¿No ves que si no les sirves te matarán?

—¡Me da igual!

—¿Y a tus amigos tampoco les importará?

Esas palabras fueron como un jarro de agua fría. Alice dejó de pelear por un momento. Anuar aflojó un poco el agarre, pero no la soltó. El líder se mantenía a unos metros de ellos, a salvo. Le acababan de alcanzar el sedante azul y le daba vueltas entre los dedos.

—Deja que te lo ponga —insistió Anuar junto a su oreja.

Ella paró de moverse, todavía con la respiración agitada. La imagen de Jake, Rhett, Trisha, Tina le vino a la mente. Si a ella le pasaba algo...

Cerró los ojos con fuerza y, cuando los abrió, se dio cuenta de que Anuar la había soltado. El líder le puso la jeringuilla al guardia en la mano libre y, antes de que ella pudiera reaccionar, se la clavó en el cuello.

Unos segundos después, la tumbaron en la camilla y volvieron a colocarle todas las máquinas.

* * *

Cuando volvieron a la habitación, Max seguía leyendo. Anuar y otro guardia la estaban cargando porque ella apenas podía sostenerse de pie. El sedante hacía que sus músculos dejaran de funcionar. En cuanto vio que la dejaban en la cama, Max cerró bruscamente el libro y se incorporó. Hizo ademán de acercarse, pero el guardia desconocido le dijo algo que le hizo permanecer donde estaba.

Unos segundos más tarde, cuando los guardias se hubieron marchado, la cara de Max apareció en su campo visual. Tenía el ceño profundamente fruncido.

—¿Estás herida?

Alice tragó saliva con dificultad y negó con la cabeza. Su mente estaba nublada, como si no pudiera pensar con claridad. Sintió que él le tocaba el cuello, pero no se movió.

—Te han sedado —dedujo.

Escuchó suspirar a Max cuando se sentó al borde de su cama, mirándola. Pasaron unos segundos en silencio y ella cerró los ojos con fuerza.

—¿Quieres que te deje dormir un poco? —preguntó Max finalmente.

—No. —Habló tan repentinamente que le dolió la garganta. De hecho, todo el cuerpo le dolía—. Desde que me trajeron he vuelto a soñar. No quiero saber cómo siguen mis sueños. No dejes que me duerma.

Él no debió de entender nada, pero asintió con la cabeza y se mantuvo a su lado para no dejarla sola.

—¿Qué te han dicho?

Alice esbozó media sonrisa amarga.

—Nada que no supiera ya.

—Voy a necesitar que seas un poco más específica.

—Que... Deane tenía razón.

—¿En qué?

—En que solo soy una máquina.

Una parte de ella esperó una mirada de compasión o incluso de desprecio, pero Max ni se inmutó. Solo siguió observándola en silencio. Unas cuantas arrugas se formaron en los extremos de sus ojos cuando los entrecerró ligeramente.

—Ahí arriba... —continuó Alice, sintiendo que se le formaba un nudo en la garganta—. Nadie me miraba como si fuese humana, me trataban como un dispositivo averiado. Y cuando me han puesto esas máquinas sabía que podrían hacer conmigo lo que quisieran. Que podrían verlo todo, desde mis emociones hasta mis recuerdos. Creo que ni siquiera tengo sentimientos, que solo los proyecto según lo que veo.

Pasaron unos segundos en los que Alice desvió la mirada hacia el techo blanco y tragó saliva para deshacerse el incómodo nudo de su garganta. Seguía sintiendo la presencia de Max sentado a su lado, pero el silencio se alargó tanto que llegó a pensar que no diría nada al respecto.

Sin embargo, él asintió una vez con la cabeza, impasible.

—Sí, eres una máquina.

Alice apretó los labios. Sabía que era cierto, pero había esperado unas palabras de consuelo.

—Una máquina perfeccionada —siguió Max con voz inexpresiva—, pero una máquina, después de todo.

—Eso ya lo sé. Acabo de decirlo.

Max ignoró ese comentario.

—¿Qué crees que somos los humanos? También máquinas, de algún modo. Quizá estemos creados por diferentes componentes, pero funcionamos a base de reacciones químicas y biológicas. Igual que tú. A nosotros también se nos puede controlar. A ti con un botón, a nosotros, con dinero. ¿Qué importa?

—No es lo mismo...

—Sí que lo es —replicó Max—. Por eso no te eché de la ciudad cuando Deane me contó lo que eras.

Alice, pese al sedante, se incorporó sobre sus codos para mirarlo. Max estaba negando con la cabeza.

—La verdad es que lo supuse desde el principio. Que alguien me lo revelase era solo cuestión de tiempo. Lo que no esperaba era que fuese Deane. Ella había estado quejándose de ti desde tu llegada, pero ese día explotó. Convenció a dos de sus alumnos para que me contaran tu secreto... Ni siquiera recuerdo sus nombres.

—Tom y Shana.

—Rectifico: ni siquiera me importan sus nombres.

Alice esbozó una pequeña sonrisa divertida antes de volver a su expresión confusa de antes.

—¿Por qué no me echaste?

—Porque esa información no me pareció relevante.

—¡Esa información lo cambia todo!

—¿De verdad? —Él enarcó una ceja—. ¿En qué sentido?

—No lo sé, pero...

—Si el cambio fuera tan evidente, sabrías darme una respuesta.

Alice se quedó mirándolo. En su cabeza, Max había sido un villano durante mucho tiempo. Desde el principio, cuando le ordenó que saliera de su despacho, hasta el final, cuando la castigó sin ver a sus amigos. Nunca se había planteado tratar de conocerlo mejor.

Y en realidad no estaba tan mal. No era exactamente el risitas del barrio, pero lo poco que decía la dejaba pensando durante un buen rato.

—Deane estuvo implicada en el ataque a la ciudad —soltó Alice de repente—. Lo sospeché desde el primer momento. El hecho de que solo ella y sus alumnos sobrevivieran sin una sola baja, que te llevaran a Ciudad Capital y ella tuviese vía libre para ser la guardiana suprema... Seguro que se puso en contacto con los de aquí y llegó a un acuerdo con ellos.

—También lo supuse. —Max concordó.

—Lo que no entiendo es por qué no me acusó directamente de ser un androide. —Alice frunció el ceño, volviendo

185

a dejar caer la espalda sobre el colchón—. Podría haberlo demostrado muy fácilmente.

—Pero entonces no sería la heroína de la ciudad —comentó Max—. Si te hubiera señalado directamente, los demás se lo habrían tomado como un ataque directo. En cambio, si fingía que se preocupaba tanto por sus ciudadanos que estaba dispuesta a todo para encontrar al androide que los había engañado a todos, eso la dejaba como víctima y a ti como villana.

—¿Cómo puedes saber qué hizo exactamente?

—Estamos hablando de Deane. No es que sea un cerebro muy difícil de seguir.

Alice sonrió, esta vez sin medias tintas, enseñando los dientes y todo. Se sentía como si hiciera una eternidad que no sonreía de esa forma.

—Pues creo que lo consiguió. —Su alegría se evaporó un poco—. Lo último que supe de Ciudad Central fue que Deane había tomado el control y estaba mandando a sus alumnos a buscarnos por todas partes.

—No me extraña. —Max no parecía muy asustado por aquella perspectiva—. Hasta que volvamos, seguirá así. Si es que regresamos.

—Quiero pensar que lo conseguiremos.

—¿Quién sabe?

Los dos se quedaron en silencio unos instantes, mirándose, hasta que Max apoyó los codos sobre las rodillas, pensativo.

—¿Sabes? —murmuró—. Yo nunca he tenido problemas con los androides. Me daban igual. Los capturaba y los vendía por comida sin detenerme a pensar si realmente estaban vivos o no. Siempre es mejor considerar que no sienten nada, así no tienes cargo de conciencia cuando te deshaces de ellos.

—¿Y bien? —preguntó ella, medio en broma—. ¿Qué te parecemos?

—Decepcionantes.

Vaya, esa no era la palabra que esperaba.

—¿En serio?

—Sí. Los rumores hablaban de seres malignos creados para matar, con garras en lugar de dedos, rayos láser en lugar de pupilas, patas de hierro en lugar de piernas...

—Espero que nadie crea realmente eso —repuso Alice divertida.

—Te sorprendería hasta dónde puede llegar la estupidez de la gente.

—Pues sí, porque yo no encajo en esa descripción en absoluto.

—Exacto. Sigues siendo la misma chica que eras cuando llegaste a nuestra ciudad, solo que en ese momento no sabías quién eras y ahora sí. —Max negó con la cabeza—. Nunca dejes que te quiten tu identidad, Alice. Es lo más valioso que poseerás.

12
LA ÚLTIMOS RESQUICIOS DE LA MEMORIA

—Me aburro.

Como no obtuvo respuesta, Alice dejó caer la cabeza por el borde de la cama, de forma que veía a Max como si estuviera sentado en el techo.

Al principio, Alice había tenido miedo de convivir con Max, pero poco a poco se habían ido acostumbrando a su mutua presencia y respetaban los horarios del otro. Max dormía cuando les traían la comida, y entonces Alice aprovechaba para hojear uno de sus libros. Ella dormía un rato más tarde y, cuando despertaba, siempre lo encontraba haciendo estiramientos —que también le obligaba a hacer a ella para mantenerse en forma—. El resto del tiempo normalmente lo pasaban charlando de cualquier cosa.

Max resultó ser más interesante de lo que ella había pensado en un principio. Descubrió que le gustaba la música —especialmente el *rock*—, que había estado casado, e incluso había mencionado a su hija. Pero eran solo comentarios vagos, así que Alice no podía indagar en el tema.

Ella le había hablado de sus sueños, muy por encima porque Max enseguida le había advertido que podían estar escuchándolos. También le contó que había descubierto el cine y la música gracias a Rhett. De hecho, le gustó ver cómo una de las comisuras de la boca de Max se elevaba hacia arriba cuando le dijo que se alegraba de que al menos alguien usara los iPod.

En resumen, habían sido dos semanas relativamente buenas, para estar encerrada en un sótano sin ventanas.

—Me aburro mucho —recalcó.

—Ya te he oído. —Él, muy tranquilamente, pasó la página.

—¿Qué lees?

—Cosas.

—¿Qué cosas?

—Cosas interesantes.

—¿Y por qué son esas cosas interesantes?

—Porque me ayudan a aprender otras cosas.

—¿Qué otras cosas?

Max soltó un largo suspiro agotado, tal como hacía cada vez que Alice le dirigía la palabra por más de diez segundos seguidos.

—¿Se puede saber qué quieres? Empiezas a parecerte a Jake.

—¡Necesito hablar con alguien! —protestó Alice, incorporándose de golpe—. Esto es como estar encerrada con un cactus.

—Tampoco es que tu presencia sea muy agradable para mí.

—Entonces, ¿qué? ¿Como no nos caemos bien vamos a pasar el resto de nuestra estancia en completo silencio?

Max lo analizó un momento, cerrando por fin el libro. Alice pudo ver la portada cuando lo dejó a un lado. Era de ingeniería. Arrugó la nariz al instante.

—Yo no he dicho que no me caigas bien —dijo él al final—. Solo que tu compañía no es demasiado agradable.

—Lo más agradable para ti sería no tener compañía.

—Exacto.

Alice se dejó caer a su lado, lo que solía molestarle mucho. Por lo que había comprobado, no le gustaba que tocaran sus cosas.

—No sé qué compañía me agradaría a mí —comentó.

—La de tu padre seguro que no —murmuró él, volviendo a abrir el libro.

—Podría ser la de Jake, me lo paso muy bien con él. O la de Trisha, ella también es muy divertida y puedo contarle mis cosas. O la de Tina, que es como una madre. Y la de...

Se calló cuando se dio cuenta de a quién iba a mencionar y echó una ojeada incómoda a Max, que exhaló otro largo suspiro. Ya era el segundo en menos de cinco minutos.

—No me voy a morir porque menciones a Rhett —recalcó.

—¿Cómo sabes que iba a mencionarlo?

—Teniendo en cuenta que en la ciudad tuve que castigaros por veros a escondidas de noche en su habitación... No necesito leerme cincuenta libros de relaciones humanas para llegar a una conclusión sólida.

Alice enrojeció un poco. No era el mejor tema para tratar con Max.

—Pues ya que hablamos sobre eso —lo señaló con un dedo, por lo que se ganó una mirada intencionada por encima del libro—, que sepas que te equivocaste.

—¿No ibas a su habitación por las noches?

—Me refiero a que te lo tomaste como si él se aprovechara de mí.

—Es un adulto y, en esos momentos, tu instructor. Se estaba aprovechando de ti.

—¡Nunca me hizo nada!

Max no hizo ningún comentario, pero la miraba como si no la creyera.

—Siempre ha sido muy respetuoso —continuó defendiéndolo ella—. En todo este tiempo solo ha perdido los nervios conmigo una vez. Y, teniendo en cuenta que ya has podido comprobar lo insoportable que puedo llegar a ser, yo creo que se merece que le reconozcas ese logro.

—Muy bien, el chico tiene paciencia. Pero solo contigo, porque con los demás la pierde enseguida. —Max se encogió de hombros—. ¿Se puede saber adónde quieres llegar con esta conversación?

Alice, que estaba harta de estar encerrada y empezaba a alcanzar ese punto en el que todo le daba igual, lo soltó sin pensar:

—Sé lo que pasó con tu hija y culpas de ello a Rhett.

Lo dijo con voz aguda y a trompicones, por lo que llegó a dudar si Max la había entendido o no. Pero, por la forma en que ensombreció su expresión, supo enseguida que sí lo había hecho.

—Cuidado —advirtió en voz baja.

—No hablar de un tema no lo hará menos real.

—No te conviene hablar de un tema que no conoces en absoluto.

—Solo intento ayudar.

—Nadie ha reclamado tu ayuda, Alice.

—Estamos aquí encerrados, sin saber si vamos a reencontrarnos con nuestros amigos. La vida es muy corta, Max. No te vayas de este mundo guardando rencor.

Alice pensó que ese pequeño discurso emotivo haría que Max soltara un bufido despectivo y continuara leyendo, pero, para su sorpresa, dejó el libro a un lado. Lo único que delató que se había tensado fue la forma en la que sus hombros se movieron un poco, pero nada más.

Y, justo cuando le dio la sensación de que iba a decir algo, la puerta se abrió de golpe y dos guardias entraron en la celda. Alice se puso de pie por instinto, dando un respingo, y casi al instante sintió que la mano de Max la agarraba del codo y volvía a sentarla.

Por un momento, creyó que estaba intentando retenerla para que no se la llevaran, pero entonces escuchó sus palabras susurradas a toda velocidad.

—Hagan lo que hagan, no colabores con ellos.

Ella lo miró, confusa, pero la hicieron salir de la habitación antes de que pudiera preguntar nada más.

El recorrido fue el mismo que había hecho unas semanas atrás. Cuando llegaron al piso de arriba, la dejaron con Anuar, que la guio por el último pasillo. Ella no pudo evitar ponerle mala cara.

—¿Otra vez tú? —masculló—. ¿Es que te pasas la vida aquí encerrado?

Él no dijo nada, pero a Alice le pareció ver que reprimía una sonrisa.

Volvieron a la misma sala en la que había estado la última vez, la de la camilla y las máquinas. Por suerte, en aquella ocasión, Alice ya iba vestida de androide —porque no le habían dejado otra opción, básicamente— y no tendría que cambiarse en la diminuta estancia contigua.

No pudo evitar que su expresión mudara a una muy agria cuando vio que el padre John y el padre Tristan estaban acompañados por otros dos científicos y otros dos guardias. Ese día, habían colocado una mesa en el centro de la habitación con una silla de metal a cada lado.

El padre John, sentado en la más cercana a la puerta, le dedicó una fría y hermética sonrisa cuando la vio aparecer.

—Ah, Alice. Te estábamos esperando.

Hizo un gesto cortés a la silla que tenía delante. No necesitó que Anuar la empujara para sentarse en ella, mirando a su creador. El padre Tristan se acercó y le esposó una muñeca a la mesa.

—Ya veo que confías mucho en mí —comentó ella, dándole un ligero tirón a las esposas.

—Son simples medidas de protección —replicó el padre John—. Y, tras lo que sucedió la última vez, entenderás que las use.

De ahí que Anuar y el otro guardia no se hubieran movido de detrás de ella. No los estaba viendo, pero no le cabía duda de que ambos tenían una jeringuilla azul preparada en sus cinturones.

—¿Qué tal? —preguntó el padre John casualmente—. ¿Te tratan bien?

—Si por tratar bien entiendes dejar que me vuelva loca por el aburrimiento...

—Tienes libros.

—Científicos, sí. ¿Es que no hay una sola novela de ficción en toda la ciudad?

—Haré que te manden lo que puedan encontrar —concluyó—. Ahora... me gustaría hacerte unas preguntas. Y espero que colabores.

—Lo dices como si necesitaras mi colaboración para obtener respuestas.

—Podría obligarte, pero sería contraproducente —replicó el padre John—. Acceder a tu subconsciente sería más sencillo, pero lo que quiero es acceso a tu conciencia. Y necesito que tú me lo des.

Dicho eso, se inclinó sobre la mesa y entrelazó sus largos dedos. Que lo hiciera todo con tanta calma ponía a Alice aún más nerviosa.

—¿Qué quieres? —preguntó ella directamente.

—Limítate a responder.

Estuvo a punto de soltar un bufido burlón, pero él se le adelantó.

—¿Cómo estás?

¿Esa era la gran pregunta?

—Eh... bien. ¿Ya puedo irme?

—No. ¿Cuánto tiempo hace que tienes sueños vívidos?

Alice, que no se había dado cuenta de que había esbozado una sonrisa burlona, la borró casi instantáneamente. Durante unos segundos, el único sonido que reverberó en la estancia fue el de las teclas del ordenador que estaba pulsando el padre Tristan a toda velocidad.

¿Cómo sabía su padre lo de los sueños? A él nunca le había hablado del tema. Ni tampoco a Tristan. Quizá tuvieran ayuda.

Alice cerró los ojos con fuerza al pensar a quién le había revelado detalles sobre el tema. Además de a Max, y del hecho de que pudieran haberles escuchado, se lo había contado a alguien que tenían encerrado en esa misma ciudad. 42.

—No sé de qué hablas —mintió finalmente.

Max le había insistido en que no dijera nada a nadie. Sobre ningún tema. Ella no pensaba faltar a su palabra.

—¿Ahora mientes? —El padre John parecía contrariado—. Es verdad que se te ha dañado la programación. No creí que fuera tan grave. El proceso será más rápido si eres sincera con nosotros.

—¿Y qué te hace pensar que no lo soy?

—¿Crees que no te conozco? Te he visto nacer.

—No. Me has creado. Y mucho después de lo que yo creía. —Alice apretó los labios con fuerza—. Me dijiste que llevaba varios años en funcionamiento y resulta que solo llevo uno.

—En efecto. —Él ni siquiera parpadeó—. Tu programación fue mucho más compleja que la del resto y me llevó más tiempo, ¿qué esperabas?

—¡Te atreves a reprocharme que mienta cuando tú me has estado engañando desde el principio! —Ella se echó tan para atrás como le permitió la muñeca esposada—. No pienso ayudarte.

Por primera vez desde que lo conocía, al padre John se le cayó la máscara de hombre bueno y gentil y dejó entrever lo que había debajo. Alice tuvo que admitir para sus adentros que daba bastante miedo.

—¿No vas a colaborar? —preguntó, y en su voz no había duda, sino amenaza.

Alice titubeó, tragó saliva con fuerza, pero finalmente negó con la cabeza.

De nuevo, un extraño y tenso silencio se instaló en la sala. Él no dejaba de mirarla fijamente. Incluso sus ojos parecían haberse oscurecido cuando levantó bruscamente una mano.

Por un breve y terrorífico instante, Alice pensó que iba a golpearla. Pero no. Se limitó a hacerle un gesto a Anuar. Este se movió tan deprisa que, cuando Alice se dio cuenta de lo que pasaba, ya estaba abriendo la puerta de la sala. Alice tardó unos segundos en reconocer al hombre al que Anuar agarró para dirigirlo a la camilla y atarlo de pies y manos. Era Max.

Él no parecía asustado en absoluto. De hecho, miraba a Anuar como si fuera el espectáculo más aburrido que había tenido la desgracia de presenciar. Pero no importaba, porque Alice estaba nerviosa por los dos. Intentó ponerse de pie inconscientemente y, casi al instante, el guardia que permanecía tras ella le clavó una mano en el hombro y volvió a sentarla.

—¿Se puede saber qué estás haciendo? —le preguntó al padre John.

—No quieres colaborar y yo no puedo dañar a mi mejor prototipo, así que he tenido que buscar una solución alternativa.

Es decir, herir a Max. Alice le dirigió una breve mirada, pero este no se la devolvió. Se limitó a acomodarse sobre la camilla, observando la situación con ojos indiferentes.

—Ahora que tengo tu atención —continuó John, inclinando la cabeza—, ¿puedes responder a la pregunta que te he hecho, por favor? ¿Cuánto hace que tienes sueños vívidos?

Ella no respondió. No podía darles información, pero, a la vez, un nudo de tensión se instaló en su estómago cuando vio que Anuar sacaba un cuchillo de su cinturón y se acercaba a Max.

—¿Para eso mantienes viva a la gente? —le espetó al padre John sin poder contenerse—. ¿Para que tus matones la torturen?

—Su sufrimiento depende única y exclusivamente de ti.

Y Alice, olvidándose por un momento de todos los modales que había aprendido en su antigua zona, ignorando que unas semanas atrás consideraba a aquel hombre su padre y que nunca se habría atrevido a faltarle al respeto, soltó:

—Eres un desgraciado.

Quizá no fuera el insulto del siglo, pero definitivamente era el peor que ella había dicho en su vida.

Sin embargo, John ni siquiera parpadeó.

—¿Cuánto hace que tienes sueños vívidos, Alice?

A modo de respuesta, ella apretó los labios.

Apenas había pasado un segundo cuando Anuar se acercó a Max con el cuchillo. Alice estuvo a punto de dar un respingo, pero el guardia solo le cortó la camiseta para dejarle el torso al descubierto. De nuevo, Max no reaccionó. Tampoco lo hizo cuando Anuar dejó el cuchillo sobre la mesa y sacó una porra. Le dio una vuelta entre sus dedos, mirando fijamente a Alice. A continuación le propinó un doloroso golpe en las costillas a Max, que ya no pudo fingir calma y se encogió ligeramente. Alice cerró los ojos con fuerza.

—No apartes la mirada —ordenó John, cada vez menos simpático—. Esto es culpa tuya.

—¡Yo no soy quien ha elegido hacerle daño!

—Claro que sí. Tienes la opción de elegir a tu amigo o tus mentiras. ¿Qué prefieres?

Alice agachó la cabeza y no pudo evitar que sus ojos volvieran a cerrarse con fuerza cuando escuchó que la porra golpeaba a Max otra vez. Era un sonido espantoso y fuerte, y hacía que ella diera un brinco como si el arma hubiese impactado en su propio cuerpo.

—Para —murmuró, sin atreverse a levantar la cabeza.

—Parará cuando tú colabores. *Quid pro quo*, Alice.

Ella sintió la tentación de taparse los oídos cuando el sonido se repitió. Esa vez había sonado a hueso. Y el gruñido de dolor de Max hizo que Alice se encogiera sobre sí misma.

Sin poder evitarlo, levantó la vista hacia Max. Este tenía una brecha en la ceja que acababa de empezar a sangrar, pero tampoco la miró. Solo trataba de permanecer serio, como si nada de todo eso le importara, mientras no perdía de vista la porra, que Anuar volvió a levantar, apuntando a su cabeza.

—¡No lo sé! —gritó Alice—. Me pasa desde que tengo memoria, ¿vale? No sé cuánto hace. ¡Baja eso!

Anuar, obedeció, pero mantuvo la mirada clavada sobre Max. Alice se volvió hacia John con el pecho subiéndole y bajándole a toda velocidad. Este no parecía muy complacido.

—¿He de suponer que solo hace un año, entonces?

—Si me creaste hace solo un año, sí.

—Así es, pero mentalmente tienes veintiuno —explicó él.

Y en medio de ese pequeño caos, Alice solo pudo pensar en lo contento que estaría Rhett al conocer su edad real y comprobar que no había tanta diferencia con la suya. De hecho, incluso se le escapó una risita nerviosa que hizo que todos se volvieran hacia ella.

—¿Esta situación te parece graciosa? —preguntó John lentamente.

Alice negó con la cabeza, pero su sonrisa consiguió que a su interrogador se le ensombreciera la mirada.

—Ya que veo que te gusta el espectáculo, vamos a darle un toque más entretenido.

Anuar lanzó la porra a un lado y alcanzó de nuevo el cuchillo. Ella apretó los puños, todavía más histérica.

—Ahora —continuó su padre lentamente—, dime de qué tratan tus sueños.

Alice no necesitó que Max se volviera hacia ella para saber que no quería que hablara. Y ella estaba determinada a mantenerse fuerte y a no dejar que la doblegaran. Pero tampoco podía permanecer de brazos cruzados viendo cómo lo torturaban.

Al extenderse su silencio, la mano de Anuar bajó lentamente hacia Max. La punta del cuchillo se detuvo en medio de su pecho desnudo y empezó a presionarlo sin llegar a crear una herida. Max tragó saliva con fuerza, pero no se movió, y parecía que lo único que detuviese ese cuchillo era que John no había dado la señal.

—¿De qué tratan tus sueños? —repitió.

De nuevo, Alice dio la callada por respuesta.

El cuchillo bajó lentamente por el pecho de Max hasta empezar a hundirse en uno de los costados de su abdomen. Su cuerpo entero se tensó y él echó la cabeza hacia atrás, conteniéndose para no emitir un aullido de dolor. Pero la punta del cuchillo siguió bajando y rasgando la piel a su paso, creando un hilo de sangre cada vez más grande que resbalaba hacia la camilla y...

—¡Para! —exclamó Alice al ver las manchas rojas.

El cuchillo ascendió de nuevo para volver a clavarse a unos pocos centímetros de la primera herida, volviendo a formar una línea roja que cruzaba el estómago de Max en lateral.

—¿Y bien, Alice? —insistió la voz calmada de John.

Ella parpadeó, notando el sudor frío en su espalda y viendo cómo el cuchillo iba a volver a descender.

—Tratan de...

—¿De qué? —John se había inclinado hacia delante, mirándola fijamente.

—De... una chica que...

—Alice, cállate —soltó Max de repente.

Ella volvió a titubear. Su amigo había vuelto la cabeza hacia ella. Sus labios estaban pálidos y la herida de la frente seguía abierta, pero parecía tan seguro que Alice no supo qué hacer.

—Habla —ordenó John en voz baja.

—Ni se te ocurra —espetó Max.

Alice agachó la cabeza, notando que el mareo que había empezado a sentir iba en aumento con cada segundo que pasaba.

—Alice, responde.

—¡No lo hagas!

Notó que la adrenalina empezaba a hacerla temblar.

—Si no hablas, él dejará de serme útil.

—¡Si se lo cuentas, la que dejarás de serle útil serás tú!

Alice cerró los ojos con fuerza, tratando de pensar. Cuando levantó la mirada, esta se detuvo irremediablemente en la camilla de Max, donde Anuar lo acababa de agarrar de la cabeza y había colocado la punta del cuchillo en su garganta.

—¡No! —Alice se puso de pie tan deprisa que su silla cayó al suelo estrepitosamente—. ¡Para! Sueño con una chica, ¿vale? Es como si fuera ella, como si viviera su vida.

Durante unos instantes, la habitación se quedó en silencio. Anuar no se movió, pero al menos la punta del cuchillo tampoco se hundió en la garganta de Max. Este había cerrado los ojos y tenía cara de frustración.

—¿Cómo se llama la chica? —preguntó el padre John.

—Alicia.

—Ya veo. Y ¿en qué momento de su vida te quedaste?

—Eh... —Cerró los ojos, intentando rememorarlo—. Acababa de llegar a un lugar extraño. Le habían cortado el pelo y se dedicaba a limpiar con otras mujeres que no hablaban su idioma.

Cuando volvió a abrir los ojos, se esperaba una mirada de reproche o, al menos, de cuestionamiento por parte del padre John. Sin embargo, él se limitó a volverse hacia el padre Tristan, que escribía a toda velocidad en el ordenador.

—¿Suficiente? —le preguntó.

El padre Tristan dudó unos segundos, leyendo a toda velocidad lo que había escrito, antes de asentir con la cabeza.

—Bien. —Sin siquiera mirarlos por última vez, John se puso de pie e hizo un gesto vago con la cabeza—. Devolvedlos a su celda y que alguien limpie todo esto.

* * *

En cuanto les dejaron una caja con medicinas para tratar las heridas de Max, Alice se apresuró a recogerla. Estaba tan nerviosa que temblaba de pies a cabeza.

—Cálmate —murmuró Max, que estaba apoyado en la pared con un brazo—. No es para tanto.

—¡¿Cómo dices?! ¡Tienes dos cortes en el abdomen! ¿Quieres hacer el favor de sentarte de una vez?

—Si me siento lo pondré todo perdido.

El hecho de que él estuviera tan tranquilo solo multiplicaba los nervios de Alice.

—¡Vamos a la ducha, entonces! —exclamó, trasladando su cajita de enfermera.

Max la siguió con la mirada, confuso.

—¿Ahora?

—¡No me contradigas!

Lo escuchó suspirar cuando al fin le hizo caso y la siguió. Alice había aprovechado para revisar todos y cada uno de los productos que les habían dado. Había vendas, cinta adhesiva transparente y varias cremas de nombres raros. Hizo una mueca, tratando de entender para qué servía cada una, cuando Max gruñó ligeramente y se sentó en el borde de la ducha.

—¿Te aclaras o mejor me curo yo? —protestó al cabo de unos segundos de silencio absoluto.

—¡Déjame un momento más!

Alice terminó cogiendo la crema blanca, las gasas, un trocito de algo blandito y el líquido negro. Al agacharse delante de Max para verle las dos heridas, empezó a dudar.

—¿Seguro que sabes lo que haces?

—Eh..., sí, claro.

Entonces empezó a curarle la herida sin darle más vueltas. Resultó ser más fácil de lo que había pensado, porque Max apenas se movía. Ella sabía que le estaba doliendo, pero era casi como vendar a una estatua de mármol.

Cinco minutos más tarde, Max estaba sentado en su cama. Observaba con curiosidad el vendaje que Alice iba aplicándole mientras revoloteaba a su alrededor. Cuando terminó, dio un paso atrás y observó su obra de arte. Su piel contrastaba mucho con la venda blanca que le rodeaba el estómago y ascendía por uno de sus hombros para que no se resbalara.

—Listo —declaró muy orgullosa—. ¿Qué te parece?

—Está... sorprendentemente bien.

—Ese tono de sorpresa es un poco ofensivo.

—¿Quién demonios te ha enseñado a hacer esto?

—Tuve que ayudar a Tina un montón de veces en el hospital. —Alice fue recogiendo el botiquín mientras hablaba—. Me enseñó a curar heridas básicas, lo demás lo aprendí observándola a ella.

Max esbozó lo que pareció una sombra de sonrisa y empezó a ponerse la camiseta.

—Tina siempre va a adelantada al resto —comentó.

Alice asintió, dejando la caja junto a la puerta para cuando fueran a buscarla, y se volvió de nuevo hacia Max. Él había conseguido ponerse la camiseta, aunque mantenía la mueca de dolor que había albergado desde que habían vuelto.

—¿Duele mucho?

—Claro que no —mintió descaradamente.

Alice se contuvo para no poner los ojos en blanco. ¿Por qué a los humanos siempre les resultaba tan complicado asumir una debilidad, por pequeña que fuera?

Aunque, pensándolo bien, ella también lo había hecho más de una vez.

Ambos volvieron la cabeza a la vez cuando un guardia entró, agarró la caja y volvió a cerrar la puerta sin decir absolutamente nada. Su marcha dejó tras de sí un silencio un poco extraño. Alice se volvió hacia Max. Parecía pensativo.

—¿Qué sucede? —preguntó.

—Que acabo de confirmar que tienen alguna forma de controlar lo que hacemos —murmuró Max—. Siempre saben cuándo es el momento idóneo para dejarnos hablar, para entrar... —Luego añadió—: No deberías haber dicho nada.

—Y ¿qué querías que hiciera? ¿Que dejara que te apuñalaran?

—Si hubieran querido matarme, ya lo habrían hecho.

—No iba a arriesgarme. A fin de cuentas, estamos vivos los dos. Ya podemos seguir ignorándonos mutuamente.

A Alice le pareció ver que Max contenía una sonrisa divertida.

* * *

Apenas unas horas más tarde, mientras ambos dormían, volvieron a abrir la puerta.

Alice se frotó los ojos, soñolienta, cuando Anuar y otro guardia se acercaron para ponerla de pie. Max se incorporó sobre los codos y asintió casi imperceptiblemente con la cabeza justo antes de que saliera, como siempre. Alice le dedicó una sonrisa fugaz y adormilada.

Poco después, la tenían en la camilla, en esa ocasión atada. Ella miraba el techo, pensativa, mientras los científicos —John y Tristan incluidos— iban de un lado a otro por la sala, hablando entre ellos y apuntando cosas a toda velocidad. Todo el mundo parecía muy alterado. Ella soltó un suspiro y tiró de las correas de las muñecas solo para pasar el rato.

—Oye, Anuar —murmuró, volviendo la cabeza hacia el lado derecho de la camilla.

Él, que permanecía de brazos cruzados, le dedicó una mirada bastante indiferente.

—¿Qué quieres?

—Que me cuentes un chiste. Estoy aburrida.

Él sacudió un poco los hombros cuando soltó un bufido burlón.

—No me sé ninguno.

—¿Quieres que te cuente yo uno a ti? Me lo enseñó un amigo.

—No.

—¿Qué le dice un pez a otro?

Anuar fingió que la ignoraba durante unos segundos, pero finalmente se volvió hacia ella con interés.

—A ver, ¿qué?

—Nada.

Alice soltó una risita al recordar cómo lo había contado Saud una noche en la que ella, Jake, Trisha y Dean jugaban a las cartas antes de irse a dormir. Él había sido el doble de gracioso.

Anuar ni siquiera había hecho un amago de sonreír. Solo la miraba con una ceja enarcada.

—Estoy deseando que te desconecten —afirmó en voz baja.

—Seguro que me echarías de menos.

—¿De qué habláis?

Eso último lo había preguntado el padre Tristan, que se había acercado a ellos con desconfianza. Dedicó una larga mirada a Anuar, que no se movió ni respondió, y luego se dirigió a Alice.

—Debes guardar silencio —exigió con su voz insoportable.

El padre John se encontraba apoyado en la mesa en la que ella había estado esposada unas horas antes. Se daba golpecitos con un dedo sobre la barbilla, pensativo, mientras observaba la escena. Al ver que los científicos se detenían, clavó los ojos directamente sobre Alice.

—¿Está listo? —preguntó a Tristan sin dejar de mirarla.

—Faltan los últimos, señor.

—Bien. Provócalos.

Alice se removió, incómoda, cuando le colocaron una máquina sobre la cabeza.

—¿Qué está pasando? —preguntó confusa—. ¿Qué hacéis?

—Van a provocarte tus últimos sueños —contestó John impasible. Su voz sonaba como si se hubiera acercado, pero Alice no podía ver nada por culpa del foco de luz de la máquina—. Necesito todos tus recuerdos distantes y tu subconsciente no los está extrayendo a la velocidad que debería.

Ella trató de moverse, pero fue inútil.

—¿Por eso me preguntaste por mis sueños?

—No podíamos acceder a ellos sin una referencia de dónde se habían detenido —murmuró despreocupado—. Por eso agradezco tanto tu colaboración. No te preocupes, Alice. En cuanto terminemos, borraré todos los sentimientos para que no tengas que sufrir nunca más.

Eso hizo que se tensara. Dio un fuerte tirón con los tobillos, ganándose una oleada de dolor que le llegó hasta las rodillas.

—¿Cómo que los borrarás? —repitió; su voz sonaba temblorosa.

—Todo listo —indicó Tristan.

—Bien. Hazlo.

—¡No, espera!

Pero Alice no pudo decir nada más. Alguien le había inyectado una sustancia en el cuello. En cuestión de segundos, sus ojos se cerraron y se quedó profundamente dormida.

* * *

No sabía cuánto tiempo llevaba en aquel lugar. Podrían haber sido semanas, meses, años... y a una parte de ella no le importaba. Todos los días eran iguales, limpiaba sin parar, recibía órdenes, ayudaba a las cocineras, servía a los señores... Y todas las noches se acostaba agotada, deseando que al despertar todo hubiera sido una pesadilla y poder estar en casa, con su madre, teniendo la vida que en su momento había considerado insoportable y que ahora solo deseaba recuperar.

Su medida de tiempo era tocarse el pelo. Con las semanas, iba creciendo poco a poco. Los mechones empezaban a resbalarle por la frente y la nuca, formando rizos desordenados que hacían que el señor la mirara con desaprobación. Ella trataba de escabullirse de su presencia porque no quería que volvieran a raparla. Ese era su castigo habitual. Había otros peores, pero nadie hablaba de ellos. No porque estuviera prohibido, sino porque nadie quería descubrirlos.

Alicia parpadeó, volviendo a la realidad, cuando sintió que la gobernanta —así llamaba ella a la mujer de la vara, la que controlaba a las criadas— le daba un golpe en el brazo. Siseó algo en su idioma y la chica, que había aprendido ya algunas palabras sueltas y vio que señalaba la cesta de ropa recién lavada, lo entendió enseguida. Se agachó para recogerla y se apresuró a rodear la casa por el patio lateral, el que usaban los sirvientes para no cruzarse con nadie importante.

En ese patio también estaban los refugiados, es decir, las personas que vagaban por el bosque, no vinculadas a ninguna casa ni al ejército. Normalmente se trataba de fugitivos. Fueran lo que fuesen, los guardias los encontraban y los encerraban. Durante aquellos días había más afluencia, pues se rumoreaba que algunos refugiados que habían empezado a ocupar ciudades vacías para crear su propio sistema y los señores no lo iban a permitir.

Alicia había llevado la comida al señor la noche en la que se enteró de las noticias. Se puso a gritar como un loco y, pese a que ella no tenía la culpa de nada, lanzó la bandeja al suelo y le dio una bofetada que la derribó. Tuvo que limpiar el desorden reprimiendo las lágrimas de dolor. El hematoma seguía cubriendo la comisura de uno de los labios y parte de la mejilla.

Miró de reojo la jaula de los refugiados, una estructura de barras de hierro y madera que los retenía hasta que decidían si se los quedaban o los vendían. El jefe de los guardias, alguien con quien por suerte nunca había tenido que interactuar, señaló a un hombre mayor y encorvado a quien, en cuestión de segundos, sus dos secuaces llevaron a la parte trasera de la casa. Todos sabían qué significaba eso. Alguien que no pudiera moverse, no servía y, por lo tanto, tenía que ser descartado.

Alicia deseó sentir lástima por él. O algo. Lo que fuera. Pero lo cierto era que ya nadie le causaba ningún tipo de emoción. Ni siquiera odio.

Entonces, cuando estaba a punto de darse la vuelta, lo detectó. Un pelo castaño y rizado, unos ojos grandes y marrones clavados sobre ella. Unas manos pálidas y huesudas agarradas con fuerza a las barras de hierro.

Alicia soltó la cesta sin darse cuenta. Era su madre.

Ella la había visto. Se miraron desde la distancia. La mujer estaba mucho más delgada de lo que recordaba, su piel estaba apagada y sus mejillas, hundidas. La contemplaba con una expresión a caballo entre las lágrimas y la furia que le provocaba ver en tales condiciones a su hija.

Y, sin embargo, cuando Alicia dio un paso hacia ella, vio con el rabillo del ojo la vara de la gobernanta bajando a toda velocidad hacia su cuerpo. La esquivó la primera vez, pero la segunda le dio de lleno en la parte baja de la espalda. Se obligó a recoger la cesta a toda velocidad, entre gritos, antes de echar otra mirada a su...

Su madre estaba...

... que...

... hazlo, tienes que...

... ti...

* * *

Alice fue vagamente consciente de su entorno durante un momento, medio dormida. Su sueño se había interrumpido. La luz de la máquina seguía tan cerca de su cara que apenas podía ver nada, pero de alguna forma fue consciente de que el padre John tenía el ceño profundamente fruncido.

—¿Qué pasa? ¿Por qué se corta? —preguntó tenso.

—No lo sé, líder. Probablemente... algo esté bloqueando el recuerdo.

—¿Te refieres a ella?

De nuevo, Alice supo que la estaba señalando pese a no verlo.

—No —murmuró Tristan—. Creo que es por la propia naturaleza de la memoria. La tendencia humana de bloquear sucesos demasiado dolorosos.

—Ella no es humana.

—Ella no, pero sus recuerdos sí.

El padre John se quedó en silencio durante unos instantes en los que Alice sintió que sus ojos volvían a cerrarse muy lentamente. Estaba agotada. Solo quería dormirse otra vez.

—Pasa al siguiente —indicó él entonces—. Es importante.

—Está bien, líder.

—Quiero el último. ¿No puedes ir directamente a ese?

—No. No podemos alterar la memoria. Tenemos que seguir el patrón marcado.

—Pues adelante.

Alice volvía a estar dormida.

* * *

Desde hacía varios días intentaba acercarse a la jaula de los refugiados, pero la gobernanta no la perdía de vista. Además, el señor había vuelto con nuevas sirvientas y le había mandado que les enseñara cómo funcionaba la casa, por lo que Alicia apenas había tenido tiempo para nada más.

Había conseguido comunicarse con su madre. Había metido una nota doblada en la cesta en la que les entregaban su comida, pero no las tenía todas consigo acerca de que el mensaje llegase a su destinataria.

Por suerte, lo recibió.

Aquella medianoche, Alicia se escabulló de la habitación de sir-

vientas pasando por encima de sus compañeras dormidas. Se apoyó en la ventana para dejarse caer encima del tejado y bajó deslizándose con torpeza hasta llegar al borde, donde se agarró a la estructura de madera que rodeaba esa parte de la casa y descendió lentamente, tratando de no hacer ruido.

La jaula de los refugiados no estaba tan vigilada como sus habitaciones, solo había dos guardias, cuya función era controlar el bosque, por lo que estaban a unos metros de distancia y les daban la espalda. Alicia tragó saliva con fuerza y, al ver que su madre le había hecho caso y había permanecido despierta, cruzó el patio a toda velocidad para reunirse con ella.

La vio al instante. Se puso de pie con lágrimas en los ojos y, pese a que Alicia deseó con todas sus fuerzas gritar lo feliz que estaba, lo aliviada que se sentía..., tuvo que conformarse con acercarse mientras su madre asomaba las manos entre los barrotes. Nada más detenerse a su lado, la mujer se estiró para hundirle los dedos en el pelo y darle un beso en la frente.

—Mi niña —susurró con voz ahogada—, ¿qué te han hecho?

—No puedo quedarme mucho tiempo. —Había otras mil cosas que quería decir, pero solo pudo soltar esa, sorbiendo por la nariz—. Si la gobernanta descubre que no estoy...

—¿Quién?

—La mujer de la vara.

Casi al instante, la mirada de su madre se oscureció.

—No va a volver a golpearte mientras yo siga con vida.

—Mamá...

No quería romperle el corazón, pero la realidad era que nadie podía impedirlo. El único que podría detenerla era el señor. O el jefe de los guardias. Pero ninguno de los dos se movería ni aunque le rompiera la vara contra la cabeza. Solo era una sirvienta más.

—Creí que nunca volvería a verte —dijo al final.

Su madre la miró a los ojos durante unos instantes, como si hubiera pensado exactamente lo mismo.

—Unos pocos conseguimos escapar de la ciudad el día de las bombas y vinimos a una zona segura. Te busqué durante tanto tiempo...

Hizo una pausa, apoyando su frente en la de Alicia.

—Desearía poder hablar contigo en otras circunstancias, abrazarte..., pero sabes que no tenemos tiempo. Necesito que hagas algo por mí.

Alicia asintió casi sin pensar. Su madre seguía sujetándole la cabeza con firmeza, obligándola a mirarla.

—Tienes que escaparte.

Hubo un momento de silencio. Se habría esperado cualquier cosa menos eso.

Alicia trató de dar un paso atrás, temerosa, pero su madre no se lo permitió.

—Tienes que hacerlo —insistió en voz baja.

—N-no puedo, mamá. Si me encuentran...

—Mañana nos matarán —dijo ella sin siquiera parpadear—. No quiero que lo veas. Tienes que irte. Debes encontrarlo.

—Pero...

—Es una orden, Alicia.

Ella agachó la cabeza en un intento de asimilarlo, y sintió que los pulgares de su madre le acariciaban las mejillas para enjugar las lágrimas. Ni siquiera se había dado cuenta de haber empezado a llorar.

—No quiero que te mueras —consiguió articular.

—No hay elección. Hija, tienes que ser fuerte. Por las dos.

—No puedo...

—Claro que sí.

—No soy como tú, nunca lo he sido. Yo...

Ella era como su padre. Huía de los problemas, no los enfrentaba. Todavía recordaba aquella mirada de culpabilidad que le había dirigido antes de murmurar que iba al coche un momento para luego desaparecer de sus vidas.

—No puedo —repitió con un hilo de voz.

—Alicia. Esto no es un juego. Aunque llores, yo no podré ayudarte. Tienes que ser fuerte. No es una elección, no te queda más remedio. ¿Lo entiendes? Eres fuerte, Alicia. Por el amor de Dios, ¿cuántas veces te enfrentaste a la gente del instituto? ¿Cuántas veces me defendiste? ¿Cuántas veces me consolaste cuando tu padre se marchó?

Se detuvo un momento, echando una ojeada nerviosa a los guardias.

—Confía en ti misma —insistió en voz baja—. Yo lo hago. Eres la única persona en quien confío.

Alicia apoyó la frente en uno de los barrotes. Las lágrimas seguían cayéndole por las mejillas sin que pudiera detenerlas.

—Mamá, tengo miedo. Yo no...

La mirada de su madre se suavizó cuando asintió con la cabeza.

—Yo también.

—No quiero que me dejes sola...

—Alicia...

—No...

... está en...

... tienes que...

... él...

* * *

—Necesito que me sigas mostrando recuerdos. —La voz del padre John sonó increíblemente lejana—. Ahora vienen los más importantes.

—No hay muchos más, líder...

—¡Sácalos de una maldita vez!

* * *

211

Alicia llevaba caminando demasiado tiempo. Hacia el este. Esa había sido la indicación de su madre.

Ya estaban en la parte oriental de la zona sin contaminación, pero Alicia obedeció de todas formas. Hacía tanto frío que una capa de hielo cubría las hojas de los árboles y el suelo, los charcos estaban congelados y los temblores no la habían abandonado desde la noche en la que había huido de la casa.

Había dicho adiós a su madre con la mirada. No habían necesitado palabras. Había deseado poder abrazarla, pero los guardias estaban demasiado cerca, así que memorizó cada uno de los detalles de su cara y se dio la vuelta para perderse en la oscuridad.

Había encontrado el mar unos días antes y los árboles eran cada vez más escasos. De hecho, muchos caminos eran de arena. Alicia dirigió una breve mirada a una de las ciudades de los rebeldes, que era como habían bautizado a los refugiados que se habían apropiado de ellas. En esos momentos, parecía que construían un muro que los rodeara para protegerse del ejército. La tentación de pedirles cobijo fue muy grande, pero no se atrevió. Podían ser peligrosos. Era demasiado arriesgado.

Así que siguió avanzando con el mar a su derecha, el sonido de las olas rompiendo contra la orilla y el aire helado acompañándola en todo momento. Lo único que hizo que no se rindiera fue la sonrisa que le había dedicado su madre justo antes de que se marchara. Ella confiaba en Alicia. No podía fallarle. Tenía que seguir.

Y al cabo de casi dos semanas... lo encontró.

Tal como había dicho su madre, estaba en medio de la zona boscosa más cercana a la playa. Había tantos árboles que era difícil pasar entre ellos. Los hierbajos y los matojos se le enredaban en los tobillos mientras intentaba avanzar y empezaba a desesperarse cuando por fin vio unas cuantas estructuras de madera ante ella. Las cabañas.

Alicia se acercó a una y se apoyó en ella con una mano temblorosa para empezar a rodearla. La nieve crujía bajo sus zapatos des-

trozados. Se arrastró, agotada y mareada, hasta la puerta. No era esa. Se dirigió a la siguiente, moviéndose con dificultad. Tampoco.

Casi había perdido la esperanza cuando se arrastró escalones arriba hasta la tercera casa. Apoyó la mano débilmente en la puerta de madera para sostenerse en pie y levantó la mirada. Alguien había pintado un punto rojo junto a la maneta de hierro. Alicia cerró los ojos con fuerza y sintió que se le formaba un nudo en la garganta.

Con una mano temblorosa, consiguió llamar dos veces seguidas, detenerse un segundo y luego aporrearla otras tres. Y entonces esperó.

Y siguió esperando...

Justo cuando creyó que nadie iba a abrir, la puerta cedió bajo sus dedos y una cara conocida se asomó para mirarla. Incluso en medio del mareo por la inanición, el agotamiento del viaje y el temblor por el frío, reconoció al instante esos rasgos afilados, esa melena rubia y esos ojos azules.

—Alicia... —susurró Charlotte perpleja.

Pese a que sus últimos recuerdos de ella eran de cuando la acosaba en los pasillos del instituto, Alicia casi lloró de alegría al ver una cara conocida. Sin poder contenerse, la rodeó con los brazos. Charlotte le devolvió el abrazo al instante, apretándola con tanta fuerza como si quisiera fundirse con ella.

—Pensé que... —empezó, sin saber cómo continuar.

—Mi madre me dijo que viniera. —Alicia se separó, temblando de pies a cabeza.

Solo entonces se dio cuenta de que en el interior de la cabaña había, al menos, diez personas más. La mayoría eran mujeres. Una se puso de pie, mirándola con los ojos muy abiertos.

—¿Qué ha sido de ella?

Alicia, pese a que deseó con todas sus fuerzas poder decir que estaba bien, que podrían ir a rescatarla, sabía que no era cierto. Se obligó a negar con la cabeza, y todos los integrantes de la cabaña apartaron la mirada.

Pero no podía permitirse continuar llorando su muerte. Eso ya lo había hecho en las dos semanas de caminata por la nieve. En cambio, se volvió para buscar en la penumbra de la cabaña.

—¿Dónde...?

Charlotte apoyó una mano en su hombro y señaló un rincón, donde una de las mujeres ocultaba a alguien tras ella. Alicia sintió que la respiración se detenía en su garganta cuando esta se puso de pie y se acercó a ella con una pequeña sonrisa.

—Ya sabe que estás aquí —comentó la mujer.

Alicia no supo qué decir. Solo pudo bajar la mirada hacia el niño de apenas tres años que la observaba con curiosidad.

—Hola, Jake —murmuró, pasándole una mano por el pelo rizado y castaño, igual que el de su madre—. Encantada de conocerte por fin, hermanito.

* * *

—¿Puedes recuperar el siguiente? —preguntó John bruscamente.

—Sí, líder.

* * *

—¿Crees que alguien nos buscará aquí? —le preguntó Charlotte, viendo que Jake se alejaba para jugar con un palo que había encontrado por el camino.

Alicia se ajustó la escopeta en la espalda. Tras comprobar que era la que mejor puntería tenía —y menos escrúpulos a la hora de apretar el gatillo—, habían decidido que fuera ella quien la llevara.

Se agachó y siguió frotando la camiseta en círculos, tal como le había enseñado su madre. Las manchas de barro fueron desapareciendo lentamente para mezclarse con el agua del río.

—Todavía no lo han hecho, ¿verdad? —murmuró Alicia.

—Tu tranquilidad me pone de los nervios. —Charlotte se volvió hacia Jake—. Vigílalo tú, voy a intentar conseguir algo de comer antes de que se haga de noche.

Oscureció enseguida. Por suerte, Charlotte consiguió volver con unas cuantas ardillas muertas. Hicieron un pequeño fuego y las asaron. Jake ya podía comer casi todo lo que cocinaban. Al principio, alimentarlo había sido toda una odisea.

Un rato después de la cena, Alicia estaba afilando su cuchillo con una piedra mientras escuchaba que Charlotte cantaba una nana a su hermano. El interior de la tienda de campaña que habían robado unas semanas atrás estaba iluminado por la pequeña lámpara de aceite que Charlotte acababa de encender. Su voz suave acompañó la dulce canción durante unos pocos minutos antes de que el silencio se extendiera en el campamento. Unos segundos después, la chica salió de la tienda, bajó la cremallera y se acercó al fuego para sentarse al lado de su amiga con un suspiro.

—Hoy ha tardado mucho en dormirse —observó Alicia.

—Estaba nervioso. Sabe que mañana nos moveremos.

Lo hacían cada pocas semanas. No podían quedarse mucho tiempo en el mismo sitio si no querían que alguien los encontrara. Podía ser el ejército, los salvajes o los de las ciudades rebeldes. Esos últimos no intimidaban tanto, pero Alicia no sabía mucho de ellos y seguía sin fiarse.

—¿Estás bien? —preguntó Charlotte de repente.

Alicia sintió que acariciaba una de las cicatrices de su espalda. No recordaba cómo se la había hecho, pero sentir el dedo de la chica acariciándola desde el omóplato hasta las costillas hizo que tardara unos segundos en ser capaz de responder.

—Claro que sí —murmuró.

Pese a que su tono era cortante, no se apartó cuando Charlotte se acercó a ella y le dio un beso en el cuello, justo debajo de la oreja. Su mano no había abandonado su espalda.

—¿Por qué no dejas ese cuchillo?

—¿Para hacer qué, exactamente?

—Distraernos un poco.

Alicia no pudo evitar esbozar una pequeña sonrisa. Lanzó el cuchillo y la piedra a un lado y se volvió hacia Charlotte, que soltó algo parecido a una risita cuando la besó de golpe, de forma mucho más brusca de lo que pretendía. La empujó hacia atrás con su cuerpo, tumbándola junto al fuego, y se separó para besarle el cuello y la mandíbula. Bajó por el centro de sus clavículas y depositó un suave beso en medio de sus pechos, por encima de la camiseta. Charlotte volvió a reír.

—Se suponía que era yo la que tenía que distraerte a ti, idiota.

—Pues haber sido más rápida, idiota.

* * *

Alice abrió ligeramente los ojos. En la habitación reinaba un silencio muy curioso, como si todo el mundo estuviera mirando muy atentamente la pantallita que había junto a su cabeza, en la que se podía distinguir vagamente lo que ella había visto en sus sueños.

—Detén ese recuerdo, Tristan.

—Perdón, es que...

—¡TRISTAN!

—Sí, líder, ya voy.

* * *

Un mes antes, los habitantes de las ciudades rebeldes habían conseguido aplastar al ejército. Alicia había esbozado media sonrisa al enterarse de que habían masacrado a todos los señores que habían esclavizado a los refugiados como ella. No sintió ni un ápice de lástima por ellos.

Las buenas noticias eran que había menos peligro; las malas, que ya no había zona de humanos. Todos se habían diseminado por los bosques. La única opción que les quedaba eran los asentamientos de los rebeldes, a las que ahora llamaban ciudades libres, y entrar en ellas no era sencillo.

Pero era lo que ellas estaban intentando.

Alice recordaba la ciudad que había visto unos meses antes, cuando buscaba a Jake tras haberse escapado de la casa. Era la única que conocía, la que estaba junto al mar. Si aquella no los aceptaba, no sabría qué más hacer, porque necesitaban ayuda. No podían seguir viviendo así; yendo de un lado para otro, sobreviviendo a base de animales pequeños, lavándose en el río...

Aquel día, llevaban cuatro horas caminando, aunque ya hacía casi una semana que habían abandonado su campamento. Charlotte iba justo detrás de ella, con la mochila pequeña, mientras que Jake revoloteaba a su alrededor persiguiendo una mariposa. Él ya tenía cuatro años, pero a veces se comportaba como si fuera mayor.

No siempre, claro, cuando perseguía mariposas seguía pareciendo un niño.

Y fue justo en ese momento, mientras observaba cómo su hermano correteaba y reía, cuando sintió un escalofrío de alerta. Miró a su alrededor con el ceño fruncido, pero a su izquierda solo había mar y a su derecha, bosque. Nada peligroso.

—¿Qué pasa? —preguntó Charlotte, que acababa de detenerse a su lado.

Pese a que sentir su pequeña mano en el hombro la tranquilizó un poco, no logró calmarse del todo.

—No lo sé —dijo ella enseguida—. Quizá sean solo imaginaciones mías.

—Esta tarde podríamos ir junto al río. Jake empieza a necesitarlo. Y tú también.

Aquello la distrajo. Alicia se volvió hacia ella con una sonrisa divertida.

—¿Me estás diciendo que huelo mal? Qué romántica te has vuelto.

—Venga ya, admítelo: apestas.

Dirigió una breve mirada a Jake para asegurarse de que estaba lo suficientemente lejos antes de coger a Charlotte del brazo para acercársela. Ella sonrió al instante, como si hubiera conseguido lo que quería.

—Eso te lo recordaré esta noche —le aseguró en voz baja.

—¿En serio? Y ¿qué me harás?

Alicia negó con la cabeza, divertida.

—Sorprenderte, como siempre.

—Mmm... no puedo esperar.

—Yo tampoc...

El dolor la atravesó incluso antes de escuchar el disparo.

Alicia soltó el brazo de Charlotte casi espasmódicamente. Su cuerpo se había sacudido por causa de la bala que le había atravesado el abdomen. Se llevó una mano a la zona afectada y cayó de rodillas al suelo. En ese instante, sintió que otro disparo le alcanzaba. Esta vez, el impacto contra el hombro la tumbó.

—¡Hay otra! —gritó un hombre a lo lejos.

Alicia apenas podía respirar. Su corazón había ralentizado sus latidos. La humedad de su ropa le indicó que había empezado a sangrar. Y en suficiente abundancia como para asustarse.

—Charlotte —susurró, sin aliento.

Su visión borrosa solo alcanzó a ver el destello dorado del pelo de la chica, que se lanzó al suelo a su lado para mirarla. Estaba pálida y le temblaba el labio inferior por el pánico. Alicia sintió que trataba de presionar las heridas para que dejaran de sangrar, pero era inútil. Sabía que le habían alcanzado en zonas comprometidas. Era solo cuestión de tiempo que la pérdida de sangre acabara con ella.

Por eso, agarró la mano de Charlotte.

—Jake... —consiguió articular en voz baja.

Y, mientras lo decía, se dio cuenta de que algo había cambiado en la expresión de la rubia. Estaba aterrada, pero no con ese tipo de miedo que impulsa un ataque de determinación. De hecho, parecía simplemente querer salir corriendo de allí.

Alicia, al percatarse de sus intenciones, apretó su muñeca entre los dedos. No podía abandonar a Jake. No iba a sobrevivir por sí solo.

Trató de decir algo más, pero entonces Charlotte se liberó de su agarre. Las lágrimas no dejaban de caerle por las mejillas cuando volvió a mirar a Alicia. Su expresión de culpabilidad se le quedó grabada en la retina.

—Lo siento —susurró, poniéndose de pie—. Perdóname, Alicia.

Entonces se puso de pie torpemente, la miró por última vez y, finalmente, se marchó corriendo, abandonándolos.

Ella estiró la mano en su dirección, como tratando de alcanzarla. Cuando la vio desaparecer entre los árboles, se volvió como pudo y vio a Jake. Estaba de pie, a unos metros de distancia, pálido de terror, observando el charco de sangre que se estaba formando alrededor de su hermana.

—Escóndete —le susurró.

Jake abrió la boca para decir algo, pero ella gruñó una palabrota. Él finalmente obedeció.

Justo después de que el niño se escondiera tras un árbol, Alicia cerró los ojos con fuerza. Cada vez le era más difícil mantenerlos abiertos, su respiración se volvía más superficial y su corazón latía con más lentitud. Sintió que alguien le hacía sombra y trató de mirarlos. Los dos hombres se habían detenido junto a ella. Uno incluso se había agachado para volverle la cabeza. Era un muchacho que transportaba un fusil de francotirador. Tenía la piel oscura y el pelo sumamente corto. Su expresión era de indiferencia absoluta.

—¿Es ella, Anuar? —preguntó su compañero.

El otro asintió con la cabeza.

—Eso parece. El líder se va a poner muy contento cuando vea que hemos encontrado a su hija.

Anuar se incorporó, escaneando con la mirada el entorno.

—¿Dónde está el chico? También debíamos encontrar a su hijo.

—En realidad no dijo que fueran a estar juntos.

Anuar no pareció muy convencido, pero se colgó el fusil a la espalda y se volvió hacia su compañero.

—Vamos a por el coche.

—¿Eh? ¿Pretendes dejarla aquí?

—Tardará menos de cinco minutos en morir desangrada. Créeme, no irá a ningún sitio.

Siguieron hablando, pero Alicia ya no pudo escuchar nada. Se quedó mirando el cielo, que cada vez parecía más borroso, y casi pudo jurar que sentía que esos eran sus últimos segundos de vida. Sin embargo, al cabo de lo que pareció un instante, la cara de Jake apareció delante de la suya. No dejaba de llorar y de susurrar palabras ansiosas. Trataba de tirar de su brazo para levantarla, desesperado.

—¡A-li-cia! —gritó, lloriqueando.

Ella no sabía qué decir. Ni siquiera tenía claro si podía hablar.

Apretó el puño cuando vio que un hombre se detenía a su lado, pero por algún motivo supo al instante que no era como los demás. Su mono no era gris, sino negro. Iba acompañado de un adolescente que la miró con expresión asustada.

El hombre pareció algo sorprendido al ver a Jake, pero no a ella. Desgraciadamente, debía de estar acostumbrado. Se agachó a su lado, dedicándole una breve mirada para que supiera que no iba a hacerle daño, y se inclinó para examinarle la herida.

—¿Se pondrá bien? —preguntó el adolescente. Su voz estaba teñida de preocupación.

—No. —El hombre ni siquiera lo suavizó, era un hecho—. ¿Quién te ha disparado?

Alicia, apenas capaz de respirar, movió el brazo con dificultad y agarró de los pantalones a su hermano pequeño, que no dejaba de llorar, para empujarlo hacia ellos. Un hilo de sangre le resbaló por la comisura de la boca, bajando por su mejilla hasta llegar al suelo, cuando trató de hablar.

—Jake... —susurró con voz ahogada.

—Nosotros nos ocuparemos de él —aseguró el hombre—. Somos de Ciudad Central. Me llamo Max y soy el guardián supremo. Él es Rhett. —Señaló al adolescente—. Lo protegeremos. Lo juro.

Ella respiró hondo, aliviada. Ni siquiera fue capaz de darles las gracias. Abrió la boca y solo salió un gruñido de dolor. Notó que sus ojos empezaban a cerrarse, como si estuviera a punto de dormirse.

—Descansa. —Max la miró por última vez—. Tu hermano está a salvo. Y el dolor pronto desaparecerá. Descansa.

Y, después, calma.

* * *

Cuando abrió los ojos, Alice apenas podía moverse. En algún momento le habían quitado la máquina de delante de la cara. Respiró hondo, agotada, y se obligó a volver la cabeza. Tres científicos y el padre Tristan tecleaban a toda velocidad, mientras que unos cuantos guardias permanecían junto a la puerta, Anuar entre ellos.

Alice lo miró fijamente y sintió que una oleada de rabia la recorría de pies a cabeza. Por eso la había mirado de aquella forma la primera vez que se habían visto, después de dispararle en el precipicio. Porque no había sido la primera vez que lo hacía. Él había matado a Alicia. Él lo había empezado todo.

Y, sin embargo, el hombre no pareció avergonzado ni arrepentido. Solo le devolvió la mirada, totalmente indiferente.

—¿Ahora lo entiendes todo, Alice?

221

La voz de su padre la distrajo al instante. Se volvió hacia él, que se había detenido junto a su cama.

—Era tu hija —susurró ella en voz baja—. Ordenaste asesinar a tu propia hija.

—Un mal necesario. Me deshice de un cuerpo humano y lo sustituí por uno mejorado. Y te creé a ti, ¿no? Ahora eres un androide. Tienes una función, un propósito en la vida.

Ella no supo qué decir. Todos en la sala la miraban, pero Alice apenas era consciente. Todo estaba empezando a cobrar sentido y a causa del golpe de realidad la sala le daba vueltas.

—Incluso creé una versión de ti que se pareciera más a mí —añadió John, observándola—. Cambié el pelo rubio por castaño, los ojos marrones por azules, te hice un poco más delgada... En fin, tonterías de un perfeccionista nato. Pero mírate ahora... Eres ella. Su versión perfeccionada.

—¿Y por qué me hiciste creer que todos habíais muerto? ¿Por qué me obligaste a huir de nuestra zona?

—Ah, eso... —Él se acomodó al borde de la camilla, pensativo—. Hace unos meses nos dimos cuenta de que el odio humano contra los androides podía suponernos un problema a la hora de intentar integraros en su sociedad. Al principio, pensamos en acoger a alguien de sus ciudades, transformarlo y devolverlo con sus recuerdos intactos, de forma que ni él mismo supiese que era un androide.

—Un infiltrado —musitó ella.

—Sí. No sabíamos cómo reaccionaría un androide a una exposición directa a los humanos. De hecho, os criamos de forma sumamente protegida, apartándoos de todos los peligros imaginables, y no podíamos estar seguros de que dicho proyecto fuera a funcionar. Por ello, decidimos hacer una prueba.

—Conmigo —dedujo.

—Exacto. Algunos androides habían presentado problemas de comportamiento, así que planeamos desconectarlos,
analizar qué había salido mal... Pero quise hacer algo un
poco más dramático, y la ocasión era perfecta para empezar
con un proyecto en el que tú creyeras que no te quedaba otra
alternativa que escaparte. Te mandé al este, donde sabía que
había una ciudad mínimamente segura, y esperé para ver
qué pasaba.

Hizo una pausa, repiqueteando un dedo contra su brazo.
Parecía muy orgulloso, como si sus acciones representaran
algún tipo de logro.

—Pensé en ponerte un rastreador, pero se estropean a la
mínima, así que opté por ponerte un monitor de percepciones. Normalmente lo usamos para ver cómo reaccionáis ante
diferentes situaciones, pero en tu caso también servía para
hacernos una idea de qué rumbo tomaban tus sueños. En
cuanto consideramos que empezabas a acercarte a la parte
de las bombas, mandé a Giulia a buscarte. Te encontró el primer día, pero no podíamos cargarnos tu tapadera. Además,
queríamos ver si los humanos te cubrían. Ver que lo hacían
fue una... curiosa sorpresa.

—Ellos son mejores que vosotros —musitó Alice furiosa—. Nunca me engañarían. Jamás me harían nada que pudiera destrozarme.

—Sus mentes están muy limitadas, Alice. Si fueras capaz
de ver más allá de los sentimientos y las emociones, te darías
cuenta de que en esta vida hay cosas mucho más importantes que tú y yo. Esperé pacientemente hasta que la nueva líder de esa ciudad se ofreció a entregarte y, entonces, decidí
que era el momento de que volvieras a casa y pudiéramos
ver por fin tus últimos recuerdos como humana.

Alice entrecerró un poco los ojos.

—¿Para qué?

—Oficialmente, para el proyecto que te he comentado. —Él ladeó la cabeza—. Extraoficialmente, para encontrar a tu hermano. La única forma de empezar a buscarlo, de hacerme una idea de cómo es o cómo se llama, era esa.

Hubo un momento de silencio. Alice apretó los puños sin darse cuenta.

—¿Pretendes convertir a Jake?

—Quiero que alcance el nivel de perfección que un hijo mío debería tener.

—Nunca lo encontrarás.

—Alice..., tu recuerdo acaba de decirme dónde está.

—Ya no —espetó sin poder contenerse—. Y, aunque lo estuviera, jamás querría saber nada de ti. No te recuerda. No sabe quién eres.

—No te preocupes, me encargaré de ponerlo al corriente.

—Primero tendrás que matarme.

Las palabras salieron atropelladamente de su boca, y algo en la expresión del padre John se endureció, como si no fuera la reacción que esperaba.

—Ya he perdido una hija —replicó él—. No perderé también a un hijo.

—¡Tú los abandonaste!

—Abandoné a su madre.

—¡Al menos ella murió protegiéndolos! Los abandonaste a todos. ¡Y cuando ella estaba embarazada!

—Ella no entendía la importancia de mis investigaciones. Tuve que alejarme para poder seguir con mi trabajo.

Alice, con el rabillo del ojo, vio que el padre Tristan seguía tecleando, Anuar se había inclinado sobre una de las máquinas y había pulsado un botón sin despegar los ojos de su líder, otro guardia jugueteaba con una jeringuilla azul y un último científico tomaba notas de todo lo que sucedía.

—Solo busco el bien de la humanidad, Alice —continuó el padre John.

—¿Estás de broma? ¡Mira dónde te han llevado tus investigaciones!

—A crear réplicas perfectas de humanos.

—Te han conducido a no ser humano —bufó Alice, mirándolo fijamente—. Y no por haberte transformado en androide, sino por ser un monstruo.

La sorprendió el efecto que pareció tener esa frase en su padre, que tensó los hombros y apretó los labios. Pareció que iba a responder con algo rastrero, pero al final recuperó la compostura.

—No tengo tiempo para esto. ¿Tristan? —Este le miró—. Ya puedes reiniciarla.

Alice se quedó muy quieta al instante.

—¿Cómo?

—Ya has pasado demasiado tiempo con esta fantasía de creerte humana. Es hora de que vuelvas a ser disciplinada. Y de que podamos implantarte algunas mejoras. Después de todo, sigues siendo mi mejor modelo.

Ella empezó a temblar de pies a cabeza, escaneando la sala con la mirada. Pero, por mucho que caviló, no se le ocurrió ningún plan de huida.

—No recordarás nada —añadió él, como si intentara tranquilizarla—. Ni tampoco a nadie. Solo sabrás lo que eres y que yo te creé.

—¡No puedes hacer eso!

—¿Tristan?

—Cuando usted me diga, líder. —Él tenía el dedo encima del botón.

—Ya puedes pulsarl...

—¡Papá! —gritó Alice desesperada.

John se detuvo de golpe y la miró, sorprendido.

Ella cerró los ojos. Era su última baza. Apostar por abusar de su nostalgia. Todo o nada. Si eso no funcionaba...

Volvió a abrir los ojos, tratando de mostrar la mirada más triste y suplicante que hubiera en su cuerpo.

—No me hagas esto, papá —pidió con la voz ahogada—. No me obligues a olvidarlo todo.

—Es por tu bien, Alice.

—¿Te acuerdas de cuando volvías a casa del trabajo y te esperaba sentada en el porche con una taza de café en la mano? —preguntó ella, buscando en los pocos recuerdos que tenía de la infancia de Alicia—. La taza de «El mejor papá del mundo». ¿Te acuerdas?

Él no dijo nada. Alice siguió hablando:

—Y seguro que también recuerdas que mamá siempre nos hacía tortitas los sábados para desayunar, y tú siempre me reñías porque me ponía tanto sirope de chocolate que, en lugar de ser tortitas con chocolate, era...

—... chocolate con tortitas —murmuró él.

Alice asintió con la cabeza, cada vez más nerviosa.

—¡Eso es! —exclamó—. Te quiero, papá. Comprendo que te fuiste porque tenías un buen motivo. No pasa nada. Yo también lo habría hecho, ¿sabes? Mira hasta dónde han llegado tus investigaciones. Si no te hubieras marchado, ¿quién sabe qué habría sido de mí?

John la miraba fijamente, pero ella no supo determinar qué sentía. De modo que optó por seguir hablando:

—No me hagas esto. No quiero olvidar quién soy. Puede que tenga mis errores, pero tú mismo lo has dicho, soy tu modelo más perfecto. Podría solucionarlos por mí misma, y podríamos recuperar nuestra relación. ¿No te gustaría? ¿No te has sentido solo todo este tiempo? Porque yo sí. Siempre sospeché que me faltaba algo. Y ahora..., por fin sé qué es.

John seguía mirándola, pero su expresión se había tensado. Alice supo que tenía toda su atención.

—¿No me quieres? —insistió en voz baja—. ¿Es eso?

—Claro que te quiero, Alice...

Sintió que su pecho se hinchaba de alivio cuando él se acercó, volvió a sentarse a su lado y le pasó una mano por el pelo. Pese a que lo odiara, ese gesto le resultó muy familiar. Lo había hecho en muchas ocasiones cuando era pequeña.

—Siempre te he querido, cielo —añadió él.

—Lo sé, papá. Y yo a ti.

John asintió con la cabeza, mirándola con cierta emoción cuando detuvo la caricia en su barbilla. El silencio se mantuvo hasta que por fin esbozó media sonrisa.

—Si me quieres, Alice, entenderás por qué tengo que seguir adelante con esto.

Ella dejó de respirar. Cuando él se incorporó y empezó a alejarse, dio un tirón tan brusco a las esposas que toda la camilla tembló.

—¿Qué? ¡No! —Empezó a retorcerse—. ¡Espera! ¡Por favor! ¡No lo hagas!

Él asintió con la cabeza hacia Tristan.

—Adelante.

—¡No, papá, por favor! ¡Sé que puedo...!

No pudo terminar la frase. En ese momento, Tristan la miró y apretó el botón sin siquiera vacilar.

Alice cayó de espaldas sobre la camilla y sintió que su pecho se elevaba solo para luego descender con un pesado suspiro que pareció salir de lo más hondo de sus pulmones. Su corazón se había acelerado. Sus manos temblaban. No podía moverse.

* * *

Cuando por fin despertó, se sentía algo mareada. Intentó moverse, pero las correas se lo impidieron. Las miró un momento, dudando, pero levantó la cabeza cuando percibió que alguien se acercaba.

El líder se quedó mirándola, muy serio, y ella supo al instante qué quería que le dijera.

—Hola, padre John —saludó con voz monótona.

Este sonrió con calidez.

—Bienvenida de nuevo, 43.

13
LA PUERTA DE LAS EMERGENCIAS

Alice miró a su alrededor mientras le quitaban las correas. Le ardían las muñecas. Seguramente había estado tirando con fuerza de ellas sin darse cuenta. Su padre, que seguía a su lado, le ofreció una mano para ayudarla a ponerse de pie. Ella la aceptó, se incorporó y se pasó la otra mano por la ropa para alisarla.

Pasaron unos segundos de silencio. Su padre la miraba fijamente, como si intentara descubrir algo. Ella permaneció impasible, devolviéndole la mirada y esperando algún tipo de orden.

—¿Seguro que no se acuerda de nada? —preguntó él.

El padre Tristan se apartó de la máquina que había estado toqueteando para mirarla con aire pensativo.

—Nada es cien por cien seguro —aclaró—, pero es muy poco probable.

Cuando todas las miradas de la habitación se posaron en ella, sintió que sus hombros se tensaban un poco. Apretó las manos, todavía notando el ardor en las muñecas, y esperó instrucciones de nuevo.

—¿Necesitas algo más de ella? —preguntó su creador al padre Tristan, aunque sin despegar los ojos de Alice.

—Bueno... una comprobación nunca viene mal.

Ella se irguió al instante.

—Número de serie: 43 —emitió con voz monótona—. Modelo: 4300067XG. Creación finalizada por el padre John Yadir el 17 de noviembre de 2045, a las 03.01. Recuerdos artificiales implantados por vía modular. Zona: androides. Sin uso formal. Función: androide de información. Especialidad: historia clásica humana.

—Voy a hacerle algunas modificaciones a esa presentación —comentó el padre John.

Ella, de nuevo, mantuvo la vista clavada al frente y ni siquiera parpadeó bajo su minuciosa inspección.

—Llévala de nuevo a su celda —le ordenó a uno de los guardias.

Sintió que alguien se le acercaba por detrás y adoptó su postura de androide al instante: manos unidas delante de sus caderas, cabeza ligeramente inclinada hacia delante y espalda recta. Emprendieron el camino en silencio. Las voces de los científicos quedaron ahogadas en cuanto el guardia cerró la puerta.

Ella contó los pasos con la mirada clavada en sus botines blancos. Uno, dos... uno, dos... uno, dos... Vio figuras que pasaban a su lado, pero las ignoró.

Y, entonces, sintió que una mano se cerraba en torno a su codo, dirigiéndola hacia un camino totalmente opuesto al que se suponía que tenían que seguir.

—Corta el teatrillo —murmuró Anuar junto a su oreja.

Alice apretó los dientes con fuerza, permitiendo que la empujara hacia el interior de una sala. Se quedó de pie en el centro y, cuando él por fin cerró la puerta, se sacudió la maldita postura sumisa de los androides y se volvió en su dirección, furiosa.

—Tú mataste a Alicia —le espetó sin ambages.

Anuar, que había hecho un ademán de acercarse a ella, se detuvo en seco y enarcó una ceja.

—Ni siquiera sabía quién era. Solo era un trabajo.

—Solo un trabajo... —repitió Alice asqueada—. ¿Eso te dices a ti mismo por las noches para aliviar tu conciencia?

—El único motivo por el que no eres un robot sin conciencia ni recuerdos soy yo —le recordó algo molesto—. Podrías mostrar un poco de gratitud.

Alice puso los ojos en blanco.

—Tienes que mantener el teatro hasta que te diga —aclaró el guardia, volviendo al tema que los concernía.

Alice quería golpearlo, para que pagase por lo que le había hecho a Alicia. Y, sin embargo, sabía que sería una tontería. En esos momentos, Anuar era su único aliado, aparte de Max. No podía prescindir de él por mucho que lo deseara.

—Muy bien —musitó.

—Si la cagas —añadió en voz baja, mirándola—, estamos jodidos los dos, no solo tú.

—Dicho así, suena tentador.

—¿En serio? ¿No quieres volver a ver al chico de la cicatriz en la cara? Dudo que se alegre mucho si te matan por una tontería como esta.

Alice estuvo a punto de exigirle que no mencionara a Rhett, pero se contuvo y, en cambio, preguntó:

—¿Por qué me has ayudado?

Anuar se quedó mirándola un instante, como si la pregunta fuera absurda.

—Me he ayudado a mí mismo.

Después, agarró el pomo de la puerta. Alice lo pilló. Se

pasó una mano por la cara, tratando de recuperar la compostura, y se acercó para volver a adoptar la postura de androide dócil y tranquilo. Sin embargo, Anuar tardó un momento más en abrir.

—Nadie debe enterarse —le dijo en voz baja, aunque Alice no le devolvió la mirada—. Ni siquiera tu compañero de celda. Tienen micrófonos y cámaras de vigilancia.

Entonces abrió la puerta y la empujó para que saliera.

¿No podía decirle nada a Max? Y ¿qué haría? ¿Tendría que fingir que no lo reconocía? A Alice se le formó un nudo en la garganta solo de pensarlo. No sería capaz. Cerró los ojos con fuerza antes de volver a abrirlos para contar los pasos otra vez. Le ayudaba a mantener la calma.

Al menos, hasta que llegaron a la celda.

Anuar asintió al otro guardia a modo de saludo y abrió la puerta. Alice sintió que le dedicaba una mirada de advertencia antes de empujarla al interior. Casi al instante, volvieron a cerrar a su espalda.

Tuvo que hacer acopio de todas sus fuerzas para levantar la cabeza y no dar ni un solo signo de reconocimiento a Max, que se había puesto de pie y la miraba con los ojos muy abiertos. De hecho, era la primera vez desde que lo conocía que le daba la sensación de que podía estar asustado.

—¿Qué te han hecho? —preguntó, acercándose y mirándola de arriba abajo—. Tienes las muñecas en carne viva.

Alice estuvo a punto de negar con la cabeza, pero se limitó a respirar hondo y formar una sonrisa que no le llegó a los ojos.

—Hola —dijo en tono monótono, controlado.

Max, que se había inclinado para alcanzar una de sus muñecas, se quedó quieto. Alice tensó su cuerpo entero para mantenerse firme cuando él se volvió para mirarla de nuevo. Parecía extrañado.

—Hola, Alice —la saludó en voz baja.

—Creo que se ha confundido. Mi nombre es 43.

Por un momento, pensó que no se lo creería, que la conocía lo suficiente como para ver que estaba actuando, pero... eso no era posible.

—¿Puedo preguntar cómo se llama, señor? —preguntó, manteniendo el tono formal.

Max, con la mirada nublada por una capa de algo que parecía tristeza, negó con la cabeza.

—Max —murmuró en voz baja.

—Max —repitió ella—. Es un placer conocerlo.

Él se mantuvo en silencio durante unos segundos, mirándola fijamente, y Alice casi pudo sentir la mirada de todos los científicos sobre ellos, pendientes de cada palabra, de cada movimiento...

—Te advertí que no les dijeras nada —susurró él en voz tan baja que apenas pudo oírlo. Tras un instante de duda, negó con la cabeza y habló en tono normal—: Yo también me alegro de conocerte, 43.

—Gracias, Max. Si necesita algo, no dude en avisarme.

Notó que no le quitaba ojo mientras ella se dirigía a su cama y se sentaba, tratando de no alterar su expresión.

* * *

—Muy bien. Calibración.

—Número de serie: 43. Modelo: 4300067XG. Creación finalizada por el padre John Yadir el 17 de noviembre de 2045, a las 03.01. Recuerdos artificiales implantados por vía modular. Zona: androides. Sin uso formal. Función: androide de información. Especialidad: historia clásica humana.

—¿Reprogramación? —preguntó el padre Tristan aburrido.

—Reprogramación finalizada el 16 de marzo de 2046, a las 22.36.

—¿Cuánto tiempo ha pasado desde entonces?

—Tres días, padre.

Tres días eternos de teatro, de fingir, de gritar por dentro sin poder alterar su expresión externa.

—¿Nombre adquirido? —siguió él.

Alice captó la trampa al instante.

—¿Disculpe?

—Te he preguntado por tu nombre adquirido.

—Los androides no tenemos nombres adquiridos, padre. Solo el de serie.

Él no era el único capaz de ser insoportable con una sonrisa encantadora en la cara. Alice acababa de descubrir que ella también sabía hacerlo. El padre Tristan la observó durante unos instantes, aparentemente molesto, antes de seguir con el interrogatorio.

—¿El nombre «Alice» te dice algo?

—No, padre.

—Ya veo. ¿Has experimentado algún tipo de incomodidad durante estos días?

—No, padre.

—¿Algún problema con el programa?

—No, padre.

—¿Has soñado alguna vez?

—Padre, debo recordarle que los androides no tienen la capacidad cognitiva de soñar y, por lo tanto...

—Ya, ya. —Él hizo un gesto con la mano—. Entonces, ¿no has tenido nada parecido a un sueño? ¿O algún recuerdo?

Alice, de nuevo, forzó su mirada inocente sobre él.

—Puedo acceder a mis recuerdos implantados si lo desea, padre.

—No será necesario. Vamos a repasar tu introducción para los visitantes. Dila.

—Mi nombre es 43. Estoy a su disposición para cualquier tipo de información que necesite conocer.

—Vamos a cambiarla. Lee esto.

Le había tendido un pequeño papel doblado. Alice estuvo a punto de fingir que no lo comprendía, por si era una trampa, pero no. Solo era una pequeña modificación. La que había pedido su líder.

—Mi nombre es 43 —recitó con su voz monótona reservada para los momentos en los que fingía ser un androide—. Es un placer conocerlo. Estoy a su disposición si requiere de mis servicios. ¿En qué puedo ayudarlo?

—Mmm..., no está mal —murmuró él—. Me gustaba más la anterior, pero supongo que el jefe manda.

Justo en ese momento, alguien llamó a la puerta. Cuando Tristan se dio la vuelta, Alice aprovechó para respirar hondo y adoptar una postura un poco más encorvada por un breve instante. Estaba harta de sentarse como si tuviera un palo pegado a la espalda, y más cuando estaba sentada en la camilla de siempre con ese hombrecillo mirándola fijamente.

Anuar entró en la sala y miró solo a Tristan al entregarle un trozo de papel. Él lo leyó a toda velocidad y frunció el ceño.

—Tengo que vigilarla hasta que llegue el líder.

—Sé leer —replicó Tristan algo ofendido por la insinuación.

Anuar no dijo nada, pero lo miró fijamente hasta que el otro captó la indirecta y se puso de pie. Murmuró que necesitaba una bebida energética antes de marcharse de la estancia y dejarlos solos.

Alice dudó, mirando a su alrededor. No veía cámaras,

pero no podía estar segura. En su habitación tampoco las había visto.

—No hay cámaras ni micrófonos —certificó Anuar.

—¿Y eso cómo lo sabes?

—Soy un guardia, a veces accedo a la sala maestra.

—La... ¿qué?

—La sala donde se controlan los dispositivos de vigilancia. Aquí no hay ninguno, te lo aseguro. Solo los han instalado en los pasillos y en las celdas.

Alice supuso que decía la verdad, porque dudaba que Anuar estuviera dispuesto a arriesgarse de esa forma. Soltó un suspiro y bajó de la camilla estirando el cuello para acercarse a la ventana. El paisaje era un poco triste; una ciudad de tonos blancos rodeada de un bosque tan frondoso que apenas se podía ver nada más. Alice observó a la gente que paseaba por las calles. Todos iban con la misma ropa, monos grises o batas blancas. No parecía haber gente normal y corriente, solo militares o científicos.

—Todavía no te han pillado —comentó Anuar, con la espalda apoyada en la pared y los brazos cruzados—. Buen trabajo, androide.

—Tengo nombre.

—Me la suda.

Alice puso los ojos en blanco, todavía dándole la espalda.

—¿En serio va a venir mi padre o solo era una excusa para que Tristan se fuera?

—Está de camino. —Anuar hizo una pausa y ella percibió que se había acercado. De pronto, estaba a su lado—. Sigue queriendo hacerte pruebas, no se fía.

—Normal. Yo tampoco lo haría.

Ambos se quedaron mirando a dos científicos que reñían a un guardia junto a una de las casas. El de gris agachó la cabeza y se apresuró a marcharse en dirección contraria, avergonzado. Alice miró de reojo a Anuar. Dudaba que él dejara que nadie lo tratase así.

—¿Por qué me ayudas? —preguntó desconfiada.

—No te estoy ayudando, estoy...

—Ayudándote a ti mismo, sí. Pero no entiendo por qué.

Por un momento, pensó que soltaría algo cortante y no respondería. Sin embargo, se encogió de hombros.

—Quiero que...

No pudo terminar de decirlo.

Casi al instante, se oyó un estruendo en el pasillo. Un golpe. Gritos. Alice dio un paso atrás inconscientemente cuando la puerta se abrió de una patada y el guardia que la custodiaba al otro lado cayó de espaldas al suelo. Apenas pudo reaccionar antes de que alguien le clavara una bota en el pecho y le disparara directamente en la cabeza, matándolo al instante.

El chico que había disparado levantó la pistola y miró a su alrededor. Sus ojos tardaron milésimas de segundos en encontrarlos y, pese a las manchas de sangre que le habían salpicado la cara y la ropa y el golpe azulado que tenía bajo uno de los ojos, ella lo reconoció al instante.

—Alice, por fin —dijo Rhett, bajando la pistola.

Hizo un ademán de acercarse, pero se detuvo en seco cuando Anuar agarró el brazo de Alice, se la acercó y apuntó a Rhett con su arma. Este lo imitó casi al instante, aunque sus ojos se desviaron hacia una pasmada Alice varias veces.

—Suelta la pistola —advirtió Anuar.

—No. —Rhett ladeó un poco la cabeza—. ¿Por qué no te haces un favor a ti mismo, te comportas como un niño bueno y tiras la tuya al suelo?

Alice seguía paralizada por la mezcla de emoción, confusión y miedo que bullía en su interior. Anuar apretó los dedos alrededor de su brazo, pero su atención se clavó en la puerta cuando alguien entró tras Rhett. Max seguía llevando la ropa blanca que había usado esas semanas, pero alguien le había prestado una chaqueta negra y un fusil. También tenía manchas de sangre en la cara y en el cuello, pero no parecía ni la mitad de tenso que Rhett. Se quedó mirando la escena un momento y, cuando vio a Alice, habló antes de que ella pudiera reaccionar.

—Le han borrado la memoria. No sabe quién eres.

Sus palabras surtieron efecto de inmediato. Ante los ojos pasmados de Alice, Rhett se volvió hacia ella y el color de su cara desapareció por completo. Lívido, bajó la pistola sin darse cuenta y pasó unos segundos paralizado.

Y entonces tuvo una reacción bastante más... explosiva.

Soltó la pistola de golpe, haciendo que todos se sobresaltaran, y cruzó la estancia como si no lo estuvieran apuntando a la cabeza. Anuar se quedó tan sorprendido que no reaccionó a tiempo y, para cuando volvió en sí, él ya había llegado a su altura. Rhett apartó la pistola de un manotazo y el arma salió volando y aterrizó junto a los pies de Max. Acto seguido, Rhett agarró del cuello a Anuar con ambas manos y lo estampó con fuerza contra la pared.

Alice vio que Rhett decía algo, fuera de sí, pero Anuar se estaba empezando a poner rojo y apenas podía respirar. A ella le zumbaban los oídos. Seguía paralizada.

Y entonces, algo en su cerebro se activó. Su cuerpo se movió antes de que pudiera ser consciente de lo que hacía y corrió hacia Rhett. Él ni siquiera la miró cuando le rodeó un brazo con los suyos, tratando de obligarlo a soltar a Anuar.

—¡Para! —exclamó asustada—. ¡Vas a matarlo! ¡Rhett!

Esa última palabra hizo que él reaccionara y la mirara, sorprendido. Alice aprovechó el momento para tirar con fuerza de su brazo. Él se dejó apartar, todavía con los ojos clavados en ella.

—¿Qué...?

—¡Estoy perfectamente! —Se volvió hacia Max, que parecía todavía más perplejo—. Lo siento, tuve que fingir... Había cámaras y micrófonos...

Alice dejó de hablar cuando Rhett le dio la espalda a Anuar, que se había quedado sentado en el suelo tosiendo y respirando con dificultad, para colocarle las manos en las mejillas. Ella parpadeó, sorprendida, mientras él la miraba fijamente.

—¿No te han hecho nada? —preguntó con urgencia.

—Lo han intentado —trató de bromear con media sonrisa nerviosa—. Pero sigo acordándome de todo.

Él se quedó muy quieto unos instantes, como absorbiendo la información, antes de inclinarse hacia Alice. La besó con descontrol y necesidad, todavía sujetándole la cara con ambas manos. Sus dedos le apretaron las mejillas y ella levantó las manos para sujetarse de sus brazos.

Sin embargo, Rhett se separó de repente y volvió la cabeza. Max había carraspeado muy ruidosamente.

—Si hay un momento adecuado para besos peliculeros, os aseguro que no es este —soltó—. Vámonos de una vez.

Alice enrojeció un poco, pero volvió a centrarse cuando Anuar se incorporó, acariciándose el cuello.

—¿Qué hacemos con este? —preguntó Rhett. Con su tono de voz dejaba muy claro qué le gustaría hacer a él.

—Nada. —Alice lo detuvo al instante, sorprendiendo a todos—. Me ha ayudado. No creo que nos haga daño.

Max le dirigió una mirada de desconfianza, como si lo analizara, y Anuar optó por permanecer en silencio hasta que le preguntaran algo directamente. Sabia decisión.

—Lo último que recuerdo de ti fue que me hundiste el cuchillo en el abdomen, chico. Supongo que las armas no se te dan mal —dijo Max.

—Sé defenderme —intervino al fin este.

—Bien. Entonces, coge esta y ayúdanos. Si haces algo raro o no nos defiendes, te usaremos de escudo humano.

Max le tendió la pistola que Rhett le había quitado de un manotazo. Anuar la aceptó sin pensarlo. Rhett, por su parte, parecía indignado.

—¿Qué haces? ¡Podría volverse en nuestra contra en cualquier momento!

Max se encogió de hombros.

—Confío en el criterio de Alice.

Ella asintió con agradecimiento. Esperaba que Anuar no los traicionara, porque no quería decepcionar a Max.

—Tenemos que salir de aquí —indicó la nueva incorporación, mirándolos—. ¿Por dónde habéis entrado?

Rhett le devolvió la mirada, reacio a responder, pero al final no le quedó más remedio que hacerlo.

—Por la puerta que da directamente al bosque.

—La salida oeste. —Anuar asintió y quitó el seguro a la pistola con el pulgar—. Tenemos que dirigirnos allí. Es la única puerta que se mantiene abierta aunque ordenen el cierre de emergencia.

No necesitaron más información. Alice sintió que Rhett le sujetaba la mano. El tacto de sus palmas cubiertas de cuero y sus dedos desnudos le provocó un escalofrío en la columna vertebral. Lo había echado tanto de menos... Deseó lanzarse a sus brazos y olvidarse de todo lo que había pasado durante esas semanas, pero no podía permitírselo. Tenían que escapar.

Se dejó guiar por los pasillos y trató de no pensar en los cadáveres de científicos y guardias que había por el suelo. No dejaba de ver a gente con monos verdes, el uniforme de Ciudad Gris, entrando por la fuerza en las salas para revisarlas con las armas en la mano. Sintió que el vago recuerdo de la noche en la que había tenido que escaparse de su zona acudía a su mente, pero trató de alejarlo con todas sus fuerzas.

—¿Dónde están los demás? —preguntó con voz temblorosa.

Rhett, que seguía guiándola con una mano y con la otra sujetaba la pistola, le echó una ojeada por encima del hombro.

—Jake y su mascota se han quedado en la ciudad de mi padre, a salvo. Tina está con ellos.

—¿Y Trisha? ¿Está bien?

Como si quisiera responderle por sí misma, en ese preciso instante una de las puertas se abrió de una patada y la chica apareció con un fusil en la mano. En cuanto los vio, soltó el gatillo y dio un brinco.

—¡Alice! ¡Sigues viva! —exclamó. Luego le echó una miradita desconfiada a Anuar—. ¿Y este quién es?

—Es una larga historia —le aseguró Rhett.

—Pues mejor no me la contéis.

Max los guio hacia la escalera, que bajaron a toda velocidad esquivando a los miembros de Ciudad Gris que iban en dirección contraria. Alice estuvo a punto de perder a Rhett varias veces, pero él siempre volvía a aparecer para tomarla de la mano. Una planta más abajo, se apresuraron a alcanzar a los demás por el pasillo.

Y, de pronto, apareció un grupo de soldados de la capital. Alice frenó en seco, pero cuando trató de gritar para advertir a sus compañeros, ya era demasiado tarde. Se desencadenó un tiroteo y una de las balas atravesó el antebrazo de Trisha.

Era evidente que un disparo dolía, pero en cuanto ella cayó al suelo y empezó a gritar con desesperación, Alice supo que había algo más. Deslizando su mirada de nuevo hacia el grupo, no tardó en notar que las armas que llevaban los de la capital tenían una línea verde. Fuera lo que fuese que le habían metido a Trisha en el cuerpo, no era una bala normal.

Tanto Max como Anuar se volvieron para arrastrar fuera del peligro a una desesperada Trisha, que no dejaba de retorcerse en el suelo. La sangre que brotaba de su herida formó un charco, sin embargo, lo primero que vio Alice fueron las marcas negras que iban apareciendo por todo su brazo, extendiéndose hasta su codo. Casi parecía que la estuviesen consumiendo.

Justo en ese momento el suelo empezó a temblar. Alice levantó la mirada e, instintivamente, agarró del brazo a Rhett y trató de alejarlo del peligro. El techo empezó a crujir peligrosamente y, al cabo de apenas unos segundos, una de las columnas del piso superior cayó y formó un gigantesco agujero que partió el edificio en dos.

Alice sintió la tentación de gritar para avisar a los demás, que habían quedado al otro lado, pero dudaba que pudieran llegar a escucharla. Solo notó que Rhett, de pronto, soltaba su mano.

Alice, aun sin haberlo oído, supo que había gritado cuando él resbaló y una de sus piernas se hundió en el agujero que se había creado tras ellos. Un mueble gigantesco fue a parar sobre su rodilla, aplastándosela contra el suelo y arrastrándolo hacia abajo con él.

Alice se lanzó sin pensarlo y lo sujetó de uno de los brazos con todas sus fuerzas. Rhett le dijo algo, pero no pudo escucharlo. De hecho, en ese momento no podía hacer nada que no fuera actuar a toda velocidad. Una de sus botas de androide empezó a empujar el mueble que había atrapado a Rhett, en un intento de separarlo de su cuerpo. Le dio un empujón con todas sus fuerzas y, por fin, él pudo salir del agujero.

Alice se quedó sentada en el suelo, a su lado, tratando de

volver a respirar con normalidad. Los sonidos a su alrededor indicaban que se estaban hundiendo más columnas. Y, por si fuera poco, apareció humo por el agujero del que acababa de sacar a Rhett. Fuego.

Tenían que salir de allí.

Alice se incorporó sobre sus rodillas magulladas y tiró del brazo de Rhett, que puso una mueca de dolor y consiguió incorporarse sobre una pierna. Tenía la otra llena de sangre. Ella no quiso mirarla. Una vez estuviesen fuera, intentaría ayudarlo.

Se pasó un brazo de Rhett por encima de los hombros y él se apoyó sobre ella para empezar a recorrer el pasillo en dirección contraria, en busca de una salida alternativa. Alice quería pensar que habría escalera, pero una ventana también valía.

Una mujer con mono verde pasó corriendo en dirección contraria, cosa que hizo que Rhett detuviera a Alice. Al otro lado del pasillo, un humo espeso y negro ascendía con fuerza, provocando que la gente huyera hacia el agujero. Tampoco podían escapar por allí.

Estaban atrapados.

Rhett la miró con una expresión tensa, como si tratara de pensar en algo. Pero no se le iba a ocurrir nada. Ni a él ni a nadie.

—Una ventana —susurró Alice—. Tenemos que encontrar una ventana.

Lo dijo de forma ausente, como desde otro planeta, pero la mirada de Rhett le hizo darse cuenta de que eso no serviría de nada.

—Estamos en el quinto piso, Alice.

Ella abrió la boca y volvió a cerrarla, buscando algo que hacer, algo que decir..., algo que fuera a salvarlos.

Detrás de ellos, los disparos se repitieron. Se volvieron a

la vez para ver a un grupo de personas con monos grises. Alice pensó que no les harían nada porque a esas alturas todos estaban en la misma situación.

Qué equivocada estaba.

Cuando empezaron a dispararles, Rhett la empujó bruscamente hacia el interior de una sala cualquiera. Alice parpadeó, sorprendida, cuando vio que había cerrado la puerta tras él y había echado el pestillo. Casi al instante, empezaron a aporrearla con fuerza. Intentaban derrumbarla.

—¿Rhett?

Él se volvió hacia ella. No parecía asustado, sino en estado de choque. Se acercó cojeando y Alice le sujetó el brazo para que no se cayera.

—¿Qué hacemos? —le preguntó en voz baja.

Él revisó la estancia con los ojos. Era una sala similar a las que usaban para hacer pruebas; una ventana grande y cerrada, una mesa con dos sillas, una camilla y algunas máquinas. Pareció buscar algo para abrir la ventana, pero estaba claro que no podrían destruirla ni aunque le dispararan.

—No lo sé —admitió—. No tengo ni idea.

Alice dio un respingo cuando alguien estampó algo con fuerza contra la puerta. Cedería en cuestión de minutos. Y, cuando lo hiciera, los acribillarían a balazos.

Fue en ese preciso momento cuando se dio cuenta de que no iban a salir de allí. Y, por algún motivo, no tuvo miedo. Unos meses atrás, al chocar con el coche, su mayor terror había sido morir, pensar en todo lo que le quedaba por hacer, en las cosas que había estado a punto de conseguir y se le habían escapado entre los dedos... Y, sin embargo, allí dentro no sentía temor. Acababa de aceptarlo.

Rhett le rodeó los hombros con un brazo y la pegó a su cuerpo. Su corazón iba a toda velocidad. Alice lo abrazó con intensidad, tratando de centrarse en él, en su calidez, y no en el caos que los rodeaba y que estaba a punto de alcanzarlos.

—No pasa nada —escuchó murmurar a Rhett—. Tranquila, Alice.

Él volvió la cabeza hacia la puerta y la miró fijamente con la mejilla apoyada en la cabeza de Alice. Ninguno de los dos se movió.

Y, entonces, la puerta se abrió con un estruendo. Los disparos empezaron. Ella cerró los ojos con fuerza.

14

LAS DOS CARAS DE UNA MISMA MONEDA

—Oye.

Alice, pese a que sabía que tenía que abrir los ojos, permaneció tumbada y encogida sobre sí misma.

—Oye, tú. Estoy hablando contigo.

Una sacudida de hombros fue suficiente para que Alice abriera los ojos, irritada, y se apartara de encima a quien fuera que la estuviese despertando de esa forma. No obstante, en cuanto vio una cara igual que la suya pero con ojos castaños y enmarcada por una melena rubia, se paralizó por completo.

—Por fin —dijo Alicia—. ¿Sabes cuánto tiempo llevo intentando que despiertes?

—¿Qué...?

Miró a su alrededor, todavía perpleja. Estaba en la sala de actos de Ciudad Central. A solas. A no ser que Alicia contara como compañía. Ella permanecía agazapada a su lado, y tenía el pelo largo y el aspecto sano de antes de las bombas. Incluso vestía la misma sudadera y pantalones negros que había llevado puestos al conocer a Gabe.

—¿Alicia? —preguntó como si no fuera más que evidente.

—Sí. Y tú eres Alice. Por fin nos conocemos, ¿eh?

—¿Eres... real?

—Depende de cómo lo veas, supongo. Ahora mismo, probablemente solo sea una alucinación provocada por el sedante azul. Pero... en algún momento he sido real. Ya lo sabes.

Alice intentó apartarse, asustada, pero Alicia la sujetó de la muñeca. Acababa de ponerse seria.

—Tienes que despertarte —insistió.

—No sé qué quieres decir con eso, ni siquiera sabía que estaba dormida. Lo último que recuerdo es...

—¡Eso ahora no importa, Alice! Si no te despiertas, tus amigos morirán. ¿Es que no quieres protegerlos?

Aquello sí que hizo que reaccionara. Alice dejó de intentar apartarse y abrió mucho los ojos.

—¿Están en peligro?

—Sí. Y tú también.

—Y ¿qué hago? —Ya no le importaba que probablemente estuviera hablando consigo misma, o que Alicia fuese solo un producto de su imaginación—. ¿Cómo me despierto?

Alicia negó con la cabeza.

—Eso solo lo sabes tú.

Pero ¡ella no lo sabía! Estuvo a punto de intentar ponerse de pie, pero Alicia la sujetó justo a tiempo.

—Escúchame, Alice. Las cosas han cambiado. Ya has visto todos mis recuerdos. Incluso el último. —Esbozó una sonrisa un poco triste—. He intentado enseñarte quién es realmente nuestro padre, pero me resultó muy difícil. Ni siquiera soy capaz de evocar su imagen. Es demasiado doloroso. Quería que vieras por qué mi madre me dijo que huyera con Jake. A mí me atrapó, pero no debemos permitir que haga lo mismo con él. No es como yo. —Hizo una pausa tras esa afirmación, agachando la cabeza—. Lo he visto a través de tus ojos. Es justo lo que siempre quise que fuera. No puedes permitir que John destroce eso, Alice. ¿Lo entiendes? Tienes que proteger a nuestro hermano, porque yo no voy a poder seguir haciéndolo.

Alice estaba asintiendo, medio en *shock*, pero eso último hizo que reaccionara.

—¿Qué quieres decir?

—Estoy muerta, Alice.

—¡Lo has estado todo este tiempo! ¿Por qué ahora ya no podrás ayudarlo más?

—Porque ya has visto todos mis recuerdos. Ya sabes quién soy. Ahora, tienes que descubrir quién eres tú. Y para eso necesitas que me aleje.

Alice se había pasado toda su vida preguntándose quién era Alicia, por qué la veía y por qué le provocaba aquellas pesadillas. Durante mucho tiempo, la había detestado solo por cómo la hacía sentir cada vez que despertaba. Y, sin embargo, en esos instantes supo que, si se marchaba, iba a dejarle un hueco imposible de llenar.

—Ahora no podemos hablar de esto —urgió Alicia—. Tienes que despertar, Alice. Ahora.

—Si despierto —dijo ella con voz dubitativa—, ¿qué será de ti?

Alicia esbozó una pequeña sonrisa.

—Seguiré aquí —dijo, poniéndole una mano a la altura del corazón.

Alice parpadeó, asintiendo con la cabeza pese al mareo por los nervios. De alguna forma, supo que tenía que cerrar los ojos. Y eso hizo. Volvió a tumbarse, se encogió sobre sí misma y sintió que las manos de Alicia se alejaban de ella.

Las sustituyó una mano más conocida.

—¡Alice! —gritaba Trisha—. ¡Despierta de una vez, vamos!

Abrió los ojos, sobresaltada, y se incorporó. Trisha, que estaba justo a su lado, soltó un suspiro de alivio.

—Menos mal —susurró.

Alice la observó, todavía tratando de ubicarse, antes de fijarse en lo que tenía detrás. El cuerpo de Rhett.

—No despierta —explicó Trisha en voz baja—. Tú al menos te movías, así que lo intentado, pero él no...

Alice no necesitó más. Se arrastró desesperadamente hacia él, tiró de su brazo para darle la vuelta y lo dejó boca arriba. Nada más hacerlo, pegó la oreja a su pecho para intentar escuchar su corazón. Fueron los instantes más largos de su vida, pero, finalmente, pudo oírlo.

—Está vivo —confirmó con un hilo de voz.

Bajó la mirada, perdida. Ya no iba vestida con el atuendo blanco de androide, sino con su ropa habitual. De hecho, incluso llevaba sus mitones negros y un abrigo de lana. Se quedó mirando por la ventana con la boca abierta cuando vio que el exterior estaba cubierto por un fino manto blanco. ¿Estaba nevando? ¿Qué mes era cuando se quedó inconsciente? ¿Marzo? ¿Cuánto tiempo había pasado?

Notó un sabor extraño y se pasó la lengua por el labio. Estaba sangrando. Se llevó una mano a la cara y gruñó de dolor al tocarse el pómulo. De hecho, también le dolía la espalda y la pierna derecha, como si alguien la hubiera pateado.

Pero ella no era la más afectada.

Volvió un poco la cabeza hacia Trisha, que seguía sentada donde la había dejado, y apenas tardó un segundo en comprobar que el antebrazo que había recibido aquel brutal disparo ya no estaba. De codo para abajo perdía la silueta, dejando entrever que no había nada.

—Lo último que recuerdo es el disparo —murmuró Trisha con voz ausente—. Y que Max tuvo que sacrificar mi brazo ahí mismo, con la ayuda de ese otro chico, para salvarme la vida. No sabes lo que dolió... Pero aquí estoy, viva.

No supo qué decirle. Ni siquiera iba a intentar soltar un «Lo lamento», porque podría resultar incluso ofensivo. ¿Qué se le podía decir a alguien que acababa de perder una extremidad?

Al final, optó por callar. Tenían que salir de allí.

—¿A qué huele? —preguntó Trisha de repente.

—No lo sé, pero tenemos que irnos.

Trisha no lo discutió.

Alice, tras dudar unos segundos, pasó los brazos por debajo de los hombros de Rhett y empezó a tirar de él, arrastrándolo por la sala hacia la salida. Trisha apenas podía sostenerse sola en pie, así que no la ayudó más que abriendo la puerta.

—¿Qué hacemos...? ¿Cómo hemos llegado de nuevo aquí? —preguntó Trisha una vez en el exterior, contemplando lo que quedaba de su ciudad.

Alice siguió arrastrando a Rhett como pudo mientras su amiga lideraba el camino.

—¿Recuerdas algo?

—No —jadeó Alice.

—Todo es muy confuso... ¿y a qué demonios huele?

Alice se quedó de piedra. De pronto, ubicó perfectamente el olor. Trisha se detuvo junto a ella.

—¿Ya te has cansado?

—Trisha —murmuró Alice.

—¿Qué pasa?

—¿Recuerdas qué era lo que le hacían a las ciudades que se volvían contra Ciudad Capital?

—Las... —Trisha se quedó a mitad de frase—. El olor...

—Es dinamita —susurró Alice.

Al instante, supieron que la dinamita solo olía así cuando ardía. Y las dos eran conscientes de lo que ocurría a continuación. Alice agarró de nuevo a Rhett por los hombros y no supo muy bien si fue por la desesperación o por la adrenalina, pero de pronto sintió que tenía mucha más fuerza. Trisha corrió hasta alcanzar la puerta de salida. Cuando Alice llegó a su altura, todavía estaba intentando abrirla.

—Debe de estar encadenada —murmuró Trisha agotada.

—Saltaré al otro lado y...

—No puedes romper una cadena con una piedra, Alice. Es imposible.

—Y ¿qué hago? ¡No nos podemos quedar de brazos cruzados!

—Tenemos que conseguir un arma.

—¿Dónde...?

—Donde sea. Pero encuentra algo.

Alice echó a correr antes de darse cuenta de que no sabía adónde dirigirse. Atravesó el campo de entrenamiento a toda prisa. Cuando llegó a la altura de la sala de tiro, abrió la puerta de una patada y se metió a toda velocidad en el almacén, que resultó estar vacío.

Se quedó mirando la sala desierta durante un segundo en el que se permitió no hacer nada, pero al siguiente ya estaba corriendo de nuevo. Alguien tenía que tener un arma. La que fuera. Rhett nunca había mencionado tener armas en su habitación. Pensó en Deane, pero ella tampoco parecía...

Sus pies se detuvieron solos. Sabía dónde había un arma que seguro que nadie había tocado.

Subió la escalera de la casa de los guardianes tan rápido como pudo, llegando así al despacho de Max con una velocidad impresionante. Abrió el cajón de su escritorio, pero la pistola no estaba.

Desesperada, quitó todos los libros de las estanterías, tocó encima y debajo de estas, pero no encontró lo que buscaba.

Respiró hondo y se llevó las manos a la cabeza. El olor a dinamita la ponía más y más nerviosa. Tenía que hacer algo o morirían los tres. Revisó de nuevo el contenido del cajón con las manos temblorosas, solo para encontrarse con el mismo resultado que antes.

Sin embargo, cuando intentó cerrar el cajón, notó que chocaba con algo. Se quedó mirándolo un momento, esperanzada, y lo sacó completamente para lanzarlo al suelo. Al caer boca abajo, pudo ver un revólver pegado en la parte de abajo con cinta adhesiva.

Era su revólver, el que le había regalado John, el que había sostenido el día que había huido de su antigua zona, el arma que había sostenido cuando ni siquiera sabía muy bien lo que era disparar. Max se la había quitado al llegar a la ciudad con la promesa de que se la devolvería cuando estuviera preparada. Alice no pudo evitar esbozar una sonrisa entusiasmada cuando le dio un beso al revólver.

—Te adoro, Max —murmuró.

Miró el cargador mientras volvía a bajar la escalera a toda velocidad. Solo tenía cuatro balas. No había encontrado más munición, así que tendrían que arreglarse con eso.

Cuando llegó con los demás, Trisha seguía intentando despertar a un inconsciente Rhett sin muy buenos resultados. En cuanto la vio aparecer, se puso de pie de golpe.

—¿Has encontrado algo? —preguntó.

Alice levantó el revólver para dárselo.

—Cuando volvamos a ver a Max, recuérdame que tenemos que darle un abrazo grupal.

Alice respiró hondo, mirando la pared de más de dos metros que tenía delante, y se tomó un momento antes de empezar a correr para saltarla. Sus dedos se engancharon al borde del muro y, soltando un gruñido de esfuerzo, se impulsó hacia arriba hasta quedar sentada sobre él. Trisha le lanzó el revólver, que Alice atrapó con una mano.

Aunque le molestara tener que admitirlo, si no hubiera pasado tanto tiempo practicando en el circuito de Deane, no habría sido capaz de hacer eso.

Se dio la vuelta y, sin siquiera pensarlo, saltó hacia delante para aterrizar al otro lado. Un latigazo de dolor le recorrió las piernas y los pies, y tuvo que apoyar la mano libre en el suelo para no perder el equilibrio, pero se incorporó a toda velocidad para acercarse a la puerta.

Efectivamente, alguien la había encadenado con un candado gigantesco en el centro. Era imposible abrirla.

Excepto si se disponía de un arma, claro.

Alice se colocó con los pies bien clavados en el suelo, alineados con sus hombros, y apuntó al candado con ambas manos en el arma. Quitó el seguro y, tal como le había enseñado Rhett, respiró hondo. Cuando soltó todo el aire, apretó el gatillo.

El candado roto salió volando por los aires y la puerta soltó un doloroso chirrido cuando Trisha, que estaba al otro lado, empezó a empujarla como pudo con el único brazo útil que le quedaba. Alice se apresuró a guardarse el revólver en la cinturilla de los pantalones para ayudarla.

—Buen trabajo —jadeó Trisha cuando por fin consiguieron abrirla.

Alice asintió y se acercó corriendo a Rhett. Le pasó los brazos por debajo de los hombros, agarrándose la muñeca por delante del pecho de él, y empezó a tirar con todas sus fuerzas hacia atrás.

Estaba agotada, había corrido por toda la ciudad, había saltado el muro y ahora tenía que arrastrar a Rhett, pero aun así no se rindió. Siguió tirando de él con todas sus fuerzas hacia la salida.

Y, de pronto, sintió que la tierra vibraba bajo sus pies. Alice dirigió una mirada a Trisha, que, al instante, se tiró al suelo y se cubrió la cabeza como pudo con su único brazo sano.

Alice ni siquiera pensó. Miró a Rhett y se inclinó hacia delante para cubrirle la cabeza con su propio cuerpo. Se tapó los oídos con las manos y cerró los ojos con fuerza. Un estremecedor sonido llenó el aire. No se dio la vuelta, pero supo que venía de detrás de ella. Algo había estallado. Una oleada de calor insoportable la sacudió, pero mantuvo los codos clavados en el suelo para proteger la cabeza de Rhett.

La siguiente explosión sonó más floja que la anterior, o eso le pareció, porque los oídos le zumbaban y era difícil saberlo con certeza. No obstante, la fuerza hizo que tanto Trisha como ella estuvieran a punto de ser arrastradas por la misma onda expansiva que hizo que los árboles de su alrededor se sacudieran con fuerza.

Hubo una última explosión, la más ensordecedora. Las dos chicas se quedaron muy quietas, sin atreverse a mover un solo músculo.

Y entonces... solo hubo silencio. Alice se atrevió, por fin, a levantar la cabeza y mirar a su alrededor.

—Vaya —murmuró Trisha, con la voz ahogada.

Alice ni siquiera sabía qué decir. Apoyó una mano junto a la cabeza de Rhett para asegurarse de que estaba bien. Lo estaba. Menos mal. Solo entonces se atrevió a mirar a su alrededor.

Donde durante tanto tiempo había habido una ciudad pequeña pero pintoresca, ya solo quedaban edificios destruidos, negros por el espeso humo que surgía de sus restos y que iba directo al cielo. Estaban creando una enorme nube oscura que cubría los ya débiles rayos de sol, y la nieve se mezclaba con las cenizas que iban cayendo lentamente sobre ellos, como si les recordaran que lo que estaban viendo no era una pesadilla, sino la realidad. La realidad de que su hogar había sido destruido y ahora era una de las muchas ciudades de humo que habían dejado a sus espaldas.

—¿Qué haremos ahora? —preguntó Trisha.

Alice abrió los ojos. El desastre que vio hizo que algo en su interior cambiara. Durante un instante, su prioridad no fue encontrar un sitio seguro ni ponerse a salvo, sino vengarse de quienes habían destruido su ciudad. Obligarlos a ver cómo ella destruía sus hogares sin que pudieran hacer nada para detenerla.

El deseo de venganza fue tan fuerte que se asustó a sí misma. Tragó saliva con fuerza, tratando de reprimirlo, pero de alguna forma sabía que habían encendido una llama en ella que ya nunca apagarían.

—No lo sé —dijo finalmente—. Yo... ya no sé nada.

15
LA UNIÓN HACE
LA FUERZA

Rhett despertó aquella misma noche. Fue un verdadero alivio, porque Alice no se veía capaz de seguir cargando con él por el bosque y, además, la preocupación empezaba a ser más fuerte que ella.

Se las habían apañado para encontrar una pequeña zona protegida por los árboles para acampar. No tenían comida ni agua, pero al menos consiguieron hacer fuego apartando la fina capa de nieve del suelo con las botas. Hacía tanto frío que Trisha y Alice estaban pegadas a Rhett, tiritando, cuando este abrió los ojos.

—¿Dónde estamos? —fue lo primero que preguntó.

Alice se dio la vuelta de golpe. Una exclamación de emoción se escapó de su garganta cuando se lanzó sobre él, sin pensarlo, y lo abrazó con fuerza. Rhett se apoyó en un codo, sorprendido, y la rodeó con el otro brazo.

—Menos mal —se escuchó Alice decir a sí misma.

Rhett seguía algo tenso, como si no entendiera qué estaba

sucediendo. Debió de echar una ojeada significativa a Trisha por encima de su hombro, porque Alice la escuchó carraspear.

—Hemos tenido que huir de Ciudad Central.

—¿Estábamos allí?

Se lo contaron todo esa misma noche, junto a la pequeña hoguera. Él pareció tan confuso como ellas, pero escuchó sin interrumpir ni una sola vez. Hubo un momento de silencio en el que los tres miraron fijamente la hoguera, cada uno más pensativo que el anterior.

—¿Y qué hay de Max? —preguntó Alice de repente—. ¿Jake, Tina, Kilian...? ¿Alguien sabe algo de ellos?

De nuevo, silencio.

Los siguientes días parecieron eternos. Trisha estaba impedida por culpa del brazo amputado y Rhett tenía una herida en el muslo que no le dejaba andar demasiado rápido, así que Alice tomó las riendas. No le quedaba más remedio que dejarlos junto a la hoguera mientras ella se adelantaba un poco por el camino para asegurarse de que no hubiera ningún peligro. Tardaban una eternidad en recorrer tramos cortos, pero era la única forma segura de proceder.

Les llevó una semana llegar a la primera ciudad muerta.

Una parte de Alice no quería entrar. Era demasiado posible encontrarse con salvajes y, teniendo en cuenta que transportaba a dos heridos y solo le quedaban tres balas, no parecían tener las de ganar. Pero hacía tanto frío... Necesitaban hallar un lugar donde pasar la noche. Trisha y Rhett cada día estaban más pálidos.

Al final, se decidió a revisar las calles para ver si eran seguras. Estuvo a punto de llorar de felicidad cuando se encontró con un pequeño pozo. Aprovechó para llevar a Rhett y a Trisha hasta él para que pudieran beber un poco. No tenían mochilas, ni cantimploras, ni nada, así que tuvieron que aprovechar ese momento; no sabían cuánto tardarían en volver a ver agua potable. Siempre les quedaba la opción de fundir nieve, pero Alice no se fiaba del todo de que fuera una buena idea.

Durante el viaje, tenía constantemente la sensación de que alguien los observaba. Trató de convencerse de que eran paranoias suyas, pero pronto se dio cuenta de que no era así.

El libro que había leído en Ciudad Gris la había ayudado mucho a la hora de encontrar comida, porque sabía reconocer qué bayas recoger, dónde buscar frutos secos y setas... Nunca volvía con las manos vacías. Sin embargo, aquel día tuvo que detener la exploración antes de encontrar nada. Una mujer salvaje apareció ante ella.

Era baja, estaba muy delgada y su piel pálida estaba cubierta de mugre. En su pelo rubio oscuro se mezclaban ramitas, hojas y todo tipo de suciedad, dándole un aspecto algo fiero, pero su mirada no era agresiva. De hecho, parecía apenada.

Alice estuvo a punto de sacar el revólver y apuntarle, pero se detuvo al ver que llevaba algo en la mano. Parecía un cuenco de madera tapado y atado con varias hojas gruesas. Lo dejó en el suelo, sobre la nieve, y retrocedió sin dejar de mirar a Alice.

Ella sabía que no tenía que acercarse, que era una locura y que Rhett la reñiría si se enteraba de que se había arriesgado tanto, pero por algún motivo, la salvaje le inspiró confianza. Se acercó lentamente, sin perder de vista a la mujer, y se agachó lo justo para destapar el cuenco de madera.

No sabía muy bien qué esperaba, pero se encontró con una extraña mezcla de barro con hojas que reconoció al instante. Era lo que le había aplicado Kilian en la herida del brazo unos meses atrás. Y había funcionado de maravilla.

Alice levantó la cabeza hacia ella, pasmada, y la mujer se señaló el muslo. Era para Rhett. Los había visto.

—Gracias —susurró sin saber qué más hacer.

La salvaje juntó las manos delante de ella e inclinó un poco la cabeza. Tras eso, se dio la vuelta y desapareció por una de las callejuelas.

Alice estaba intranquila, si esa mujer los había visto quería decir que los demás podrían descubrirlos en cuestión de días. Tenían que acelerar el paso como fuera. Borró sus huellas en la nieve y trató de llegar lo más rápido posible a la casita donde se escondían Rhett y Trisha. En cuanto la vio llegar, él supo que algo iba mal, aunque no consiguió sonsacárselo hasta esa noche.

Trisha ya dormía, pero Rhett estaba apoyado sobre los codos junto a la hoguera. Se había bajado los pantalones hasta las rodillas y miraba a Alice con el ceño fruncido mientras ella le ponía la mezcla sobre la herida del muslo. No parecía un corte profundo, pero sus bordes estaban amoratados y seguro que dolía una barbaridad.

Al menos pareció un poco aliviado cuando empezó a ponérselo.

—¿Qué has hecho hoy y por qué no quieres decírmelo? —le preguntó directamente.

Alice dudó. No quería contarle la verdad. Si Rhett se enteraba de que había salvajes en la zona, era capaz de salir con ella a explorar.

—Me desvié del camino para recoger unas hierbas para hacerte la mezcla —mintió en voz baja.

Por suerte, el riesgo que eso conllevaba fue suficiente para que Rhett no se diera cuenta de la mentira.

—¿Qué?

—No ha pasado nada malo, ¿verdad?

—Pero ¡podría haber pasado!

—Rhett...

—No —la cortó enfadado—. No vuelvas a arriesgarte de esa forma. Y menos por mí. ¿Me has entendido?

Alice quiso replicar, pero no quería que sospechara que le había mentido. En cambio, dejó la mezcla por un momento para sujetarle la mandíbula con la mano limpia y se inclinó para besarlo en la boca.

—Está bien.

Rhett pareció relajarse un poco, pero no lo suficiente como para dejar de insistir.

—Promételo.

—Te lo prometo.

Su estancia en la ciudad, aunque breve por las prisas de Alice, no resultó ser tan mala. Al tercer día encontraron una mochila que, pese a que tenía algunos agujeros, sirvió para guardar unas cuantas sábanas y la poca comida que habían acumulado y poder llevársela con ellos. No fue hasta el sexto día cuando encontraron por fin una cantimplora. Alice rehízo todo el camino hasta el pozo, dejándolos en una casa segura —bajo las constantes protestas de Rhett por que saliera sola— y la llenó, aprovechando para beber ella también.

En el camino de vuelta, vio por primera vez a un grupo de salvajes.

Fue casi por instinto. Seguía las indicaciones de pintura de los exploradores que Rhett le había enseñado —la blanca era para indicar un camino; la amarilla significaba peligro; la roja, zonas prohibidas; la verde, un posible refugio, y la azul, su nueva favorita, un suministro— cuando le pareció escuchar algo tras ella.

Se lanzó al suelo al instante, se escondió tras un coche destrozado y encogió las piernas para que no se vieran por debajo del vehículo. Aguantó la respiración sin darse cuenta y, pese a que no pudo ver qué era lo que se había movido, supo que tenía que mantenerse así.

Alice no se atrevió a asomarse hasta pasados casi dos minutos. Inclinó la cabeza a un lado y, muy cautelosa, asomó un ojo para ver más allá del coche que la protegía. Un hombre con la piel sucia y la ropa vieja y desgastada, cubierto de pequeñas cicatrices y con el pelo revuelto y oscuro, daba órdenes a un grupo. Alice abrió mucho los ojos cuando vio que había casi veinte personas. El que los guiaba llevaba puesto un collar de hojas con un hueso afilado en medio. ¿Sería su líder?

Sin embargo, lo que más la sorprendió no fue que parecieran tan civilizados, sino que no hablaran. Se comunicaban con gestos, totalmente silenciosos, y se entendían perfectamente entre sí. Ella agudizó la mirada, tratando de descifrar el código, pero fue inútil. Entonces, se dio cuenta de qué estaban señalando.

A un lado del camino, había una zona en la que habían posicionado unos coches y habían colocado unas cuantas ramas y troncos. En medio del fuego que habían encendido estaba el cuerpo de una mujer. Todos permanecieron en silencio mientras ardía. Era un cadáver.

Alice se cubrió la boca con la mano cuando vio que se trataba de la mujer que la había ayudado. Una lanza que sin ninguna duda debía de ser de sus propios compañeros estaba clavada en su pecho. Sus ojos, cerrados. Un hilo de sangre seca y helada le decoraba una de las comisuras de la boca. ¿La habían matado solo por echarle una mano?

Tuvo la tentación de ponerse de pie y matarlos solo para vengarla, pero se contuvo y se abrazó las rodillas, suplicando que se marcharan cuanto antes para volver con sus amigos y encontrar un sitio seguro en el que resguardarse, alejados de aquella gente.

Esa mujer había desempeñado un papel fundamental para que Rhett no perdiera la pierna y Alice no hizo otra cosa que abrazarse las rodillas mientras la quemaban.

Esa misma noche, sentada junto a la hoguera mientras

comían unos frutos secos, Alice no podía quitarse de la cabeza la imagen de la mujer ayudándola. Rhett se dio cuenta de que algo iba mal, pero por suerte Trisha los distrajo con una pregunta que, sorprendentemente, nadie se había hecho hasta ese momento.

—¿Dónde vamos?

Alice y Rhett la miraron al instante. Ella tenía el ceño fruncido y la mano apoyada al final de su muñón.

—A la ciudad de mi padre —respondió Rhett—. Es el único sitio seguro.

Alice suspiró al pensar en todas las ciudades muertas que tendrían que cruzar para llegar allí.

—En estas condiciones no lo lograremos —murmuró Trisha—. Yo soy una inútil con este brazo y tú apenas puedes caminar.

—¿Se te ocurre un plan mejor?

—Podríamos quedarnos aquí hasta recuperarnos.

—No. —Alice lo soltó tan bruscamente que ambos la miraron—. Es demasiado peligroso.

Por suerte, no cuestionaron sus motivos.

Entonces, a Alice le vino una imagen a la mente. La cabaña en la que se habían refugiado los amigos de la madre de Alicia. Recordaba las indicaciones que le había dado a su hija. ¿Y si...?

—¿Qué piensas? —preguntó Rhett al instante.

—Creo que hay un sitio en el que podríamos pasar una temporada. Hasta que consigamos movernos a un poco más de velocidad.

* * *

Llegaron a la zona de las cabañas unos días después gracias a las indicaciones de Alice, que mantuvo en todo momento el mar a su derecha, pero apenas pudo mirarlo porque estaba demasiado preocupada por avanzar mientras aún fuese de día.

La cabaña resultó estar en buenas condiciones, dentro de lo que cabía, claro. Había algunas ratas y telarañas, pero Trisha se deshizo de ellas el primer día y Rhett se dedicó a comprobar que las otras casetas estuvieran vacías. Alice, mientras tanto, exploraba la zona. El río no quedaba muy lejos, así que no tendrían problemas con el agua. Y para comer solo tenía que pescar.

La cabaña fue tomando forma a lo largo de los días. Cada uno tenía su pequeña zona para descansar, había una mesa para comer y una chimenea para calentarse. Incluso encontraron algunos abrigos en uno de los armarios destrozados por el paso de los años, por lo que por fin pudieron dejar de pasar frío.

Lo único que no le gustaba a Alice era estar tan cerca de Ciudad Central. No podía verla con claridad, pero sí divisaba, a lo lejos, la silueta del muro que rodeaba una parte de su perímetro. Cada vez que se giraba y lo veía era como volver a presenciar la explosión.

Una semana después de asentarse, Alice se detuvo delante de la puerta de la cabaña y llamó tres veces con los nudillos. Trisha abrió y le puso mala cara.

—Ah, eres tú.

—¿Esperabas visita? —preguntó ella divertida.

—Tenía la esperanza de que fuera alguien más interesante. Como Elvis Presley, así nos cantaría algo.

—¿Quién es ese?

—Un cantante al que escuchaba mi abuela. —Ella cerró la puerta mientras Alice entraba y dejaba la mochila en el suelo—. Por favor, dime que has traído comida.

Alice le tendió un pescado envuelto en un paño. Ella esbozó una sonrisita entusiasmada.

—Vaya, hoy cenaremos bien.

—De nada. —Alice enarcó una ceja.

—Gracias, ser misericordioso.

—¿Quién necesita a *Elvos Pruslo* teniéndome a mí?

Alice recorrió la cabaña quitándose el abrigo y los guantes por el camino. Los dejó en el respaldo de una de las sillas de madera y se detuvo delante de una de las dos puertas, la de la única habitación privada, que ella compartía con Rhett. Trisha había preferido quedarse en el salón para, según ella, no tener que presenciar sus guarradas.

No es que hubieran hecho gran cosa, la verdad. Alice llegaba agotada por pasarse todo el día fuera y Rhett, aunque se tumbaba con ella enseguida, se limitaba a abrazarla.

Alice dudó antes de abrir la puerta.

—¿Cómo está? —le preguntó a Trisha.

—Amargado, como esta mañana. Y como ayer. Y como el otro día. Oye, de verdad, me está quitando las ganas de vivir, y tampoco es que tenga demasiadas de por sí.

—No será para tanto —murmuró Alice, dejando el revólver en la estantería.

—Compruébalo por ti misma.

Trisha había estado de peor humor que nunca desde que habían salido de la ciudad. Alice la comprendía, perder un brazo no podía ser una situación fácil de sobrellevar. Y encima era el derecho, el que solía usar para todo. No quería ni imaginarse lo que debía de ser eso.

Alice abrió la puerta de la habitación, que era pequeña, y notó que la calidez de la chimenea del salón la seguía. La salita cuadrada tenía una ventana rectangular con cristales gruesos, una cama diminuta que crujía cada vez que la tocaban, un armario grande y vacío y una alfombra roja llena de polvo. Ah, y una mesita con una silla. Rhett estaba sentado en ella toqueteando algo. Su pierna mala estaba estirada a un lado, apenas podía doblarla.

Al escuchar que Alice cerraba la puerta de la habitación, le dedicó una corta mirada con el ceño fruncido.

—Ya era hora.

—Con estas bienvenidas, voy a dejar de volver.

—¿Qué has estado haciendo hasta tan tarde? —preguntó él, dejando lo que fuera que tuviera entre manos para volverse hacia ella—. Normalmente llegas antes de que anochezca.

—Me he alejado un poco más de lo normal, pero he conseguido atrapar un pez gigante. Trisha lo está cocinando.

—No sé si me gusta mucho eso de que te alejes tanto...

Ella lo ignoró pacientemente y se acercó para apoyar una mano en su hombro. No sabía muy bien qué esperaba que hiciera Rhett, pero desde luego no había previsto ver una prenda rosa sobre la mesa, entre sus dedos.

—¿Qué es eso? —preguntó sorprendida.

Él sonrió ampliamente al darse cuenta de que lo había visto. Por fin un poco de alegría. Le hacía falta.

—Ah, ¿esto? Lo he encontrado en una de las cabañas. Acércate.

Ella se inclinó sobre él y Rhett, casi al instante, le pasó la prenda por la cabeza, de manera que le cubrió el cráneo y las puntas de las orejas, dejándoselas muy calentitas.

—Es un gorro —le anunció alegremente.

Alice lo tocó, pasmada. Parecía de lana.

—¡Es muy cálido!

—¿Sí? Estaba destrozado. He intentado arreglarlo un poco, pero sigue teniendo un montón de hilos sueltos. Seguramente te dure dos días, pero, oye..., menos es nada.

—Me gusta mucho, Rhett —le aseguró con una gran sonrisa, colocándoselo con las manos—. ¡Y encima de color rosa!

—No sé por qué, pero supuse que ese detalle te encantaría.

Él hizo una pausa y se estiró, todavía sentado en la silla, para quitárselo y dejarlo sobre la mesa. Alice se aplanó el pelo con las palmas de las manos y le señaló el muslo con un gesto de la cabeza.

—¿Qué tal la herida?

—Bien. Ya no me duele.

—Déjate de tonterías y bájate los pantalones.

—¿No me vas a pedir salir antes?

Alice enarcó una ceja, provocándole una sonrisa, y Rhett se desabrochó los pantalones para bajárselos hasta las rodillas. Al principio, les había resultado incómodo y había hecho que los dos se pusieran rojos y nerviosos. A esas alturas, ya formaba parte de la rutina.

Alice acercó la mano para retirar un poco la venda que le había puesto la víspera. La herida no había mejorado mucho, pero al menos tampoco había empeorado. Solo suplicaba que se mantuviera así hasta que llegaran a Ciudad Gris, donde pudieran tratarlo profesionales.

—¿Todo bien por ahí abajo? —preguntó Rhett—. Porque se me está congelando el culo.

—Debería cambiarte la venda.

—No es necesario hacerlo cada día, Alice.

—Tina habría opinado que...

—No tenemos tantas vendas.

—Encontraré más.

—Claro, cómpralas en el supermercado que hay a la vuelta de la esquina. La dependienta es simpática, aunque a veces no da bien el cambio.

Justo en ese momento, Trisha llamó a la puerta con los nudillos.

—Tortolitos, hora de vestirse.

—Estamos vestidos —le dijo Alice.

Entonces ella abrió la puerta de golpe y Rhett se subió los pantalones de un tirón, casi cayéndose de culo de la silla.

—¡Yo no estaba vestido, Alice!

—Gracias por regalarme esa imagen. —Trisha puso una mueca de asco cuando vio que él terminaba de abrocharse a toda velocidad—. Voy a soñar con esto durante todo lo que me quede de vida.

—De nada.

—No era un cumplido.

—Ya te gustaría verlo cada día.

Alice puso los ojos en blanco.

—Parecéis dos niños pequeños —murmuró.

—Es ella —masculló Rhett, dándoles la espalda para subirse la cremallera de mal humor.

—Anda ya, si siempre empie...

Alice agitó las manos para callarla. Esos dos pasaban tanto tiempo juntos y solos que se habían convertido en dos críos que se irritaban el uno al otro constantemente para combatir el aburrimiento. Alice podía soportarlo, pero hasta cierto punto.

—¿Nos has llamado por algo? —le preguntó a Trisha.

—¿Eh? —Ella frunció el ceño—. Ah, sí. Hay un tipo en la puerta. Parece peligroso.

Rhett se volvió de golpe y Alice se quedó paralizada.

—¿Un tipo? —repitió él, apoyándose en la mesa para ponerse de pie.

—Ajá.

—¿Cómo? —Alice se acercó a la estantería y recogió el revólver a toda velocidad—. ¡¿Y nos lo dices tan tranquila?!

—¿Quieres que me ponga a llorar porque han llamado a la puerta?

Alice la apartó, suspirando, y se guardó el revólver en la

mano que ocultaría tras la puerta. Vio que Rhett intentaba acercarse a ella cojeando, pero Trisha lo metió otra vez en la habitación de un tirón de camiseta.

Alice, ya sola, respiró hondo y colocó una mano en la maneta. La giró lentamente y el aire frío le caló los huesos al instante. Trisha se mantuvo junto a la puerta de la habitación, también parecía algo tensa.

El hombre al que Trisha había mencionado debía de tener unos cuarenta años. Su piel era clara, pero estaba algo bronceada por el sol. Una pequeña cicatriz le cubría la mandíbula, marcando la única zona donde no le crecía una barba castaña salpicada de canas. Sus ojos eran azules y algo inexpresivos. Unas cuantas arrugas se le formaron en las comisuras de la boca cuando le dedicó una sonrisa educada a Alice.

—¿Qué? —preguntó ella.

—Perdona la intromisión a estas horas —dijo él amablemente.

Había otros cinco hombres detrás. Todos iban vestidos con ropa de camuflaje, aunque el que hablaba era el único que llevaba una gorra distintiva. Seguramente fuera su capitán o algo similar.

—No queremos visitas —aclaró Alice.

—Y lo entiendo, por eso seré muy breve. Necesito hablar con vosotros.

Alice dudó, entrecerrando los ojos.

—¿Quién eres?

—El Sargento.

—Voy a necesitar un nombre.

—Con eso es suficiente —aseguró él, ofreciéndole una mano enguantada—. Así me llaman todos.

La chica miró de reojo a Trisha, que parecía algo reacia a fiarse de él, pero Alice no quería arriesgarse a ponerse en contra a seis desconocidos armados. Extendió la mano libre y apretó la suya. Tenía un agarre firme y seguro y, de alguna forma, no parecía mala persona. No obstante, seguía sin confiar en él.

El Sargento le inclinó levemente la cabeza.

—¿Puedo saber tu nomb...?

—¿Qué quieres? —lo cortó Alice.

—Bueno, aquí fuera hace un poco de frío. Imagino que te habrás dado cuenta —comentó—. Si no te importa, podríamos entrar y...

—Sí me importa. —Alice apretó los dedos alrededor del revólver—. Podéis decirnos lo que queráis o marcharos. Elegid.

El Sargento suspiró, como si en el fondo se esperara esa reacción. Sus hombres miraban fijamente a su jefe, esperando indicaciones.

—Somos una patrulla de vigilancia —explicó el Sargento—. Nos dedicamos a vigilar los alrededores de nuestra ciudad. Anoche vimos una luz en esta casa y no pudimos resistirnos a ver quién había dentro.

—Nos iremos por la mañana —aseguró Alice—. No sabréis nada más de nosotros.

—No hemos venido a echaros —añadió enseguida—. Todo lo contrario. Solo queríamos ver de quién se trataba y asegurarnos de que no necesitabais nada. Como un nuevo hogar, por ejemplo.

Alice frunció el ceño.

—Imagino que eso es una invitación.

—Imaginas bien. ¿Has oído hablar de la Unión?

Alice negó lentamente con la cabeza.

—Verás, yo formo parte de ella —explicó el hombre—. Surgió cuando cayeron las bombas. Es una iniciativa de los supervivientes. Hemos creado una ciudad, o más bien una comunidad en la que acogemos a toda la gente a la que encontramos por el camino. El objetivo es tratar de crear una nueva sociedad, aunque es un poco complicado.

—¿Como las ciudades rebeldes?

—No, no. Nosotros no seguimos las indicaciones de nadie. Vamos por libre.

Hizo un ademán de acercarse y Alice se tensó. El hombre se detuvo enseguida.

—¿Por qué? —preguntó ella.

—Queremos que las cosas vuelvan a ser tal como eran. Y no hay otra forma de hacerlo que encontrando a otras personas con el mismo objetivo. ¿Puedo pasar? —insistió—. Podría explicarme mejor si no estuviera temblando.

Alice miró al hombre de arriba abajo con desconfianza.

—Solo tú —aceptó finalmente—. Ellos se quedan fuera.

El hombre asintió con la cabeza a sus hombres, que miraron a Alice con desconfianza pero no hicieron un solo movimiento cuando el Sargento se metió en la casa.

Él era alto, pero Alice ya se estaba planteando formas de abatirlo si llegaba a ser necesario. Trisha, al otro lado de la estancia, parecía estar haciendo lo mismo. Rhett vigilaba desde la puerta de la habitación con el ceño fruncido. El hombre los observó a todos con una sonrisa bastante cálida y Alice, sin querer, desvió la mirada a su cinturón. Iba armado hasta los dientes, pero lo que más le llamó la atención, por algún motivo, fue el grueso cuchillo con detalles de oro.

—Ah, es una herencia —replicó él sin darle más importancia antes de mirar a los demás—. Soy el Sargento. Un placer conoceros a todos.

Ninguno respondió.

Alice señaló una silla. El hombre se sentó con calma. Parecía completamente fuera de lugar en un sitio como ese, pero no dio una sola señal de estar sintiéndose incómodo.

—Creo que lo justo sería que hablásemos en privado —le

dijo a Alice, sonriendo—. Después de todo, yo he tenido que dejar a mis hombres fuera.

—Y una mierda —soltó Rhett al instante.

El Sargento lo miró, divertido, pero Trisha arrastró al otro a la habitación pese a sus protestas. En cuanto cerraron la puerta, Alice rodeó la mesa para sentarse. Colocó una mano encima de la superficie, pero la otra se mantuvo sobre su muslo. Si en algún momento hacía algo raro, tendría la pistola justo al alcance de los dedos.

El Sargento sonrió tranquilamente, mirándola.

—¿Puedo saber ahora cómo te llamas?

—Alice. ¿Qué quieres?

—Veo que te gusta ir al grano, Alice. A mí también. Lo que quiero es que tú y tus dos amigos os unáis a nosotros.

—Estamos bien por nuestra cuenta.

—¿Segura?

—Mucho mejor que en una ciudad, sin duda.

Por mucho que afirmaran ser diferentes a las ciudades rebeldes, tendrían sus normas. Y seguro que estaban en contra de los androides. No podían arriesgarse tanto.

—No creo que realmente pienses eso —sonrió el Sargento.

—Pues así es.

—Entonces, ¿por qué me has dejado entrar?

—Porque soy una persona educada.

—Bueno, yo también me considero una persona educada. Por eso, me gustaría insistir en que os unáis a nosotros.

—Y a mí me gustaría insistir en que no estamos interesados.

—Piénsalo bien, Alice.

—Ya lo he hecho.

—No lo creo. En realidad, creo que no estás pensando en absoluto en tus amigos.

Eso consiguió sacarle una leve mueca de irritación.

—¿Y tú qué sabes de mis amigos?

—He visto el brazo de la chica rubia. Y la forma de cojear del de la cicatriz. Tú tienes arañazos por la cara, imagino que provocados por ramas del bosque. Teniendo en cuenta la distancia que hay de aquí hasta allá..., calculo que hace menos de dos semanas que habéis llegado. ¿Me equivoco?

Ella no respondió, pero su mirada se endureció.

—También podría aventurar que esas heridas de tus amigos son bastante más graves de lo que tú crees —siguió el Sargento—. Por el aspecto de la chica, me sorprende mucho que no se le haya infectado el brazo. Y, por el del chico, sea lo que sea lo que le rajó la pierna, lo hizo muy bien, porque si no fuera una zona importante ya no cojearía. Alice, los dos sabemos que aquí no tenéis nada. Ni siquiera posibilidades. Y, como no dejes que les traten esas heridas, pronto te quedarás sin amigos. En mi ciudad hay hospitales, camas y comida. Eso te estoy ofreciendo.

—¿A cambio de qué?

—De que os pongáis de nuestra parte, por supuesto.

—¿Y qué implica eso?

—Unión y prosperidad. ¿Qué me dices?

Alice apretó los labios. Una parte de ella quería decir que sí, tomar la vía fácil y dejarse llevar. La otra, sin embargo, era incapaz de confiar en un completo desconocido.

—No.

Él suspiró.

—Creo que deberías reflexionar mejor tu respuesta, Alice.

—¿Por qué?

—Porque es mejor prescindir de tu orgullo por un momento y pensar en tus amigos. —El hombre señaló la puerta de la habitación—. Son ellos o tú. Y, por tu forma de protegerlos, no creo que tu objetivo sea que mueran, ¿verdad?

Ella no respondió.

—Mi oferta sigue en pie. Incluso puedes traerte ese revólver con el que llevas pensando en apuntarme desde que he entrado, si eso te hace sentir más segura. Tenemos un convoy de coches fuera de las ruinas, justo en la salida sur. Mañana al alba, nos dirigiremos a casa. Hay tres asientos libres. Pueden seguir así o no. Tú eres quien decide.

El hombre se puso de pie, se ajustó el sombrero y se marchó sin decir absolutamente nada más. Alice lo observó en silencio mientras Rhett y Trisha salían de la habitación.

—Bueno. —Trisha se cruzó de brazos—. ¿Qué queréis hacer, tortolitos?

* * *

Al verlos llegar a la mañana siguiente, el Sargento esbozó una amplia sonrisa.

—Me alegro de que hayáis tomado la decisión correcta.

Alice se había quedado mirando su transporte con el ceño fruncido. Los coches eran muy distintos a los que había visto antes. Eran completamente blancos y no parecían tener ventanas ni puertas. Parecían más bien cajas ovaladas. Había solo tres, pero eran lo suficiente grandes como para que cupieran todos.

—Tardaremos poco más de veinte minutos en llegar —comentó el Sargento—. Yo lidero la marcha con mis hombres, así que os acompañará..., espera, ¿dónde demonios se ha metido?

Esa pregunta iba dirigida a uno de sus hombres, que se encogió de hombros.

El Sargento, respirando hondo para recuperar algo de paciencia, carraspeó para gritar:

—¡KAI!

Este resultó ser un chico no mucho mayor que Alice, flacucho y de piel bastante más oscura que la suya, pelo corto y ojos de cachorrito que llevaba un uniforme militar que le quedaba gigante. Mientras corría hacia ellos, se tropezó y se cayó de bruces al suelo. Trisha y algunos de los soldados soltaron risitas entre dientes.

—¡Aquí estoy! —gritó él cuando llegó jadeando—. Estaba..., eh...

—Haciendo algo que no te correspondía, seguro —lo interrumpió el Sargento—. Acompaña a nuestros invitados a su coche. Y, por Dios, átate los cordones antes de que te caigas otra vez.

Todos miraron sus botas al instante. Él enrojeció al darse cuenta de que, efectivamente, estaban desatadas. Se agachó tan rápido para solucionarlo que la mochila casi se le subió por encima de la cabeza, pero por suerte consiguió cumplir con la misión sin poner en peligro su vida.

—Vale —carraspeó incómodo, incorporándose de nuevo y mirándolos—. Eh..., ¿vosotros sois los nuevos? ¡Genial! Necesitamos muchos... —tardó unos segundos en encontrar la palabra adecuada— guerreros —finalizó con una gran sonrisa—. ¡Entrad conmigo en el coche, os encantará!

Los tres se quedaron asombrados cuando Kai presionó un botón de un pequeño dispositivo de su muñeca y lo pasó por el lateral del último vehículo. Al instante, una puerta invisible desde fuera se abrió para dejarlos entrar. Alice se quedó boquiabierta, asombrada, cuando se impulsó hacia delante y vio que las paredes y el techo del coche eran de cristal y mostraban su entorno a la perfección. En cambio, desde fuera se veía todo opaco.

No había asiento de conductor, ni volante ni nada para dirigirlo. Solo un banco que daba la vuelta a todo el vehículo y, honestamente, parecía bastante cómodo. Debajo de él había varios armarios cerrados. Alice se preguntó qué guardarían allí mientras Kai les hacía gestos entusiasmados.

—¡Subid, adelante!

Trisha fue la primera en hacerlo. Tocó el sofá con la mano y se sentó lentamente, desconfiada. Alice vio que Rhett soltaba una palabrota cuando intentó subirse, pero apenas podía doblar la pierna herida.

—Ay, espera. —Kai se acercó para ayudarlo—. Yo te ayud...

—Tócame y perderás la mano.

El chico dio un brinco y volvió a sentarse al instante.

Al final, Alice se adelantó y tiró del brazo de Rhett, que aceptó su ayuda a regañadientes y por fin pudo entrar en el coche. Se sentó en el lado opuesto al de Trisha y Kai. Alice se colocó junto a él y vio cómo el chico cerraba la puerta de nuevo tocando el dispositivo de su muñeca.

Los tres parecían muy fuera de lugar. Flacos, sucios, heridos, con ropa vieja y rota..., en contraste con el pelo perfectamente peinado de Kai y su sonrisa nerviosa.

—¿A que estos coches son geniales? —comentó, mirando a su alrededor—. Nuestro centro de tecnología es de los mejores del mundo..., o eso creemos, claro. Aunque tampoco queda mucha competencia, ¿eh?

Él empezó a reírse de forma un poco nerviosa, pero fue el único. Cuando Trisha lo miró con mala cara, se calló de golpe y enrojeció un poco.

El coche se sacudió. Alice se pegó instintivamente a Rhett y le sujetó el brazo con las manos. El paisaje por las ventanas empezó a pasar cada vez a mayor velocidad, convirtiéndose en una mancha borrosa. Kai sonrió al ver su cara de horror.

—No te preocupes, no nos chocaremos. Estos trastos tienen las rutas programadas y un dispositivo para esquivar obstáculos. Hay gente a la que le marea mirar por la ventana..., si quieres cambiamos el paisaje.

—¿Qué?

—Puedes controlarlo con ese mando que tienes al lado, al igual que la temperatura, la música..., todo eso.

Alice cogió el pequeño mando blanco. Curiosa, pulsó un botón y vio que el bosque que estaban cruzando se convertía en una mancha azul y blanca. Era como si estuvieran atravesando el cielo. Abrió los ojos como platos y pulsó otro. Un desierto.

—Sube la temperatura... Ahí, sí, muy bien. —Kai sonrió—. ¿No es genial?

—Sí —admitió ella fascinada.

—Los nuevos siempre se quedan maravillados —comentó él—. ¿Cómo os llamáis?

Alice vio que sus amigos lo miraban con mala cara, así que hizo un esfuerzo por llevarse bien con Kai. Quizá no terminara de fiarse de los de su ciudad, pero él parecía un buen chico y no quería que pasara un mal rato por su culpa.

—Alice, Rhett y Trisha.

—Ah... Y ¿cómo es que no teníais adónde ir? ¿Os echaron?

—Volaron nuestra ciudad por los aires —espetó Trisha, toda delicadeza.

Kai tragó saliva con dificultad y señaló los armarios con un dedo tembloroso.

—Eh..., hay comida por ahí. Por si tenéis hambre.

Al instante, Trisha abrió una puertecita y encontró un montón de botellas. Debajo de Alice y Rhett había botes y frascos llenos de comida.

—¡Pásame ese frasco de colores! —pidió Trisha—. No me lo creo. Son galletas. No he comido una desde..., joder, no sé ni cuánto hace.

—Hay más —sonrió él—. Y bebidas también.

Alice alcanzó algo rectangular y Trisha le dijo que era chocolate. Lo rompió con las manos y se lo llevó a la boca. Era un sabor amargo y dulce a la vez y, curiosamente, se le fundió en la boca. Se quedó maravillada, preguntándose por qué no lo había probado hasta entonces.

Rhett fue el único que no se movió. Miraba fijamente a Kai, que parecía ponerse cada vez más nervioso.

—Y bien, ¿cuál es el truco? —preguntó Rhett con voz tensa.

—¿E-el truco?

—¿Por qué nos dais todo esto? No nos conocéis.

—No podemos permitirnos el lujo de desconfiar de la gente si queremos que confíen en nosotros —explicó Kai—. Necesitamos gente nueva, especialmente jóvenes que... Esperad, ¿sois pareja?

La pregunta los pilló por sorpresa. Se quedaron los dos en silencio, mirándolo fijamente, mientras Trisha tomaba un sorbito de una bebida y los observaba con atención. Alice, al final, se aclaró la garganta.

—No exact...

—Sí —la cortó Rhett—. Somos pareja. ¿Por qué?

—¡Eso es espléndido! —exclamó Kai entusiasmado—. Nos encantan las parejas. Especialmente las jóvenes. Sois lo que necesitamos para repoblar nuestra zona. Sobre todo, si queréis procrear.

—¿Cómo? —preguntó Alice.

—Sí, bueno, es una iniciativa muy interesante. ¿Qué mejor para iniciar una nueva civilización que una generación de personas que se hayan criado en ella?

La cuestión sorprendió a Alice —y a Rhett también, pues todavía tenía una mueca de horror—, pero por un motivo muy distinto. Nunca se había planteado la posibilidad de tener hijos. Ni siquiera sabía si podía. Lo más probable fuera que no.

—Y bien, ¿os animáis? —insistió Kai.

—No —masculló Rhett.

Alice, casi al instante, esbozó media sonrisa.

—Claro que sí. Queremos cuatro o cinco.

—¿Cuántos dices? —Rhett abrió los ojos como platos. Su voz se había vuelto aguda—. ¡¿Te has vuelto loca?!

—¿Te parecen pocos? ¿Quieres más?

—¿Más? ¿Qué...? ¡No!

—Es que le gustan mucho los niños —explicó Alice, apoyando la cabeza en su hombro de forma casual—. Pero no creo que sean necesarios tantos. Eso sí, tienen que ser más de uno. Los hijos únicos siempre tienen cosas raras. Mírate a ti, Rhett.

—¿Se puede saber qué insinúas?

Kai parecía pasárselo en grande, aunque no entendiera nada.

—¿Y tú, tienes pareja, Trisha?

Ella tragó lo que tenía en la boca y lo miró de reojo.

—Soy lesbiana, manca, amargada y peleona. ¿Te sirve como respuesta?

—Ah..., eh... —Él se aclaró la garganta—. Bueno, seguro que encuentras a alguien en la ciudad que te llame la atención. Hay mucha diversidad.

—No creo. No me gusta la gente.

—En todo caso, si sois pareja, probablemente os asignen una casa —comentó él, sin saber qué decirle a Trisha.

—¿Ah, sí? —preguntó Alice sorprendida.

—Ya os lo he dicho, todo forma parte de la iniciativa.

—¿Y yo qué? —quiso saber Trisha.

—Tú vivirás con ellos de forma temporal, probablemente.

La chica puso mala cara.

—¿Qué soy ahora? ¿Su mascota?

—¡No! Su invitada.

—¿Mientras *procrean*?

Kai fue quien más habló durante el resto del viaje. Iba explicándoles cosas de la ciudad a la que se dirigían, de sus jefes, de la iniciativa de la Unión...; no se callaba. Los demás se limitaron a comer y beber —menos Rhett, que parecía seguir sin fiarse— mientras fingían que lo escuchaban.

Al final, por fin, el coche se detuvo. Alice miró a su alrededor por instinto, pero seguían teniendo puesto el paisaje del desierto, así que no entendió nada hasta que la puerta se abrió y una chica con unos pantalones de camuflaje y una camiseta blanca se asomó para mirarlos.

—Bajad, por favor.

Obedecieron. Alice ayudó a Rhett de nuevo, que no parecía estar tomándose demasiado bien el tener que depender de ella. A su alrededor, solo vio un enorme aparcamiento subterráneo con, al menos, cincuenta coches blancos iguales al que los había transportado. Divisó un grupo de gente vestida de camuflaje dirigiéndose a la salida, a unos metros de ellos. La chica, que llevaba puesto un auricular, les sonrió.

—¡Bienvenidos! —dijo—. Soy...

Alice ni siquiera lo procesó. No había terminado de hablar cuando los guio por un pasillo blanco, una escalera y otro pasillo más, aunque muy distinto al anterior. Era completamente de cristal, incluso el suelo. Alice observó, fascinada, cómo a sus pies se desplegaba una enorme ciudad muy distinta a la que ella estaba acostumbrada.

En lugar de casas medio destruidas, todas parecían completamente reformadas o incluso nuevas. Además, la gente iba vestida de forma corriente por las calles, de las que habían retirado la nieve. Alice tragó saliva cuando vio el muro que rodeaba la ciudad y la cantidad de guardias uniformados que se paseaban por él, vigilándolo. Ellos habían entrado por el garaje, el único edificio que parecía estar en el exterior. Su techo quedaba a unos cuatro metros de distancia del muro. Alice se preguntó por qué no vigilarían mejor sus coches.

La chica que los guiaba no tardó en cambiarse por otra similar. Esta los condujo a un ascensor de cristal que los bajó hasta el nivel de la ciudad, pero no llegaron a entrar, sino que pasaron por otro pasillo iluminado, con cuadros en las paredes. Subieron otra escalera, la chica empujó una puerta y esa vez un joven militar fue el encargado de guiarlos por una calle desierta hasta un pequeño edificio de colores cálidos.

En su interior había un pequeño salón con una escalera de caracol de madera que daba acceso a un rellano con varias puertas. Había un hombre sentado en un sofá marrón con un periódico en la mano. Iba vestido de forma completamente normal, como si no formara parte de su mundo peligroso, sino del que había antes de la Gran Guerra. Se puso de pie en cuanto los vio.

—¡Bienvenidos! —exclamó, haciéndoles un gesto para que se acercaran. El guardia se marchó—. ¡Qué bien, caras nuevas! Lo echábamos de menos, os lo aseguro. Pasad, pasad...

—¿Dónde vamos? —preguntó Trisha, mientras lo seguían escalera arriba.

—A que os aseéis y os miren las heridas, claro. Habrá que saber si estáis sanos. Os encontráis en el centro de bienvenida.

El rellano superior parecía una especie de sala de espera con dos sofás rojos, pero no había nadie en ella. El hombre se detuvo junto a una de las numerosas puertas.

—Soy Eugene, por cierto —se presentó amablemente—. Siempre voy a estar aquí, a vuestra disposición. Imagino que la ciudad os parecerá un poco grande al principio, pero para eso estoy yo; aunque no podréis venir a verme si necesitáis

280

cualquier cosa, no dudéis en llamarme. Después de todo, es mi trabajo.

Los observó más atentamente.

—Vosotros dos deberíais ir primero a que os vea la enfermera. —Abrió la puerta, que daba a una sala blanca donde una mujer y un chico revoloteaban en torno a un conjunto de camillas—. Tú, sin embargo, puedes venir a hacerte la ficha.

—¿Qué ficha? —preguntó Alice.

—Es solo un trámite. Nos gusta saber quién entra y sale de la ciudad —explicó él—. Vosotros dos, pasad, no os preocupéis. Os la devolveré en un momento.

Alice y Rhett intercambiaron una mirada antes de separarse. Ella siguió al hombre, que se dirigió a la puerta contigua, donde tenía un pequeño despacho perfectamente ordenado. Le indicó que se sentara en una de las mullidas sillas mientras él se ajustaba las gafas sobre el puente de la nariz y sacaba sus papeles.

—No te preocupes, será solo un momento —aseguró—. Además, pareces una buena chica. Seguro que no vas a tener que volver.

—¿Cómo dice?

—Solo vuelve aquí la gente que tiene que abandonar la ciudad —aclaró él tristemente—. No es que me guste, pero es mi trabajo.

—Y ¿por qué la abandonan?

—Aquí somos muy estrictos con el vandalismo. Cada ciudadano tiene cierta cantidad de oportunidades, pero, una vez gastadas, no nos queda más remedio que echarlo.

—¿Y si, simplemente, quieren irse?

Él sonrió.

—Eso no sucede nunca.

Eugene extendió un papel en la mesa y alcanzó un lápiz, mirándola.

—¿Nombre?

—Alice.

—¿Alice... qué más?

Ella se quedó en blanco. Estuvo a punto de decir el de Alicia, Yadir, pero se detuvo al instante.

—Prefiero no dar mi apellido.

—Como quieras. ¿Edad?

—Veintiuno.

—¿Fecha de nacimiento?

—¿Es necesario rellenar todo esto ahora? —preguntó ella torpemente.

El hombre se quedó mirándola un momento.

—Responde, por favor.

—Diecisiete de noviembre.

—¿Nombres de tus amigos y sus edades?

Ella contestó. El hombre apuntó su respuesta a toda velocidad. Parecía acostumbrado a hacerlo.

—Bien, bien —murmuró—. ¿Eres pareja de alguno de los dos?

—Del chico.

—Entonces, estáis de suerte. Acabamos de restaurar una de las casas del centro de la ciudad. Hay habitaciones de sobra, así que, si no tenéis ningún problema, vuestra amiga puede vivir con vosotros.

Alice estuvo a punto de ponerse de pie, pero se detuvo cuando él le hizo una seña.

—Casi se me olvida —dijo, sonriendo—. Los tres sois humanos, ¿verdad?

Ella se quedó un momento en silencio. El corazón se le aceleró.

—Sí —afirmó, con sorprendente confianza—. ¿Qué íbamos a ser si no?

—Claro. —El hombre sonrió sin un ápice de sospecha—.

Y ¿se os da bien algo en particular? ¿Tecnología, la gente, la cocina, las armas...?

—Las armas y el combate.

—Magnífico.

Diez minutos y muchas preguntas después, Alice por fin se pudo levantar de la silla, dispuesta a salir del despacho. Eugene la guio hacia la puerta con una sonrisa que no se le había borrado en todo el rato.

—Un compañero os dará las llaves de la casa y os informará de todo lo demás —le dijo—. Espero que os guste la ciudad. Es una maravilla, no cabe duda.

Alice le dedicó una pequeña sonrisa, más por educación que por otra cosa.

—Gracias, Eugene.

—No hay de qué, Alice —sonrió él, dándole una palmadita en la espalda—. Bienvenida a la Unión.

16
LOS FANTASMAS DEL PASADO

En cuanto el guardia cerró la puerta y los dejó solos, Trisha ahogó un grito y empezó a recorrer su nueva casa a toda velocidad.

—¡Tenemos tele! —gritó, señalándola.

Alice parpadeó, sorprendida, cuando vio un televisor gigante. El único que había visto en su vida era el de la antigua habitación de Rhett, que era minúsculo y mucho más grueso. No sabía que existieran otras versiones tan... refinadas.

La casa que les habían asignado no era enorme, pero sí mucho más grande de lo que necesitaban. Estaba en el centro de la ciudad, situada junto a lo que el guardia que los había guiado había denominado plaza principal, y tenía tres habitaciones, cada una con su cama doble y un cuarto de baño particular. Las paredes estaban pintadas de blanco y verde, a juego con el mobiliario, que parecía nuevo.

Nada más entrar, había un enorme mueble con espejo en el que habían dejado sus abrigos. Después, detrás del marco de la puerta del vestíbulo, un enorme salón con dos sofás que formaban una L, una chimenea encendida, una enorme alfombra blandita, una mesa de café y varias plantas. Alice arrugó la nariz al ver una lámpara de roble horrenda. Al lado había una gran cocina con una mesa en la que cabrían diez personas. Después, el pasillo y las habitaciones.

—¿Qué es esto? —preguntó Trisha, que había encontrado lo que parecía una tableta electrónica encima de uno de los sofás.

Alice se la quitó y la analizó con el ceño fruncido.

—¿Es un primo tuyo? —se burló Trisha.

—Vete a la mierda —espetó Rhett detrás de ellas.

—Creo que sirve para pedir cosas —murmuró Alice, ignorando los comentarios—. Mira, hay varias pestañas. Cada una tiene una finalidad diferente, ¿lo ves? Nos traerán lo que queramos en menos de una hora. Hay comida, ropa...

—¡Voy a pedir comida! —gritó Trisha, quitándole el dispositivo y empezando a toquetearlo.

Alice evitó sonreír. Pensara lo que pensase de la situación, era la primera vez que veía a su amiga tan entusiasmada con algo.

Rhett, mientas tanto, se había acercado a la nevera cojeando y la había abierto con una mano. Se había quedado mirando su interior un momento, pensativo, y luego había sacado una pieza de fruta para olisquearla. Casi parecía estar buscándole algún defecto, así que cuando no encontró nada de lo que quejarse la volvió a dejar con una mueca de irritación.

—Tenemos la nevera llena, no es necesario pedir nada —concluyó.

—Llena de verduras, eso no es comida —protestó Trisha—. ¿Queréis algo? Tienen incluso helados.

Alice se acercó a Rhett en la cocina. Estaba cerrando la

nevera, pero no parecía muy contento. Le habían tratado la herida del muslo y, a pesar de que él no había dicho nada, ella sabía que ya no le dolía como antes. Alice se preguntó por qué le molestaba tanto que las cosas en esa ciudad salieran bien.

—¿Qué pasa? —inquirió.

—No lo sé. —Rhett echó una ojeada a Trisha, que estaba lo suficientemente alejada como para no oírlos—. No quiero arruinarle el día.

—¿Con qué?

—No lo sé, Alice... Todo esto no... —Hizo una pausa, volviéndose hacia ella—. ¿No has oído nunca la expresión «demasiado bueno para ser cierto»?

—Eh..., no.

—Claro, se me olvidaba que eres un alien.

—No soy un alien. Y sé perfectamente lo que significa lo que has dicho, solo era una broma.

—Ah, ¿sí? A ver, ¿qué significa?

Alice señaló la nevera al instante.

—¿Qué hay ahí dentro?

—Intentaré ignorar que has cambiado de tema para no ofenderte —replicó Rhett—. Pero lo digo en serio. No me gusta este sitio.

—¿Por qué no?

—Porque nadie regala tantas cosas sin esperar nada a cambio.

Alice se quedó en silencio un momento, analizando lo que había dicho. No estaba tan equivocado. Después de todo, incluso en Ciudad Central habían dejado que se quedara a cambio de ingresar en la academia. De no haber satisfecho sus expectativas, la habrían echado.

—A lo mejor necesitan más guardias —sugirió dubitativa.

—No, tienen personal de sobra. ¿Has visto los muros que rodean la ciudad? He contado más de cuarenta vigilantes, y todos tenían su ruta programada, estaba claro. No parecen escasear los efectivos.

Alice lo miró, pasmada. ¿Había estado pendiente de tantas cosas? Ella solo había mirado a su alrededor con curiosidad, preguntándose quién era la gente con la que se cruzaban y qué rincones quedarían por descubrir.

De pronto, se dio cuenta de lo valioso que era contar con alguien como Rhett. Podía llegar a ser un poco serio, pero siempre estaba atento a todas las señales, a todos los detalles, para adelantarse al peligro antes de que ocurriera. Solo había fallado una vez, cuando había dejado a Alice sola en Ciudad Gris, y ella estaba segura de que algo así no iba a volver a suceder.

—Entonces, supongo que pronto descubriremos qué es lo que quieren —murmuró ella.

Rhett asintió con la cabeza, aunque seguía pareciendo muy concentrado en sus pensamientos.

—No saben que soy... eso —añadió Alice para tranquilizarlo—. O, al menos, no han dado señales de saberlo. Y, por la forma en la que me lo preguntaron en el interrogatorio, no creo que les gusten demasiado.

Rhett volvió a asentir, aunque esa vez la miraba fijamente. Con la poca luz de la cocina, no podía verle las motas castañas alrededor del iris. Solo un verde oscuro e intenso que, de no haber sido porque lo conocía tanto, la habría intimidado y habría hecho que apartara la mirada y se ruborizase.

—Por ahora, no vayas sola a ningún lado —le pidió él.

—No tenía pensado hacerlo.

—Nos quedaremos hasta que nos recuperemos del todo, robaremos munición para tu revólver y nos marcharemos a Ciudad Gris.

Alice quiso decir que le parecía bien, pero ambos se volvieron hacia Trisha cuando ella soltó un gritito. Estaba sentada en el sofá, con la tableta apoyada en las piernas, y pulsaba algo con su única mano. Parecía fascinada.

—¡Estaba cotilleando la ropa y nos han mandado un mensaje! —exclamó.

—¿Quién? —Alice se acercó rápidamente, al igual que Rhett.

—Mira.

Él se adelantó y le quitó la tableta de la mano para leer con el ceño fruncido. Alice tuvo que asomarse junto a su hombro para poder hacer lo mismo.

Bienvenidos a la ciudad, chicos. Espero que os hayáis asentado y que la casa sea de vuestro agrado. Mañana por la mañana, cuando hayáis descansado, nos encantaría que os reunierais con nosotros en la plaza principal para hablar de vuestros futuros trabajos. Me encontraréis allí entre las nueve y las diez.

Si necesitáis algo, no dudéis en pedirlo mediante la tableta. Desde aquí también podéis controlar la calefacción. Y, por supuesto, mientras trabajéis para la ciudad, no tenéis que preocuparos de los gastos, aunque recordad que debéis ocuparos de la limpieza de la casa personalmente. Pero ya os lo aclararé todo mañana, no os preocupéis.

Descansad bien.

Kai

—¿De qué trabajo habla? —preguntó Trisha.

—Según Eugene, algo relacionado con armas —murmuró Alice.

—Genial..., si añadimos un instructor amargado, ya me sentiré como en casa.

Los tres dormitorios eran bastante similares, pero había uno más amplio por el que Rhett y Trisha estuvieron peleándose un buen rato. Alice no les hizo mucho caso —más que nada porque, cuando esos dos discutían, ella decidía evadirse de la realidad—, pero sí escuchó que ambos daban razones por las cuales eran más aptos para encargarse de una habitación más grande. Al final, por los pasos pesados y furiosos de Trisha en dirección contraria por el pasillo, Alice supuso que Rhett había ganado.

—La del fondo es mía —le advirtió Trisha al verla transportando sus cosas.

En cuanto cerró la puerta, ella suspiró, se ajustó la bolsa sobre el hombro y se encaminó hacia el último cuarto vacío, el que estaba junto al de Rhett.

Sin embargo, apenas había tocado la maneta cuando notó que alguien la miraba fijamente. Se volvió hacia Rhett, que estaba apoyado en el marco de la puerta de su habitación con una mano y tenía la expresión un poco contrariada.

—¿Qué pasa? —preguntó Alice. ¿Había hecho algo mal?

Él miró la mano de ella, todavía apoyada en el picaporte, y luego volvió a mirarla a la cara. Parecía un poco confuso.

—Pensé que... tú y yo... —Hizo una pausa, carraspeó, y luego negó con la cabeza—. Da igual. Es una tontería.

Hizo un ademán de meterse en su habitación, pero se detuvo para mirar por encima de su hombro cuando Alice soltó una risita divertida que se convirtió en carcajada cuando a él se le enrojecieron las orejas.

—No sé qué te hace tanta gracia.

—Si quieres que duerma contigo, solo tienes que decirlo.

—¿Qué te hace pensar que eso es lo que quiero, creída?

—¿Acaso me equivoco?

Rhett la miró, enfurruñado.

—No te lo voy a pedir.

—Pues que descanses.

No se quedó para ver su expresión, pero notó que seguía

mirándola fijamente cuando entró en la habitación de al lado. Mantuvo la puerta abierta a propósito mientras dejaba su triste bolsita en la cama y miraba a su alrededor, satisfecha.

Justo cuando abrió el armario para empezar a revisarlo, escuchó un ligero carraspeo tras ella que le provocó una sonrisita divertida.

Se dio la vuelta, conteniendo la risa, y se encontró a Rhett plantado en medio de su cuarto con las manos en las caderas. Tenía el ceño fruncido.

—Vale —le dijo directamente de forma un poco brusca—. No hace falta que uses esta habitación. En la mía hay sitio de sobra para los dos. Por eso quería la grande.

—Has dicho muchas cosas, pero ninguna de ellas era una petición.

—Alice...

Ella enarcó una ceja, decidida a mantenerse en sus trece. Pareció que pasaba una eternidad hasta que él carraspeó, se puso colorado y dio un pasito en su dirección.

—Me gustaría que durmieras conmigo —dijo a toda velocidad—. Si..., bueno, si no te importa y todo eso.

Estuvo a punto de presionarlo un poco más, pero sabía que no iba a sacarle nada más romántico. Alice sonrió y cerró el armario. Lo escuchó exhalar un suspiro cuando la vio recoger su bolsa de la cama.

—¿Ves cómo no era tan difícil? —le sonrió al pasar por su lado.

* * *

A la mañana siguiente, cuando llegaron a la plaza con su ropa asignada, Alice se sentía muy fuera de lugar.

El atuendo era un mono militar un poco ajustado. Había decidido ponerse un jersey negro de cuello alto debajo para no pasar frío, pero aun así el frío la hacía tiritar mientras avanzaban. A Rhett y Trisha los uniformes les sentaban genial. Parecían hechos a medida. Incluso habían cosido una de las mangas del atuendo de Trisha por el codo para que no quedara suelta y le molestara. Y Rhett se pusiera lo que se pusiese le quedaba bien. Alice le dedicó una miradita antes de volver a centrarse.

La plaza parecía ser un punto de encuentro para toda la ciudad. Era una zona redonda con una fuente prácticamente congelada en el centro. Una escultura de un delfín soltaba un chorrito de agua que iba llenando la estructura y con el que algunos niños se salpicaban unos a otros, aunque la mayoría correteaban lanzándose bolas de nieve. Algunos adultos, que debían de ser sus padres, permanecían sentados en los bancos de piedra que había alrededor, charlando y bebiendo algo caliente.

Alice nunca había visto una ciudad de las de antes, pero estaba segura de que eso tenía que ser lo más cercano que podría encontrar en la actualidad. En la Unión uno se olvidaba de que existía gente hambrienta, de que se masacraba a los androides, de que algunas ciudades estaban enfrentadas, y de que los salvajes rondaban por las zonas abandonadas. Parecía un sitio normal y corriente en el que cualquiera desearía vivir.

Rhett y Trisha debieron de pensar lo mismo, porque se detuvieron —uno a cada lado de Alice— y miraron a su alrededor. Él tenía una expresión confusa, pero ella parecía algo nostálgica.

—Tengo pocos recuerdos de antes de la guerra —murmuró—, pero sí me acuerdo de ir al parque con mi madre y mis hermanos. Era muy parecido a este.

Alice no sabía que su amiga hubiera tenido hermanos, pero decidió no indagar sobre ello. De todas formas, aunque hubiera querido hacerlo, en ese momento Kai los vio y se levantó del banco en el que estaba sentado. Llevaba puesto su uniforme reglamentario, pero también un gigantesco abrigo marrón y un gorrito que tenía una bolita pomposa encima.

—Veo que acerté con las tallas —exclamó con una gran sonrisa, mirándolos de arriba abajo.

—¿Por qué vamos así vestidos? —preguntó Rhett, bastante menos entusiasmado que él.

—Bueno, dijisteis que sabéis disparar, ¿no?

Se miraron entre ellos.

—A mí se me daba mejor pelear —comentó Trisha.

Pese a que lo dijo de forma automática, todos detectaron el tono triste de su voz. Había usado el pasado. Ya nunca volvería a pelear como antes, ni siquiera con muchísima práctica. Alice no pudo evitar echarle una ojeada antes de apartar la mirada, algo enfadada con el mundo. No era justo.

Kai debió de pensar lo mismo al mirarla, porque estuvo a punto de responder pero al final se limitó a carraspear.

—En realidad, tu médico te está esperando para la revisión diaria —le recordó—. Me ha pedido que te avisara.

—No necesito revisiones diarias.

—Trisha —murmuró Alice con voz suave—, has perdido un brazo. Si pueden ayudarte, deja que lo hagan.

Ella pareció molesta, pero al final giró sobre sus talones y se alejó de ellos con los hombros tensos. Alice la siguió con la mirada antes de volverse hacia Kai, que suspiró con cierto alivio por haberse librado de una discusión.

—Gracias. Ahora, deberíamos ir al edificio. No podemos hablar de esto delante de tanta gente.

Kai les hizo un gesto para que lo siguieran, cosa que Rhett y Alice hicieron tras dedicarse una breve mirada. Él iba cojeando, pero seguir el paso de las cortas piernas de Kai no era muy complicado. De hecho, estuvieron a punto de adelantarlo varias veces.

—¿Qué tal la herida? —le preguntó al cabo de unos instantes, mirándolo por encima del hombro.

—Preocúpate de decirnos qué tenemos que hacer.

Kai enrojeció de golpe y se volvió de nuevo hacia delante. Alice negó con la cabeza.

—Estamos trabajando en un proyecto —explicó Kai—. Lo entenderéis mejor cuando lo veáis, pero básicamente se trata de un grupo de expertos.

—¿Expertos en qué? —preguntó Alice.

—En disparar, esconderse..., todo eso.

Para llevar un traje militar, no parecía dominar mucho el tema.

Habían cruzado la plaza y ahora atravesaban una de las calles principales. Ahí la gente sí los miraba con curiosidad. Sin embargo, no parecían hostiles. De hecho, se limitaban a echarles una ojeada antes de volver a sus asuntos. No había murmullos, ni tampoco ceños fruncidos. Era un alivio.

—Os miran porque vuestros trajes son un poco más oscuros que los del resto. Son los que usan los del equipo —explicó Kai—. Se los considera muy importantes para el desarrollo de la ciudad. Seréis como héroes.

—¿Y de qué se encarga ese equipo, exactamente? —preguntó Alice.

—No podemos hablarlo aquí —aclaró él—. Es un secreto.

—Vaya chorrada —se burló Rhett en voz baja, ganándose una mirada de reproche de Alice.

El edificio en cuestión resultó ser una nave situada al final de la calle principal. El interior olía a goma, cosa que le recordó vagamente a la sala de tiro de Ciudad Central. Era un pasillo largo de suelo gris y paredes blancas, interrumpido solo por unas cuantas puertas que iban encontrándose a cada lado: de madera a la izquierda y de cristal a la derecha. Alice intentó curiosear por esas últimas, pero solo había despachos aburridos y vacíos, nada interesante.

—Esto era un edificio administrativo —explicó Kai—. Todavía estamos decidiendo qué hacer con algunos de los despachos, pero muchos ya están reformados. Este es uno de ellos.

Efectivamente, tras una de las puertas de cristal, en lugar de un despacho había una sala insonorizada en la que una chica con un mono igual que el suyo disparaba a un objetivo. Alice vio que Rhett se fijaba en todos y cada uno de los fallos que estaba cometiendo.

—La mayoría son salas para disparar —continuó Kai, mirando también a la chica—. Si queréis practicar lucha, hay una estancia con colchonetas y muñecos.

—Prefiero entrenar con gente —murmuró Rhett.

Alice tuvo que contenerse para no sonreír cuando Kai lo miró, dubitativo, como si no supiera si iba en serio o no.

Por fin llegaron a la sala a la que se dirigían, un despacho parecido a los del pasillo, pero con un ordenador gigantesco y muchísimos aparatos electrónicos. Kai apartó algunos de ellos a toda velocidad, avergonzado, mientras les indicaba que se sentaran en las dos sillas libres. Alice y Rhett lo hicieron, y el muchacho ocupó su asiento al otro lado de la mesa, apartando la pantalla del ordenador para poder verles la cara.

—El grupo del que os he hablado es el Equipo Dos —dijo finalmente.

—¿Por qué dos y no uno? —preguntó Rhett.

—Porque esta es la segunda vez que intentamos que funcione.

—Y ¿qué pasó la primera?

—Bueno..., eh...

—Murieron todos, ¿no?

—Dicho así suena muy feo.

—Será porque lo es.

Kai debió de ver que Alice, su única aliada en esa estancia, estaba empezando a dudar, y se apresuró a seguir hablando:

—Hace casi un año, nos dimos cuenta de que la mayoría de los guardias que tenemos a nuestro servicio no tienen ni idea de armas, de ataques ni de defensa. De hecho, la mayoría se alistan porque no saben de qué otra forma contribuir a la ciudad para que no los echen. Nosotros podemos entrenarlos, pero son adiestramientos rápidos y generales, destinados a obtener efectividad inmediata. No se centran en nada en concreto, no crean expertos.

Hizo una pausa, sacando unos papeles, pero sin enseñarlos.

—Pensamos en lo que pasaría si nos atacaran. La única esperanza que teníamos era que el gran número de soldados del que disponemos los intimidara lo suficiente como para ahuyentarlos, pero está claro que ese plan no es muy seguro. Por eso, se me ocurrió crear un pequeño grupo de personas expertas en... todo: armas, defensa, ataque... Así, si algo sucede, podremos contraatacar.

—¿Y no sería más lógico entrenar a todos los guardias? —preguntó Alice.

—No tenemos los recursos suficientes. Lo que pretendemos conseguir es un grupo de profesionales experimentados. De élite. Cada uno tiene sus fortalezas y sus debilidades, pero trabajando en equipo se complementan, y debo decir que es muy difícil luchar contra eso.

—¿Alguna vez habéis puesto el grupo a prueba?

—Sí, una vez. —Él sonrió, nervioso—. Con el Equipo Uno, pero... ¡no eran tan buenos como vosotros!

—Kai —Alice no pudo evitar enarcar una ceja—, ni siquiera nos has visto en acción.

—Pero tengo fe. Y seguro que habéis disparado a alguien, ¿verdad?

—No, nunca —admitió Alice.

—Yo sí —dijo Rhett.

—Él era mi profesor —aclaró ella.

—Y ella mi peor alumna.

—¿Y ahora sois pareja? —Kai sonrió ampliamente—. ¡Qué romántico! ¡Me encantan las historias de amor! ¿Cómo sucedió?

—Pues...

—¿No estábamos hablando del grupo suicida? —interrumpió Rhett.

—Ah, sí, sí... Bueno, la cosa es que ya hemos reunido a unos cuantos voluntarios muy capaces. Pero nos preocupa un poco el liderazgo.

—¿Quién los encabeza? —preguntó Rhett.

—Nadie. Por eso nos preocupa el tema.

Alice no entendía dónde quería llegar, pero Rhett pareció captarlo al instante, como de costumbre.

—Quieres que uno de nosotros sea el jefe, ¿no? —dijo Rhett—. ¿No se supone que son los mejores?

—Y lo son, pero necesitan un líder —aseguró Kai enseguida—. Bueno, ¿queréis uniros? Debo añadir que solo por formar parte del grupo toda la ciudad probablemente os admire y os respete. Eso no es fácil de conseguir.

—La admiración y el respeto me importan un...

—Además, ¡dispondréis de muchos privilegios! Todo lo que pidáis por la tableta será gratis. ¡Y podréis salir y entrar de la ciudad muchas veces, en las exploraciones!

—¿Exploraciones? —Alice dio un respingo y su mirada se iluminó—. ¡Me apunto!

—Mira que eres fácil de sobornar... —Rhett la miró con mala cara.

—¡Genial! —Kai sonrió—. ¿Y tú?

Él no parecía muy convencido.

—No lo sé.

—Podéis intentarlo aunque solo sea durante un tiempo, para ver cómo os va. Cualquier ayuda es bien recibida.

—Venga, Rhett —intervino Alice—. Es mejor esto que montar guardia en una puerta.

Él lo pensó durante un buen rato, hasta que por fin suspiró y se encogió de hombros.

—Pues... vale, supongo.

Kai y Alice aplaudieron.

—¡Vamos, os presentaré a los miembros del grupo! ¡Se mueren de ganas de conoceros!

Siguieron a Kai hasta el final del pasillo, donde resultó haber una gran puerta de cristal que se abrió sola en cuanto se acercaron. Alice adoró aquel detalle. En su interior, había un gimnasio sorprendentemente grande con varios ventanales rectangulares en la pared del fondo. Había muñecos de prácticas, un circuito parecido al de Ciudad Central, colchonetas e incluso sacos de boxeo.

Pero, irremediablemente, la atención de Alice se clavó en las cuatro personas que había allí. Una estaba entrenando con los sacos de boxeo, otra en las colchonetas estirando y las dos últimas charlando y riendo en el circuito.

Cuando los oyeron entrar, todas las cabezas se volvieron en su dirección.

—¡Chicos! —los llamó Kai entusiasmado—. Estos son Alice y Rhett, los compañeros a los que mencioné ayer. Son expertos en armas, así que seguro que os serán de gran ayuda.

Alice sonrió tímidamente, pero la sonrisa se congeló en sus labios cuando Rhett soltó una palabrota en voz baja a su lado. Lo miró, sorprendida, pero él tenía los ojos clavados en un punto muy concreto de la sala.

—Será una broma —masculló.

Siguió su mirada y tardó unos segundos en reaccionar cuando vio a un chico grandullón y rubio que los miraba con los ojos muy abiertos. Habría reconocido esa nariz torcida, ese cuello grueso y ese pelo rubio en cualquier lado. Kenneth.

—¿Os conocéis? —preguntó Kai, al notar el silencio tenso que se había formado.

—Desgraciadamente, sí —murmuró Rhett.

—Bueno..., una presentación menos, entonces.

Kenneth estaba tal como lo recordaba Alice. El único cambio que veía en él era que le había crecido el pelo. Y que ya no llevaba el uniforme negro de Ciudad Central, claro. La última vez que lo había visto había tenido que esconderse porque, de haberlos pillado, los habría mandado de vuelta con Deane sin siquiera dudarlo. ¿Y ahora tenían que trabajar con él?

Por si la situación no fuera lo suficientemente tensa, Alice desvió la mirada unos centímetros para clavarla en la pareja a la que había visto en el circuito. No se había podido fijar en ellos hasta ese instante. Y también los reconoció. Shana y Tom.

Al menos, la otra integrante del grupo, la chica a la que habían visto en la sala de tiro, sí que era una desconocida. Menos mal.

—Bueno, estoy seguro de que formaréis un buen equipo. —Alice no pudo creerse que Kai no se diera cuenta de que la tensión se cortaba con un cuchillo—. Ahora tengo que irme, ¿por qué no aprovecháis para conoceros un poco?

No esperó una respuesta. Se marchó alegremente, dejando tras de sí un silencio increíblemente incómodo. Alice carraspeó, sintiendo todas y cada una de las miradas de la sala sobre ellos. Kenneth fue el primero en adelantarse, y ella notó que Rhett se tensaba cuando se detuvo delante de ambos con una sonrisa socarrona.

—Creía que estaríais muertos —les soltó.

Alice le dirigió una mirada rencorosa.

—No parecías tan seguro cuando nos buscabas por el bosque.

Kenneth la miró de la misma forma que en Ciudad Central. Es decir, haciéndola sentir como si fuera un bicho que mereciese ser pisado.

—Lástima que no te encontrara.

—Si lo hubieras hecho, ahora no estarías respirando —espetó Rhett, mirándolo fijamente.

Kenneth sonrió, divertido.

—Ya veo por qué me ignorabas en Ciudad Central. ¿Se ponía celoso tu profe?

—No, pero tenía preocupantes instintos homicidas.

Alice reaccionó y le sujetó la muñeca a Rhett cuando Kenneth dio un paso en su dirección. Sabía que podía con él, pero no podía evitar recordar que seguía herido y que no debían dejar que los echaran tan pronto.

Por suerte y, para su sorpresa, Tom intervino y dijo algo a Kenneth en voz baja. Fuera lo que fuese, este soltó un suspiro y se dio la vuelta para volver a centrarse en el saco. Tras eso, todo el mundo volvió a lo suyo sin decir nada más.

* * *

Volver a la casa que les habían asignado fue un verdadero alivio. Alice y Rhett permanecieron en silencio durante la mayor parte del corto trayecto. La calle principal estaba prácticamente vacía por el frío —el sol ya se estaba poniendo—, pero se veían las luces de las ventanas encendidas. Un niño los saludó con una gran sonrisa antes de corretear y entrar en su casa. Alice fue la única que le devolvió la sonrisa. Rhett estaba ocupado poniendo mala cara al frente.

—Sé lo que estás pensando —murmuró ella al final—, pero no podemos irnos.

Rhett se detuvo de golpe y la miró, sorprendido.

—¿No quieres irte?

—No.

—Alice, ese tío intentó cazarte. Y otras cosas peores. ¿En serio te apetece quedarte aquí con él? ¿Y con quienes te traicionaron? ¿Quién te dice que no van a volver a exponerte?

—Lo sé, pero asumo el riesgo. No voy a permitir que nos echen de la ciudad por su culpa. No ahora.

Rhett apretó los labios, pero no se movió. Los copos de nieve empezaron pegarse a sus mechones de color castaño oscuro. En cualquier otra ocasión, Alice habría sentido la tentación de resaltar lo tierno que era aquello, pero dudaba que en ese momento Rhett fuera a tomárselo bien.

—Yo también estoy preocupada —admitió—. Él, Tom y Shana saben lo que soy. Es un riesgo.

—Como digan algo...

—Podrían haberlo hecho cuando me vieron y, sin embargo, decidieron callar. Aunque no entiendo por qué.

Rhett se quedó mirándola, pensativo, antes de suspirar y tomarla de la mano.

—Vamos a cenar algo, como sigamos aquí fuera mucho tiempo vas a pillar una pulmonía.

Alice no protestó cuando empezó a tirar de ella hacia su casa, pero no pudo evitar una sonrisa divertida.

—Sabes que no podría morir por esto, ¿no?

—¿Eh?

—Soy resistente a temperaturas extremas. Quizá mis sistemas se ralentizarían o me marearía a cada dos pasos, pero no moriría. Tú corres más peligro que yo.

Rhett le dirigió una miradita de ojos entrecerrados.

—Para una vez que quiero ser un caballero, vas y sales con eso.

—¡Perdón! —Alice se echó a reír y se llevó una mano a la frente—. Oh, por favor, rescátame de esta pesadilla. ¡Creo que ya no siento las piernas!

Apenas había terminado de decirlo cuando Rhett le soltó la mano de golpe. Ella abrió mucho los ojos, sorprendida, cuando notó que la sujetaba por debajo de las rodillas y por la espalda. Apenas un segundo más tarde, la llevaba en brazos.

—¿Qué...?

—¿No has dicho que no sentías las piernas?

Rhett sonrió, pero ella no estaba tan contenta.

—¡Bájame! ¡Sigues teniendo la pierna herida!

—No es para tanto.

—¡Bájame ahora mismo!

Rhett fingió que no la escuchaba durante el resto del camino, hasta que por fin llegaron a la entrada de su casa y dejó que los pies de Alice tocaran el suelo. Ella se apartó mientras él se reía, y entró en la casa con aire indignado.

Trisha, que en ese momento se asomó por encima del respaldo del sofá, tuvo que limpiarse las migas de galletas de la boca antes de hablar.

—Anda, pero si son los trabajadores del mes... —comentó con cierta sorna.

—No te amargues —le recomendó Rhett—, ya encontrarás algo que hacer cuando te pongas mejor.

Con esa delicadeza solo consiguió que Trisha se amargara todavía más. Le seguía molestando mucho haber perdido facultades a raíz de lo del brazo.

—¿Y qué tal el primer día? —preguntó con el mismo tono—. ¿Ya habéis hecho amiguitos?

—Pues... no exactamente.

Ella pareció algo sorprendida.

—¿Y eso por qué?

—Hemos visto a Kenneth.

—¿El Kenneth al que le di una paliza?

—Sí. ¿Conoces a algún otro?

—Uy. —Trisha miró a Rhett con una sonrisa burlona—. Se te ve muy contento con el reencuentro.

—Qué graciosa eres —masculló él.

—Míralo por el lado positivo. Si entrenáis juntos, puedes zurrarle con la excusa de que era para practicar.

A Rhett se le iluminó la mirada casi al instante.

—No des ideas —sugirió Alice, sentándose con ella en el sofá—. También estaban Shana y Tom. Y lo peor es que los tres saben que soy... ya sabes.

¿Por qué le era tan difícil decirlo en voz alta? Solo era una palabra.

—Ya veo. —Trisha lo consideró un momento—. Si todavía no han dicho nada, es por algo. Y ese algo os lo revelarán ellos mismos cuando lo crean necesario.

—Quizá, para cuando lo digan, nosotros ya no estaremos aquí —dijo Alice con convicción—. Ya nos habremos marchado y encontrado a los demás.

Trisha le echó una ojeada extraña. Tardó unos instantes en responder.

—Hasta entonces, toca esperar viendo películas conmigo.

Eso hizo que Rhett se inclinara sobre el respaldo del sofá, interesado.

—¿Qué estás viendo? —preguntó Alice.

—No te hagas ilusiones, solo tienen antiguallas —dijo Trisha, y se volvió hacia Rhett cuando él resopló—. Sí, estoy viendo *El guardaespaldas*. ¿Algo que opinar?

—Eres la última persona del mundo a la que esperaba encontrarme viendo eso.

—El actor lo merece.

Y así empezaron a discutir sobre la película mientras Alice miraba el televisor.

17
LA NUEVA KEVIN COSTNER

Su primer día en el Equipo Dos había resultado ser un poco más agradable de lo que habían anticipado. Trisha se había quedado en casa, de nuevo un poco irritada; Rhett y Alice se pusieron ropa deportiva para ir a entrenar. Lo primero que vieron fue que en la sala principal solo estaban Shana y Tom, que entrenaban juntos, así que Alice se metió en una de las salas de tiro mientras Rhett se plantaba frente a los sacos de boxeo.

Más tarde fueron apareciendo los demás, aunque Alice no se movió de su puesto. No quería ir al gimnasio principal para que vieran lo mal que se le daba tanto el combate como el circuito. Sabía que Rhett la ayudaría a mejorar si se lo pedía, pero la vergüenza era demasiado grande.

—Hola.

Miró atrás, sobresaltada. La chica a la que habían visto en la sala de tiro el día anterior estaba de pie a su lado y le dedicaba una pequeña sonrisa simpática.

—Soy Maya —añadió, al ver que ella no decía nada—. Ya me he presentado a tu novio.

—Ah. —Alice dudó un momento antes de bajar la pistola y estrecharle la mano con la que le quedaba libre—. Es... un placer. Me llamo Alice.

—Sí, lo sé. Quería presentarme ayer, pero el ambiente estaba tan tenso que no sabía muy bien cómo hacerlo.

—Ah, sí, eso... Es que los de la otra sala son viejos conocidos.

—Lo sé. Hablaron de vosotros.

Hizo una pausa en la que sintió que el corazón se le detenía. ¿Habían contado lo de...?

—Dijeron que se os dan bastante bien las armas —finalizó Maya, sonriendo—. ¿Nos vais a enseñar?

—No sé si seré buena profesora —comentó incómoda—. Nunca he enseñado nada a nadie. Pero Rhett ha sido instructor.

—Te lo he pedido a ti, no a él.

Lo dijo como si le divirtiera que intentara alejarla. Alice carraspeó y asintió con la cabeza para que se acercara. Maya era bastante guapa. Estaba muy delgada y su cuerpo apenas tenía curvas, pero el tono dorado de su piel, el pelo oscuro y recogido en una coleta y los ojos rasgados de un castaño muy oscuro le concedían un encanto especial.

—Te vimos practicar el otro día —comentó Alice.

—¿En serio? Y ¿qué tal lo hago?

Su silencio hizo que Maya se echara a reír.

—Vale, lo pillo.

—Es normal —se apresuró a añadir Alice—. Es solo cuestión de práctica.

—He aprendido a luchar, pero en mi vida había sujetado una pistola.

Alice se acercó y le colocó mejor los dedos. Maya pareció sorprendida de lo fácil que era sujetar la pistola cuando se colocaba bien. La manejó con una mano, entusiasmada, y apuntó al objetivo mientras Alice le recitaba todos los consejos que le había dado Rhett unos meses atrás, cuando ella tampoco sabía ni cómo sostener un arma.

Maya resultó ser un verdadero encanto. Aunque a veces se distraía, bromeaba mucho y en algunas ocasiones parecía no tomarse las cosas muy en serio, aprendía rápido. En su media hora de clase, consiguió acertar al muñeco la mayoría de las veces. No dio en la diana en ninguna ocasión, pero parecía feliz de todas formas.

—Esto no está nada mal —comentó, sacando el cargador vacío del arma—. Eres muy buena profesora.

—Gracias.

—¿Qué tal se te da luchar?

—Si pretendes que te enseñe, has ido a llamar a la peor puerta posible.

—No, tonta. —Maya ya se estaba riendo otra vez—. Me refería a enseñarte yo.

Eso podía ser interesante.

Dejaron las armas de nuevo en su correspondiente lugar y las dos se dirigieron entre risas a la sala principal, donde los demás seguían entrenando, cada uno centrado en sus cosas. Alice había conseguido relajarse un poco tras la tensión del día anterior, pero se puso en alerta cuando escuchó un duro golpe sordo contra una colchoneta.

Se dio la vuelta, asustada, pero su alivio fue inmenso cuando vio que Rhett seguía de pie junto a uno de los sacos, tan confuso como ella. Todos se volvieron hacia Kenneth y Shana. Este había aterrizado de culo, provocando ese ruido tan espantoso, y ahora miraba a su contrincante con la cara roja por la rabia.

—¡Has hecho trampa!

—Qué va. ¡Aprende a perder!

Kenneth se puso de pie de un salto y empezó a avanzar

hacia su compañera. Casi al instante, Tom se acercó a ellos. Sujetó a Shana justo a tiempo para que no saltara sobre Kenneth y los tres empezaron a discutir a gritos.

—Ya están otra vez peleándose —murmuró Maya.

—¿Esto pasa a menudo?

—Desgraciadamente, sí. A Kenneth le jode no ganar siempre, así que muchas veces reta a Shana esperando poder darle una paliza. Ella sabe defenderse bien, pero aun así suele perder. Cuando Shana consigue ganar, pasa esto.

Maya exhaló un suspiro y se dirigió hacia ellos para intentar calmarlos, y Alice aprovechó para acercarse a Rhett, que seguía teniendo una mano apoyada en el saco de boxeo.

—Cada día me arrepiento más de no haberlo machacado en nuestra ciudad —murmuró él con la mirada clavada sobre Kenneth.

Ella no pudo contradecirlo, así que se limitó a acercarse un poco más.

—He conocido a Maya. Es muy simpática.

—A mí también me lo ha parecido —murmuró él distraídamente, volviéndose por fin hacia Alice—. Me ha preguntado si era buena idea pedirte que le dieras clases de tiro.

—¿Y tú le has dicho que sí?

Alice había sonado muy sorprendida, pero Rhett se limitó a sonreír de lado.

—Pues claro.

—¿Me consideras una buena profesora?

—Creo que eras una excelente alumna. Y los mejores profesores empiezan siempre por ahí.

Ella no pudo evitar enrojecer; no esperaba tantos halagos ni tan seguidos. Rhett se echó a reír.

—¿Por qué te sorprende tanto? No es la primera vez que lo oyes.

—Sigo sin acostumbrarme a que me digas cosas bonitas.

—Entonces, aléjate un rato para que pueda pensar en unas cuantas más.

Alice esbozó una pequeña sonrisa y se alejó alegremente de él. Por suerte, los demás ya habían vuelto a la calma.

Le apetecía entrenar con uno de los muñecos, pero al ver que el circuito estaba vacío lo pensó mejor. No echaba de menos a Deane —ni de lejos—, pero tenía que admitir que en sus clases había aprendido, entre muchas cosas, a trepar, lo que les había salvado la vida en Ciudad Central. Quizá practicar esa habilidad no fuese mala idea.

Repasó el circuito con la mirada. El primer obstáculo era una pared de piedras, el segundo unas barras por las que descolgarse hasta el suelo, el tercero una red estrecha que tenía que cruzarse por debajo, el cuarto una plataforma para subirse de un salto y el quinto las cuerdas que le recordaban a sus peores momentos en Ciudad Central.

Escalar el primero fue sorprendentemente fácil, pero las barras del segundo hicieron que se le cansaran los brazos. Pasó por debajo de la red, arrastrándose con los codos y las rodillas, y subió a la siguiente plataforma sin mucha dificultad.

El problema llegaba con las cuerdas.

Casi un año atrás, se había hecho una quemadura bastante grave en una mano con ellas. Rhett le había enseñado a cruzarlas poco después, pero el miedo seguía ahí. Tragó saliva con fuerza, tratando de alcanzar la primera.

Sin embargo, una vocecita la interrumpió antes de que pudiera llegar a tocarla.

—Hay cosas que no cambian nunca, ¿eh?

Alice bajó la mirada. Junto a la plataforma, Shana la miraba con una ceja enarcada. Tenía un golpe junto al labio inferior que no tardaría mucho en ponerse amoratado.

—¿Qué quieres? —preguntó Alice, tensándose.

—Hablar contigo. —Soltó un pequeño gruñido cuando se subió a la plataforma—. No hemos tenido ocasión de hacerlo aún.

Las dos permanecieron en silencio unos segundos. Alice sabía que Rhett las estaba mirando y, en caso de emergencia, acudiría enseguida en su ayuda. Sin embargo, quería pensar que podía manejar a Shana ella sola y sin ningún tipo de violencia de por medio.

—¿De qué quieres hablar? —preguntó.

Shana se cruzó de brazos.

—Para ser un androide, pareces de verdad.

—Soy de verdad.

—Supongo que, de alguna forma, lo eres, pero no creo que a los de por aquí les haga mucha ilusión saber que tienen un robot en su querido Equipo Dos. ¿No te habló Eugene el primer día de lo mucho que los detestan?

Alice no dijo nada, solo permaneció muy quieta, esperando que ella siguiera.

—Una vez encontraron uno —añadió Shana, dando una vuelta a su alrededor de manera pausada—. Se lo llevaron los guardias. Se comenta que no los llevan a Ciudad Central, sino que los matan directamente. Y la verdad es que no me extrañaría nada.

Alice, de nuevo, mantuvo la calma.

—¿Qué te parece? —Shana se detuvo delante de ella, mirándola fijamente—. ¿Te gustaría que le contara a Eugene lo que sé de ti?

—¿Adónde quieres llegar?

—Bueno, tú tienes un secreto y yo necesito un favor.

—¿Cuál?

—Kai está buscando dos personas que lo ayuden con una misión. Estoy casi segura de que nos ha elegido a Tom y a mí. Como comprenderás, salir de la ciudad no me entusiasma.

Alice, que ya empezaba a ver por dónde iba la cosa, apretó los labios.

—¿Quieres que Rhett y yo os sustituyamos?

—Exacto. —Shana le dedicó una gran sonrisa que parecía una burla—. Veo que tus sistemas de plástico siguen funcionando a la perfección.

No esperó una respuesta. Se bajó de la plataforma de un salto, fue a hablar con Tom y ambos le dirigieron una miradita satisfecha a Alice, que solo pudo pensar en lo cobardes que eran en el fondo.

Esa misma noche, después de cenar y darse una ducha, decidió sacarle el tema a Rhett. Trisha estaba ocupada en la cocina. Había empezado a acostumbrarse a la casa y le gustaba curiosear con la comida para tener una tarea y no sentirse tan apartada. Estaría distraída un buen rato.

Alice le había comentado en una ocasión que no tenía mucho sentido aprender nada, porque pronto volverían con los demás y no tendría mucha utilidad. Trisha le dijo que solo intentaba sentirse útil y que, además, nunca encontrarían a los demás porque quizá ellos no querían ser encontrados. Eso la enfadó sobremanera, pero decidió perdonárselo porque entendía que estuviera de mal humor. Se marchó sin decirle nada.

Pero no era momento de pensar en ello, sino de hablar con Rhett. Estaba cambiándose de camiseta distraídamente mientras ella permanecía de piernas cruzadas en su lado de la cama. No dejaba de repiquetear con los dedos encima de sus muslos, algo nerviosa, y él se dio cuenta enseguida.

—¿Qué pasa? —preguntó directamente, sin mirarla.

—Shana me ha pedido un favor.

Eso hizo que Rhett se tensara un poco.

—¿Te he amenazado?

—¡No! Bueno..., no exactamente.

Rhett se volvió por completo, esperando que siguiera, y Alice soltó un suspiro.

—Me ha dicho que Tom y ella no revelarán mi secreto, pero solo a cambio de que aceptemos una misión que Kai les ha asignado a ellos.

No se atrevió a levantar la mirada hasta pasados unos segundos. Una parte de ella esperaba que Rhett se enfadara por haberlo incluido en un plan de ese calibre sin consultárselo, pero no pareció molesto. Solo pensativo.

—¿Qué misión es?

—No lo sé. Pero, si no quieres...

—¿Qué? ¿Se lo pedirás a Kenneth?

Alice parpadeó, sorprendida, cuando Rhett soltó una bocanada de aire y se dejó caer en la cama. Se quedó estirado con las manos en la nuca, pensativo.

—Adelante —dijo, finalmente.

—¿En serio?

—Pues claro. No voy a permitir que te delaten.

Ella siguió mirándolo unos segundos, algo sorprendida, cosa que a él pareció hacerle gracia.

—¿Qué? No creerías que me negaría, ¿verdad?

—No —admitió.

—Entonces, ¿por qué me miras como un pasmarote?

Era una pregunta retórica. Se estiró para alcanzar el mando del televisor que había en la pared.

—Elige una película. Hace mucho que no vemos una los dos solos y creo que necesitamos distraernos un poco.

La cama era tan grande que Alice tuvo que estirarse para coger el mando. El colchón era tan amplio que podía moverse perfectamente en sueños sin llegar a tocar a Rhett. Eso no le gustaba. Empezó a pasar películas. Salían sus títulos y sus carteles, pero ninguna la convencía. Eso sí, a diferencia de las de la habitación de Rhett, estaban ordenadas por categorías.

—¿Te apetece una de zombis? —preguntó ella. Después lo retiró—. O mejor una sin sangre y vísceras... ¿Una de amor?

Él arrugó la nariz.

—Las hay muy buenas —masculló Alice, que seguía buscando—. ¿Y de drama? Vale, no me mires así.

—Pon una porno —bromeó él.

Alice lo miró, confusa.

—Una... ¿qué?

—A veces se me olvida lo poco que sabes sobre sexo.

—¡Sé mucho del tema! Sale en las películas.

—El sexo real no es como el de las películas. No tiene nada que ver.

Eso hizo que perdiera un poco de confianza. Alice bajó el mando y lo miró con interés.

—¿En serio?

—Bueno, supongo que cada caso es distinto, pero no se suele parecer en nada. En la vida real es mucho más... mmm... —Buscó la palabra adecuada, mirándola—. Mucho menos..., eh..., ¿bonito?

Alice tardó unos segundos en responder. Parpadeaba con aire perdido.

—Entonces, ¿es feo?

—No, no..., pero tampoco te lo imagines como algo maravilloso desde el principio. De hecho, dicen que la primera vez a las chicas les puede llegar a doler.

—¿De verdad? —Ella abrió los ojos como platos.

—Sí, algunas incluso sangran, aunque...

—¡¿Qué?!

—¡Solo un poco! —Rhett se pasó una mano por la nuca. La conversación no estaba yendo como él esperaba. Ella tenía la nariz arrugada con una expresión de horror absoluto.

—Venga ya, no me pongas esa cara.

—Pero, si duele..., ¿por qué la gente quiere hacerlo?

—Porque solo duele al principio. Luego... ya es otra historia.

Alice se quedó pensativa un momento.

—Entonces, ¿el sexo es como que te disparen?

Rhett soltó una carcajada.

—¿Qué dices?

—Duele, sangras..., emites sonidos extraños...

—No recuerdo haberte dicho nada de sonidos extraños.

—Eso me lo dijo Trisha.

—¿Por qué será que no me extraña?

Ella sonrió y, de nuevo, se centró en buscar una película en el televisor.

* * *

Llegaron al entrenamiento a la hora indicada, aunque Alice seguía medio dormida. Se desperezó bebiendo un poco de agua fría y practicando con Maya en los sacos de boxeo. Por suerte, ninguno de los demás —aparte de Rhett— les dirigió la palabra.

Alice se preguntaba cómo iba a funcionar eso de formar parte del mismo equipo con personas que la detestaban tanto. ¿Cómo se protegerían unos a otros si no confiaban entre ellos?

De todas formas, no pudo pensarlo demasiado. Maya pidió a Rhett que les diera a todos una clase de tiro. Y eso hicieron después de la hora de comer. Se reunieron en la sala más amplia que encontraron, se hicieron con las armas reglamentarias, que eran pistolas normales y corrientes, y se situaron delante de los muñecos que habían traído del gimnasio principal.

Tal como Alice se imaginaba que sucedería, Rhett ignoró

por completo a Kenneth. Tampoco le gustaban Shana ni Tom, pero a ellos los ayudó a mejorar la postura. Tom había sido avanzado en armas, pero su amiga no. Se le daba genial pelear, pero no tenía puntería. Maya, por su parte, aplicaba los consejos que Alice le había dado el día anterior. No era espectacular, pero al menos acertaba al muñeco.

Una parte de Alice estaba satisfecha por que Rhett tratase con tanto desprecio a Kenneth, como si así cumpliera algún tipo de venganza personal. La otra, en cambio, sentía algo de lástima por él. Después de todo, tenía derecho a mejorar en armas también. Además, era posible que sus vidas dependiesen de ello.

Al final, hizo de tripas corazón y se situó a su lado. Kenneth la miró de reojo, pero no dijo nada y se limitó a volver a apuntar al muñeco de manera bastante torpe.

—Tienes que colocar ese pie más atrás —le dijo Alice al ver su postura.

Kenneth le puso mala cara.

—¿Qué tendrá que ver el pie con la pistola?

—Tendrás más equilibrio, no te temblará la mano como ahora y dispararás mucho mejor. Es de cajón.

Esperaba que hubiera entendido que eso último era un insulto. Efectivamente, notó que Kenneth la miraba unos instantes, irritado, antes de volverse de nuevo hacia su muñeco. Alice vio de reojo que colocaba el pie como le había indicado. Cuando apretó el gatillo, consiguió acertarle en el hombro.

—¿Lo ves? —murmuró ella.

—Ha sido casualidad.

—Venga ya, ¿cómo puede resultarte tan complicado admitir que tengo razón?

—Cállate.

Alice se centró en recargar su pistola. Una parte de ella se arrepintió de haberlo ayudado. Levantó el arma, decidida a disparar al muñeco, pero se detuvo al notar que Kenneth había bajado la suya y la miraba fijamente.

—¿Llegó a atraparte Deane? —preguntó, pillándola por sorpresa.

—Si lo hubiera hecho, no estaría aquí.

—Mmm...

—¿No trabajabas para ella? Deberías saberlo.

—¿No te enteraste?

—¿De qué?

—Al parecer, Deane le había prometido algo a los de la capital que no pudo cumplir. Y estos se enfadaron mucho.

Ese algo era Alice, claro, pero ella no dijo nada.

—Empezaron a atacar la ciudad, cada vez de forma más intensa... —Kenneth hizo una pausa, mirando su muñeco con el ceño fruncido—. Deane se quedó, pero yo, al igual que muchos otros, me largué. Le dije que se fuera a la mierda y que se muriera sola en esa ciudad si eso era lo que quería.

Alice intentó ver arrepentimiento o culpa en la expresión de Kenneth, pero él se limitó a encogerse de hombros.

—Lo último que escuché fue que amenazaron con destrozar la ciudad. ¿Lo sabías?

—Sí..., algo de eso oí.

—Bueno, supongo que a estas alturas Deane estará bajo tierra. Después de todo, se lo buscó ella sola. Primero, por hacer tratos con la capital. Y segundo, por incumplirlos. Esa gente no es de fiar.

—Tienes razón —murmuró Alice.

Los dos se pasaron un rato callados, cada uno centrado en su muñeco y disparando con toda su concentración. Justo cuando Alice consiguió acertar de lleno en la cabeza del suyo, escuchó que Rhett regañaba a Shana por no colocar bien las rodillas. Eso también pareció captar la atención de

Kenneth, que se volvió para echarle una ojeada antes de continuar a lo suyo.

—Qué simpático es tu novio —comentó. Alice lo ignoró, pero él siguió hablando de todas formas—. ¿Ya estabais liados cuando vivíamos en la otra ciudad?

—No es asunto tuyo.

Él había dejado de disparar para mirarla con media sonrisa burlona.

—Me rompes el corazón.

—¿Sabes? Me sorprende que sigas insistiendo. La última vez que te vi, no parecías muy contento conmigo.

—¿Te crees que me gustas? No se me ha olvidado lo que eres.

—Por eso. Lo único que te atrae de mí es la apariencia que crearon para agradar a los humanos. Si no la tuviera, ni siquiera me mirarías.

Hablar de ello tan abiertamente hizo que Alice se cuestionara, de nuevo, por qué Kenneth seguía sin delatarla. Prefirió no preguntarle. Quizá ni siquiera se le hubiese ocurrido. Mejor no darle ideas.

—¿Quién necesita más que un físico? —inquirió Kenneth honestamente sorprendido.

—Todo el mundo.

—Yo no. Me conformo con una cara bonita.

—Eres un...

—Me lo pasé muy bien machacando a ese amigo tuyo, ¿sabes?

Alice se detuvo en seco. El cambio de tema pretendía provocarla y no pensaba darle el gusto. Tenía que mantenerse serena e ignorarlo.

Pero Kenneth siguió hablando:

—¿Cómo se llamaba? ¿John? ¿Jason? Ah, no. Jake.

—No hables de él —le advirtió.

—El pobre creía que tenía posibilidades —sonrió Kenneth—. ¿Sigue vivo? Lo dudo mucho. Esos gorditos que no saben ni correr siempre son los primeros en palmarla.

Ella no dijo nada. Cada noche, Trisha, Rhett y ella intentaban rememorar todo lo relacionado con sus amigos, pero eran incapaces de obtener información nueva. No recordaban nada posterior al ataque a Ciudad Capital. No obstante, ella albergaba la esperanza de que siguieran vivos. Y de que estuvieran a salvo.

—Es muy fácil meterse con alguien de menor tamaño que tú —murmuró Alice, tratando de mantener la compostura.

—Pues sí. Por eso sería tan sencillo tirarte al suelo de un golpe ahora mismo.

—¿Tengo que recordarte quién fue la que te dio un puñetazo la última vez?

—Me pillaste desprevenido.

—Veo que eso de que una chica pueda contigo te molesta mucho.

—¿Te crees que dejaría que lo hicieras de nuevo? —Kenneth dio un paso en su dirección, irritado.

Alice estuvo a punto de insultarlo otra vez, pero entonces se dio cuenta de que estaba consiguiendo provocarla. Se volvió de nuevo hacia su objetivo y se mantuvo en silencio el resto de la clase.

* * *

Kai había ido a buscarla cinco minutos antes de que el entrenamiento terminara. Mientras lo acompañaba fuera, Alice notó las miradas de Shana y de Tom sobre ella, pero fingió que no se daba cuenta.

—Me han dicho que Rhett les está enseñando a disparar

—comentó Kai de camino a su despacho—. Es una gran noticia. Por fin alguien sabe hacer algo más que golpear un muñeco.

Alice cerró la puerta a sus espaldas y se sentó en la misma silla que la última vez. Kai hizo lo mismo, mirándola con una sonrisa y volviendo a apartar el monitor.

—¿Y bien? —Él entrelazó los dedos—. Tengo entendido que querías hablar conmigo, ¿no es así?

—Ah, sí. Es sobre una misión que he escuchado que ibas a asignar a dos de nosotros.

—Ya veo. —No pareció muy sorprendido—. ¿Quieres presentarte voluntaria?

—Sí..., y Rhett también. Creemos que es una buena oportunidad para demostrar que queremos ayudar en todo lo que podamos.

Kai pareció encantado con la idea, porque aplaudió alegremente y asintió con la cabeza.

—Me parece estupendo, Alice. ¡Aquí nos gusta mucho la iniciativa! Además, he estado comprobando las cámaras del gimnasio. Parece que sabes disparar muy bien y...

—Espera, ¿nos espiáis?

—¡Solo hay cámaras en la sala principal! Y no lo llames espiar... —Él soltó una risita nerviosa—. Es una manera de llevar un control general sobre lo que pasa ahí dentro. Después, lo apunto aquí y tengo un seguimiento de...

—¿Dónde?

—Aquí. —Señaló su ordenador.

Alice se quedó mirando el aparato, dudando sobre si preguntar o no.

—Obviamente, no es un ordenador normal. Es un controlador de población. Solo lo tenemos el alcalde, Eugene y yo.

—¿Y para qué sirve?

—Para anotar la gente que entra y que sale de la ciudad,

los datos personales de los ciudadanos, las aptitudes de cada uno, los puestos de empleo vacantes... Al principio puede parecer un poco caótico, pero es muy útil para saber qué hacer con cada persona de la Unión. Volviendo al tema...

—Y ¿puede verlo cualquiera? —preguntó Alice.

—No, claro que no. Solo nosotros tres. Pero estábamos hablando de...

—¿Cómo accedería otra persona?

—Pues debería tener la contraseña y acceso a un terminal. Pero...

—Y ¿por qué no es público? —insistió Alice—. ¿Qué más da que la gente sepa quién tiene empleo o quién entra y sale?

—Es... complicado.

—¿Puedo verlo?

—¡No! —Él giró todavía más la pantalla—. Lo siento, Alice, pero es confidencial. Volviendo al tema por el que has venido... —Él sonrió, algo nervioso—. He estado pensando en ello y creo que Rhett ha encajado perfectamente en el grupo. Es el líder que llevábamos tanto tiempo buscando.

—Sí. —Ella sonrió—. La verdad es que es muy bueno.

—La cosa es que... hemos pensado que tú no deberías formar parte de su grupo.

Alice lo miró, perpleja.

—Pero has alabado mi puntería. ¿Qué he hecho mal? ¿Significaba eso que la echarían de la ciudad?

—¡Nada! Lo has hecho todo bien —le aseguró Kai enseguida—. De hecho, eres mi favorita, pero no se lo cuentes a nadie, ¿eh?

—Entonces, ¿qué intentas decirme?

—El alcalde, bueno, tú lo conoces como el Sargento, lleva mucho tiempo buscando un tirador experto. La decisión estaba entre Rhett y tú, y como creo que él es más necesario aquí...

—¿Qué tendría que hacer si aceptara ese puesto? —preguntó ella.

—Lo mismo que ahora: entrenar. Solo que algunas veces él te llamará para que lo ayudes en las patrullas. En general, suelen ser tranquilas.

Alice lo consideró un momento.

—¿Solo tengo que acompañarlo?

—Y protegerlo si es necesario, claro.

—¿Soy su... guardaespaldas?

Tenía que decírselo a Trisha. No iba a gustarle tanto como el de la película, pero seguro que le haría gracia.

—Podría decirse que sí. Bueno, ¿qué me dices? Necesito una respuesta rápida.

Alice se quedó mirándolo, pensativa. Estaba claro que le apetecía salir de la ciudad, pero no sabía cuál sería el precio. Había hecho pocas exploraciones acompañada, y todas habían terminado con algún inconveniente.

—Está bien —dijo—. Acepto.

—¡Genial! —Kai encendió el ordenador otra vez y empezó a escribir a toda velocidad.

—¿Eso es todo?

—Por hoy sí; mañana nos volveremos a reunir. Tengo que hablarte del proyecto para el que os habéis presentado voluntarios Rhett y tú.

—Ah, sí. —Casi se le había olvidado—. ¿De qué se tratará?

—Creo que será mejor que lo veas por ti misma —sonrió él—. Nos vemos en la plaza a las cinco, ¿te parece bien?

—Sí, claro.

—¡Pues hasta mañana! ¡Que descanses!

18
LA SALA DE LAS PAREDES ROSAS

—Tenemos que acceder a esos ordenadores —masculló Alice, todavía paseándose por el salón—. Tienen un registro con todas las personas que entran y salen de la ciudad. Si alguno de nuestros compañeros ha estado aquí, lo sabremos.

No había esperado ni un instante. En cuanto había vuelto de su corta reunión con Kai, había ido directa a casa. Trisha y Rhett parecían estar escuchándola. Ella desde el sofá, mordisqueando un trozo de galleta, y él desde el sillón.

—Hay más información —añadió Alice—, pero si vemos algún nombre conocido, podremos empezar a guiarnos, ¿no?

—Pero, si estuvieran aquí nos habríamos dado cuenta, ¿no? —preguntó Trisha—. Los habríamos visto por la calle.

—Pueden haberse ido —señaló Rhett.

—¿Quién querría marcharse?

—Yo. —Él frunció el ceño—. Este sitio sigue sin gustarme en absoluto.

—Pues a mí me encanta. Tienen comida. Eso es suficiente.

—Debemos encontrar a los demás —concluyó Alice.

Sin embargo, dejó de andar cuando, en lugar de recibir apoyo, escuchó que Trisha soltaba un resoplido molesto. Se volvió hacia ella, confusa, y vio que Rhett la estaba mirando con el ceño fruncido.

—¿Qué? —replicó él.

—Bueno..., ¿estáis seguros de que tenemos que buscarlos?

—¿Qué insinúas? —Alice no pudo evitar el tono recriminatorio.

—A ver, ¿qué quieres que te diga? No me acuerdo de nada desde el momento en que me dispararon en el brazo, vosotros no recordáis nada desde que os dispararon...

—Hubo muchos disparos ese día —observó Rhett.

—¿Y qué? —preguntó Alice a Trisha.

—Que no sabemos dónde están, ni siquiera si quieren que los encontremos.

—¡Claro que quieren!

—Eso dices tú, pero no tenemos la certeza de que no nos hubiesen dejado tirados porque molestábamos.

—¿Cómo puedes decir eso?

—Es lo que pienso.

—¡Son nuestra familia!

—Pfff —resopló Trisha, como si le hiciera gracia—. ¿Acaso has notado que ellos intenten buscarnos a nosotros?

—¡Quizá sí, no lo sabes!

—Te sorprendería ver de lo que es capaz la gente cuando tiene miedo, Alice.

—Me da igual lo que pienses, yo confío en ellos.

La conversación había ido escalando poco a poco hasta el punto en que ambas estaban gritándose, claramente irritadas. Rhett las observaba con cautela, como si tratara de buscar un punto común entre ambas para que se calmaran. Y es que una discusión entre ellos era normal, pero con Alice no. Ella nunca se metía en peleas. Por eso la sala estaba sumida en un silencio tan tenso.

Y cuando Trisha soltó un bufido burlón, Rhett sintió que la cosa empeoraba todavía más.

—¿Qué? —le preguntó Alice bruscamente.

—¿Por qué te preocupan tanto? Quizá aquí encuentres otra familia.

—No quiero otra familia, sino la mía.

—Me parece muy bien, pero... ¿te has parado a pensar que quizá nosotros no? ¿Has considerado que acceder a esos ordenadores podría ponernos en peligro a todos, no solo a ti?

—¡Quizá Jake esté solo! —le gritó Alice—. ¡Venga ya, Trisha, tú lo adorabas!

Ella se encogió de hombros, apartando la mirada.

—O quizá estén todos muertos —siguió Alice, cada vez más enfadada—. O tal vez no les interese encontrarnos. Me da igual. Yo quiero volver a verlos y saber qué demonios pasó, por qué nos separaron... ¿Cómo puedes no sentir curiosidad?

—Yo no quiero saber nada. —Se puso de pie—. Lo que me apetece es vivir tranquila de una vez.

Alice no podía creérselo. En su cabeza, que Trisha o Rhett no la apoyaran no le parecía ni remotamente probable. Y, sin embargo, ahí estaba.

Cuando Trisha pasó por delante de ella para dirigirse a su habitación, no pudo evitar murmurarle:

—Estás abandonando a tus amigos.

Trisha se detuvo a medio camino, tensando los hombros, y tardó unos segundos en responder.

—Yo no quiero amigos. Y menos unos que me dejan atrás.

—Son lo mejor que tenemos. No me puedes negar eso.

—¿En serio? —Por fin se volvió para mirarla de nuevo, claramente enfadada—. Creo que nos las hemos arreglado bastante bien por nuestra cuenta, la verdad. No me apetece complicarme la vida por buscarlos.

—¿Y qué harás? ¿Quedarte sentada?

—¿Sabes lo que te pasa, Alice? Que no te gustan los cambios, y por eso necesitas tan desesperadamente recuperar lo que tenías antes. Pero ¡no me arrastres a mí contigo! ¡Ni a Rhett, que seguro que te ayudará solo para que no te sientas mal! ¡Si te centraras un poco menos en encontrar a esos y un poco más en aprovechar la oportunidad que tenemos aquí, serías un poco más feliz!

—¿Oportunidad de qué? ¿De volver a empezar la misma historia pero con desconocidos?

—No tienes ni idea de la vida, Alice.

—¡Son nuestros amigos! ¡Y era nuestra ciudad! ¡No podemos dejarlo estar!

—¡Esa ciudad me costó un brazo! —le gritó Trisha ya furiosa—. ¿Y a ti? ¿Te quemaron los juguetes? ¿Has perdido la pista a unas cuantas personas? Qué lástima. ¿Quieres probar a ser manca? Porque es una mierda. Y yo no voy a recuperar el brazo aunque siga tu estúpido plan suicida.

—Pero la ciudad...

—Pues, mira, no sé a ti, pero a mí los de la Unión no me han dado ningún motivo para desconfiar de ellos. De hecho, lo único que he visto hasta ahora ha sido que os buscaban trabajo y nos daban de comer. Quizá sean personas maravillosas y la villana simplemente seas tú. Quizá solo pretendan ayudar y tú solo estés abusando de su confianza. ¿Has pensado en eso, Alice? ¿O estás tan centrada en ti misma que ni siquiera lo has considerado?

No esperó una respuesta. Trisha se dio la vuelta y cruzó el pasillo para encerrarse en su habitación con un portazo.

Alice se quedó mirando el lugar por el que había desaparecido durante un buen rato, en silencio. No sabía qué decir ni qué hacer. ¿Era egoísta? ¿Solo pensaba en sí misma? Agachó la cabeza, sintiéndose algo culpable, y notó que Rhett le ponía una mano sobre el hombro.

—Eh —le dijo con sorprendente suavidad—, no le hagas caso. Lo está pasando muy mal y por eso se pone tan a la defensiva, pero eso no quiere decir que tenga razón.

—¿Crees que se equivoca?

—Claro que sí. Pero tiene derecho a tener una opinión diferente a la nuestra.

Alice no respondió cuando notó que él movía la mano para ponérsela en la nuca.

—No te eches la culpa por lo de su brazo —añadió.

—No lo hago —mintió.

—Ya, seguro.

Ella se quedó callada unos instantes. Tenía tantas cosas en la cabeza que no sabía ni por dónde empezar.

—Es que... —Cerró los ojos—. No puedo quedarme en esta ciudad y pretender que todo está bien cuando no sé qué ha sido de ellos. Cuando no sé si Jake estará solo, perdido, en peligro... o si los demás estarán bien. Me siento egoísta solo por disfrutar cualquier momento aquí, no puedo...

—Oye, no digas eso. Tú no eres ninguna egoísta. De hecho, eres de las personas más generosas que conozco.

—No digas esas cosas solo para consolarme.

—Creo que ya me conoces lo suficiente como para saber que, si no lo pensara, no lo diría. Y, como lo creo de verdad, voy a ayudarte a buscar a esa panda de idiotas.

Ella dudó un momento antes de levantar la cabeza de golpe, sorprendida.

—¿De verdad?

—Claro, ¿en serio lo dudabas?

No pudo ocultar el alivio que sintió al saber que no estaba sola. Rhett le dedicó media sonrisa y le soltó la nuca para pasar por su lado y dirigirse a la habitación, probablemente a darse una ducha.

—Ah, otra cosa —murmuró, andando de espaldas para mirarla—. No vayas a hablar con Trisha hasta mañana, necesita tiempo.

—Tampoco tenía ganas de hacerlo.

—Conociéndote, seguro que se te habría ocurrido plantarte en su habitación a las tres de la mañana, en bragas y tratando de disculparte.

* * *

Al día siguiente, Alice se presentó en la plaza a las cinco, tal como habían acordado. Había decidido saltarse un poco las normas de vestimenta y además del mono militar se había puesto un abrigo naranja y el gorro rosa que Rhett le había regalado cuando todavía estaban en la cabaña. Era una combinación curiosa y había notado varias miradas divertidas de los niños que jugaban a su alrededor, pero aun así no fue a cambiarse. Le gustaba la mezcla de colores.

Kai llegó unos segundos más tarde y, con una gran sonrisa, se acercó a ella. O eso intentó, porque la pelota de uno de los niños le dio en la cabeza y estuvo a punto de tirarlo al suelo.

—¡Kai! —Alice se puso de pie de un salto, alarmada.

—¡Estoy bien! —gritó él mientras el grupo de niños lo miraba con los ojos muy abiertos.

Y, como si nada, estos recogieron la pelota y siguieron jugando.

—Estas cosas siempre me pasan a mí —protestó en voz baja.

—¿Seguro que estás bien?

—Sí, sí. Veo que eres puntual. —Kai se incorporó y se acercó a ella, todavía frotándose la cabeza—. No hay mucha gente así por aquí.

—¿En serio? Parecen todos tan... formales.

—Bueno, supongo que también depende de quién dé la orden. Cuando es el Sargento quien marca una hora, todo el mundo le hace caso. Cuando soy yo, se toman más libertades.

Mientras empezaban a encaminarse por la calle principal, Alice no pudo evitar echarle una ojeada curiosa. Kai no se parecía demasiado a la gente de esa ciudad y, claramente, todo el mundo lo ignoraba.

Así que, sin poder evitarlo, hizo la siguiente pregunta:

—¿Por qué estás aquí?

Pareció pillarlo por sorpresa, porque él le dirigió una mirada confusa.

—Porque... tengo que acompañarte, ¿no?

—Me refiero a en esta ciudad. Eres tan distinto a los demás... Creo que eres la única persona en toda la Unión que realmente me ha inspirado confianza desde el primer día. Todos aquí son tan fríos... Tú, en cambio, eres muy amable.

—Forma parte de mi trabajo.

Pese a que intentaba disimularlo, estaba claro que le había complacido que le dijera eso. No hacía falta conocer mucho la ciudad para darse cuenta de que Kai recibía pocos elogios de sus compañeros.

Y ese era, precisamente, el motivo por el cual Alice había decidido dárselos.

—Aunque sea tu trabajo, hay cosas que se hacen por voluntad propia —aseguró—. ¿Sabes, Kai? Me recuerdas a alguien de mi antigua ciudad.

—¿A quién? —preguntó él, que se había quedado mirándola.

—A un amigo. Un muy buen amigo. Me protegió sin siquiera conocerme, sin pedir nada a cambio. Y desde el primer día. Incluso me echó una mano para integrarme, me presentó a gente maravillosa y me ayudó cada vez que lo necesité.

—Parece una buena persona.

—Lo es. No sé qué habría sido de mí sin él.

Kai la estaba mirando fijamente. Su expresión era de lástima. Alice no se había dado cuenta de que ambos habían dejado de andar.

—¿Ya no...? —empezó él, dubitativo—. ¿Ya no estás en contacto con él?

—No. Hace mucho que no lo veo. Ni siquiera sé dónde está. O si está bien.

—Lo siento mucho, Alice. —Y pareció sincero—. Si hay algo que pueda hacer para ayudar...

Estuvo tentada a soltárselo directamente, pero se contuvo. Las cosas tenían que hacerse poco a poco, sin prisas, para que a la larga resultaran más efectivas. Así que sonrió y negó con la cabeza.

—Eres muy amable, pero no se me ocurre nada.

—Bueno..., en todo caso, no dudes en venir a verme. Seguro que podemos buscar alguna solución.

—Sí, Kai. Muchas gracias.

En realidad, Alice no pudo evitar sentirse un poco culpable. Después de todo, se estaba aprovechando de la soledad de Kai para sonsacarle información.

—Es una lástima —aseguró él, reemprendiendo la marcha y metiéndose las manos en los bolsillos de la chaqueta marrón—. Hacer amigos es complicado, perderlos... no se lo deseo a nadie.

—Sí... —Alice hizo una pausa, pensativa—. ¿Y tú qué? ¿Tienes amigos aquí?

—Supongo que algunos, pero los considero más bien compañeros de trabajo.

Pareció un poco triste, y Alice, olvidándose por un instante del plan inicial, empatizó con él.

—¿Y antes de llegar aquí? ¿De qué ciudad eras?

—¿Qué?

—¿Vienes de alguna de las ciudades rebeldes?

Kai apartó la mirada al instante.

—No.

Fue la primera respuesta seca que le había dado desde que lo conocía. Alice parpadeó, sorprendida, y decidió desviar un poco el tema para recuperar el tono jovial de la conversación.

—Y ¿no te sientes solo?

—Normalmente, tengo tanto trabajo que no puedo pensar en ese tipo de cosas.

En ese momento, Kai se detuvo, así que Alice no pudo continuar hablando con él. Habían llegado al límite de la ciudad, se encontraban frente a un edificio de dos plantas que estaba apartado del resto, más allá del gimnasio. Era el único que tenía otro muro alrededor y varios guardias delante de sus puertas. Fuera lo que fuese que había ahí dentro, estaba claro que requería mucha protección.

—¿Dónde estamos? —preguntó Alice.

—En uno de los lugares con el acceso más restringido de la ciudad —explicó Kai.

—¿Una cárcel?

—¿Eh? ¡Claro que no!

Los dos guardias los miraron de reojo cuando Kai pasó una tarjeta negra con puntitos verdes en su extremo por delante de un lector. La puerta de hierro se abrió. Alice sabía que los guardias no los habían seguido, pero aun así se sintió un poco observada cuando comenzaron a cruzar un largo pasillo con puertas cerradas a ambos lados.

En cuanto Kai reemprendió la marcha, ella no pudo evitar preguntar:

—¿Qué es este sitio?

—Ah, es... un poco complicado de explicar.

—¿Puedes contarme qué hay al otro lado de las puertas, al menos?

—La verdad es que no. Creo que están vacías.

Eso la tranquilizó un poco, pero seguía teniendo muchas dudas. Quiso seguir indagando, pero Kai la interrumpió.

—¿Estás lista?

Se había detenido junto a una de las últimas puertas de hierro y mantenía la tarjeta un poco apartada del lector, como si esperara una respuesta. Y Alice no estaba muy segura de cuál debía darle.

—No lo sé, Kai. Ni siquiera me has dicho qué hacemos aquí.

—Me comentaste que querías ocuparte de la misión para dos. Esta es la primera parte.

No le dio tiempo para analizar sus palabras, porque entonces el chico pasó la tarjeta por el lector y la puerta emitió un pequeño chirrido al abrirse. Alice tragó saliva y, tras dudar un momento, siguió a Kai hacia el interior de la sala.

No estaba muy segura de qué esperaba encontrar, pero desde luego no dos habitaciones separadas por un panel de cristal grueso. En la sala en la que estaba ella había una mesa con algunas sillas, una estantería en una de las paredes y un banco en la otra. En la contigua, un dormitorio que parecía de niña pequeña. Las paredes eran rosas; el suelo, de color claro, y los muebles, blancos; había una cama, un armario, una alfombra... y juguetes. Muchos juguetes.

De alguna forma, Alice supo que el vidrio era unidireccional. Quien estuviera al otro lado, en la estancia contigua, solo podría ver su propio reflejo.

Avanzó hasta situarse junto a Kai y el guardia que ya estaba en la sala. Ambos observaban lo que ocurría ante ellos. El Sargento estaba de pie junto a la cama de niña, al otro lado del cristal, hablando con voz firme y segura.

—Quiero ayudarte —decía en esos momentos—. Camille, necesito que tú también me ayudes. ¿Lo entiendes?

Camille era una niña pequeña, de unos ocho años, que estaba sentada en un rinconcito de la cama con las rodillas pegadas al pecho y la frente apoyada en la pared. No miraba al Sargento. De hecho, parecía totalmente apática.

Y él, claro, no obtuvo respuesta. La niña ni siquiera se movió.

—¿Ella es la chica de la que me hablaste? —preguntó el guardia al que habían encontrado en la sala, dirigiéndose a Kai. Alice tardó unos segundos en darse cuenta de que se refería a ella.

—Sí. —Kai los presentó, pero ella estaba tan pendiente de la niña que ni siquiera memorizó su nombre—. Alice, esa niña es Camille. La encontramos abandonada hace unos días. Creemos que podría tener familia y queremos encontrarla para que puedan venir a buscarla o a quedarse aquí con ella. El problema es que no quiere hablar con nosotros.

—¿Por qué no?

—Pensamos que puede tener un trauma o algo parecido —le dijo el guardia—. Quizá simplemente esté asustada.

—Sabes hablar unos cuantos idiomas, ¿verdad? —preguntó Kai—. Eugene nos pasó la ficha que te hizo el primer día.

—Unos cuantos —repitió.

—¿El francés es uno de ellos?

—Sí.

Kai pareció satisfecho. El guardia, por su parte, señaló a la niña.

—Lo único que sabemos de ella es que se llama Camille. Escribió ese nombre en un papel y...

—¿Sabe escribir? —Alice no pudo evitar sorprenderse.

En Ciudad Central, ningún niño sabía, y los pocos que habían aprendido llevaban tanto tiempo sin hacerlo que se les había olvidado. Alice se había pasado algunas noches enseñando a Jake, Dean y Saud a escribir sus nombres, solo para divertirse. Trisha, que era la única lo suficientemente mayor como para haber adquirido esa habilidad antes de la Gran Guerra, pareció bastante ilusionada cuando pudo volver a practicarla.

En conclusión, si esa niña sabía escribir era porque alguien cercano le había enseñado.

—Sí —respondió el guardia—. Quizá, si le hablas en su idioma, puedas conseguir que nos cuente algo más.

Alice asintió con la cabeza, y se volvió cuando la puerta se abrió tras ellos. El Sargento acababa de volver y los miraba con expresión de hastío. Después, se quitó el sombrero y lo dejó encima de la mesa.

—Un placer volver a verte, Alice. ¿Sabes cuál es tu trabajo? —preguntó directamente.

Ella asintió con la cabeza sin siquiera dudarlo.

—Pues tienes media hora. —El Sargento le abrió la puerta—. Buena suerte.

¿Y ya estaba? ¿La dejaban sola?

Alice respiró hondo para tranquilizarse, se volvió para mirar a Kai y le devolvió la sonrisa de ánimos que este le dedicó. Tras eso, abandonó la sala y se quedó de pie en el pasillo hasta que vio que la puerta contigua se abría ante ella.

La habitación olía de una forma... extrañamente agradable, pero artificial. Era un aroma familiar. Sin estar muy segura del motivo, supo que le recordaba al que había en su antigua zona, la de androides. Seguía recordando cosas de aquella época por mucho que intentara olvidarlas. Esa era una de las que sabía que no se borrarían.

La niña seguía en la misma postura en la que había estado unos instantes atrás. Llevaba puesto un vestido sencillo y unos calcetines blancos que le llegaban por los tobillos, pero lo que más le llamó la atención fue su melena castaña clara y, especialmente, su cara cubierta de pecas. Era muy tierna.

Desde más cerca, Alice se dio cuenta de que tenía las piernas —especialmente las rodillas— llenas de moretones y arañazos. Supo al instante cuál era la causa porque ella misma, unas semanas atrás, se había hecho muchos parecidos en el bosque.

Así que ya tenía dos pistas: la niña tenía a alguien que la cuidaba lo suficiente como para enseñarle a escribir y había pasado mucho tiempo en el bosque.

—Hola, Camille —la saludó en francés—. ¿Puedo sentarme contigo?

La niña, que hasta ese momento había permanecido inexpresiva y con la mirada perdida, reaccionó al instante. Parpadeó un momento, pasmada, y luego se volvió hacia Alice como si fuera la primera persona que veía en mucho tiempo. Tenía los ojos verdes y no parecía haber llorado en absoluto, pero definitivamente había algo de tristeza en su expresión.

—Me llamo Alice —se presentó, dando un pasito en su dirección—. ¿Me entiendes si te hablo en este idioma?

Por un momento, pensó que la niña iba a negarse a comunicarse con ella, igual que había hecho con el Sargento. Pero, para su sorpresa, asintió lentamente con la cabeza.

—Bien. —Alice se detuvo a su lado y le dedicó una sonrisa amable mientras cambiaba al idioma que hablaban todos los demás—. También me entiendes si te hablo así, ¿verdad?

La niña volvió a asentir.

Así que el problema no era el idioma, sino que no había

querido hablar con el Sargento. No podía culparla. En un primer momento, Alice también había desconfiado de él.

—Si quieres —volvió al francés—, podemos hablar en este idioma para que te sientas más cómoda.

Esa vez no le dijo nada, pero pudo ver que sus hombros se relajaban un poco. Aprovechando el momento, señaló la cama con un dedo.

—¿Puedo sentarme contigo?

Ella asintió casi imperceptiblemente, así que Alice se aproximó para acomodarse a su lado, al borde de la cama. Pasaron un momento en silencio y la niña la observó con precaución, como si esperara que volviera a hablar.

—Llevas un vestido muy bonito, Camille.

Por algún motivo, eso hizo que ella agachara la cabeza, incómoda.

—¿Qué pasa? ¿No te gusta tu ropa?

Se encogió de hombros.

—¿Entonces?

Durante unos instantes, la niña no se movió. Pero luego tragó saliva con fuerza y habló por primera vez desde que Alice había entrado.

—No me llamo Camille.

Alice se quedó algo paralizada al escuchar su voz. Sabía que se comunicaría de algún modo, pero no había esperado que hablara con ella tan pronto. Carraspeó, tratando de recuperar la compostura, y apoyó los codos en las rodillas.

—Y ¿cómo te llamas?

—Blaise —murmuró, jugando con un hilo suelto de su vestido.

—Blaise —repitió Alice—. Es un nombre muy bonito. ¿Quién es Camille?

La niña volvió a encogerse de hombros, pero Alice pudo ver que su rostro se contraía un poco con una mueca de tristeza.

—Es tu madre —supuso en voz baja—, ¿verdad?

Blaise no levantó la cabeza, pero asintió una sola vez sin mirarla. Alice respiró hondo.

—¿Por qué estabas sola cuando te encontramos, Blaise?

Ella se encogió de hombros.

—¿Tu madre te dejó sola?

Negó.

—¿Está a salvo?

Asintió.

—¿Sabes dónde está?

Asintió.

—¿Crees que podrías llevarnos a mis amigos y a mí hasta ella?

Alice se sorprendió al ver que negaba con la cabeza.

—Hombres malos —murmuró la niña.

—¿Tu madre está con hombres malos? —preguntó Alice.

Ella agachó la cabeza y siguió jugando con el hilo suelto del vestido.

Alice miró el cristal sin saber si alguien le estaría devolviendo la mirada y volvió a clavar los ojos en Blaise, que seguía con la cabeza agachada.

—¿Y si consigo que tu madre y tú os reunáis? —preguntó Alice—. ¿Eso te gustaría?

La niña levantó la cabeza de golpe, mirándola con los ojos muy abiertos.

—¿Puedo... volver a verla? —preguntó torpemente.

—Sí, pero para eso necesito que me ayudes a encontrarla. ¿Lo entiendes, Blaise?

La niña se quedó mirándola como si no pudiera creerse lo que estaba oyendo, como si su cerebro no fuese capaz de procesar toda aquella información. Y, de pronto, Alice sintió que se le formaba un nudo en la garganta al ver que a la pequeña se le llenaban los ojos de lágrimas.

—¿No eres mala? —preguntó con un hilo de voz.

Alice, tratando de mantener la compostura, esbozó media sonrisa.

—Nunca me he considerado demasiado mala, así que yo diría que puedes fiarte de mí.

Ella pareció querer confiar. De hecho, se quedó mirándola fijamente unos segundos, dubitativa, aunque al final el recelo pareció ganar la partida. Blaise hizo un ademán de apartarse, pero Alice habló antes de que pudiera hacerlo del todo.

—¿Sabes? A mí también me separaron de mi madre. Fue hace mucho tiempo, pero me acuerdo perfectamente. —Los recuerdos de Alicia eran mucho más claros en su memoria de lo que habían sido en sus sueños. Aun así, seguía siendo extraño pensar en ella. Desde que por las noches no soñaba, se sentía mucho más alejada de ella, mucho más distinta. Y, de alguna extraña forma, la echaba de menos—. Me marché sin poder despedirme y no volví a verla. Si tuviese la oportunidad de volver atrás, pedir ayuda y salvarla..., lo haría. Pero es imposible. Hace mucho tiempo que pasó.

Blaise parecía estar escuchando, aunque no la miraba.

—Lo que sí puedo hacer, Blaise, es intentar ayudarte a ti. Porque no quiero que te pase lo mismo que a mí. No permitiré que en un futuro pienses que no hiciste todo lo que estaba en tu mano para salvar a tu madre, ¿lo entiendes?

La niña asintió lentamente.

—Entonces, ¿vas a dejar que te ayude?

Blaise, muy lentamente, levantó la cabeza y miró a Alice. Había cierta determinación en su mirada, como si estuviera llegando por fin a una conclusión.

—¿Ayudarás... a mamá?

—Sí —le aseguró Alice—, haré todo lo que pueda por ella.

—¿Lo prometes?

—Por supuesto, Blaise. Tienes mi palabra.

La niña la miró unos instantes con los ojos muy abiertos y, apenas un segundo después, se echó a llorar. Alice no sabía qué hacer, así que le puso una mano en el hombro, intentando proporcionarle algo de consuelo. Blaise se pegó a ella, dándole un abrazo con todas sus fuerzas y apretando la cara contra su chaqueta. Alice le devolvió el abrazo unos segundos más tarde.

—La encontraremos —le aseguró, acariciándole la cabeza.

Estuvo casi una hora con Blaise hasta que esta por fin se durmió entre hipidos y sollozos. Debía de estar agotada tanto emocional como físicamente, y la verdad es que no podía culparla en absoluto. La dejó en la cama en completo silencio y la cubrió con las sábanas hasta la barbilla. Por suerte, la niña no se despertó cuando Alice abandonó la habitación para volver con los demás. Llegó justo cuando el guardia pulsó un panel de la pared y las luces de la habitación empezaron a apagarse lentamente.

* * *

Mientras Kai la acompañaba de vuelta a casa, Alice no pudo evitar mordisquearse el labio inferior, algo insegura.

—¿Lo he hecho bien? —le preguntó—. El Sargento ni siquiera me ha dirigido la palabra.

—¡Lo has hecho genial! —exclamó él al instante—. Hasta ahora nadie había conseguido hacer hablar a la niña. Pensábamos que quizá recelara de los hombres, así que lo intentamos con algunas de las doctoras del hospital, pero no sirvió de nada. Estaba demasiado asustada.

Alice sintió una extraña satisfacción que le inundó el pecho. Que Blaise fuera tan desconfiada y, sin embargo, se hubiera abierto a ella... no podía evitar que le afectara personalmente. Esperaba poder ayudar a su madre.

—Y que el Sargento no te dijera nada no es necesariamente malo —añadió Kai mientras seguían andando—. No le gusta mucho soltar elogios a la gente. Así que, si no te habla, es que lo estás haciendo bien.

Eso le recordaba a cierto instructor amargado.

—Me alegro, entonces.

—Ah, y me ha comentado que seguramente podréis ir a por la madre de la niña esta misma semana.

Cuando Kai la dejó en la puerta de su casa, Alice se sintió extrañamente satisfecha, como si por fin hubiera hecho algo bueno por alguien. Siguió a Kai con la mirada y, durante un instante, llegó a pensar que quedarse allí no era tan mala opción.

19
LA CASA DE LA MONTAÑA

Era domingo, lo que significaba que ese día eran libres para hacer lo que les apeteciera, sin entrenamientos ni horarios.

Trisha había tenido la idea de ir a ver a los grupos de entrenamiento del gimnasio —las personas que no tenían acceso a él en ocasiones normales aprovechaban para usarlo los días que estaba libre—, pero pronto había cambiado de opinión. Rhett, por su parte, había propuesto quedarse en casa viendo películas. Alice era la única a la que le apetecía participar en una pelea de bolas de nieve.

Cuando lo propuso, consiguió algo totalmente inaudito: que Rhett y Trisha se pusieran de acuerdo.

—Me da pereza —opinó Rhett.

Trisha directamente pasó de responder. Desde la pelea, fingía a menudo que no la había escuchado. Alice debía admitir que también lo hacía. Así, habían conseguido no intercambiar una sola palabra.

—¿En serio? —insistió Alice desanimada—. ¿No podéis venir al menos un ratito? ¿Aunque sea para verlo desde la distancia?

Clavó la mirada sobre Rhett porque sabía que sería un objetivo más fácil, pero él hizo una mueca.

—Lo siento, Alice. Hace mucho frío. No me apetece salir.

Ella, que se había puesto su gorrito rosa, sus mitones y su abrigo naranja, los miró con aire derrotado antes de poner los brazos en jarras.

—Pues vale —declaró—. Aburríos si queréis. Yo pienso ir a hacer cosas más divertidas.

—No te alejes mucho —le advirtió Rhett mientras ella se dirigía a la salida.

Alice lo ignoró y abrió la puerta principal de par en par, furiosa... para encontrarse con Kai a punto de llamar al timbre.

Intercambiaron una mirada sorprendida antes de que él carraspeara y se apartase un poco. Blaise estaba de pie a su lado con un abrigo claramente viejo y el pelo hecho una maraña de nudos. Miraba a Alice con mal humor, como si la hubieran obligado a salir de su habitación.

—Ah, hola. —Kai esbozó una gran sonrisa—. ¿Qué tal? Eh..., te traigo un regalito.

En ese momento, le dio un ligero empujón a Blaise para que se acercara un poco más. Ella le enseñó los dientes, irritada, y el pobre chico dio un paso atrás con cara de espanto.

—Yo me encargo —le aseguró Alice, poniéndole una mano en el hombro para acercársela.

—Sí, de eso quería hablarte precisamente. Resulta que..., eh..., bueno...

—Siempre tarda una hora para decir cualquier cosa —murmuró Blaise en francés.

—El Sargento ha estado considerando la posición de Blaise —continuó Kai con aire nervioso—. Y dado que solo se comunica contigo, que eres la única de por aquí que conoce su idioma y que parece que le caes bien..., ¿te gustaría quedarte con ella unos días, hasta que encontremos a su madre?

Alice dudó visiblemente, bajando la mirada hacia la niña. Esta pretendía hacerse la dura, pero estaba claro que prefería quedarse allí, ya que ninguna de las dos sabía con demasiada seguridad qué harían con ella en caso de que Alice no aceptara. Quizá la meterían en una casa con gente desconocida, donde se sentiría incómoda.

—La ciudad recordaría vuestro sacrificio al acoger a una niña abandonada —añadió Kai al verla dudar—. Podríamos negociar un precio.

—¿Cómo dices? Es una persona, Kai.

—Sí, pero me refiero a los costes de manutención.

—Ya nos sale todo gratis por ser parte del equipo, no creo que haga falta ningún tipo de compensación.

—Entonces..., ¿aceptas?

Alice bajó la mirada de nuevo. En esa ocasión, Blaise no pudo disimular: abrió mucho los ojos, esperanzada, agarrándose a su cintura con ambos brazos.

¿Cómo podía negarse?

—Está bien —murmuró—. Solo serán unos días, ¿no? Y tenemos una habitación libre.

Blaise esbozó una gran sonrisa que reveló que le faltaba uno de los dientes inferiores —el nuevo ya estaba creciéndole— y la abrazó con más fuerza. Mientras tanto, Kai aplaudió alegremente.

—¡Bien! —exclamó—. Eso es. Esta es la actitud correcta.

—¿Qué hacéis? —intervino Rhett, que se había acercado por el pasillo al escuchar voces.

Alice se dio la vuelta para mirarlo y vio el momento exacto en el que se percataba de la presencia de Blaise. Enarcó las cejas, sorprendido, y la niña le frunció el ceño en un gesto defensivo.

—¿Quién es? —preguntó Rhett.

—Vuestra nueva compañera de piso —lo informó Kai.

Rhett parpadeó y volvió la cabeza hacia Alice, que enrojeció un poquito.

—Eh..., ¿recuerdas la niña que mencioné anoche?

—Recuerdo que mencionaste una niña, sí, pero no que fuera a quedarse con nosotros.

—Bueno..., eso ha sido un extra.

—Míralo por el lado positivo —intervino Kai—, ¡así practicáis para cuando tengáis vuestros propios hijos!

Si estaba intentando convencerlo, solo consiguió que se quedara más espantado.

* * *

Lo primero que había recalcado Blaise había sido el hambre que tenía. Trisha los había mirado, perpleja, cuando Alice se acercó a la cocina, llenó un bol con leche y cereales, alcanzó una cuchara y lo puso todo en la mesa. Blaise pareció encantada cuando se sentó para empezar a engullir.

Tiempo después, seguía comiendo de la misma forma. Ya era su segundo bol de cereales y no parecía tener ninguna intención de parar. Trisha estaba de pie junto a la mesa, mirándola con una mueca, mientras que Alice y Rhett estaban sentados cada uno a un lado de la niña.

—¿Cómo puede comer así? —preguntó Rhett—. Tanto alimento no puede caber en un cuerpecito tan pequeño. ¿Dónde lo almacena?

—Quizá hace mucho que no le dan cereales. —Alice se encogió de hombros.

Blaise dejó de engullir un momento cuando hizo un ademán de limpiarse la boca con el dorso de la mano y Rhett le plantó una servilleta delante.

—No me mires así —le soltó él—. Límpiate con eso. ¿Qué clase de modales te han enseñado?

Blaise lo fulminó con la mirada.

—Voy a darte con la cuchara, grandullón —le advirtió en francés.

—¿Qué ha dicho? —preguntó él.

—Ha preguntado si tenemos más cereales —aseguró Alice enseguida.

Rhett parecía poco convencido con la pequeña mentira. Trisha suspiró y rodeó la cocina para servirse ella misma un bol. Sin embargo, se marchó al salón para comérselo sola. Todos la siguieron con la mirada, pero nadie dijo nada.

—Deberíais hablaros de una vez —comentó Rhett—. Estar enfadadas por eso es absurdo, se supone que tenemos que estar unidos.

—¿Y me lo dices tú, que te pasas el día discutiendo con ella?

—Pero siempre lo resolvemos en cuestión de horas.

En eso tenía razón. Blaise los observaba con curiosidad mientras continuaban hablando.

—No claudicaré antes que ella —concluyó al final.

—Estoy casi seguro de que ella piensa igual.

—Pues no nos volveremos a hablar jamás.

—Sois dos crías testarudas.

Tener a Blaise en casa resultó ser... un poco más complicado de lo que habían pensado. Para empezar, no traía ropa consigo, así que Alice tuvo que arreglárselas con la que encontró en su armario. Podría pedirle ropa en la tableta, pero en esos momentos la tenía Trisha y no iba a permitirse ser la primera en hablar a la otra. Ya la pediría cuando pudiera.

Consiguió hacerle un pijama mínimamente decente a Blaise mientras ella se daba un baño, pero, cuando apareció para ponérselo, la niña empezó a gritar que quería su ropa.

Tampoco dejó que la peinara, así que su pelo húmedo siguió lleno de enredos.

Durante el resto del día, Blaise se paseó por toda la casa desordenando todo lo que veía y cotilleando todos y cada uno de los cajones que encontraba. También hizo alguna que otra pausa para coger más comida, pero en ningún momento le dirigió la palabra a nadie que no fuera Alice. Y tampoco es que dijera gran cosa. Solo protestaba o se quejaba de los otros dos integrantes de la casa.

Alice empezó a agobiarse enseguida y, pese a que se había planteado la posibilidad de cuidarla ella sola, se encontró a sí misma buscando ayuda en el salón cuando llegó la hora de dormir.

En cuanto entró, Trisha y Rhett levantaron la cabeza para mirarla.

—Solo necesito que me echéis una mano —aseguró Alice.

Trisha la ignoró completamente y volvió a centrarse en sus cosas. Rhett se limitó a sonreír con aire divertido.

Así que Alice volvió sola a la habitación, intentando convencer a una Blaise muy activa de que era hora de irse a la cama. Ella no dejaba de gritarle que solo se acostaría cuando tuviera sueño y Alice empezó a considerar la posibilidad de lanzarla por la ventana.

Sin embargo, en ese momento llegó Rhett y le ordenó, sin molestarse en cambiar de idioma, que se dejara de tonterías. Blaise trató de rebelarse sacándole la lengua y llamándolo grandullón en francés, pero al final se metió en la cama y, en cuestión de pocos minutos, se quedó dormida.

Alice la miró, agotada, y sintió que Rhett le dedicaba una sonrisita divertida.

—Tienes que ser más estricta y menos blandita.

—¡Yo no soy blandita!

—Claro que sí, pero no puedo decir que no me guste.

Esa misma noche, Alice ideó varios planes para el día siguiente, desde dar un paseo por la ciudad hasta jugar a lanzarse bolas de nieve con Blaise, pero ninguno funcionó en absoluto. De hecho, la niña volvió a pasarse el día correteando de un lado a otro. Durante el tiempo en el que Alice y Rhett tuvieron que ir a entrenar, consiguió que incluso Trisha perdiera el hambre —y los nervios—. En cuanto Alice y Rhett abrieron la puerta, su amiga se acercó corriendo. Estaba sujetando a la niña por debajo de los hombros y se la tendió a Alice con el ceño fruncido.

—¡Aleja este bicho de mí!

—¡No la llames bicho!

Curiosamente, fue lo primero que se dijeron desde que habían discutido. No era suficiente como para hacer las paces, pero sí un avance.

Alice pensó que el día siguiente sería todavía peor, así que le hizo una lista a Trisha con algunas palabras clave en francés para que pudiera entender a Blaise cuando le hablara. Trisha no pareció muy convencida, pero al menos la aceptó.

Esa noche, cuando volvieron, cada una estaba sentada en un sitio opuesto del salón dándose la espalda. Quizá la lista no hubiese sido una gran idea.

Alice preparó el baño de Blaise, agotada por el entrenamiento —ese día, Maya le había enseñado algunos trucos de lucha y Kenneth se había estado riendo de ella—, y, en cuanto estuvo listo, le hizo una seña para que se acercara. La niña lo hizo sin protestar, pero lo más sorprendente fue lo que pasó después.

Justo cuando Alice le secaba el pelo con una toalla, notó que la estaba mirando a través del espejo.

—¿Qué pasa? —preguntó.

Blaise dudó un momento antes de levantar la mano y señalarse torpemente la cabeza.

—¿Puedes...? —empezó, en francés.

Esperó que siguiera hablando, pero la niña se limitó a señalar su pelo otra vez y luego apuntar con el dedo al de Alice.

—¿Puedo tenerlo suave como tú? —preguntó finalmente.

Alice parpadeó y se apresuró a ir a por un peine antes de que la niña lo pensara mejor. Recogió un mechón de pelo y empezó a cepillarle las puntas. Estaban destrozadas. Era obvio que hacía mucho que nadie cuidaba de su cabello.

—Blaise —dijo con voz muy calmada, midiendo cada palabra—, ¿te gustaría que el pelo te quedara igual de bonito que el mío?

Ella, en el espejo, asintió con entusiasmo.

—Entonces deberemos cortarte un poco las puntas. —Alice levantó un mechón—. ¿Ves que están secas? Si dejamos que crezcan después de sanearlas, te quedará como a mí.

Blaise dudó un momento antes de volver a asentir, por lo que Alice fue rápidamente a la cocina a por las únicas tijeras de la casa. Cuando volvió, la niña parecía tan entusiasmada que apenas podía mantenerse sentada.

Alice jamás le había cortado el pelo a nadie, pero no podía ser tan complicado. Además, tenía recuerdos de Alicia en una peluquería. Había visto cómo lo hacían. Tragó saliva y, con cuidado, fue cortando la misma longitud en cada mechón, dejando que los cabellos sueltos cayeran al suelo del cuarto de baño y peinando el resto con los dedos y el peine. Poco a poco, el cabello castaño claro de Blaise fue tomando forma y, en lugar de llegarle hasta media espalda, se quedó a la altura de sus omóplatos.

—¿Te gusta? —preguntó Alice cuando ya llevaba la mitad de la cabeza.

Ella asintió con una gran sonrisa.

—Bien, pues voy a por el otro lado.

Mientras Alice cortaba los mechones del lado derecho de su cabeza, Blaise empezó a mover las piernas felizmente. Solo llevaba dos días con ellos, pero Alice sabía qué significaba eso. Iba a ponerse a parlotear sobre algo.

—¿Puedo preguntarte una cosita? —canturreó con una sonrisa maliciosa.

—Sí, claro. ¿Qué pasa?

—¿Cómo se llama el chico de la marca en la cara?

—Rhett. Ya te lo presenté.

Por eso sabía que la pregunta iba con otra intención. Y lo confirmó cuando Blaise aumentó su sonrisita malvada.

—Y ¿es tu novio?

Así que era eso.

Alice sonrió sin poder evitarlo y asintió con la cabeza. Blaise soltó algo parecido a un chillido de emoción.

—¿Por qué tiene esa marca en la cara? —preguntó a continuación.

—¿La cicatriz? —Alice siguió cortando mientras hablaba—. Bueno, es una larga historia. Se la hicieron unas personas malas. Pero lo importante es que tenía a su alrededor a mucha gente buena que lo ayudó.

—¿Como tú conmigo?

Alice hizo una mueca.

—Supongo —dijo al final.

—¿Y por qué camina mal? ¿Le duele una pierna?

—Ah, eso es por una herida que se hizo hace poco. Pero cada vez está mejor.

De hecho, había empezado a entrenar con normalidad, sin que le doliera en absoluto. Alice había visto la herida esa mañana, cuando él se había cambiado de ropa, y lo cierto era que tenía bastante mejor aspecto que unos días atrás. Que se curara del todo era solo cuestión de tiempo y eso la aliviaba inmensamente.

Blaise no dijo nada más en todo el rato, se limitó a mirar el resultado en el espejo, emocionada. Para cuando Alice terminó y le pasó otra vez el peine para desenredarle los pocos nudos que le quedaran, su mirada se iluminó con ilusión.

—Ya está. ¿Qué te parece?

Blaise no dijo nada, solo soltó otro chillido y se marchó corriendo a su habitación para poder verse en el espejo de cuerpo entero. Alice negó con la cabeza y dejó las tijeras en la encimera.

Algo hizo que se volviera. O más bien alguien. Rhett estaba apoyado con un hombro en la puerta, de brazos cruzados. Parecía impresionado.

—¿Qué decías de que era demasiado blandita? —preguntó ella muy digna.

Él se limitó a soltar una risa divertida.

* * *

Cuando el Sargento les mandó un mensaje indicándoles que aquel día irían a buscar a la madre de Blaise, Alice no se sentía del todo preparada. La niña había pasado con ellos una semana y, a pesar de que al principio había sido complicado, había acabado por llevarse bien con los tres. Una parte de ella estaba triste ante la perspectiva de que la pequeña se marchase, pero la otra tenía ganas de que pudiera reunirse con su madre.

Rhett y ella se pusieron sus monos reglamentarios y Alice, pese a que quería hacerlo, no pudo recoger su abrigo naranja. Se limitó a ayudar a Blaise a vestirse, a despedirse de Trisha y, finalmente, a salir de casa. Los tres recorrieron la calle en dirección contraria a la habitual para llegar a la zona del garaje, que estaba a unos cinco minutos andando. Uno de los guardias, al verlos llegar, se apartó de la puerta de hierro y les dejó entrar.

Efectivamente, Kai y algunos guardias estaban en el garaje. Dejaron de hablar en cuanto los vieron aparecer. Estaban todos junto a uno de los coches, el cual claramente habían preparado para marcharse con él.

—Hola, chicos —sonrió Kai ampliamente—. Me alegra veros tan animados para la aventura.

Alice no supo muy bien dónde veía los ánimos; ella estaba un poco asustada, Rhett permanecía impasible y Blaise se había escondido detrás de ambos, asomándose con el ceño fruncido.

—Bueno, ya estamos todos —continuó él—, ya podemos irn...

—¿Y el Sargento? —preguntó Alice.

—Ah, él tiene otros asuntos que atender. Iremos los cuatro solos.

Rhett parecía haberse tensado.

—¿Estás diciendo que la niña nos va a acompañar?

—Tiene que guiarnos —le indicó Kai—. Solo ella puede decirnos dónde está exactamente su madre.

—Es solo una niña.

—Rhett, es parte del procedi...

—Es solo una niña —repitió, esa vez un poco bruscamente.

Kai dudó un momento, mirándola, antes de volverse de nuevo hacia Rhett. Parecía un poco nervioso.

—Yo solo sigo órdenes —le aseguró apenado—. Y para eso estáis vosotros dos, ¿no? Para protegernos a ambos.

El pobre Kai se puso colorado mientras Rhett intentaba con todas sus fuerzas no reírse.

—Aunque no esté acostumbrado a luchar, soy un rastreador profesional —repuso el primero, con el orgullo herido—. Me necesitáis.

—Y, cuando nos pongamos a disparar —Rhett enarcó una ceja—, ¿qué harás?

—Esconderme.

—Todo listo —anunció uno de los guardias en ese momento.

Kai asintió con la cabeza y les ordenó que se marcharan, de forma que solo quedaron ellos cuatro. Rhett parecía extrañado, pero no dijo nada mientras se subían al vehículo. Como la última vez, Kai pulsó uno de los botones del panel y el coche empezó a avanzar hacia la salida del garaje, cuya puerta empezó a abrirse lentamente.

—¿Cómo sabremos adónde ir? —preguntó Alice.

—Iremos a la zona donde encontramos a la niña. Luego ya dependerá de que ella pueda guiarnos y nosotros, seguirla.

Kai hizo una pausa, rebuscó bajo uno de los asientos y sacó un dispositivo, que se colocó en la oreja. A Alice le resultó familiar. Parecía una especie de auricular negro.

—Con esto me comunico con el Sargento —les informó.

—¿Y nuestras armas? —preguntó Rhett directamente.

Kai señaló uno de los sacos del suelo y el otro, sin pensarlo, empezó a buscar en él para sacar lo necesario. Se hizo con una pistola, que se guardó en los pantalones, y luego le tendió un fusil a Alice, que se metió la munición en el bolsillo. Parecía que hiciera una eternidad que no sostenía uno. Quizá desde que habían estado practicando en Ciudad Central, casi un año atrás.

Se pasaron la mayor parte del camino en silencio mientras Kai iba dándoles instrucciones casi compulsivamente. A diferencia de los demás, Alice trató de escuchar algunas para que no se sintiera ignorado, pero llegó un punto en el que se hizo demasiado pesado incluso para ella.

Blaise volvió la cabeza para mirar fijamente a Rhett, aunque él no pareció de humor para la revisión.

—¿Se puedes saber qué miras tanto, gnomo?

—¿Dónde te hiciste la cicatriz?

La pregunta había salido de los labios de Blaise. Y en el idioma de todos. Los tres se quedaron mirándola, sorprendidos, pero ella seguía centrada en Rhett.

—¿Hablas nuestro idioma? —preguntó Alice atónita—. ¡Pensé que solo lo entendías un poco!

—¡Y durante los interrogatorios no dijo nada! —remarcó Kai.

—Si finjo que no lo hablo, me dejáis tranquila mucho antes.

Pese a que tenía un acento francés muy marcado, lo dominaba a la perfección. Alice no pudo evitar sentirse un poco ridícula.

—¿Cómo te hiciste la cicatriz? —insistió Blaise.

Rhett le frunció el ceño.

—¿Y a ti qué te importa?

—Mucho.

—Cómete una chocolatina y déjame tranquilo.

—No me caes bien, grandullón.

—El sentimiento es mutuo.

—No me gusta para ti, Alice.

Ella intentó no reírse cuando vio que Rhett fulminaba a la niña con la mirada, algo ofendido.

—No es por cortar el rollo —comentó Kai entonces—, pero ¿soy el único que se acuerda de que estamos a punto de comenzar una misión en la que podríamos poner en peligro nuestras vidas?

Al instante, el buen humor desapareció. Rhett puso los ojos en blanco.

—Madre mía..., debes de ser el alma de las fiestas, ¿eh?

El coche se coló entre los árboles y cruzó los pequeños senderos a una velocidad vertiginosa, atravesando unos cuantos arbustos y espantando a algunos animales. Alice tuvo la sensación de que apenas habían pasado unos minutos cuando la velocidad del vehículo empezó a reducirse para rodear un precioso lago congelado.

Finalmente, el coche se detuvo y la puerta se abrió. Alice fue la primera en bajarse y mirar a su alrededor. El frío hacía que le temblara el cuerpo entero, pero el paisaje era muy bonito. Habían llegado a un punto tan alto de una de las montañas que podían ver perfectamente la silueta del bosque más allá de los escasos árboles que los rodeaban. Entre las zonas verdes, el curso del río formaba una especie de línea divisoria entre las pocas ciudades que había visto Alice y las que no conocía.

Rhett, que se acababa de detener a su lado, siguió la dirección de su mirada.

—¿Te gusta?

—¿Qué ciudades son esas?

—La más cercana es Ciudad Jardín —murmuró Rhett, y luego señaló un poco más allá—. Esa es Ciudad Diamante. Se ve una parte de Costa Austera, pero las demás están demasiado lejos.

—¿Y todo eso son...?

—Ciudades rebeldes, sí. —Rhett las miró, pensativo—. No las he visitado todas, pero la mayoría son bastante amigables.

—Me encantaría poder ir alguna vez.

Se esperaba un no rotundo, pero Rhett lo consideró un momento.

—Quizá algún día, cuando todo esto pase.

—¿Cuál es tu favorita?

—Ciudad Diamante. —Ni siquiera lo pensó.

—Entonces, esa será la primera que visitemos.

Rhett sonrió un poco, pero Blaise y Kai los interrumpieron antes de que pudieran seguir hablando. Estaban discutiendo porque él le había puesto algo en el brazo —parecía cinta adhesiva— y ella intentaba quitárselo de mal humor.

—¡Es para que no te perdamos! —le explicó irritado—. ¡No te lo toques!

—Bueno —comentó Rhett—, ¿ahora qué?

—Ahora, a buscar.

Hubo un momento de silencio cuando todos se volvieron hacia Kai, que sonreía ampliamente.

—¿Tú no eras el rastreador? —insistió Rhett.

—¿Eh? ¡Ah, sí, es verdad!

Sacó un pequeño aparato del bolsillo y apuntó al suelo. Parecía una especie de cajita negra con una antena del tamaño del antebrazo de Alice. Kai la apuntó al suelo y pulsó un botoncito que emitió un pitido bastante molesto, pero luego se limitó a mirarlos.

—¿Eso es todo? —preguntó Rhett, enarcando una ceja.

—Pues... sí. ¿Qué esperabas?

—Bueno, quizá no un satélite, pero...

—¿Qué es un satélite? —intervino Blaise curiosa.

Rhett suspiró.

—Una cosa del espacio.

—¿Del espacio? —Ella parpadeó—. ¿Qué espacio?

—El... espacio. —Rhett abrió los brazos, señalando el cielo—. Ya sabes..., eso oscuro, con estrellas y planetas y, eh..., supongo que más cosas.

—Ahí arriba no hay sitio para tantas cosas —le dijo Kai confuso.

—Exacto, solo hay nubes y puntitos brillantes. —Blaise asintió.

Rhett respiró hondo mientras Alice empezaba a reírse.

—¿Piensas rastrear algo, sí o no? —retomó la conversación él.

—Bueno, no es exactamente un rastreador. Solo me marca los últimos movimientos de la zona. Puedo intentar registrarlos para ver si alguno es humano y, entonces, seguir todas las posibles evidencias para llegar a cada punto coincidente. Uno de ellos podría ser la madre de la niña.

Rhett, que había hizo aumentando su mueca de agotamiento a medida que Kai hablaba, al final solo tenía la nariz arrugada.

—Pero, entonces..., ¿para qué hemos traído a la cría? ¿No sería más fácil preguntarle directamente a ella?

Kai lo consideró, sorprendido.

—Supongo que eso también podría funcionar.

Los tres se volvieron hacia Blaise, que estaba mirando a su alrededor con el ceño fruncido. Estaba claro que sabía dónde la habían llevado. A Alice le extrañó que no estuviera entusiasmada, pero luego entendió que la podía estar paralizando el miedo.

Le puso una mano en el hombro, cosa que hizo que Blaise se volviera hacia ella con precaución.

—¿Puedes llevarnos con tu madre? —le preguntó en francés, suponiendo que así se sentiría más cómoda.

La niña asintió y la sujetó de la mano para guiarla entre los árboles, por un sendero oculto por las ramas que hasta ese momento no habían visto. Kai y Rhett intercambiaron una mirada antes de seguirlas, uno con el arma en la mano y el otro con el dispositivo de rastreo soltando ligeros pitidos.

—¿Puedes apagar ese trasto? —protestó Rhett—. Van a oírnos llegar cinco horas antes de que pisemos su terreno.

Kai enrojeció un poco, pero al menos se detuvo para esconder el dispositivo de rastreo. Mientras tanto, Blaise había soltado la mano de Alice, pero seguía guiándolos, saltando las raíces de los árboles y esquivando ágilmente las ramas. Era más que evidente que esa niña se había criado o al menos había pasado varios años en un bosque. Solo había que mirarla durante un momento para darse cuenta.

Alice se distrajo un poco cuando notó que Rhett se colocaba a su lado y seguía andando muy pegado a ella. Cuando inclinó la cabeza en su dirección, tenía una sonrisita en los labios.

—¿Te he dicho alguna vez que me pone que hables en francés?

Alice iba a preguntar qué quería decir, pero Kai los interrumpió cuando se dio cuenta de que lo habían dejado atrás y empezó a correr hacia ellos.

—¡No me dejéis solo! —gritó, intentando meterse entre ambos.

Blaise suspiró, mirándolos, como si fueran un verdadero estorbo.

—Bueno —comenzó Alice—. Y ¿cuál es el plan cuando lleguemos?

—Si solo está la madre —respondió Kai—, intentar convencerla para que venga.

—¿Y si está acompañada? —preguntó Rhett.

—Pues... habrá que deshacerse de ellos.

—¿Nosotros solos? ¿Tú estás mal de la cabeza?

—El Sargento os está poniendo a prueba —les recordó Kai indignado—. Si mandase ayuda, ¿cómo sabría si estáis a la altura?

Y entonces, solo entonces, Alice se dio cuenta de un pequeño detalle en el que no había caído hasta ese momento.

—Espera. —Se detuvo, haciendo que Blaise y los demás la miraran—. ¿Voy a tener que disparar a personas?

—Supongo que sí. —Kai parecía confuso—. Si se da el caso.

Ella lo miró unos instantes, entumecida, hasta que sintió que su cabeza se volvía automáticamente hacia Rhett. Solo por su expresión dedujo que estaba pálida.

—No —dijo con un hilo de voz—. No..., no puedo disparar a nadie, Rhett.

—¡Ya es tarde para echarse atrás! —le gritó Kai muerto de miedo—. ¡Tienes que protegerme!

—No puedo —repitió ella, y sintió que empezaban a temblarle las manos—. Nunca lo he hecho. Y no quiero hacerlo. Yo no...

—¡Alice, es parte de tu trabaj...!

—¡Cállate! —espetó Rhett a Kai muy cerca de su cara, haciendo que él retrocediera dos pasos. Luego miró a Alice con una expresión menos agresiva—. Escúchame...

—¡No hay nada que escuchar! —No podía evitar que le temblara la voz—. ¡No voy a...!

Se calló cuando Rhett le colocó una mano enguantada en la nuca para que dejara de retroceder.

—No vas a disparar a nadie a no ser que sea absolutamente necesario. Y si tuvieras que hacerlo no sería un asesinato a sangre fría, sino defensa propia, ¿vale? No hay otra opción.

Si algo le gustaba de Rhett, era que siempre le decía las cosas claras. No maquillaba la verdad para que se sintiera mejor, sino que le decía la verdad y, aun así, lograba tranquilizarla.

—Pero... —Ella tragó saliva con dificultad—. Si mato a alguien...

—Mira, si quieres practicar puedes disparar a ese idiota. —Rhett señaló a Kai con la pistola.

El aludido soltó un grito y levantó las manos en señal de rendición. Blaise soltó una carcajada.

—He cambiado de opinión, Alice, tu novio me cae bien —le dijo en francés.

—¡Baja eso! —gritó Kai.

—Tampoco sería una gran pérdida.

—No quiero disparar a Kai.

Rhett escondió la pistola y Kai pareció calmarse al instante, mientras que Blaise seguía riéndose sin ningún tipo de vergüenza. Aprovechando el momento de distracción, Rhett atrajo a Alice con la mano que seguía teniendo en su nuca.

—Yo llevaré las riendas de la situación, tú solo cúbreme —le dijo en voz baja.

Ella asintió con la cabeza, notando que volvía a recuperar el pulso.

—Vale.

Cuando sintió que se había tranquilizado, Rhett la soltó y se dio la vuelta para mirar a Kai. No pareció muy complacido con lo que veía.

—¿Tienes algo con lo que defenderte? Lo que sea.

Este pareció sorprendido.

—¿Yo?

—Sí, tú. A no ser que tu plan sea tirar la maquinita esa a la cabeza de alguien, claro. Tiene pinta de doler.

—No..., no tengo nada. Y preferiría no sacrificar mi modelo de...

—Vale. —Rhett miró a Alice—. Encárgate de que no maten a estos dos. Yo iré delante.

Blaise los guio por el bosque sin siquiera titubear, saliéndose del camino en varias ocasiones y siguiendo estrechos senderos apenas visibles en otras. Sorteaba ramas, raíces, piedras y matojos como si hubiera nacido para ello. Kai, por el contrario, iba tan despacio que a Rhett, al final, no le quedó más remedio que agarrarlo del brazo para ayudarlo a pisar donde debía. Al menos, así pudieron avanzar más deprisa.

Aun así, a Alice el camino se le hizo largo. No dejaba de pensar en el fusil que sujetaba entre sus manos, en la posibilidad de que tuviera que matar a alguien, en el hecho de que al cabo de unos minutos los cuatro estarían en peligro... Tragó saliva con fuerza y estuvo a punto de preguntar a Blaise si faltaba mucho, pero entonces la niña se detuvo de golpe.

Ante ellos, a unos diez metros de distancia y escondida entre los árboles, había una cabaña de madera con un corral vacío, una puerta cerrada y dos hombres sentados en los escalones del porche jugando a las cartas. Uno de ellos soltó una carcajada ruidosa cuando puso una en el montón, haciendo que el otro empezara a maldecir en francés.

—¿Es ahí? —susurró Alice.

Blaise asintió con la cabeza.

—¿Conoces a esos hombres?

Esa vez, la niña negó. De hecho, estaba mirándolos con cierta desconfianza.

—Pues sí que había hombres malos —comentó Rhett, sacando la pistola de su cinturón.

—Ten cuidado. —Alice lo cogió del brazo—. No sabes cuántos son.

—Intentaré hablar con ellos.

—¿Y si no te hacen caso?

—Entonces, yo les vuelo la cabeza y tú me cubres. Trabajo en equipo.

Alice volvió a sujetarlo. Él se dio la vuelta de nuevo. La sonrisa divertida que había esbozado empezó a borrarse.

—Sé que tienes ganas de pasar a la acción —le dijo ella en voz baja—, pero necesito que tengas cuidado, Rhett.

—Sé cuidar de mí mismo. Y tengo a la mejor persona que se me podría ocurrir para cubrirme la espalda, ¿no?

No la tranquilizó mucho, pero se dejó besar cuando él se inclinó hacia ella. Blaise los miró con cara de repugnancia y Kai, de envidia.

—Ahora vuelvo —les anunció Rhett—. Escondeos hasta que dispare.

No dijo nada más, guardó la mano con la pistola en el

bolsillo del abrigo y salió de entre los árboles sin titubear. Alice contuvo la respiración, agachándose con los demás tras un arbusto, mientras lo veía cruzar el sendero y acercarse tranquilamente a los dos hombres.

Ambos se dieron la vuelta a la vez, más que nada porque Rhett no se había preocupado mucho de disimular el ruido de sus pasos. Uno se quedó sentado, recogiendo la baraja, mientras que el otro se incorporó de golpe.

—Propiedad privada —le espetó el último a Rhett. Su acento francés era mucho más marcado que el de Blaise.

Pero este no se movió. De hecho, se plantó delante de ellos como si nada.

—Estoy buscando un lugar donde pasar la noche. Esto es lo único que he encontrado.

Alice apretó los dedos en el fusil cuando vio que uno de los hombres, el que seguía sentado en los escalones del porche, se sacaba la pistola del cinturón. No apuntó a Rhett, pero la amenaza estaba clara. Kai y Blaise miraban a Alice como si esperaran que al menos ella supiera qué hacer.

—No aceptamos desconocidos —dijo el que estaba de pie—. Lárgate.

—Venga ya, no seas desagradable. ¿Qué pasa? ¿Te da miedo que te gane a las cartas? Me sé unos cuantos juegos.

—He dicho —el hombre bajó los escalones, mirándolo fijamente— que te largues.

—Madre mía, con ese humor no me extraña que estéis perdidos en medio de una montaña.

El que acababa de hablar se detuvo delante de Rhett, mirándolo fijamente. Alice tragó saliva con fuerza.

—¿Qué eres? —le preguntó—. ¿Un graciosillo?

Alice, muy lentamente, consiguió quitarle el seguro al fusil sin hacer ruido.

—La verdad es que la gente suele decir que mis chistes son una mierda. Pero aprecio el cumplido, gracias.

Al hombre se le hinchó una vena del cuello. Rhett le sonrió con aire burlón.

Alice estaba a punto de asomarse y disparar, pero Rhett se le adelantó. A tanta velocidad que apenas pudo verlo bien, había agarrado al que se le había acercado y le rodeaba el cuello con un brazo. Pegó su espalda a su pecho y le clavó la punta de la pistola en la sien, mirando al otro.

—¡Quieto! —le gritó Rhett cuando vio que hacía ademán de apuntarle con la pistola.

El otro se detuvo al instante, mirándolo fijamente. Su amigo, al que Rhett seguía sujetando, se había quedado paralizado.

—¿Dónde está Camille?

—No sé de qué hablas —susurró el hombre de la escalera.

Rhett apretó la pistola contra la cabeza de su amigo, que estaba paralizado de terror.

—Voy a darte otra oportunidad porque hoy me he levantado generoso, pero te advierto que me estoy aburriendo. Y ¿sabes a quién no le conviene que me aburra? A tu amiguito. Tienes tres segundos.

—Pero...

—Tres...

—Yo no...

—Dos...

—¡Está bien! —gritó, maldiciendo en voz baja—. Está bien. No dispares.

Hizo una pausa, mirando a su alrededor, antes de señalar la casa con una mano temblorosa.

—T-tengo que... que llamarla...

—Pues hazlo de una vez.

El hombre asintió. Alice percibió algo en su mirada que hizo que se tensara. Y entonces el guardia, en un perfecto francés para que Rhett no pudiera entenderlo, se puso a gritar:

—¡Hombre armado! ¡Ayuda!

Alice ni siquiera lo pensó. En cuanto escuchó alboroto dentro de la casa y vio que Rhett fruncía el ceño, supo que intentarían matarlo. El que seguía de pie junto a la escalera se estaba dando la vuelta con la pistola en la mano, dispuesto a apuntarlo, pero ella fue mucho más rápida.

Con la adrenalina por las nubes y el cerebro entumecido por el miedo, Alice se incorporó y levantó el fusil por puro instinto. Ni siquiera lo pensó, solo giró el arma hasta donde sabía que acertaría y, entonces, apretó el gatillo.

La bala atravesó el pecho del hombre de la escalera a tal velocidad que ya se había clavado en la pared de la cabaña cuando él cayó al suelo, inerte y con una herida de la que no dejaba de brotar sangre.

—¡Mierda, Alice! —le gritó Rhett, que había dado un traspié por el susto, todavía sujetando al otro guardia.

—¡Ha dado la voz de alerta!

Escuchó que Rhett soltaba una palabrota en voz baja. Empujó al hombre hacia delante y, antes de que tuviera tiempo para reaccionar, levantó la pistola y le disparó en la frente. Para cuando este cayó junto a su amigo, Rhett ya corría a esconderse detrás de una roca que tenía a su derecha. Alice soltó un suspiro de alivio cuando vio que era lo suficientemente grande como para ocultarlo.

Mientras tanto, Kai y Blaise estaban agachados y temblorosos a su lado. Él tenía las manos sobre los oídos de la niña, como si quisiera aislarla, y ella tenía los ojos cerrados con fuerza. Ambos estaban pálidos, pero no más que Alice, eso seguro. Ella bajó la mirada a su fusil.

Había disparado a un hombre. Lo había matado. Le temblaban las manos.

Durante un momento, se le nubló la mente. ¿En qué la convertía eso?

Pero cuando vio que Rhett respiraba hondo y se volvía hacia la cabaña para seguir luchando, volvió en sí de golpe. No podía venirse abajo. No era el momento ni el lugar. Y ya estaba hecho. No había vuelta atrás. Arrepentirse no tenía ningún sentido. No podía dejar solo a Rhett por algo así.

Aprovechando que todavía no los habían descubierto, Alice les hizo un gesto de silencio a Kai y Blaise y, sin pensarlo, salió de detrás del arbusto. Percibió la cara de pánico de Rhett al ver que ella corría por el sendero como si nada, pero consiguió llegar a una de las rocas antes de que fuera demasiado tarde.

Ambos ocultos a pocos metros de distancia, intercambiaron una mirada. Rhett parecía irritado.

—Ya hablaremos de eso —aclaró, señalando el caminito que acababa de recorrer completamente desprotegida.

—Sí quieres, también podemos comentar que te he salvado la vida.

Justo en ese momento, escucharon de nuevo el alboroto de la casa. La puerta se abrió de golpe y, por lo poco que pudo ver, Alice supo que habían salido tres hombres. Dos de ellos llevaban pistolas, y el otro, un cuchillo. No pudo evitar hacer una mueca al recordar lo mal que se le había dado la clase de armas blancas.

Los dos de las pistolas apuntaron directamente a la roca en la que se escondía Rhett, gritando en francés, y él se encogió un poco cuando empezaron a disparar. Alice aprovechó el momento de distracción para apoyar la punta del fusil en su escondite, apuntar a la cabeza de uno de ellos y apretar el gatillo. Esa vez, no miró si había acertado o no; sabía que la respuesta era afirmativa.

Alice giró el fusil, buscando el ángulo adecuado para disparar al otro guardia, pero de pronto percibió un movimiento tras ella. Se movió por instinto, apartándose de la fuente del pequeño sonido, y supo que había acertado cuando vio que el cuchillo del otro tipo se estampaba contra la roca donde, un segundo antes, había estado su nuca.

El fusil se le escapó de las manos. Soltó una palabrota que pocas veces usaba y trató de alcanzarlo, acelerada. El hombre fue más rápido y le lanzó una estocada que ella tuvo que esquivar tirándose de espaldas al suelo. En cuanto vio que él echaba la mano hacia atrás, Alice ahogó un grito y rodó a un lado. El cuchillo se clavó en la nieve, a apenas unos centímetros de su cabeza.

Cuando vio que el francés se agachaba para desarmarla, Alice actuó por impulso y se estiró para alcanzar el cuchillo que se había caído en el suelo. Mientras tanto, él había conseguido asir el fusil y la estaba apuntando. Quiso ponerse de pie, pero no se atrevía a arriesgarse a que su compañero le disparara. Trató de atacar sus piernas justo cuando el hombre trató de dispararle. Sin embargo, Alice sabía que no le quedaban balas. Y el resto estaban en su propio bolsillo.

El hombre miró el arma inútil y soltó una maldición, lanzándola el suelo justo a tiempo para agarrar de la muñeca a Alice y ahorrarse una herida. Forcejearon durante unos instantes, conteniendo la respiración, hasta que él echó el codo hacia atrás a toda velocidad y le propinó un golpe junto a la boca que hizo que Alice estuviera a punto de perder el equilibrio.

Quizá en otro momento habría parado para palparse la herida, pero no en ese. Por algún motivo, ese golpe consiguió acabar con la poca paciencia que le quedaba y la enfadó muy profundamente. El hombre pareció bastante perplejo cuando Alice soltó una retahíla de insultos en francés y, furiosa, se lanzó sobre él para tirarlo al suelo.

Rodaron por la nieve durante unos segundos, pero por desgracia él fue mucho más rápido que Alice. Ella quedó tumbada de espaldas con las dos manos del hombre alrededor de su cuello. Alice encogió la rodilla, furiosa, y consiguió acertarle entre las piernas con fuerza. El agarre se aligeró y, casi al instante, un disparo cortó el silencio que los envolvía.

Alice se quedó paralizada un momento cuando el hombre cayó el suelo, a su lado, con una pierna y un brazo sobre ella. Rhett estaba de pie a unos metros de distancia, bajando la pistola.

—¿Estás bien? —preguntó, acercándose.

Ella apretó los labios, apartando al hombre de encima de su cuerpo.

—Lo tenía controlado.

—Sí, claro. —Rhett la ayudó a levantarse—. ¿Qué harías sin mí?

Alice se sacudió la nieve de los pantalones. Estaba tan nerviosa que ni siquiera sentía frío. Revisó su entorno con la mirada. El que se había acercado a Rhett estaba tumbado boca abajo en el suelo. Se habían quedado solos.

Bueno..., casi. Blaise y Kai habían salido de detrás del arbusto y los miraban con cautela, claramente asustados.

—¿Ya está? —preguntó Kai—. ¿Queda alguien más?

—No. —Rhett los examinó a ambos con la mirada—. ¿Estáis bien?

—Sí, sí —le aseguró él enseguida—. No he perdido el control de la situación, tranquilo.

Rhett se limitó a esbozar media sonrisa cuando se agachó, recogió la pistola de uno de los cadáveres y se la lanzó a Kai. Él la atrapó como pudo y la sostuvo con las palmas de las manos como si tocarla en exceso fuera a hacer que su piel ardiera en llamas.

—Mira qué bien, ya tienes un arma para defenderte —le dijo Rhett con calma—. Para la próxima vez que salgamos, aprende a usarla.

—P-pero...

—No te puedes permitir vivir en un mundo como este y no saber disparar.

Lo dijo con cierta rotundidad, revisando a Blaise con la mirada. La niña parecía encontrarse bien. Sin embargo, cuando la mirada de Rhett llegó a Alice y vio el pequeño moretón junto a su labio inferior, su ceño se frunció profundamente.

—¿Has dejado que te pegase?

—Sí, pero al menos no me ha disparado. Vamos avanzando.

Rhett negó con la cabeza y le pasó el fusil que el otro le había arrebatado. Mientras Alice lo recargaba a toda velocidad, todos se volvieron hacia la cabaña.

—Vayamos a encontrar a esa mujer —murmuró Rhett.

Fue el primero en entrar, asegurándose de que no hubiera nadie, y Alice lo siguió de cerca con Kai y Blaise justo detrás de ella. El interior de la cabaña estaba iluminado por unas pocas velas mal repartidas por el salón, que era la única estancia que había. Dos literas adornaban la pared del fondo y había una chimenea encendida a su derecha, pero por lo demás no parecía un lugar muy habitado. Solo tenía cosas sucias y mantas revueltas.

—¿Estás segura de que era aquí, Blaise? —preguntó Alice dubitativa.

La niña, ahora aferrada a su cintura, asintió con la cabeza.

Apenas acababa de hacerlo cuando Rhett se detuvo de golpe y su mirada se clavó en el suelo. El sofá les bloqueaba la visión, así que los demás no pudieron saber qué le había provocado esa cara de espanto, pero solo por su expresión Alice podía hacerse una idea. Bajó una mano instintivamente hacia Blaise, que se había encogido.

—Mierda —murmuró Rhett, cerrando los ojos.

—¿Qué? —Blaise los miraba a los dos, casi desesperadamente—. ¿Qué pasa? ¿Dónde está mamá?

Rhett se volvió hacia Alice y ella pudo verlo en sus ojos. Estaba muerta.

—Tenemos que irnos —murmuró él.

—¡No! —gritó Blaise desesperada, zafándose de Alice—. ¡Tenemos que encontrar a mi madre!

—Blaise...

—¡No! ¡Mamá! ¡Dejadme ir con ella!

Echó a correr hacia Rhett y Alice no pudo sujetarla a tiempo. La siguió, tratando de detenerla, pero Rhett se adelantó. Se agachó, rodeó a Blaise con un brazo y se puso de pie, elevándola consigo. La niña empezó a patalear, intentando bajarse, mientras no dejaba de gritar cosas sin sentido, pero Rhett no la soltó. Se limitó a salir de la cabaña con los labios apretados. Kai, tras dudarlo un momento, los siguió en silencio.

Alice se volvió inconscientemente hacia el sofá y, antes de darse cuenta de lo que hacía, avanzó hacia él. Su estómago se contrajo violenta y dolorosamente cuando vio los pies manchados de sangre de una mujer que estaba tirada en el suelo. Tragando saliva con fuerza, siguió aproximándose.

Por suerte, el pelo castaño claro le cubría el rostro, pero podía ver su piel blanca, su pecho y abdomen quietos, sus uñas azules... y una mancha de sangre seca que cubría el suelo que había alrededor de su cabeza. La habían asesinado unas horas atrás. Habían llegado tarde.

Alice agachó la cabeza al escuchar los gritos de Blaise e, inconscientemente, su mirada fue a parar a la mano de la mujer. La tenía apretada con fuerza. Alice se agachó a su lado con cautela y, tras dudar un momento, se acercó para abrir sus dedos fríos, dejando entrever una pulsera dorada demasiado pequeña como para ser suya. Era de tamaño infantil.

Se volvió hacia la puerta, todavía escuchando a Blaise, y apretó el brazalete con fuerza entre sus dedos. Después, colocó la mano de la mujer junto a su pecho, en una postura mucho más digna, y salió de la cabaña.

20
EL CUADERNO DE LAS MEMORIAS

Volver de la misión resultó ser mucho más duro de lo espe-rado. Kai había llamado al Sargento con su auricular, le había contado lo sucedido y él había mandado dos coches con guardias para ayudarles a limpiar el desastre y, entre otras cosas, dar sepultura al cuerpo de Camille. Alice tuvo que ju-rarle a Blaise que la enterrarían en un lugar bonito, donde brillara mucho el sol, y que algún día irían a ver su tumba. Todavía no se había atrevido a darle la pulsera.

Una doctora fue a verlos a su casa y les dio unas pasti-llas blancas con manchitas azules para la pobre Blaise, que no había dejado de sollozar y gritar. Cuando Rhett —que la había transportado todo el camino— la dejó en el sofá y Alice le dio el vaso con las pastillas, Blaise dejó de patalear y, al cabo de unos pocos minutos, se quedó profundamente dormida.

Trisha, que los había estado observando desde la cocina y les había llevado el agua, negó con la cabeza.

—Pobre niña.

Alice quiso responder, pero lo cierto es que solo le apetecía ir a darse una ducha y limpiarse toda la suciedad de encima. Dejó que fuera Trisha quien llevara a Blaise a su cama y se metió directamente en el cuarto de baño de su habitación. Tardó más de lo normal en terminar de enjabonarse. Sentía todos sus músculos pesados y agotados. Para cuando salió, habían pasado diez minutos.

Se miró en el espejo y, efectivamente, vio que tenía una pequeña marca rojiza junto a la comisura izquierda del labio, pero no parecía tan grave como había creído en un principio. En unos días desaparecería.

Ya con unos pantalones de algodón y una camiseta de tirantes puestos, salió de la habitación y dejó que se duchara Rhett. No tenía mucha hambre, pero de pronto le entraron ganas de comerse un buen bol de cereales, así que lo plantó en la mesa de la cocina y empezó a zampar.

Trisha, que se había acercado a ella, tomó asiento a su lado y apoyó la cabeza en su único puño.

—Sé que es una tontería de pregunta, pero tengo que hacerla: ¿cómo estás?

Alice removió los cereales en la leche, encogiéndose de hombros.

—Pues... he matado a alguien.

Trisha levantó las cejas, sorprendida, pero no como se sorprendería alguien normal al escuchar eso, sino alucinada por que no lo hubiera hecho nunca antes.

—El primero siempre es el peor —dijo, al final—. Pero es cuestión de supervivencia, Alice. Si tú no los hubieras matado, ellos te habrían matado a ti. Por desgracia, así funciona el mundo.

Alice asintió lentamente, metiéndose una cucharada en la boca. Trisha soltó un suspiro.

—Siento lo de la madre de Blaise. Sé que aprecias mucho a esa niña, aunque la conozcamos desde hace muy poco.

Alice esbozó media sonrisa al mirarla.

—¿Sabes qué? Creo que la aprecio tanto porque me recuerda a Jake.

—Pero si son totalmente opuestos...

—Por eso. Una parte de mí siempre se preguntó cómo sería estar con un niño con este tipo de personalidad, no tan tranquilito como Jake.

—Y ¿qué tal la experiencia? —Trisha sonrió de lado.

—Buena. Se vive con menos calma, pero es entretenido.

Trisha mantuvo la media sonrisa unos segundos, mirándola mientras seguía comiendo, y dejó que el silencio se extendiera un poco. Fue ella misma quien lo rompió.

—Quería hablarte de algo.

—¿De qué?

—Se me ha ocurrido una cosa que podría ayudarnos a recordar todo lo que pasó. Y también a encontrar a los demás.

Alice se quedó mirándola fijamente. Se esperaba todo menos eso.

—¿No estabas en contra?

—Y lo estoy. En parte.

Hizo una pausa, bajando la mano a la mesa y jugueteando con la servilleta de Alice. Parecía un poco incómoda.

—He estado pensando en lo que hablamos —murmuró finalmente, sin mirarla—. Y creo que tenías razón. Me dejé llevar por la comodidad del momento, por la fantasía de estar aquí, de vivir bien..., no sé, de alcanzar algo parecido a lo que tenía antes de toda esta mierda de la Gran Guerra. Y buscaba excusas para justificar el hecho de pasar de los demás sin sentirme mal, pero me he dado cuenta de la verdad. Ellos... Bueno, tú los conoces, Alice. Y yo también. Creo que las dos sabemos perfectamente que no son el tipo de persona que te abandonaría cuando más los necesitas.

Alice se quedó mirándola, admirada. Sabía que Trisha no era dada a pedir perdón; de hecho, nunca la había oído disculparse con nadie. Quizá eso fuera a lo máximo a lo que podía aspirar en ese aspecto y, curiosamente, estaba muy satisfecha con ello.

—Gracias por decir eso —murmuró.

—Ya, bueno. —Trisha había enrojecido un poco, algo totalmente insólito, y evadía su mirada—. No te pongas en plan cursi. Solo... finjamos que no ha pasado nada.

—Me parece bien.

—El caso es que tengo un plan. —Volvió al tema—. Pero... igual deberíamos esperar a que tu novio esté presente, ¿no?

—Su novio tiene nombre —replicó Rhett, que apareció con una toalla alrededor de la cintura.

Trisha puso mala cara al instante, como si hubiera visto una aparición maligna.

—¿No puedes vestirte?

—Claro que puedo.

—Pues hazlo. Me molestas.

—A mí no —sonrió Alice encantada.

Rhett le quitó el cuenco de cereales —al que ya no prestaba atención—, apoyó la cadera en la mesa y se puso a comerlos mientras las miraba.

—Bueno —dijo con la boca llena—, ¿qué pasa?

Trisha sacó un cuaderno que había guardado hasta ese momento bajo sus piernas. Lo colocó encima de la mesa, girándolo de forma que ellos pudieran verlo, y abrió una de las páginas para enseñarlo bien. En las dos hojas que les mostraba había algunos garabatos y frases sueltas. Los reconocieron al instante.

Trisha había estado apuntando, al detalle, todo lo que recordaban antes de perder el conocimiento y la memoria: a quién habían visto antes de desmayarse..., pero también cuál había sido el momento en que habían despertado. Incluso había trazado algunos dibujos. Como lo había hecho todo con la mano izquierda se veía un poco extraño.

—Joder —soltó Rhett con la boca llena de cereales.

—Si queremos encontrarlos, tenemos que empezar desde el principio, ¿no? Desde lo último que recordamos. Quiero asegurarme de que no me haya dejado nada.

Alice estaba con el ánimo por las nubes al ver que Rhett y ella no estaban solos y que todos estaban juntos en esto. Estaba tan emocionada que no pudo hablar mientras Trisha empezaba a relatar su último recuerdo.

—Max estaba con un tipo que iba vestido como los guardias de la capital, pero me dijo que era un amigo.

—Anuar —puntualizó Alice.

—Sí. Fue entonces cuando aparecieron los otros soldados, ¿recordáis? Me dispararon y el dolor fue espantoso. Lo último que recuerdo es que los dos me arrastraron fuera del peligro y Max me decía que no podrían salvarme el brazo.

Alice se quedó muy pensativa, buscando algún detalle que se les estuviese escapando.

—¿Te está dando un cortocircuito? —bromeó Rhett al ver que Alice llevaba tiempo sin parpadear.

Ella le puso mala cara.

—No tiene gracia, no soy una batidora.

—Lo siento, cariño.

Alice, que se había centrado de nuevo en los garabatos, levantó la cabeza de golpe y miró a Trisha. Parecía tan sorprendida como ella. Ambas se volvieron hacia Rhett al mismo tiempo. Él seguía comiendo cereales como si nada. Quizá ni siquiera se hubiese dado cuenta. De lo que sí se percató fue de que las dos lo miraban fijamente. Dejó de comer un momento.

—¿Qué os pasa?

—¿Qué acabas de decir? —Trisha parecía estar al borde de una carcajada.

—¿Yo?

—¿Me acabas de llamar cariño? —preguntó Alice atónita. De pronto, sus orejas se volvieron violentamente rojas.

—No —replicó enseguida, carraspeando—. No digas tonterías.

Para entonces, Trisha ya no podía aguantarse y se reía abiertamente. Rhett enrojeció todavía más.

—¡Deja de reírte! No he dicho tal cosa.

—Vaya que sí.

Las carcajadas eran tan fuertes que se sujetó el abdomen con la mano.

—¡Que no!

—¡Que sí!

—¡Que no!

—¡Por supuesto que sí! —exclamó Alice, que tenía una sonrisita de ilusión en los labios—. ¡Es muy tierno, Rhett, nunca me habías llamado así! ¡Me encanta!

—¿Podemos centrarnos en recrear los hechos? —preguntó él, impaciente por cambiar de tema.

Alice suspiró y volvió al tema, aunque sin olvidar lo que había pasado. Ya lo pillaría con la guardia baja.

—Recuerdo que Max y Anuar te socorrieron; nosotros seguimos por el pasillo —murmuró ella, intentando recordar todos los detalles posibles—. El techo se cayó y tuvimos que encontrar otra salida, pero no la había. Empezaron a dispararnos, así que nos metimos en una salita contigua, pero no teníamos escapatoria.

—Y entonces abrieron la puerta —añadió Rhett, asintiendo—. Lo último que recuerdo son los disparos.

—Igual que yo.

Los tres se quedaron en silencio durante unos instantes, mirando los dibujos.

—Todos perdimos la conciencia dentro del edificio —comentó Trisha.

—Podría ser casualidad —murmuró Alice.

—Las casualidades no existen.

—En resumen, todos tenemos nuestros últimos recuerdos dentro del edificio, justo después de que empezara a derrumbarse. Eso fue en marzo, si no recuerdo mal.

—Ahora estamos en octubre —musitó Rhett, todavía comiendo cereales.

De nuevo, se quedaron en silencio. Esta vez todos miraban la parte en que Trisha había apuntado en qué orden se habían ido despertando.

—Trisha y yo despertamos en Ciudad Central justo el día en que decidieron detonarla. Eso tampoco creo que sea casualidad. Rhett, no sé por qué tú tardaste más que nosotras.

—Quizá el objetivo fuera que no sobreviviéramos —comentó Trisha—. A lo mejor querían que muriésemos con la ciudad.

—Entonces, ¿por qué no nos ataron? O ¿por qué no nos mataron directamente? —Rhett negó con la cabeza—. No. Eso no tiene sentido.

—Ya, pero ¿cuál es el motivo de que nos dejasen allí? —Alice se mordisqueó el labio inferior, pensativa—. No lo entiendo, no tiene sentido.

—Puede que solo quisieran que viéramos nuestra ciudad arder —masculló Rhett—. Para cabrearnos.

—Pero ¿por qué querrían soltarnos después? —Alice negó con la cabeza—. No, tiene que haber una buena razón, solo que ahora no la vemos. Ni siquiera sabemos qué pasó durante los siete meses que pasamos «en coma».

Alice se pasó las manos por la cara, frustrada, cuando se dio cuenta de que todo lo que habían dicho hasta ese momento giraba en torno a una sola cosa. O, mejor dicho, a una sola persona.

—Lo único que está claro es que mi padre podría estar involucrado —murmuró.

Ya les había contado lo de sus sueños. Recordaba la cara de estupefacción de Trisha y el ceño fruncido de Rhett. Esa noche, él le aseguró que la ayudaría a vengarse de John. Tuvo que admitir que la idea fue muy tentadora, aunque se obligó a sí misma a rechazarla. Ella no era así. No podía dejarse llevar por el odio.

—Es una opción —murmuró Rhett.

Parecía que tanto él como Trisha lo habían estado pensando, pero no querían decirlo en voz alta para no ofenderla.

—Pero eso de dejarnos vivos... me sigue confundiendo. No parece su estilo en absoluto —comentó Alice—. Si realmente quisiera acabar con nosotros, lo habría hecho sin dudarlo. O quizá os habría matado a vosotros y habría reiniciado mi núcleo para borrar todos mis recuerdos. Por eso, asumiendo que fuera él, no entiendo por qué nos dejó en la ciudad.

—Tú lo conoces mejor que nosotros. —Trisha la miró—. A ver, sé que es complicado, pero... es tu padre, ¿no? Más o menos, sabes cómo reacciona y cómo se comporta. ¿De verdad no se te ocurre ningún motivo por el que querría hacernos esto?

Los dos se quedaron mirándola. Ella lo pensó un buen rato, repiqueteando los dedos sobre la mesa.

—Lo único que se me viene a la cabeza es que esto sea un experimento, como pasó la primera vez que me dejó escapar, pero lo veo bastante improbable. Quería ver qué sucedía si un androide de última generación se mezclaba entre humanos. Además, también quería...

Se quedó en silencio al instante, levantando la cabeza.

—¿Qué? —preguntó Rhett.

Ella se llevó un dedo a la sien y la tocó con cuidado, rebuscando en ella con la punta del dedo. Trisha y Rhett intercambiaron una mirada confusa.

—La última vez —dijo en voz baja, rebuscando todavía más—, me pusieron algo aquí dentro para controlarme.

—¿Ahí? —Trisha arrugó la nariz.

—Por lo que entendí, era un dispositivo pequeño de alto alcance con el que retransmitían mis sueños y mis sensaciones a su laboratorio. No sabían dónde me encontraba, pero podían adivinarlo por mis percepciones. Me lo extrajeron cuando consiguieron llevarme a su ciudad. Allí tenían máquinas que hacían mejor ese trabajo.

—Entonces, puede quitarse —comentó Rhett, que se había inclinado para examinarle la sien—. ¿Cómo lo hicieron?

—Solo hay una forma.

Cuando se levantó y agarró un cuchillo, Trisha abrió mucho los ojos y Rhett se puso a seguirla por el pasillo.

—¡Oye! —La señaló, sujetándose la toalla con otra mano—. ¡No insinuaba que te abrieras la cabeza!

Ella lo ignoró y se metió en el cuarto de baño más cercano que encontró. Al plantarse delante del espejo, respiró hondo y subió la mano para...

—Alice. —Rhett, que acababa de llegar, le atrapó la muñeca—. Para, no tienes que...

—Sí, no hay otra opción.

Sin pensarlo un momento más, se zafó del agarre de Rhett, subió el cuchillo hasta que la punta estuvo en su sien y, con los dientes apretados, empezó a hurgar.

En cuanto un hilo de sangre comenzó a recorrerle la mejilla hasta llegar a su mandíbula, Rhett apretó los labios y apartó la mirada. Trisha, desde la puerta, observaba todo con los ojos muy abiertos. Alice tuvo que respirar hondo para calmarse; la herida escocía y hacía que le doliera la cabeza entera. Dejó el cuchillo dentro del lavabo y se llevó la mano a la sien. Intentando no pensar en ello, introdujo un dedo en la llaga y empezó a rebuscar.

Rhett soltó una palabrota en voz baja y su cara se volvió pálida.

—No hay nada, Alice —le dijo Trisha, que claramente no sabía si acercarse o no.

—Eso no lo sabes. —Mientras lo decía, la punta de su dedo índice rozó algo frío dentro de la herida. Alice se quedó muy quieta de golpe. Rhett, por su parte, levantó la cabeza y la miró.

—¿Qué? ¿Lo tienes? —dijo.

—Eso creo.

Ignorando el espasmo de dolor y apretando los dientes con fuerza, Alice empujó con la uña hasta que los ojos se le llenaron de lágrimas. Consiguió mover el diminuto dispositivo a una velocidad desesperantemente lenta, guiándolo con la uña hasta la abertura de la herida que acababa de hacerse.

Y, por fin, consiguió sacarlo. Alice soltó todo el aire de golpe y miró su mano ensangrentada. Justo en el centro, y en medio de unas cuantas manchas rojas, había un pequeño dispositivo blanco del tamaño de la uña de su meñique.

—¿Es eso? —Rhett se acercó, pasmado.

Alice abrió el grifo y dejó que el agua mojara el pequeño dispositivo, limpiando la sangre y haciendo que la cerámica blanca se tiñera de un extraño tono marrón. Tanto Trisha como Rhett estaban asomados por encima de sus hombros cuando terminó.

—Tenías razón —murmuró Trisha como si no pudiera creérselo.

—La próxima vez, hazme caso.

Sin pensarlo demasiado, levantó el dispositivo y se quedó mirándolo con una pequeña sonrisa de satisfacción.

—Bueno —dijo con su tono más inocente—. Espero que hayan disfrutado del espectáculo.

—Hora de cerrar el telón —bromeó Rhett.

Alice asintió, lanzó el dispositivo al suelo, lo pisó con fuerza y lo destrozó al instante.

—Joder, Alice. —Trisha la miró—. ¿Cuándo te has vuelto tan genial?

—Cuando empecé a pensar un poquito —aseguró ella, mirando los restos del dispositivo—. Bueno, ahora que sabemos quién es el responsable de nuestras lagunas, ¿qué nos queda?

—Curarte esto. —Rhett tenía la mirada clavada en su sien herida.

—No pasa nada, estoy bien.

De todos modos, para cuando volvieron a la cocina Rhett ya le había vendado torpemente la herida. Alice se la tocó y esbozó una pequeña mueca de dolor. Trisha, mientras tanto, se dejó caer en una de las sillas y soltó un largo suspiro.

—Tengo que admitir que no me esperaba resolver nada hoy.

—Pues ya solo nos queda acceder al ordenador con la información de las salidas y las entradas de la ciudad —señaló Rhett.

—¿Kai nos daría la clave? —preguntó Trisha.

—Lo dudo mucho. Se cree que esta ciudad es la respuesta a todas las dudas de su vida. —Alice negó con la cabeza—. Tengo un poco de confianza con él y supongo que podría llegar a convencerlo si me lo camelo, pero no tenemos tanto tiempo.

—¿Y si lo persuadimos con una pistola? —sugirió Rhett tan tranquilo—. No parece que le gusten mucho.

—Es una opción. —Trisha asintió con la cabeza.

—La última opción —aclaró Alice—. ¿Cuánta distancia hay de aquí a Ciudad Capital, Rhett?

—No tanta como parece. Esta ciudad, o lo que sea, está entre tu antigua zona y la capital. Supongo que andando tardaríamos dos o tres semanas. En coche, teniendo en cuenta cómo es el camino, quizá solo una.

—Entonces, si vienen a por nosotros ahora que me he quitado el dispositivo, disponemos de una semana.

—No creo que vengan —observó Trisha—. Los de la Unión están en contra de las ciudades rebeldes. No les dejarían entrar.

—En ese caso tenemos bastante más tiempo.

Los tres pensaron un momento.

—Que nos puede servir para convencer a Kai —añadió Trisha—. O para que todo salga mal, una de dos.

—Nos hemos visto en situaciones peores —dijo Rhett—. No tiene por qué salir mal esta vez.

—No lo pongas así —protestó Alice—. Siempre que alguien dice algo de ese estilo, todo termina yéndose al garete.

—Bueno, yo me encargo de Kai —les comunicó Trisha—. Le diré que ya me encuentro mejor, que quiero unirme a vuestro equipo e intentaré ganarme su confianza.

—Sí, porque yo no creo que pueda —comentó Rhett, sonriendo.

—Y si no nos hace caso, usamos estrategias más persuasivas —concluyó Trisha—. La de la pistola, por ejemplo.

Alice, que los había estado observando en silencio, parpadeó con aire confuso.

—¿Y por qué no puedo convencer yo a Kai? Nos llevamos muy bien. De hecho, me cae genial.

—Precisamente por eso —murmuró Rhett—, porque te conocemos.

—¿Eh?

—Como empieces a tomarle cariño, no serás capaz de sacarle información sin sentirte culpable.

—¡Eso no es verdad!

Sí que lo era.

—Y hay más razones —añadió Trisha—. Me he pasado estas semanas trabando amistad con la señora mayor que vive aquí al lado. Resulta que conoce todos los cotilleos del pueblo. ¿A que no sabéis a quién han asignado que vigile a Kai? ¡Exacto! A nuestro rubio musculoso favorito.

Rhett y Alice intercambiaron una mirada, sorprendidos.

—¿A Kai? —repitió ella—. ¿Estás segura? ¡Si forma parte de la ciudad!

—Pues parece que alguien no se fía mucho de él, porque hace al menos una semana que pagan a Kenneth para que no lo pierda de vista. Debe de ser el único motivo por el que sigue en el equipo, porque por lo demás es un completo inútil.

Alice se había quedado con lo primero que había dicho. Precisamente hacía una semana que ella y Kai habían estrechado su amistad, hablaban más a menudo y ella había empezado a sentir que podía confiar en él. No debía de ser casualidad. ¿Y si lo estaban controlando por su culpa?

—El idiota es un espía —masculló Rhett—. ¿Por qué será que no me sorprende?

—Y ahí es donde entras tú. —Trisha miró a Alice.

Ella parpadeó, volviendo a la realidad.

—¿Yo?

—Necesitamos que alguien distraiga a Kenneth mientras yo me acerco a Kai. Conmigo se lleva fatal, a Rhett no lo aguanta... No nos quedan más opciones.

Hubo un momento de silencio en el que Alice abrió mucho los ojos, sorprendida. Rhett parecía ofendido.

—¡De eso nada! —espetó de pronto.

—No te lo estoy proponiendo a ti, novio celoso.

—Trisha..., no me llevo nada bien con él —murmuró Alice.

—Ni tú, ni nadie —masculló Rhett.

—Solo tienes que distraerlo durante unos días, no es tan difícil. Invéntate una excusa para que no esté pendiente de Kai. La que sea.

—Bueno, no nos pasemos —puntualizó Rhett.

—Ya me entiendes. —Trisha la miró de nuevo—. ¿Crees que podrías hacerlo?

—Supongo que podría intentarlo.

Rhett las miró un momento, dijo algo en voz baja y desapareció por el pasillo. Alice lo siguió con la mirada, algo apenada.

* * *

A la mañana siguiente, Rhett no habló demasiado. Como Trisha los acompañaría al gimnasio, decidieron dejar a Blaise con la vecina. La pobre niña seguía tan sedada que probablemente se pasase el día dormitando y viendo la televisión.

Kai, como cada día, se encontraba en la sala principal del gimnasio. Solía pasarse cada mañana para saludarlos, animarlos un poco y luego dirigirse a su despacho, donde se quedaba hasta mucho después de que ellos se marcharan. Era muy atento. Por eso Alice se sintió tan culpable cuando Trisha respiró hondo, esbozó la sonrisa más encantadora que le había visto y avanzó hacia él.

—Ah, Trisha... —Kai parpadeó, sorprendido, al verla ahí plantada—. ¿Has decidido animarte a entrenar con el Equipo Dos?

—Pues sí. Me apetecía contribuir de alguna forma para la ciudad.

—¡Genial!

—¿Podríamos reunirnos en tu despacho un momento? Creo que no me vendría mal que alguien me pusiera al día.

Kai pareció encantado con la perspectiva de que alguien le pidiera ayuda. O, más bien, pareció feliz porque alguien le diera la excusa perfecta para ponerse a parlotear sin parar. Alice vio que ambos salían juntos del gimnasio, sonriendo, y se volvió hacia Rhett.

—Parece que funciona.

—Qué simpática es cuando le interesa. —Él negó con la cabeza.

Alice sonrió un poco, pero dejó de hacerlo cuando ambos vieron a Kenneth posar un saco bastante pesado en el suelo, al otro lado de la sala. Alice trató de tranquilizar a Rhett, pero él ya se había encaminado hacia los muñecos con los labios apretados. Derrotada, decidió dirigirse a Kenneth para empezar con el plan.

Sin embargo, alguien se le plantó delante antes de que pudiera conseguirlo.

—¡Buenos días, Alice! —exclamó Maya tan encantadora como siempre.—. ¿Qué tal fue la misión?

Tom y Shana, que no estaban muy lejos, se callaron al instante. No los miraron, pero estaba claro que escuchaban cada palabra de su conversación.

—Bien. —Se obligó a decir Alice—. Tuvimos que abatir a unas cuantas personas.

Maya dejó de sonreír al instante y su expresión casi pareció de lástima.

—¿Fue tu primera vez?

—Sí.

—Lo siento mucho. Si te sirve de algo, llega un punto en que se hace más fácil.

No sabía si eso la calmaba demasiado, pero se obligó a esbozar media sonrisa de todas formas.

—En fin, me alegro de que tanto Rhett como tú estéis bien —añadió Maya, y su mirada se volvió un poco más curiosa—. ¿La chica que ha venido con vosotros también participó?

—¿Trisha? No, no... De hecho, hoy es su primer día de trabajo.

—¿En serio?

—Sí. ¿Por qué?

Maya hizo un gesto vago con la mano.

—Por curiosidad. Oye, ¿vamos a disparar un rato?

—En realidad, hoy me apetecía entrenar con Kenneth.

La chica alzó las cejas, incrédula. Incluso Tom y Shana levantaron la cabeza de golpe para mirarla.

—¿Con Kenneth? —repitió Maya.

—Sí. ¡Nos vemos luego!

Seguía sintiendo las miradas anonadadas de sus compañeros mientras cruzaba el gimnasio en dirección a Kenneth, que en esos momentos se encontraba colgando el pesado saco de arena en uno de los ganchos. Alice sintió que las manos empezaban a sudarle por los nervios y se las frotó en los pantalones de una forma muy incómoda. Para cuando llegó junto a él, Kenneth no se había percatado de su presencia. De hecho, se estaba poniendo las vendas en las manos para empezar a aporrear el saco de arena.

Así que Alice, intentando hacer acopio de seguridad en sí misma, dio un pasito en su dirección y carraspeó. Kenneth se volvió con el ceño fruncido.

—Hola. —Alice intentó que su sonrisa pareciera honesta.

Casi había esperado una burla, pero ni siquiera obtuvo eso. Kenneth simplemente se miró de nuevo las vendas de las manos.

—¿Qué quieres? —preguntó.

—Bueno...

—¿Te envía tu novio? ¿Qué coño he hecho esta vez? Cada día aprovecha cualquier excusa para tratarme como si fuera un inútil.

—Está de mal humor. —Alice se encogió de hombros.

—Como siempre.

—Es que... hemos discutido.

—Pues a ver si hacéis las paces y lo calmas un poco.

Cuando vio que seguía ignorándola, no pudo evitar empezar a perder los nervios. Nunca había tenido que forzar a alguien a que le prestara atención. Normalmente su mejor baza era pasar desapercibida. ¿Cómo debía comportarse en casos como ese?

Pensó en las pocas películas que había visto. Eran buenos manuales de comportamiento, ¿no? Al menos, en esos casos. Quizá podía imitar alguna de las cosas que hacían. ¿Sería inapropiado?

Estaba cavilando tan concentrada que no se dio ni cuenta de que Kenneth se volvía hacia ella.

—¿Quieres algo más o tienes pensado quedarte ahí plantada todo el día?

Los protagonistas de las películas solían ser muy atrevidos. De hecho, incluso descarados. Pero ella no era así, y mucho menos con Kenneth. Cuando lo miraba, lo que le salía no era ser simpática, sino pisarle un pie y clavarle bien el talón.

—¿Hola? ¿Has entrado en crisis o qué?

De hecho, era extraño tener una conversación con él que no acabara sin que alguno de los dos golpeara al otro. La última vez, al menos, había ganado ella. Ahora estaba más desentrenada, pero seguro que podría arreglárselas para huir si algo salía mal.

—¿Te has quedado sin batería? ¿Pregunto si alguien todavía guarda algún cargador de móvil?

Igual debería volver a preguntar a Trisha, ella sabía sobre

esas cosas. Además, estaba claro que a Rhett no podía pedirle ayuda con eso.

—¿Sigues viva?

Entonces, por fin, parpadeó y reaccionó.

—¿Eh?

—¿Se puede saber qué quieres? —preguntó Kenneth con bastante impaciencia—. No tengo todo el día. Y me estás molestando.

—Eh... —Alice tuvo que improvisar. Y dijo lo primero que se le vino a la cabeza—. Es que... estaba recordando los viejos tiempos. En la otra ciudad.

—¿Viejos tiempos? Apenas ha pasado un año.

—Pero ha pasado tiempo, ¿no? Entonces, son viejos tiempos. —Le salió la risa nerviosa—. ¿Te acuerdas?

—¿De cuando me golpeaste la cabeza contra el suelo? Sí. Bastante bien.

—¡Oye, tú empezaste esa discusión! Y te recuerdo que tú pegaste a Jake.

Kenneth, que había terminado de ponerse las vendas en las manos, la miró con extrañeza.

—¿A quién?

Por algún motivo, que ni siquiera se acordara de él hizo que a Alice le hirviera la sangre.

—A mi amigo Jake.

—¿Uno de esos dos que murieron o el gordo?

Ella lo miró fijamente durante unos segundos, y Kenneth esbozó media sonrisa divertida.

—Imagino que te refieres al gordo. Pídele a tu novio que le dé clases de lucha —añadió tranquilamente—. Así aprendiste tú, ¿no? ¿Cuántas lecciones extras te daba?

—No necesito entrenar para tirarte al suelo.

—Qué más quisieras tú.

—Cállate. No te soporto.

—Entonces, ¿para qué vienes a hablar conmigo?

Alice parpadeó, sorprendida, cuando se dio cuenta de que había desviado totalmente el tema de conversación. ¿Qué estaba haciendo? Tenía que distraerlo. Si discutían, no iba a conseguirlo. De hecho, solo lograría apartarlo.

Así que, tragándose su orgullo, se encogió de hombros y murmuró:

—Necesito tu ayuda.

—Para eso está el pringado del despacho.

—Kai no me sirve de nada, por eso te lo pido a ti.

Él resopló y apoyó una mano en el saco, mirándola.

—¿Qué necesitas?

—Verás, no se me da bien luchar...

—Pues hace un momento has dicho que podrías tirarme al suelo sin despeinarte.

—Estaba irritada. Necesito recuperar el ritmo de las clases de Deane. Últimamente me noto muy... blandita. Creo que me vendría bien que alguien me ayudara a practicar.

Kenneth frunció un poco el ceño, suspicaz, y la miró de arriba abajo como si quisiera verificar sus palabras. Al parecer, por fin había conseguido llamar su atención.

—¿Y por qué no te ayuda tu novio? —preguntó desconfiado.

—Ya te lo he dicho, hemos discutido. No me apetece pedirle favores.

—¿Y a mí sí?

—¿Por qué no?

Él se acarició la barbilla, sopesándolo un poco.

—¿Qué gano yo si te ayudo?

Vaya. En eso no habían pensado. Alice trató de no parecer muy insegura, aunque lo estuviese.

—¿Quieres algo a cambio?

—Pues sí. ¿O te crees que aceptaré sin más?

—Pues... no lo sé. ¿Qué quieres?

Alice esperó pacientemente mientras él fingía que tenía que pensar muy bien lo que iba a decir, aunque estaba claro que ya tenía una idea.

—Me debes un favor —respondió finalmente—. Dejémoslo ahí. Cuando te lo pida, tienes que hacerlo.

—Nada sexual.

—No todo en la vida gira en torno a eso. —Él puso los ojos en blanco—. Mañana empezamos a las diez. Sé puntual o cambiaré de opinión.

Volvió a centrarse en su saco como si Alice no existiera, así que ella exhaló un suspiro y se dio la vuelta. Casi al instante, su mirada se cruzó con la de Rhett. No parecía contento. En absoluto. Pensó en acercarse para hablar con él, pero le dio la espalda antes de que pudiera siquiera intentarlo.

* * *

Al llegar a casa, fue a recoger a Blaise. La pobre, que seguía bastante agotada y no dejaba de bostezar a causa de los calmantes, dejó que Alice le preparara algo de cenar y luego se tumbó con ella en el sofá, hundida bajo una manta y con la cabeza en su regazo. Cuando Alice la dejó en la cama, ya estaba profundamente dormida.

Y entonces fue cuando decidió atacar a Rhett.

Él llevaba encerrado en su habitación desde que habían terminado de cenar. Cuando abrió la puerta, descubrió que estaba viendo una película . Tenía una mano bajo la nuca y la otra sujeta al mando, sobre su abdomen. No miró a Alice cuando esta cerró la puerta tras ella.

—Vale —declaró—, esto es ridículo. Tenemos que hablar.

Rhett frunció el ceño, claramente enfurruñado.

—No veo por qué.

—Porque es lo que hacen las parejas, ¿no? Hablar las cosas cuando se ponen complicadas. Es la única forma de superar los problemas.

Rhett no dijo nada, pero tampoco protestó cuando Alice se quitó los zapatos y escaló la cama hasta quedar tumbada de lado, junto a él.

—No te enfades —murmuró—, todo este plan no va a cambiar nada.

—Ya, claro.

—Rhett, aunque hable con él, sigo sin soportarlo.

Eso por fin hizo que la mirara, ceñudo.

—¿Te crees que es por miedo a que te guste? Es porque sé lo que quería hacerte en la otra ciudad. Porque más de una vez tuviste que pelearte con él para defenderte. ¿Te crees que es agradable ver cómo alguien a quien qui..., a quien aprecias tiene que hacer eso?

—Sé defenderme. Y nunca nos veremos a solas.

—Sí, bueno...

—Solo es temporal, Rhett. En cuanto Trisha consiga acceso al ordenador, podremos irnos.

—¿Y eso cuándo demonios será?

—No lo sé, pero parece que hoy le ha ido bien. Kai me ha dicho que le ha parecido encantadora.

Rhett ya no parecía tan irritado. De hecho, no se quejó cuando Alice se estiró por encima de él para quitarle el mando y apagar el televisor. Los dos se quedaron unos segundos en silencio cuando ella lo dejó en una de las mesitas.

—Y ¿cuál es el plan? —preguntó Rhett finalmente, mirándola—. ¿Qué excusa te has inventado?

—Le he pedido que me enseñe a pelear.

Él puso una mueca, extrañado.

—Y ¿qué te ha pedido a cambio?

—¿Cómo sabes que me ha pedido algo a cambio?

—Porque es Kenneth. Y entre idiotas nos entendemos.

—Le debo un favor. Y tendrá derecho a pedírmelo cuando él quiera.

—Mmm... No sé si me gusta mucho, podría pedirte cualquier cosa.

—Te aseguro que a mí tampoco me entusiasma, pero quizá nunca tenga que cumplir con mi parte. Si no volvemos a verlo...

—Qué tramposa eres. —Para su sorpresa, Rhett esbozó una sonrisa divertida.

—¡No son trampas! Es usar las reglas a mi favor.

—Me encanta cómo hablas, pero siguen siendo trampas.

—Así que te encanta como hablo, ¿eh, cariño?

La sonrisa de Rhett murió en sus labios cuando escuchó eso último. De hecho, su expresión divertida se tornó en abochornada.

—No tiene gracia. No dije eso.

—Sabes que sí. Pero, si te hace sentir bien, puedo fingir que no.

Rhett frunció el ceño con las orejas coloradas.

—Vale.

—Como quieras, cariñ...

—¡Has dicho que fingirías!

—Sí, pero ¡no que no te lo fuese a decir yo a ti!

Él puso los ojos en blanco de la forma más descarada que pudo y, en un intento desesperado por cambiar de tema, alcanzó el mando otra vez y encendió el televisor.

—¿Quieres ver la película conmigo? —propuso.

Alice asintió con la cabeza y le pasó una pierna y un brazo por encima para ponerse más cómoda.

* * *

Pedir a Kenneth que le enseñara a pelear resultó ser la peor idea que había tenido en toda su vida.

Y no por el hecho en sí de pedirle un favor, sino porque, por cada dos veces que Alice conseguía acertar un puñetazo, él la tiraba al suelo ocho.

Kenneth tenía una forma de luchar muy sucia. No se colocaba en posición de ataque y esperaba a que tú pudieras prepararte también, sino que atacaba directamente. Y si podía aprovecharse de tu pelo, de tu ropa o de cualquier cosa para agarrarte y lanzarte al suelo, lo hacía. Llegó un punto en el que incluso golpeó a Alice en el moretón que tenía junto al labio para hacer que ella retrocediera, alarmada.

—¡Eso es trampa! —exclamó indignada.

—En mis clases no hay reglas —repuso Kenneth tranquilamente.

—Entonces, ¿puedo escupirte en la cara?

—Claro, pero luego te daré una bofetada.

Lo peor era que seguro que iba en serio.

Durante esa semana de entrenamientos, empezó a notar cierta mejora en su forma física, aunque el abdomen y los brazos seguían poco tonificados por todo el tiempo que había estado sin ejercitarlos.

En cierto punto Alice empezó a pelear como él: atacaba con todas sus fuerzas, agarrando del pelo, de la ropa, de las manos y de todo lo que pudiera. Incluso llegó a darle un mordisco una vez que él la intentó lanzar al suelo. Kenneth la había lanzado de todas formas, aunque no sin antes dirigirle una mirada atónita.

Durante los primeros días, los demás la habían contemplado con cierta desconfianza o incluso con burla —en el caso de Tom y Shana—, pero a partir del cuarto día empezó a notar que observaban sus peleas con curiosidad. Incluso Rhett, muy de vez en cuando, dejaba sus tareas para mirarlos de reojo.

Trisha había pasado gran parte de esa semana con Kai. Su confianza mutua fue creciendo y algunas veces iba a buscarla al gimnasio para charlar un rato. Ella aprovechaba los ratos libres para practicar con el único brazo que tenía, especialmente con los muñecos. Algunas veces, Maya intentaba ayudarla, pero lo cierto es que no parecían llevarse muy bien. Esta tenía un humor muy basado en la burla y Trisha se sentía atacada con mucha facilidad. Mala combinación.

Blaise, por otro lado, seguía medicada porque, cuando la medicación dejaba de hacer efecto, se ponía a sollozar con tanta fuerza que daba miedo que pudiera ahogarse. De vez en cuando una doctora iba a verlos y les proporcionaba esas pastillitas blancas y azules que tanto la calmaban. Algunas noches, Rhett se encargaba de ella porque Alice se quedaba practicando hasta muy tarde con Kenneth.

Como ese día, por ejemplo. Kenneth acababa de tirarla al suelo de una patada en el estómago. Ella estaba de rodillas, en la colchoneta, sujetándose el abdomen con una mueca de dolor.

—Si no puedes aguantar eso —ladró Kenneth, que la rodeó, con el pecho subiéndole y bajándole un poco más rápido de lo normal—, se te comerán viva.

—Cállate —siseó ella como pudo.

Kai seguía allí, como cada noche, pero era el único. De hecho, fuera ya no había más luz que la de la luna y la de las farolas. Alice volvió la cabeza hacia la salida y escuchó que Kenneth suspiraba.

—¿Sabes qué? Hoy estás más floja que de costumbre, y mira que es difícil. ¿Por qué no te vas a descansar o lo que sea y me dejas practicar con alguien que valga la pena?

—¿Qué dices? ¡Si estás tú solo!

—Sí, pero esos muñecos del fondo tienen más aguante que tú.

Alice se incorporó, furiosa, cuando él pasó por su lado con una amplia sonrisa. Al escuchar sus golpes contra los muñecos, recogió su chaqueta del suelo, se la puso —subiéndose la cremallera con mucha furia— y salió del gimnasio sin despedirse.

Fuera, la nieve, por la poca luz, adquiría un tono azulado muy curioso. Alice soltó un vaho de aire frío cuando sus botas hicieron que la nieve crujiera bajo sus pies. Tenía tantas ganas de llegar a casa y darse una ducha calentita...

Pero entonces detectó algo con el rabillo del ojo. Dos guardias subían por la calle principal, hacia ella. Había algo extraño en ellos. Uno iba riendo a carcajadas y apoyado sobre el otro. Cuando pasaron por su lado, el que sujetaba a su compañero le dedicó una mirada de disculpa.

—Es su cumpleaños —explicó.

—Ah, y... ¿no se encuentra bien? ¿Necesita ayuda?

—No, no. Hemos pensado que sería una buena idea tomar algo, pero claramente se nos ha ido de las manos.

—¡Estoy bien! —exclamó el borracho alegremente.

El otro le dijo algo sobre autocontrol y siguió andando, despidiéndose de Alice con un gesto distraído. Ella sonrió cuando vio que retomaban su camino, caminando como podían, y estuvo a punto de acercarse a ayudar cuando el borracho cayó al suelo y empezó a reírse a carcajadas, pero el otro lo recogió enseguida.

Sin embargo, algo había captado su atención. A uno de ellos se le había caído un objeto del bolsillo.

Alice esperó a que se encontrasen a una distancia prudencial, se acercó con cuidado y se agachó junto a la pequeña tarjetita rectangular que yacía sobre la nieve. La recogió, dudando, y le dio la vuelta. Era completamente negra, pero en uno de los extremos tenía unos cuantos puntitos verdes.

Era igual que la de Kai. La que usaba para abrir las puertas de seguridad.

Alice entreabrió los labios, atónita, cuando se dio cuenta de lo que tenía en sus manos. La llave de la ciudad.

Pensó en volver corriendo a casa, avisar a Trisha y Rhett y empezar a preparar la huida, porque por fin podrían acceder a las oficinas ellos solos. Incluso se le pasó por la mente quemar la lámpara fea del salón a modo de despedida, pero...

Había algo que no había abandonado su cabeza desde hacía unos días. Algo que quería hacer. Y sabía que, si se lo comentaba a sus compañeros, le dirían que era una locura.

Porque, en realidad, tenían razón.

Alice, con la respiración algo agitada por la adrenalina del momento, dio la vuelta y, en lugar de volver a casa, echó a andar en dirección contraria. Llegó al final de la calle principal y dobló la esquina, tensando los hombros.

Para cuando llegó al exageradamente protegido edificio donde había visto a Blaise por primera vez, ya era noche cerrada.

Alice se detuvo justo antes de entrar en el perímetro y observó a los dos guardias que había junto a la puerta. Estaban a unos metros de distancia de ella, charlando y riendo, pero si bajaba por allí le bloquearían el paso. Y, además, quién sabía qué harían al descubrir que tenía esa tarjeta.

Decidida, la sujetó entre los dientes —el bolsillo era arriesgado, podría caerse— y miró el pequeño muro que rodeaba el edificio. ¿Era arriesgado? Definitivamente, pero no podía entrar de otra forma. Su única preocupación era la torre de vigilancia que tenía detrás, pero no parecía haber nadie en ella. Quizá estuviese abandonada.

Apoyando los dedos en el borde del muro, flexionó un poco las rodillas y soltó un pequeño gruñido al impulsarse hacia arriba. La fuerza de sus brazos la ayudó a quedarse tumbada sobre el muro de medio metro de ancho. Era de hormigón y hacía que sus palmas dolieran un poco al rasgarse contra él, pero parecía un camino seguro.

Sin hacer un solo ruido, lo recorrió con las rodillas flexionadas, asegurándose de no emitir ningún sonido y de que los guardias no miraran en su dirección. Rodear toda la zona en esas condiciones le costó unos cuantos minutos, pero cuando por fin llegó al edificio supo que había valido la pena.

El muro no llegaba hasta la puerta principal, sino a la pared del edificio. Alice miró a ambos lados. En uno estaban los guardias; en el otro, un extraño patio trasero con cajas cerradas. Inclinándose un poco, vio que este tenía una puerta con lector y no necesitó más para decidirse.

Bajó de un salto, sin hacer ruido, y se agachó para salvar las ventanas de la pared. Al pasar la parte con puntitos verdes por el lector, la puerta soltó un pequeño clic, que indicaba que estaba abierta. Alice tragó saliva y, abriéndola solamente lo necesario, entró en el edificio.

Los pasillos eran tal como los recordaba, de paredes blancas y suelos grises, con puertas de hierro reforzadas a cada lado. Todas tenían un lector igual que el de la puerta principal, pero Alice no se atrevió a abrir ninguna. ¿Quién sabía lo que habría detrás? Si se encontrara con alguien, estaría —como solía decir Jake— jodida.

Y justo cuando pensaba eso, una de las puertas que estaba a punto de ignorar se abrió de golpe.

Fue tan repentino que tuvo que detenerse para no chocar de frente con ella. Alice se agachó por instinto al escuchar un suspiro. Los pasos pesados le indicaron que había echado a andar en dirección contraria. Al asomarse vio que era uno de los guardias. Estaba saliendo del edificio.

Alice sujetó la puerta justo antes de que se cerrara.

Era distinta a las demás, no tenía una placa para abrirse,

sino dos. Tampoco estaba numerada. Sabía que tendría que esperar a que volvieran a abrirla porque con su tarjeta no sería suficiente, pero aun así entró sin pensarlo.

No había nadie. Lo primero que vio fue una pared entera llena de pantallas con lo que le parecían diferentes películas. Debajo, un teclado de unos dos metros lleno de palancas y botones. Solo había una silla delante de él, que debía de ser la que el guardia acababa de abandonar. Alice, dudando, empujó la puerta lo justo para que no se cerrara del todo y se acercó al panel de mando. Los botones eran de colores y formas distintas, cada uno con una función que no estaba indicada en ningún lado. Subió la mirada lentamente hacia las pantallas. Estas sí tenían etiquetas, y enseguida se dio cuenta de que eran treinta, pero solo doce estaban en funcionamiento.

Entonces lo entendió. No eran televisores con películas. Eran pantallas que enfocaban lo que había tras las puertas del pasillo.

En todas aparecían habitaciones diminutas con un camastro, un lavabo y un retrete. Algunas tenían un libro; otras, sábanas más gruesas; otras, una alfombra..., pero lo que coincidía en cada caso era que solo las habitaba una persona. Todos iban vestidos completamente de blanco y estaban extremadamente delgados. Algunos estaban tumbados en la cama, otros daban vueltas por la estancia, otros golpeaban las paredes y gritaban..., pero no se oía nada. Alice sintió que su pecho se contraía con el dolor al darse cuenta de que se trataba de celdas.

Entonces su mirada se clavó en uno de los monitores y se quedó sin respiración. Reconocía al chico de esa imagen. Alice empezó a negar con la cabeza al acordarse de sus últimos días en la otra zona, cuando uno de los androides se había puesto a gritar en la cafetería y le habían cortado una mano a modo de castigo.

Y, tras casi un año, ahí estaba 47.

Reconoció también a 44, la pelirroja a la que nunca había soportado por ser demasiado criticona, e incluso a algún que otro androide de generaciones distintas a la suya a los que había visto por los pasillos.

Pero no fueron esos los que hicieron que los ojos se le llenaran de lágrimas.

Sus dedos, que habían estado acariciando las pantallas en una silenciosa súplica, de pronto se detuvieron en uno de los monitores. Alice no se sorprendió. Había sabido que estaría ahí en cuanto había visto a los demás. 42.

Su pelo rubio estaba suelto encima de sus hombros, sus bracitos delgados y pequeños, pegados a ambos lados de su cuerpo. Su mirada vacilante estaba clavada en el suelo. Alice casi se sintió como si volviera a estar escapando de su zona con ella, como si volviera a verla morir. Apoyó la mano entera en su pantalla, intentando llegar a ella.

Sin embargo, 42 no estaba sola. Una doctora, la misma que visitaba a Blaise, le estaba poniendo unas pastillas blancas y azules en la mano. 42 se las tomó sin protestar y, acto seguido, empezó a marearse tanto como Blaise lo hacía al tomarlas. La doctora la observó en silencio cuando se dejó caer sobre la cama y se quedó profundamente dormida. En los monitores pudo ver que otros médicos les daban lo mismo a los demás androides, pero solo a los que estaban alterados.

Si solo había androides y esa pastilla era un extraño sedante efectivo en los de su especie...

Alice entreabrió los labios al darse cuenta de que las pastillas tenían puntitos azules. El mismo color que las jeringuillas que se usaban para sedar androides.

Entonces, ¿Blaise era...?

Volvió la cabeza de golpe, asustada, cuando escuchó la

puerta principal del edificio abrirse y cerrarse. Durante los dos segundos que permaneció abierta, las risas de los vigilantes se colaron y le calaron los huesos, pero peor fue cuando escuchó los pasos del guardia volviendo a la sala de control.

Alice, mirando a ambos lados, tuvo que tomar una decisión precipitada. Se lanzó sobre la puerta, tapándose la boca para que su respiración no la delatara, y se agachó a su lado.

El guardia la abrió, algo extrañado al ver que no la había cerrado bien, pero no pareció muy preocupado cuando la empujó con el pie para que se cerrara mientras iba directo a su silla. Llevaba una taza de café en la mano.

Alice, aprovechando el crujido de la silla cuando el hombre se dejó caer en ella, se lanzó sobre la puerta para sujetarla justo a tiempo. Se dio la vuelta para mirar al guardia casi al instante. No se había movido. No se había percatado de nada.

Muy lentamente, se deslizó de vuelta al pasillo y cerró la puerta tras ella. No tenía pensado quedarse para comprobar si el guardia la había descubierto.

Con la respiración agitada, empezó a recorrer el pasillo a tanta velocidad como pudo para volver a la puerta del jardín trasero. Por suerte, seguía vacía. En cuanto la cerró y volvió a subirse al muro, no pudo evitar echar una ojeada al edificio.

Rhett iba a ponerse muy pesado cuando le diera la razón; aquella ciudad ocultaba algo oscuro.

21
EL RUMBO CORRECTO

—¡Oye!

Alice, que acababa de bajar del muro y estaba entre los arbustos que lo rodeaban, se quedó muy quieta y se agazapó en la oscuridad, tratando de no hacer ruido.

Uno de los guardias de antes, el sereno, corría hacia ella. Tenía el ceño fruncido y expresión irritada y, pese a que pasó por su lado, estaba tan concentrado en algo que apenas la vio. Ese algo era uno de los guardias de la puerta, que se detuvo junto al muro con una mueca de confusión.

—¿Sucede algo?

—Sí. —El que acababa de llegar apenas podía respirar—. A Brooks se le ha caído la tarjeta de identificación por el camino.

—¿A quién?

—Al compañero que iba conmigo.

—En cuanto la encuentren se la llevarán al Sargento, no te preocupes.

—Ese no es el problema. —El otro giró la muñeca, enseñándole una pequeña pantalla que llevaba en ella—. ¿Ves esto?

—Sí... —De pronto, los ojos del guardia se abrieron exageradamente—. Tiene una entrada de hace dos minutos.

—Exacto. En la puerta trasera. Y la única persona que hemos visto por el camino es la chica nueva, la del Equipo Dos.

—¡Mierda! Tenemos que encontrarla.

—¡En eso estoy! He mandado a dos guardias a su casa, deben de estar al llegar.

—Ya nos dijo el Sargento que no nos fiáramos de ella...

Alice seguía conteniendo la respiración cuando los dos hombres avanzaron rápidamente hacia el edificio del que ella acababa de salir. Soltó todo el aire de golpe y, olvidándose por un momento del peligro, echó a correr hacia la casa. Tenía que avisar a Rhett y a Trisha. Y rápido.

Llegó en tiempo récord, con el corazón latiéndole a toda velocidad y las piernas flaqueándole, y enseguida supo que algo iba mal. La puerta estaba entreabierta.

Estuvo a punto de soltar una maldición al darse cuenta de que no iba armada. ¿Qué demonios pensaba hacer? ¿Volver al gimnasio y robar una pistola? Demasiado arriesgado. Y no tenían tiempo.

Muy lentamente, abrió la puerta del todo y se metió en la casa.

Lo primero que vio fue que había dos hombres en el pasillo. Ambos vestían sus uniformes de guardia. Buscó sangre con la mirada. No la encontró. Menos mal.

Pero había alguien tumbado en el pasillo, sobándose la mandíbula. Rhett los insultó en voz baja. La zona que acababan de golpearle estaba roja.

—¿Dónde está? —repitió uno de los guardias.

El que hablaba tenía las manos en las caderas, pero el otro había sacado una pistola y apuntaba un poco por encima de la cabeza de Rhett, al final del pasillo. Allí estaba Trisha, con su única mano clavada en el hombro de Blaise, a quien mantenía aprisionada entre la pared y su espalda.

Alice se encogió un poco cuando vio que el hombre de la pistola se inclinaba y amenazaba con darle a Rhett con la culata. Él seguía en el suelo, pero su mirada era decidida.

—¿Dónde está la chica que vive con vosotros? —repitió el desarmado impaciente.

—No sé de qué hablas —dijo Rhett con cierta sorna.

Cuando le propinaron otro golpe, Alice reaccionó y miró a su alrededor con urgencia. No podía ir a por su revólver, el que había traído de su antigua ciudad, porque estaba en la mesita de su dormitorio. Tampoco tenía acceso a la cocina para agarrar un cuchillo. En ambos casos tendría que pasar junto a los guardias.

—Si nos lo dices, os dejaremos en paz —insistió el guardia.

Pero Alice sabía que Rhett no hablaría. A pesar de que no supiera por qué la estaban buscando. Aunque se estuviese jugando la vida. Jamás la traicionaría.

—No la conozco —respondió, y volvía a sonar como si se burlara de los dos guardias.

Alice no pudo mirar cuando volvieron a golpearlo; Blaise soltó un pequeño chillido, como si quisiera ayudarlo. Por suerte, Trisha la mantuvo firmemente apretada contra su espalda.

Y, entonces, la mirada de Alice se clavó en un objeto del salón. Uno que había odiado desde el primer día que había pisado aquella casa.

Sin hacer un solo ruido, recogió la estúpida lámpara de roble y la levantó con ambas manos. Era pesada, pero ella era fuerte. La estudió un poco, mirando la zona de la bombilla, y se la ajustó mejor entre los dedos para sujetarla como si fuera un bate.

Esa vez, cuando el hombre desarmado volvió a hablar, ya se le acercaba por la espalda.

—Última oportunidad —amenazó a Rhett, ahora menos paciente—. ¿Dónde está la chica?

El otro apuntó mejor con la pistola casi al mismo tiempo que Rhett, distraídamente, volvía la cabeza y la clavaba sobre Alice. En cuanto vio que sostenía la lámpara encendida con ambas manos y colocaba bien los pies, soltó una carcajada sin poder contenerse.

—¿Qué es tan gracioso? —preguntó uno de los hombres.

—Ah, nada, nada...

—Habla —ordenó irritado.

—¿De qué?

—¡Dinos dónde está!

—Justo detrás de vosotros.

Alice, sin siquiera pensarlo, echó el tronco de roble hacia atrás. Cuando lo impulsó hacia delante, lo hizo con todo su cuerpo, vertiendo todas y cada una de sus fuerzas en el golpe, que impactó directamente en la cabeza del hombre armado.

No pudo saber si había emitido algún sonido, porque el otro se puso a vociferar tan deprisa que apenas pudo escuchar nada más. A Alice la lámpara se le había escapado de las manos con el impulso y, cuando se volvió, estaba preparada para defenderse. Pero no hizo falta. Rhett había recogido la pistola. Sujetó al otro guardia por un hombro y le disparó en el corazón sin siquiera pensarlo, matándolo al instante.

En cuanto su cuerpo cayó al suelo, Alice dio un paso atrás, sobresaltada, y miró a los tres.

—¿Estáis bien? —preguntó con voz aguda.

—¿Nosotros? —Rhett señaló los dos cuerpos del suelo—. ¿Se puede saber qué has hecho esta vez?

Alice, con algunas manchas de sangre en los dedos, levantó la tarjeta robada con mano temblorosa. Tanto Trisha como Rhett la reconocieron al instante. Ella se aguantó la risa y él se llevó una mano a la cabeza, suspirando.

—¿Dónde demonios te has colado? —preguntó directamente.

—En el edificio que hay al otro lado de la ciudad, donde conocí a Blaise.

—¿El que está vigilado por diez malditos guardias?

—Eh..., sí.

La niña se asomó en ese momento y, cuando corrió hacia Alice, ni siquiera pareció ver los cadáveres del suelo. Esta no pudo evitar preguntarse cuántos habría visto en su corta vida para no sorprenderse en absoluto.

—¡Alice! —gritó, abrazándose a su cintura.

Ella le devolvió el abrazo, todavía algo conmocionada.

—¿Qué había ahí dentro? —preguntó Trisha—. Porque está claro que les ha jodido mucho que lo vieras.

—Celdas. Estaban todas protegidas y vigiladas. Y ocupadas por androides.

Eso sí pareció sorprenderlos a todos excepto a Blaise. Ella levantó la cabeza y miró a Alice con cierto temor en los ojos.

—¿Por fin has encontrado a los hombres malos?

Alice no pudo evitar soltar una risita un poco histérica.

—Sí. Resulta que han estado con nosotros todo este tiempo. No había que buscarlos.

No entendía por qué miraba a Blaise como si algo en ella fuera a cambiar. Quizá fuera un androide, pero... ¿realmente importaba? Después de todo, ¿cuántas veces se había dicho a sí misma que era tan humana como cualquier otra persona? ¿Por qué le resultaba tan difícil pensar lo mismo de Blaise?

—Tenemos que irnos —dijo Rhett de pronto—. Alguien habrá escuchado el disparo y, si ya han mandado a estos dos, no tardarán en enviar a más.

—Pero no hemos accedido al ordenador —señaló Trisha.

—No hay tiempo para...

—Sí que lo hay —objetó Alice de pronto—. Kai seguía en su despacho. Tenemos que darnos prisa.

Los cuatro se quedaron muy quietos durante un instante, y entonces reaccionaron a la vez. Alice se metió en su dormitorio, tomó dos mochilas y le lanzó una a cada uno. Trisha se dirigió a su habitación, Rhett fue a la cocina y Alice llenó una de las mochilas con ropa; Blaise mientras tanto, los miraba a todos con los ojos muy abiertos. Antes de salir del dormitorio, Alice se acercó a la mesilla y guardó su revólver con tres balas.

—Estoy empezando a hacerme profesional en eso de recoger mis cosas a toda velocidad —comentó Trisha, que esperaba frente a su puerta.

—Vamos —murmuró Alice, pasando por su lado con Blaise de la mano.

Rhett acababa de colgarse la mochila del hombro y revisaba los bolsillos de los dos guardias. Encontró un poco de munición, un cuchillo y dos pistolas. Le entregó una a Alice y Trisha esbozó una sonrisita de satisfacción al hacerse con el cuchillo.

Sin embargo, cuando Alice fue a guardarse el revólver en la cintura del pantalón, Rhett chasqueó la lengua —señal de que estaba haciendo algo mal— y le tendió algo que acababa de quitarle a uno de los guardias.

—Con esto estarás más cómoda.

Alice miró el cinturón, sorprendida, y recordó que en la otra ciudad los guardias y los exploradores llevaban uno similar. Tenía varios compartimentos para la munición y las armas. Una de las tiras bajaba hasta medio muslo para rodeárselo y, en su cara exterior, había una muesca para un cuchillo.

No entendió por qué le hacía tanta ilusión ponérselo, pero de pronto, en medio del caos, estaba entusiasmada.

—Te queda genial —observó Blaise con una gran sonrisa—. ¡Pareces una malota!

—No le digas eso, que se lo cree —sonrió Trisha.

La alegría no duró mucho. En cuanto Rhett se puso el suyo, todos escucharon los pasos acercándose a la puerta. Tuvieron que pensar rápido y, al final, saltaron por la ventana de la cocina, desde la que había aproximadamente un metro de caída hasta el jardín trasero de la vecina. La última fue Alice, que le pasó la niña a Rhett para que la pusiera en el suelo. Justo cuando ella aterrizó a su lado, la puerta se abrió bruscamente.

Fue una suerte que el gimnasio quedara tan cerca, porque de pronto había patrullas por todas partes. Algunos parecían muy centrados, otros hablaban como si estuvieran entre amigos y no de servicio, otros se quejaban por tener que trabajar fuera de su horario... Todos tuvieron dos efectos en común: los retrasaron y no los vieron.

Alice abrió la puerta del gimnasio —que por suerte no estaba trancada, como las salas con armas— y dejó que Rhett tomara la delantera para entrar con la pistola en la mano.

—Miraré si hay alguien —murmuró él—. Tú asegúrate de que lleguen al ordenador.

Que le confiara algo tan importante hizo que su entusiasmo se disparase, pero Alice hizo un esfuerzo para que no se le notara. No quería que Rhett se arrepintiera de su decisión. Al final, se limitó a asentir con la cabeza.

Él emprendió su camino por el pasillo, mientras que Alice sacó la pistola y la sujetó con ambas manos para guiar a Trisha y a Blaise, que iban justo detrás de ella. Por suerte, no encontraron ningún otro obstáculo y consiguieron llegar a la puerta de madera sin incidentes.

En cuanto ella la abrió, todavía con la pistola en la mano, Kai soltó un chillido de espanto. Estaba tecleando tranquilamente en el teclado de su ordenador gigante, pero ahora tenía las manos levantadas en señal de rendición.

—¿Alice? —preguntó con voz aguda, sobresaltado.

Ella hizo entrar a las demás, ignorándolo, y Kai pareció todavía más confuso cuando volvió a cerrar la puerta.

—¿Se puede saber qué...?

—Gira la pantalla del ordenador —ordenó ella, todavía apuntándolo.

—¿Cómo dices?

—Íbamos a intentar ser simpáticas a la hora de pedirlo —le aclaró Trisha, que por primera vez no fingía ser amable delante de él—. Pero, como habrás oído, la situación se nos ha complicado un poco.

—¿Qué ha pasado?

—¿No lo sabes?

—¡No! ¿Por qué me amenazáis?

Alice y Trisha intercambiaron una mirada mientras Blaise, muy decidida, se acercaba a él y le daba un puñetazo en una rodilla. Kai dio un respingo.

—¡Gira el ordenador de una vez! —ordenó la niña.

Él lo hizo al instante, asustado, colocando la pantalla de forma que tanto él como ellas la vieran perfectamente. Esta mostraba una infinidad de números y letras diminutos, pero no parecía ser lo que buscaban.

—Queremos ver el registro de personas que entran y salen de la ciudad —le explicó Alice, que no había bajado la pistola.

Kai dudó, pero la amenaza bastó para que obedeciese. Empezó a teclear a toda velocidad y, mientras nadie despegaba los ojos de la pantalla, murmuró:

—¿Me podéis decir qué está pasando, al menos?

—Que he descubierto vuestro secretito —espetó Alice irritada—. Ese rollo de la Unión, de querer reformar una vida familiar, del Equipo Dos, de un futuro mejor..., todo era mentira, ¿verdad? Maldita sea, y yo me lo creí.

—¿De qué estás hablando?

—No te hagas el tonto —protestó Trisha.

—¡No me hago nada!

—¡Estoy hablando del edificio en el que recogimos a Blaise! —espetó Alice, ya furiosa—. ¡De lo que hay en las celdas!

Eso hizo que Kai la mirara, confuso.

—¿No están vacías?

—¡No, hay androides sedados a los que retenéis en contra de su voluntad!

Aquello pareció dejarlo todavía más pasmado. De hecho, incluso perdió el color de la cara.

—Deja el teatrillo —espetó Trisha— y abre el maldito ordenador de una vez.

Kai se obligó a tragar saliva y bajar la mirada al teclado. Sus manos se movían automáticamente, como si no estuviera muy centrado en lo que hacía.

—¿No lo sabías? —preguntó Alice sin pensar—. ¿Nadie te ha avisado de nada? La ciudad está llena de patrullas buscándome. Saben que me he colado en su edificio sagrado.

Kai negó con la cabeza y Alice supo que estaba diciendo la verdad. Se volvió hacia Trisha y, por su expresión, estuvo segura de que ella pensaba lo mismo.

—Parece que no solo nos han mentido a nosotras —murmuró Trisha.

—Kai —dijo Alice en un tono más suave, bajando la pistola sin darse cuenta—, ¿recuerdas lo que te dije hace una semana? ¿Que tú nunca me habías parecido como ellos?

Él levantó la mirada lentamente del teclado y la clavó en ella, asintiendo con cierto temor.

—Pues lo sigo creyendo. Sé que no estás accediendo al ordenador, que solo tecleas para ganar tiempo y que lleguen los guardias, pero necesito que dejes de pensar que les debes algo.

Haber sido pillado de esa forma hizo que Kai encogiera un poco los dedos sobre el teclado.

—¿Cómo sabes...?

—Me he criado en una zona llena de tecnología. Puede que yo no sepa usar un ordenador, pero sé perfectamente qué aspecto debería tener una pantalla. Y no es este.

Kai, de pronto, abrió mucho los ojos. La primera frase había hecho que los clavara en el abdomen de Alice y ella, pese a que no podía verlo, sintió que percibía el número bajo sus capas de ropa.

—¿Eres un...?

—Sí. De hecho, conozco a la mayoría de los que tenéis encerrados. ¿Tú odias a los androides, Kai?

Él dudó, pero entonces negó con la cabeza.

—Entonces, ayúdanos —añadió Alice—. La que decía ser tu ciudad te ha engañado, pero tú no tienes la culpa. Y todavía puedes arreglarlo. Así que, por favor, enciende ese ordenador.

Una parte de ella no estaba muy segura de que su argumentación fuera a funcionar, pero de pronto Kai dejó de parecer temeroso y su expresión se iluminó con lo que más necesitaban en ese momento: determinación.

Cuando volvió a escribir en el teclado, ya no lo hacía de forma torpe y deliberadamente lenta, sino con decisión y una rapidez bastante impresionante. Incluso Trisha pareció sorprendida, y Blaise dejó de pellizcarlo para que se diera prisa.

—En realidad, hace tiempo que noto ciertos cambios —murmuró mientras empezaba a acceder al sistema—. Desde que el anterior alcalde murió y el Sargento tomó el mando, esto se ha convertido más en un ejército que en una ciudad. Muchísima gente ha decidido irse, muchos otros han pedido que se celebrasen otras elecciones... y yo he tenido siempre muchas preguntas, especialmente relacionadas con ese odio irracional contra los androides. Pero nunca me las han respondido, claro. Pensé en indagar por mi cuenta, pero os habéis adelantado un poquito.

—Es que tenemos a la inspectora de nuestro lado —murmuró Trisha.

Y, entonces, él se quedó muy quieto, con las manos suspendidas encima del teclado.

—Esto es el registro de entradas y salidas. ¿Fecha?

Alice se tensó de golpe. Llevaba esperando ese momento durante tanto tiempo que ya no sabía cómo reaccionar.

—¿Cuánto hace que llegamos aquí? —preguntó torpemente.

—Un mes —dijo Trisha.

—Pues entre el mes pasado y los siete anteriores.

Kai tecleó.

—Aquí hay... una infinidad de nombres. Voy a necesitar que me especifiquéis uno.

—Max.

Él buscó en completo silencio y todos vieron cómo la pantalla no mostraba resultados.

—Nada.

Alice apretó los labios. No podía haber llegado tan lejos para que ahora no funcionara.

—Prueba con Tina.

Él asintió y volvió a teclear, pero la pantalla no cambió.

—Tampoco.

Alice estaba empezando a ponerse nerviosa.

—¿Jake? ¿Kilian?

Él buscó, pero incluso mientras escribía ella ya sabía que la pantalla se quedaría en blanco.

—No.

Alice soltó una palabrota en voz baja y se dio la vuelta, frustrada, pasándose las manos por la cara. Sintió que los demás la miraban, pero le dio igual. No se lo podía creer. Tenían que haber pasado por allí. Era su única esperanza. No debía tirarla por la borda al primer inconveniente.

¿Cuál era el siguiente paso? ¿Buscar a alguien que pudiera saber dónde estaban? Pero ¿quién conocía a todos los miembros de las ciudades libres? ¿Quién se paseaba constantemente entre ellas, contactando con todo el mundo y controlando sus movimientos?

Alice abrió los ojos de golpe y se volvió hacia Kai, esperanzada.

—Charles —dijo, casi sin aliento—. Prueba con Charles en cualquier período de tiempo.

Él lo sabría. No había nada que ese maldito androide no supiera. Y ya encontrarían la forma de pagarle por las molestias. O amenazarlo, que siempre era más sencillo, aunque Alice dudaba mucho que fuera a ser necesario. Por algún motivo, lo recordaba con cierto cariño.

Kai tecleó a toda velocidad. La pantalla se iluminó.

—Bingo. —Sonrió.

—¿Qué dice? —preguntó Blaise, que intentaba ponerse de puntillas para ver mejor.

—Grupo grande de gente de caravanas. Estuvieron aquí hace solo tres días —comentó Kai—. Vienen a menudo a hacer trueques, aunque no suelen quedarse mucho tiempo. Al Sargento no le gusta su líder, y a su líder no le gusta el Sargento.

—¿Pone hacia dónde se dirigían? —preguntó Trisha.

—Solo dice que se marcharon hacia el oeste.

—El oeste —repitió Alice pensativa—. ¿Qué hay en el...?

Se detuvo en seco y, casi como si lo hubiera percibido, volvió a levantar la pistola para apuntar a la puerta. Efectivamente, dos personas entraron a trompicones, empujadas por Rhett. Él también tenía su pistola en la mano.

Kenneth y Maya, en el suelo, parecían confusos. Bueno..., él más bien parecía cabreado.

—¿Se puede saber qué hacéis? —bramó irritado—. ¡Todo el mundo os está buscando!

—¿Y tú qué haces aquí? —le devolvió Kai la pregunta—. ¿Me has vuelto a seguir o qué?

A Alice le sorprendió que se hubiera dado cuenta de que a Kenneth le habían asignado espiarle. Siempre parecía tan despistado que era difícil saber si prestaba atención a lo que pasaba a su alrededor o no.

—No te lo tomes como algo personal —replicó Kenneth con una sonrisa algo burlona—. Es solo parte de mi trabajo. Al parecer, hay alguien importante que no se fía de ti.

—O que se fía demasiado de idiotas como tú —añadió Trisha, mirándolo—. Cómo se nota que hace poco que llegaste, si te conocieran mejor no te confiarían ningún trabajo importante.

—Los he encontrado merodeando por el gimnasio —comentó Rhett, que había cerrado la puerta tras él.

Alice no pudo evitar mirar a Maya con cierto temor. Ella sí le caía bien. No habían conseguido establecer una gran relación, pero siempre le había dado la sensación de que podía fiarse de ella. ¿También la espiaba? ¿Era eso?

En cuanto la chica se dio cuenta de lo que le estaba pasando por la cabeza a Alice, empezó a negar.

—¡Solo le estaba preguntando dónde estabas! —le aseguró enseguida—. He sabido que te estaban buscando los guardias y, como siempre te quedas hasta tarde entrenando con el energúmeno, pensé...

—Lo que querías era encontrarla tú primero —replicó Trisha, a la defensiva.

—¡Claro que no! —Maya pareció ofendida por la acusación—. De hecho, venía a darle esto.

Se volvió hacia Alice y le tendió la mano. Tardó unos instantes en darse cuenta de que estaba sujetando una tarjeta idéntica a la que tenía ella. Levantó la mirada hacia Maya, sorprendida.

—¿Cómo...?

—Se la he robado a un guardia.

—¿Qué? —gritó Kai—. ¡Si se enteran, te matarán!

Maya no dijo nada, pero tampoco apartó la tarjeta. En ese mismo instante, Alice supo que podía confiar en ella.

—Ven con nosotros —se escuchó decir a sí misma.

Todos volvieron la cabeza a la vez para mirarlas. Trisha parecía especialmente irritada, pero Rhett solo observaba en silencio.

—¿Yo? —preguntó Maya sorprendida.

—Si te quedas aquí, terminarán por descubrirte, y al robar esto te has puesto de nuestra parte, así que no tienes otra opción.

Maya esbozó media sonrisa, pero todos desviaron la mirada cuando Kenneth carraspeó ruidosamente.

—¿Y yo qué? —inquirió—. ¿Qué vais a hacer conmigo?

Rhett le dio un buen adelanto de cuáles eran sus intenciones cuando le clavó la punta de la pistola en la nuca.

—No te preocupes, tenemos un plan.

—Muy gracioso. —Kenneth soltó un bufido despectivo, pero estaba claro que se había tensado de pies a cabeza—. Si me disparáis, estáis perdidos. Se oirá por todas partes.

Trisha se plantó delante de él, moviendo el cuchillo por delante de su cara.

—Esto no hace ruido —le aseguró.

Kenneth, muy sabiamente, se quedó callado al instante.

—Si a alguien le interesa mi opinión... —intervino Kai—, no debemos dejar que se marche. Podría delatarnos.

—Y ¿qué sugieres? —le preguntó Alice.

—Bueno... matarlo es una opción. —Puso una mueca, como si no quisiera contemplar esa posibilidad—. Aunque también podríamos usar la vía más..., eh..., diplomática.

El único que pareció entender a lo que se refería fue Rhett, que frunció profundamente el ceño.

—¿Quieres llevártelo de rehén?

—Por lo que he visto, aprecian su vida. Si las cosas se tuercen, podríamos servirnos de él para negociar. Es lo que suele hacer el Sargento en casos así.

Alice lo miró fijamente. Tenía razón. Era, sorprendentemente, una muy buena idea.

También pareció gustarle a Trisha. Se acercó a Alice para quitarle las esposas que llevaba colgadas en el cinturón y se las puso a Kenneth.

—Entonces, ¿lo llevamos con nosotros? —preguntó Alice con una mueca—. ¿Estáis seguros?

—A mí me parece bien —dijo Trisha—. Necesitamos a alguien a quien golpear para entrenar.

—Tienes razón. —Rhett asintió con la cabeza antes de mirar a Alice—. ¿Habéis encontrado algo en el registro?

—Charles estuvo aquí hace tres días con su caravana. Creo que podría tener información, pero tenemos que encontrarlo. Se dirige hacia el oeste. ¿Qué hay allí?

Rhett lo pensó un momento. Después, su expresión se volvió sombría, como si acabara de darse cuenta de algo. Alice se tensó al instante.

—¿Qué? —insistió.

—Nada bueno. —Él negó con la cabeza—. Solo está la zona de androides, Alice.

Ella se quedó en silencio. ¿Estarían sus amigos allí? ¿Era por eso por lo que Charles había tomado esa dirección? Tenía sentido. Era el único sitio lo suficientemente fortificado como para mantener a la gente a salvo y poder defenderse. Además, había zonas de cultivo que podrían aprovechar. Aunque la perspectiva de volver a pisar esa zona fuera casi repulsiva, tenían que intentarlo.

—Deberíamos irnos de aquí —indicó Trisha—. Ya hemos perdido bastante tiempo.

—¿Dónde vamos? —preguntó Kai.

—Nos marchamos —declaró Rhett.

Alice volvió la cabeza hacia él al instante.

—No. Tenemos que ir a por los androides.

No había terminado de decirlo y ya le veía esa expresión de «Sé que tus intenciones son buenas, pero eso es una locura».

—Alice... —empezó.

—Voy a ir —espetó ella algo irritada, dejando la otra tarjeta en su mano—. Vosotros encargaos de los coches. Con esa tarjeta podréis controlarlos. También tenéis la de Kai. Rhett, tú llévate a Blaise, Kai, Trisha y Kenneth al garaje y conseguid tres coches. Maya y yo iremos a por los androides.

No esperó a que ella dijera si estaba de acuerdo o no, pero parecía estarlo.

Rhett, sin embargo, soltó a Kenneth y se acercó a Alice, malhumorado, para sujetarla del codo e inclinarse hacia ella.

—¿Te has vuelto completamente loca?

—No. Tengo un plan.

—Un plan suicida. Vámonos de aquí y ya vendremos...

—¿... algún día a buscarlos? Sí, claro. ¿Cuánto tiempo crees que les dejarán vivir ahora que sabemos dónde están?

Alice dudó un momento, pensando en zafarse de su agarre y salir corriendo, pero sabía que no valía la pena. Y no solo porque él era perfectamente capaz de atraparla si llegara a ser necesario, sino porque sabía que no tenía por qué huir.

Le colocó una mano en la mejilla, justo donde no había ningún golpe. Él pareció algo desconcertado, como si se esperara, precisamente, que hubiera optado por salir corriendo.

—¿Confías en mí? —le preguntó Alice en voz baja.

—Eso no es...

—Di sí o no, Rhett. ¿Confías en mí?

Él apretó ligeramente los labios, pero no tuvo que pensarse la respuesta.

—Sí. Claro que confío en ti.

—Entonces, no dejes que el miedo anule tu confianza.

Rhett esbozó un amago de sonrisa irónica.

—Eso es demasiado chantaje emocional incluso para ti.

—Lo sé. —Alice se inclinó para darle un cortísimo beso en los labios—. Prepara los tres coches. Si en diez minutos no hemos vuelto, marchaos sin nosotras.

No esperó una respuesta. Simplemente, salió de la sala con Maya pisándole los talones.

* * *

—Vale —murmuró Maya—, ¿me explicas el plan?

Estaban las dos agachadas tras el muro en el que Alice se había subido lo que parecía una eternidad atrás, mirando el edificio de los androides. Permanecía bien custodiado. Demasiado. Los guardias sabían que ellas tenían intenciones de entrar. Había cuatro en la entrada y, por lo poco que se veía, otros tantos más en el perímetro de la zona.

—Madre mía —musitó Alice, negando con la cabeza—, no escatiman en gastos, ¿eh?

—No —sonrió Maya—. ¿Y bien? ¿Alguna idea?

Alice los repasó con la mirada. Un ataque directo no era siquiera una opción, aunque estaba claro que saltar el muro tampoco. Habían colocado varios focos de luz para iluminarlo todo.

—Se me ocurre una —dijo al final—, pero no creo que vaya a gustarte mucho.

—Ahora mismo, cualquier cosa menos morir me encanta.

—Vale, pues ¿ves a esos dos guardias que pasan por delante de nosotras cada cinco minutos?

—Eh... —Maya los buscó con la mirada—. Sí.

—Nunca coinciden, ¿verdad?

—No.

—Uno lleva un fusil de francotirador. Si conseguimos quitárselo, podría cargarme a los de la puerta.

Maya torció un poco el gesto, poco convencida.

—Es un suicidio.

—¿Se te ocurre algo mejor?

—Podríamos matar a los dos que pasan por aquí, ponernos sus trajes y tratar de colarnos.

—Sí, claro. Han blindado el edificio, pero no comprobarán quiénes son los guardias que entran y salen.

—¡Bueno, era una idea!

Alice soltó un gruñido de frustración y volvió a mirar a su alrededor, aunque en aquella ocasión no solo dentro del perímetro, sino también fuera. Observó cada rincón que las rodeaba y llegó a la conclusión de que, hicieran lo que hiciesen, correrían peligro.

—Tengo una tercera idea —murmuró.

Maya la miró al instante.

—Nos hacemos con el fusil —siguió Alice en voz baja, con la mirada clavada en la torre de vigilancia vacía que había visto unas horas atrás—, yo me subo ahí, los distraigo... y tú te encargas de los androides.

—¿Te ocuparas de todos tú sola? —preguntó la otra.

—Créeme, llamar la atención de la gente peligrosa es mi especialidad.

Maya pareció dudar, pero Alice mostraba tanta convicción que al final asintió con la cabeza. Alice le puso en la mano la tarjeta que todavía conservaban, Maya se la guardó en el bolsillo y, acto seguido, esperó tras el seto junto al que iba a pasar el guardia en cuestión.

Dos minutos más tarde, Alice estaba en la torre de vigilancia, ajustándose el fusil sobre la rodilla doblada y con la culata pegada al hombro. Respiró hondo, cerró un ojo y apuntó a la puerta del edificio. Podía ver a los cuatro guardias a la perfección. De hecho, podría haber apretado el gatillo porque los tenía en el punto de mira, pero debía esperar.

Entonces, Maya apareció en su campo de visión con el mono del guardia al que habían dejado fuera de combate. Por su forma de andar, nadie habría creído que era una impostora. Alice la siguió con la mira, muy tensa. Su dedo estaba pegado al gatillo.

Sin embargo, Maya consiguió acercarse al muro sin levantar sospechas. Se escudó en la zona oscura y, con un pequeño saltito, consiguió saltar al patio trasero. Alice, al no escuchar sonidos de armas, soltó un suspiro de alivio.

Pero sabía que aquello había sido lo más sencillo.

En cuanto la puerta se abrió y Maya saltó sobre el primer guardia hecha una furia, clavándole el cuchillo en la garganta, Alice disparó. El hombre que los había visto cayó desplomado al suelo. Alice no se quedó mirando, sino que pasó al siguiente.

Mientras ella no dejaba de disparar, haciendo que varias voces que sonaban muy lejanas se elevaran, Maya se quitó de encima a los pocos guardias que quedaban y empezó a hacer gestos frenéticos a los androides, que salían con cara de terror tras ella, pegados al muro. Alice disparó a otro guardia, el que había levantado el arma contra ellos, y le pareció que su uniforme era algo distinto a los de los demás.

En ese momento, vio que Maya seguía a los pocos androides que había sacado. Alice no pudo evitar una mueca de frustración al ver que 42 no estaba entre ellos. ¿Qué habían hecho con ella?

No pudo darle muchas vueltas porque, aunque Maya y los demás estaban escapando, ella seguía encaramada a una torre de vigilancia y sus disparos se habían escuchado por todas partes. Alice se colgó el fusil a la espalda, respirando con dificultad, y bajó la escalera corriendo.

Nada más abrir la puerta, se encontró su primer regalo de la ciudad: un grupo de guardias la estaba esperando con pistolas cargadas.

Alice se echó a un lado, con las balas zumbándole junto a la cabeza, y sintió que algo le rozaba la cadera, pero no se detuvo para comprobar qué había sido. Solo siguió corriendo con la respiración atrancada en la garganta y las piernas doliéndole a cada paso. El fusil y la mochila rebotaban contra su espalda de una forma bastante dolorosa. Y, a pesar de la nieve, estaba sudando.

Un guardia apareció de la nada, haciendo que ella retrocediera tan rápido que perdió el equilibrio. Justo cuando cayó al suelo, una bala pasó volando por encima de ella. Alice soltó algo parecido a un jadeo y siguió avanzando desesperadamente, intentando no pensar en lo agotada y acalorada que estaba.

Una cosa era segura: todos los guardias de la ciudad iban a por ella. Sin embargo, no estaba asustada. De hecho, casi se sentía aliviada porque, de esa forma, no perseguirían a sus amigos.

Jadeando, consiguió eludirlos y se detuvo en una pequeña callejuela en la que no había estado en su vida. No podía más. Se apoyó sobre las rodillas, todavía con el revólver de tres balas en la mano —no estaba muy segura de cuándo lo había sacado—, y tomó dos respiraciones profundas. Su corazón latía a tanta velocidad que le dolía el pecho.

—¡Encontradla! —gritó una voz conocida no muy lejos de ella.

El Sargento.

Alice se pegó a la pared, todavía respirando con dificultad, y cerró los ojos con fuerza. Escuchaba pasos por todos lados y sabía que era cuestión de tiempo que la atraparan. ¿Y si ya habían pasado diez minutos? ¿Y si los demás se habían ido sin ella? ¡Ni siquiera sabía en qué parte de la ciudad estaba!

—¡Vigilad bien esa puerta! —añadió el Sargento; sonaba furioso—. ¡Que nadie cruce ese pasillo!

¿Pasillo? Alice solo había visto uno en su estancia en esa ciudad. El de la entrada.

¿Era allí donde estaba?

Abrió mucho los ojos, mirando a su alrededor, y entonces lo percibió. Fue como si supiera que alguien se le había acercado antes incluso de que se hiciera notar. Alice levantó el revólver de forma inconsciente, pero no lo suficientemente rápido como para evitar que Shana, que se había aproximado corriendo, la agarrara por el cuello y la estampara contra la pared. Alice sintió el doloroso peso de la mochila y la pistola clavándose contra su pobre espalda, pero no le prestó atención. Shana estaba llorando.

—¡Lo has matado! —no dejaba de gritar, y Alice sabía que era cuestión de segundos que alguien más la oyera.

¿A quién había matado?

Entonces todo cobró sentido. El del uniforme distinto era Tom. Había sido asignado a ese edificio. Alice sintió una oleada de culpabilidad cuando se dio cuenta de que lo había

418

matado sin siquiera ser consciente de que era él. En ese momento, solo había sido un enemigo más, otro cuerpo que añadir al montón.

—¡Lo has matado! —repitió Shana histérica, apretando los dedos en torno a su cuello.

Alice quiso poder consolarla, pero los pasos se acercaban peligrosamente y, en ese momento, consideró que solo tenía dos opciones: salvarse ella o a Shana.

—Suéltame... —le suplicó como pudo.

Pero estaba claro que eso no iba a suceder. Ambas lo sabían. Y Alice tenía que marcharse.

Subió el revólver, lo clavó sobre su pecho y una de sus tres balas atravesó directamente el corazón de Shana, que abrió mucho los ojos y se apartó de ella. Su espalda chocó contra la otra pared del callejón y, muy lentamente, fue resbalando hasta tocar el suelo. Cuando se quedó tumbada, ya estaba muerta.

—Lo siento —susurró Alice, apretando el revólver entre sus dedos temblorosos—. Lo siento mucho.

Quiso poder decir algo más, pero el disparo que escuchó cerca de ella hizo que volviera a correr, desesperada. Una de las balas le había dado en la mochila, eso seguro, pero por suerte no había rozado su piel.

Alice consiguió salir de la callejuela.

Efectivamente, estaba en la entrada de la ciudad. Y, como si la hubieran invocado, escuchó la voz del Sargento otra vez, solo que en aquella ocasión mucho más furiosa.

—¡¿Tres coches y los androides?! —gritó fuera de sí.

Alice dejó de correr inconscientemente y abrió mucho los ojos. Lo habían conseguido.

El disparo que casi le rozó la pierna hizo que reaccionara y se pusiera en marcha otra vez, tratando de moverse por los callejones y tras los muros para estar expuesta el menor tiempo posible. De pronto, supo lo que debía hacer. Por fin tenía un plan. Subió la escalera del muro a toda velocidad, jadeando, y estuvo a punto de caerse al suelo cuando la punta de su bota chocó contra uno de los escalones y perdió el equilibrio.

Justo cuando apoyó las manos en el suelo para estabilizarse, una horrible y dolorosa sensación le atravesó la mejilla como un rayo. Alice soltó un grito ahogado y se llevó una mano a la cara. La sangre caliente empezó a mancharle los dedos. Un cuchillo se había clavado en la pared frente a ella.

Volvió la cabeza. El Sargento preparaba otro cuchillo mientras el guardia de su lado levantaba el fusil contra ella.

Alice recogió el cuchillo clavado en la pared y siguió corriendo. El dolor de la mejilla dejó de importar en cuestión de segundos, sustituido por el subidón de adrenalina por lo que estaba a punto de suceder. Se agachó un poco cuando una bala le pasó silbando junto a la oreja y, cuando por fin llegó al final del muro, no lo pensó. Apoyó la bota en el borde y se impulsó hacia arriba y hacia delante.

Durante unos segundos, no hubo nada. Solo un zumbido extraño en sus oídos, una sensación de vacío en el estómago, un cosquilleo tembloroso en su piel y un techo acercándose a cada vez mayor velocidad.

Y, entonces, sus pies chocaron contra el tejado del garaje. Perdió el equilibrio justo después, rodando por el hormigón y sintiendo cómo este rasgaba su ropa y le hacía heridas en el hombro y las rodillas, pero no le importó. En cuanto dejó de rodar, se volvió y vio que los demás seguían corriendo hacia ella. Se incorporó y corrió hacia el borde del tejado.

Efectivamente, tres coches estaban fuera del edificio. De hecho, avanzaban lentamente para marcharse. Recibían disparos desde el garaje, pero las balas no atravesaban sus cristales. La puerta del primero estaba abierta. Alice vio que Rhett intentaba saltar, pero alguien lo retenía del brazo.

—Vale —se dijo a sí misma con voz muy aguda, incorporándose—. Tú puedes hacerlo, Alice. Solo son unos metros. Tú puedes...

No fue capaz de terminar esa última frase, porque al escuchar que alguien aterrizaba en el tejado tras ella, saltó sin pensar.

Este impacto fue menos brutal que el anterior. No esperaba que la nieve fuera a ser tan... blanda. Aterrizó sobre ella con un golpe seco y se incorporó bajo la miraba atónita de los guardias del garaje. Aprovechó el momento para correr tras el último coche. Esquivó los disparos a la perfección y, cuando empezaron a recargar, Alice se desvió para avanzar con todas sus fuerzas hacia el primero.

—¡Rhett! —estaba gritando Trisha—. ¡Ya la has oído!

—¡Suéltame antes de que te corte el otro brazo, Trisha!

—¡Venga ya! ¡Siéntate de una...!

Todos se callaron de golpe cuando, de pronto, el cuerpo de Alice entró de un salto en el coche y colisionó contra el de Rhett, que perdió el equilibrio y cayó de culo al suelo, rodeándola con un brazo de forma casi automática.

—¡Cerrad la puerta! —gritaba ella—. ¡Y acelerad!

Trisha, Blaise, Maya, Kenneth y Kai estaban en el vehículo. Todos la miraban con los ojos muy abiertos. Especialmente Rhett, tumbado bajo su cuerpo.

—¡¡¡Ahora!!! —ordenó Alice furiosa.

El grito hizo reaccionar a Kai, que dio un brinco y empezó a pulsar botoncitos como un loco. En cuestión de segundos, la puerta se cerró y el coche dio una sacudida por el impulso. Tras ellos, los otros dos vehículos hicieron lo mismo. Y entonces, cuando los disparos quedaron lejos, Alice se permitió soltar el aire que estaba conteniendo.

—Has vuelto.

Giró la cabeza hacia Rhett, que parecía anonadado, y no pudo evitar soltar una risita nerviosa.

—¿Pensabas que ibas a librarte de mí tan fácilmente?

Él esbozó una sonrisa divertida.

—No. Mala hierba nunca muere.

—Yo también me alegro de verte.

—¡Alice! —Trisha la abrazó con fuerza con su único brazo—. Dios, no sabes lo que he pensado cuando no has aparecido...

—¡Os dije que todo saldría bien! —gritó Blaise muy digna—. Yo sí que confiaba en ella.

Maya guardó silencio. Parecía tan agotada como ella. Kenneth, por su parte, miraba a su alrededor con un gesto un poco tenso.

—Lo hemos logrado —dijo Kai, mientras Alice y Rhett se ponían de pie.

En ese momento fue cuando notó el dolor en la mejilla. Iba a llevarse una mano a la cara, pero la de Rhett fue más rápida y le presionó la herida para que dejara de sangrar.

—El cuchillo refinado del Sargento —explicó Alice sin necesidad de que él se lo preguntara—. Me lo he llevado de recuerdo.

Trisha soltó una carcajada y se lo quitó de la mano para examinarlo. Mientras tanto, Rhett la miró con una ceja enarcada.

—Me ha tocado esperar mientras tú te llevabas toda la gloria. Que no sirva de precedente.

—Te prometo que la próxima vez dejaré que seas tú quien salte por los tejados —bromeó ella.

Rhett clavó la mirada en su herida otra vez.

—Al menos, no ha sido en el brazo de siempre.

En cuanto Alice se dejó caer en el asiento entre Kai y Blaise, sintió que todos sus músculos se volvían de goma. Cerró

os ojos y soltó un suspiro, tratando de recuperar fuerzas. Él
a estaba mirando.

—¿Qué dirección pongo en el mapa?

Alice abrió los ojos y los clavó en el techo del coche, por
onde se veía el cielo nocturno. Sin darse cuenta, esbozó una
equeña sonrisa.

—Oeste —murmuró—. Ya va siendo hora de volver a
sa.

¿Quieres saber cómo termina la obra más
sorprendente de Joana Marcús?
¡No te pierdas el final de la
«Trilogía Fuego»

JOANA MARCÚS

CIUDADES DE FUEGO

TRILOGÍA FUEGO

CROSS
BOOKS